中外哲學典籍大全

總主編　李鐵映　王偉光

中國哲學典籍卷

涇皋藏稿

宋元明清哲學類

〔明〕顧憲成　著
李可心　點校

中国社会科学出版社

圖書在版編目（CIP）數據

涇皋藏稿／（明）顧憲成著；李可心點校．—北京：中國社會科學出版社，2021.5

（中外哲學典籍大全．中國哲學典籍卷）

ISBN 978-7-5203-8027-0

Ⅰ.①涇…　Ⅱ.①顧…②李…　Ⅲ.①中國文學—古典文學—作品綜合集—明代　Ⅳ.①I214.82

中國版本圖書館CIP數據核字(2021)第040787號

出版人　趙劍英
項目統籌　王　茵
責任編輯　郝玉明
責任校對　李凱凱
責任印製　王　超

出　　版　中国社会科学出版社
社　　址　北京鼓樓西大街甲158號
郵　　編　100720
網　　址　http://www.csspw.cn
發 行 部　010-84083685
門 市 部　010-84029450
經　　銷　新華書店及其他書店

印　　刷　北京君昇印刷有限公司
裝　　訂　廊坊市廣陽區廣增裝訂廠
版　　次　2021年5月第1版
印　　次　2021年5月第1次印刷

開　　本　710×1000　1/16
印　　張　35.5
字　　數　375千字
定　　價　133.00元

中外哲學典籍大全

學術委員會

「中國哲學典籍卷」

學術委員會

主　任　陳　來　趙汀陽　謝地坤　李存山　王　博

委　員（按姓氏拼音排序）

白　奚　陳壁生　陳　静　陳立勝　陳少明　陳衛平　陳　霞　丁四新　馮顔利

干春松　郭齊勇　郭曉東　景海峰　李景林　李四龍　劉成有　劉　豐　王中江

王立勝　吴　飛　吴根友　吴　震　向世陵　楊國榮　楊立華　張學智　張志强

鄭　開

項目負責人　張志强

提要撰稿主持人　劉　豐　趙金剛

提要英譯主持人　陳　霞

中外哲學典籍大全

總　序

中外哲學典籍大全的編纂，是一項既有時代價值又有歷史意義的重大工程。

中華民族經過了近一百八十年的艱苦奮鬥，迎來了中國近代以來最好的發展時期，迎來了奮力實現中華民族偉大復興的時期。中華民族衹有總結古今中外的一切思想成就，才能並肩世界歷史發展的大勢。爲此，我們須編纂一部匯集中外古今哲學典籍的經典集成，爲中華民族的偉大復興、爲人類命運共同體的建設、爲人類社會的進步，提供哲學思想的精粹。

哲學是思想的花朵，文明的靈魂，精神的王冠。一個國家、民族，要興旺發達，擁有光明的未來，就必須擁有精深的理論思維，擁有自己的哲學。哲學是推動社會變革和發展的理論力量，是激發人的精神砥石。哲學解放思維，净化心靈，照亮前行的道路。偉大的時代需要精邃的哲學。

一　哲學是智慧之學

哲學是什麽？這既是一個古老的問題，又是哲學永恒的話題。追問哲學是什麽，本身就是「哲學」問題。從哲學成爲思維的那一天起，哲學家們就在不停追問中發展、豐富哲學的篇章，給出一個又一個答案。每個時代的哲學家對這個問題都有自己的詮釋。哲學是什麽，是懸疑在人類智慧面前的永恒之問，這正是哲學之爲哲學的基本特點。

哲學是全部世界的觀念形態，精神本質。人類面臨的共同問題，是哲學研究的根本對象。本體論、認識論、世界觀、人生觀、價值觀、實踐論、方法論等，仍是哲學的基本問題和生命力所在！哲學研究的是世界萬物的根本性、本質性問題。人們可以給哲學做出許多具體定義，但我們可以嘗試用「遮詮」的方式描述哲學的一些特點，從而使人們加深對何爲哲學的認識。

哲學不是玄虛之觀。哲學來自人類實踐，關乎人生。哲學對現實存在的一切追根究底、「打破砂鍋問到底」。它不僅是問「是什麽」（being），而且主要是追問「爲什麽」（why），特別是追問「爲什麽的爲什麽」。它關注整個宇宙，關注整個人類的命運，關注人生。它關心柴米油鹽醬醋茶和人的生命的關係，關心人工智能對人類社會的挑戰。哲學是對一切實踐經驗的理論升華，它關心具體現象背後的根據，關心人類如何會更好。

哲學是在根本層面上追問自然、社會和人本身，以徹底的態度反思已有的觀念和認識，從價值理想出發把握生活的目標和歷史的趨勢，展示了人類理性思維的高度，凝結了民族進步的智慧，寄託了人們熱愛光明、追求真善美的情懷。道不遠人，人能弘道。哲學是把握世界、洞悉未來的學問，是思想解放、自由的大門！

古希臘的哲學家們被稱爲「望天者」，亞里士多德在形而上學一书中説，「最初人們通過好奇—驚讚來做哲學」。如果説知識源於好奇的話，那麽産生哲學的好奇心，必須是大好奇心。這種「大好奇心」衹爲一件「大事因緣」而來，所謂大事，就是天地之間一切事物的「爲什麽」。哲學精神，是「家事、國事、天下事，事事要問」，是一種永遠追問的精神。

哲學不衹是思維。哲學將思維本身作爲自己的研究對象，對思想本身進行反思。哲學不是一般的知識體系，而是把知識概念作爲研究的對象，追問「什麽才是知識的真正來源和根據」。哲學的「非對象性」的思想方式，不是「純形式」的推論原則，而有其「非對象性」之對象。哲學之對象乃是不斷追求真理，是一個理論與實踐兼而有之的過程，是認識的精粹。哲學追求真理的過程本身就顯現了哲學的本質。天地之浩瀚，變化之奥妙，正是哲思的玄妙之處。

哲學不是宣示絶對性的教義教條，哲學反對一切形式的絶對。哲學解放束縛，意味著從一切思想教條中解放人類自身。哲學給了我們徹底反思過去的思想自由，給了我們深刻洞察未來的思想能力。哲學就是解放之學，是聖火和利劍。

哲學不是一般的知識。哲學追求「大智慧」。佛教講「轉識成智」，識與智相當於知識與哲學的關係。一般知識是依據於具體認識對象而來的、有所依有所待的「識」，而哲學則是超越於具體對象之上的「智」。

公元前六世紀，中國的老子説，「大方無隅，大器晚成，大音希聲，大象無形，道隱無名。夫唯道，善貸且成」。又説，「反者道之動，弱者道之用。天下萬物生於有，有生於無」。對道的追求就是對有之爲有、無形無名的探究，就是對天地何以如此的探究。這種追求，使得哲學具有了天地之大用，具有了超越有形有名之有限經驗的大智慧。這種大智慧、大用途，超越一切限制的籬笆，達到趨向無限的解放能力。

哲學不是經驗科學，但又與經驗有聯繫。哲學從其作爲學問誕生起，就包含於科學形態之中，是以科學形態出現的。哲學是以理性的方式、概念的方式、論证的方式來思考宇宙人生的根本問題。在亞里士多德那裏，凡是研究實體（ousia）的學問，都叫作「哲學」。而「第一實體」則是存在者中的「第一個」。研究第一實體的學問稱爲「神學」，也就是「形而上學」，這正是後世所謂「哲學」。一般意義上的科學正是從「哲學」最初的意義上贏得自己最原初的規定性的。哲學雖然不是經驗科學，却爲科學劃定了意義的範圍、指明了方向。哲學最後必定指向宇宙人生的根本問題，大科學家的工作在深層意義上總是具有哲學的意味，牛頓和愛因斯坦就是這樣的典範。

哲學不是自然科學，也不是文學藝術，但在自然科學的前頭，哲學的道路展現了；在文學藝術的山頂，哲學的天梯出現了。哲學不斷地激發人的探索和創造精神，使人在認識世界的過程中，不斷達到新境界，在改造世界中從必然王國到達自由王國。

哲學不斷從最根本的問題再次出發。哲學史在一定意義上就是不斷重構新的世界觀、認識人類自身的歷史。哲學的歷史呈現，正是對哲學的創造本性的最好説明。哲學史上每一位哲學家對根本問題的思考，都在爲哲學添加新思維、新向度，猶如爲天籟山上不斷增添一隻隻黄鸝翠鳥。

如果説哲學是哲學史的連續展現中所具有的統一性特徵，那麽這種「一」是在「多」個哲學的創造中實現的。如果説每一種哲學體系都追求一種體系性的「一」的話，那麽每種「一」的體系之間都存在着千絲相聯、多方組合的關係。這正是哲學史昭示於我們的哲學多樣性的意義。多樣性與統一性的依存關係，正是哲學尋求現象與本質、具體與普遍相統一的辯證之意義。

哲學的追求是人類精神的自然趨向，是精神自由的花朵。哲學是思想的自由，是自由的思想。

中國哲學，是中華民族五千年文明傳統中，最爲内在的、最爲深刻的、最爲持久的精神追求和價值觀表達。中國哲學已經化爲中國人的思維方式、生活態度、道德準則、人生追求、精神境界。中國人的科學技術、倫理道德，小家大國、中醫藥學、詩歌文學、繪畫書法、武術拳法、鄉規民俗，乃至日常生活也都浸潤着中國哲學的精神。華夏文化雖歷經磨難而能够透魄醒神，堅韌屹立，正是來自於中國哲學深邃的思維和創造力。

先秦時代，老子、孔子、莊子、孫子、韓非子等諸子之間的百家争鳴，就是哲學精神在中國的展現，是中國人思想解放的第一次大爆發。兩漢四百多年的思想和制度，是諸子百家思想在争鳴過程中大整合的結果。魏晋之際，玄學的發生，則是儒道冲破各自藩籬，彼此互動互補的結果，形成了儒家獨尊的態勢。隋唐三百年，佛教深入中國文化，又一次帶來了思想的大融合和大解放，禪宗的形成就是這一融合和解放的結果。兩宋三百多年，中國哲學迎來了第三次大解放。儒釋道三教之間的互潤互持日趨深入，朱熹的理學和陸象山的心學，就是這一思想潮流的哲學結晶。

與古希臘哲學强調沉思和理論建構不同，中國哲學的旨趣在於實踐人文關懷，它更關注實踐的義理性意義。中國哲學當中，知與行從未分離，中國哲學有着深厚的實踐觀點和生活觀點，倫理道德觀是中國人的貢獻。馬克思説，「全部社會生活在本質上是實踐的」，實踐的觀點、生活的觀點也正是馬克思主義認識論的基本觀點。這種哲學上的契合性，正是馬克思主義能够在中國扎根並不斷中國化的哲學原因。

「實事求是」是中國的一句古話。今天已成爲深遂的哲理，成爲中國人的思維方式和行爲基準。實事求是就是解放思想，解放思想就是實事求是。實事求是毛澤東思想的精髓，是改革開放的基石。只有解放思想才能實事求是。實事求是就是中國人始終堅持的哲學思想。實事求是就是依靠自己，走自己的道路，反對一切絶對觀念。所謂中國化就是一切從中國實際出發，一切理論必須符合中國實際。

二　哲學的多樣性

實踐是人的存在形式，是哲學之母。實踐是思維的動力、源泉、價值、標準。人們認識世界、探索規律的根本目的是改造世界，完善自己。哲學問題的提出和回答，都離不開實踐。馬克思有句名言：「哲學家們只是用不同的方式解釋世界，而問題在於改變世界！」理論只有成爲人的精神智慧，才能成爲改變世界的力量。

哲學關心人類命運。時代的哲學，必定關心時代的命運。對時代命運的關心就是對人類實踐和命運的關心。人在實踐中產生的一切都具有現實性。哲學的實踐性必定帶來哲學的現實性。哲學的現實性就是强調人在不斷回答實踐中各種問題時應該具有的態度。

哲學作爲一門科學是現實的。哲學是一門回答並解釋現實的學問，哲學是人們聯繫實際、面對現實的思想。可以説哲學是現實的最本質的理論，也是本質的最現實的理論。哲學始終追問現實的發展和變化。哲學存在於實踐中，也必定在現實中發展。哲學的現實性要求我們直面實踐本身。

哲學不是簡單跟在實踐後面，成爲當下實踐的「奴僕」，而是以特有的深邃方式，關注着實踐的發展，提升人的實踐水平，爲社會實踐提供理論支撑。從直接的、急功近利的要求出發來理解和從事哲學，無異於向哲學提出它本身不可能完成的任務。哲學是深沉的反思，厚重的智慧，事物的抽象，理論的把握。哲學是人類把握世界最深邃的理論思維。

哲學是立足人的學問，是人用於理解世界、把握世界、改造世界的智慧之學。「民之所好，好之，民之所惠，惠之。」哲學的目的是爲了人。用哲學理解外在的世界，理解人本身，也是爲了用哲學改造世界、改造人。哲學研究無禁區，無終無界，與宇宙同在，與人類同在。

存在是多樣的，發展是多樣的，這是客觀世界的必然。宇宙萬物本身是多樣的存在，多樣的變化。歷史表明，每一民族的文化都有其獨特的價值。文化的多樣性是自然律，是動力，是生命力。各民族文化之間的相互借鑒，補充浸染，共同推動著人類社會的發展和繁榮，這是規律。對象的多樣性、複雜性，決定了哲學的多樣性；即使對同一事物，人們也會産生不同的哲學認識，形成不同的哲學派别。哲學觀點、思潮、流派及其表現形式上的區别，來自於哲學的時代性、地域性和民族性的差异。世界哲學是不同民族的哲學的薈萃，如中國哲學、西方哲學、阿拉伯哲學等。多樣性構成了世界，百花齊放形成了花園。不同的民族會有不同風格的哲學。恰恰是哲學的民族性，使不同的哲學都可以在世界舞臺上演繹出各種「戲劇」。即使有類似的哲學觀點，在實踐中的表達和運用也會各有特色。

人類的實踐是多方面的，具有多樣性、發展性，大體可以分爲：改造自然界的實踐，改造人類社會的實踐，完善人本身的實踐，提升人的精神世界的精神活動。人是實踐中的人，實踐是人的生命的第一屬性。實踐的社會性決定了哲學的社會性，哲學不是脱離社會現實生活的某種遐想，而是社會現實生活的觀念形態，是文明進步的重要標誌，是人的發展水平的重要維度。哲學的發展狀况，反映着一個社會人的理性成熟程度，反映著這個社會的文明程度。

哲學史實質上是自然史、社會史、人的發展史和人類思維史的總結和概括。自然界是多樣的，社會是多樣的，人類思維是多樣的。所謂哲學的多樣性，就是哲學基本觀念、理論學説、方法的異同，是哲學思維方式上的多姿多彩。哲學的多樣性是哲學的常態，是哲學進步、發展和繁榮的標誌。哲學是人的哲學，哲學是人對事物的自覺，是人對外界和自我認識的學問，也是人把握世界和自我的學問。哲學的多樣性，是哲學的常態和必然，是哲學發展和繁榮的内在動力。一般是普遍性，特色也是普遍性。從單一性到多樣性，從簡單性到複雜性，是哲學思維的一大變革。用一種哲學話語和方法否定另一種哲學話語和方法，這本身就不是哲學的態度。

多樣性並不否定共同性、統一性、普遍性。物質和精神，存在和意識，一切事物都是在運動、變化中的，是哲學的基本問題，也是我們的基本哲學觀點！

當今的世界如此紛繁複雜，哲學多樣性就是世界多樣性的反映。哲學是以觀念形態表現出的現實世界。哲學的多樣性，就是文明多樣性和人類歷史發展多樣性的表達。多樣性是宇宙之道。

哲學的實踐性、多樣性，還體現在哲學的時代性上。哲學總是特定時代精神的精華，是一定歷史條件下人的反思活動的理論形態。在不同的時代，哲學具有不同的内容和形式，哲學的多樣性，也是歷史時代多樣性的表達。哲學的多樣性也會讓我們能够更科學地理解不同歷史時代，更爲内在地理解歷史發展的道理。多樣性是歷史之道。

哲學之所以能發揮解放思想的作用，在於它始終關注實踐，關注現實的發展；在於它始終關注著科學技術的進步。哲學本身没有絶對空間，没有自在的世界，只能是客觀世界的映象，觀念形態。没有了現實性，哲學就遠離人，就離開了存在。哲學的實踐性，説到底是在説明哲學本質上是人的哲學，是人的思維，是爲了人的科學！哲學的實踐性、多樣性告訴我們，哲學必須百花齊放、百家争鳴。哲學的發展首先要解放自己，解放哲學，就是實現思維、觀念及範式的變革。人類發展也必須多塗並進，交流互鑒，共同繁榮。采百花之粉，才能釀天下之蜜。

三　哲學與當代中國

中國自古以來就有思辨的傳統，中國思想史上的百家争鳴就是哲學繁榮的史象。哲學是歷史發展的號角。中國思想文化的每一次大躍升，都是哲學解放的結果。中國古代賢哲的思想傳承至今，他們的智慧已浸入中國人的精神境界和生命情懷。

中國共産黨人歷來重視哲學，毛澤東在一九三八年，在抗日戰争最困難的條件下，在延安研究哲學，創作了實踐論和矛盾論，推動了中國革命的思想解放，成爲中國人民的精神力量。

中華民族的偉大復興必將迎來中國哲學的新發展。當代中國必須有自己的哲學，當代中國的哲學必須要從根本上講清楚中國道路的哲學道理。中華民族的偉大復興必須要有哲學的思維，必須要有不斷深入的反思。發展的道路，就是哲思的道路，文化的自信，就是哲學思維的自信。哲學是引領者，可謂永恒的「北斗」，哲學是時代的「火焰」，是時代最精緻最深刻的「光芒」。從社會變革的意義上説，任何一次巨大的社會變革，總是以理論思維爲先導。理論的變革，總是以思想觀念的空前解放爲前提，而「吹響」人類思想解放第一聲「號角」的，往往就是代表時代精神精華的哲學。社會實踐對於哲學的需求可謂「迫不及待」，因爲哲學總是「吹響」這個新時代的「號角」。「吹響」中國改革開放之

「號角」的，正是「解放思想」「實踐是檢驗真理的唯一標準」「不改革死路一條」等哲學觀念。「吹響」新時代「號角」的是「中國夢」，「人民對美好生活的向往，就是我們奮鬥的目標」。發展是人類社會永恒的動力，變革是社會解放的永遠的課題，思想解放，解放思想是無盡的哲思。中國正走在理論和實踐的雙重探索之路上，搞探索没有哲學不成！

中國哲學的新發展，必須反映中國與世界最新的實踐成果，必須反映科學的最新成果，必須具有走向未來的思想力量。今天的中國人所面臨的歷史時代，是史無前例的。十三億人齊步邁向現代化，這是怎樣的一幅歷史畫卷！是何等壯麗、令人震撼！不僅中國歷史上亘古未有，在世界歷史上也從未有過。當今中國需要的哲學，是結合天道、地理、人德的哲學，是整合古今中西的哲學，只有這樣的哲學才是中華民族偉大復興的哲學。

當今中國需要的哲學，必須是適合中國的哲學。無論古今中外，再好的東西，也需要再吸收，再消化，必須要經過現代化和中國化，才能成爲今天中國自己的哲學。哲學是解放人的，哲學自身的發展也是一次思想解放，也是人的一个思維升華、羽化的過程。中國人的思想解放，總是隨著歷史不斷進行的。歷史有多長，思想解放的道路就有多長；發展進步是永恒的，思想解放也是永無止境的，思想解放就是哲學的解放。

習近平説，思想工作就是「引導人們更加全面客觀地認識當代中國、看待外部世界」。這就需要我們確立一種「知己知彼」的知識態度和理論立場，而哲學則是對文明價值核心最精練和最集中的深邃性表達，有助於我們認識中國、認識世界。立足中國、認識中國，需要我們審視我們走過的道路，立足中國、認識世界，需要我們觀察和借鑒世界歷史上的不同文化。中國「獨特的文化傳統」、中國「獨特的歷史命運」、中國「獨特的基本國情」，「決定了我們必然要走適合自己特點的發展道路」。一切現實的、存在的社會制度，其形態都是具體的，都是特色的，都必須是符合本國實際的。抽象的制度，普世的制度是不存在的。同時，我們要全面客觀地「看待外部世界」。研究古今中外的哲學，是中國認識世界、認識人類史，認識自己未來發展的必修課。今天中國的發展不僅要讀中國書，還要讀世界書。不僅要學習自然科學、社會科學的經典，更要學習哲學的經典。當前，中國正走在實現「中國夢」的「長征」路上，這也正是一條思想不斷解放的道路！要回答中國的問題，解釋中國的發展，首先需要哲學思維本身的解放。哲學的發展，就是哲學的解放，這是由哲學的實踐性、時代性所決定的。哲學無禁區、無疆界。哲學是關乎宇宙之精神，是關乎人類之思想。哲學將與宇宙、人類同在。

四　哲學典籍

中外哲學典籍大全的編纂，是要讓中國人能研究中外哲學經典，吸收人類精神思想的精華；是要提升我們的思維，讓中國人的思想更加理性、更加科學、更加智慧。

中國有盛世修典的傳統。中國古代有多部典籍類書（如「永樂大典」「四庫全書」等），在新時代編纂中外哲學典籍大全，是我們的歷史使命，是民族復興的重大思想工程。

只有學習和借鑒人類精神思想的成就，才能實現我們自己的發展，走向未來。中外哲學典籍大全的編纂，就是在思維層面上，在智慧境界中，繼承自己的精神文明，學習世界優秀文化。這是我們的必修課。

不同文化之間的交流、合作和友誼，必須達到哲學層面上的相互認同和借鑒。哲學之間的對話和傾聽，才是從心到心的交流。中外哲學典籍大全的編纂，就是在搭建心心相通的橋樑。

我們編纂這套哲學典籍大全，一是中國哲學，整理中國歷史上的思想典籍，濃縮中國思想史上的精華；二是外國哲學，主要是西方哲學，吸收外來，借鑒人類發展的優秀哲學成果；三是馬克思主義哲學，展示馬克思主義哲學中國化的成就；四是中國近現代以來的哲學成果，特别是馬克思主義在中國的發展。

編纂這部典籍大全，是哲學界早有的心願，也是哲學界的一份奉獻。中外哲學典籍大全總結的是書本上的思想，是先哲們的思維，是前人的足迹。我們希望把它們奉獻給後來人，使他們能够站在前人肩膀上，站在歷史岸邊看待自己。

中外哲學典籍大全的編纂，是以「知以藏往」的方式實現「神以知來」；中外哲學典籍大全的編纂，是通過對中外哲學歷史的「原始反終」，從人類共同面臨的根本大問題出發，在哲學生生不息的道路上，綵繪出人類文明進步的盛德大業！

發展的中國，既是一個政治、經濟大國，也是一個文化大國，也必將是一個哲學大國、思想王國。人類的精神文明成果是不分國界的，哲學的邊界是實踐，實踐的永恒性是哲學的永續綫性，打開胸懷擁抱人類文明成就，是一個民族和國家自强自立，始終佇立於人類文明潮頭的根本條件。

擁抱世界，擁抱未來，走向復興，構建中國人的世界觀、人生觀、價值觀、方法論，這是中國人的視野、情懷，也是中國哲學家的願望！

李鐵映

二〇一八年八月

「中國哲學典籍卷」

序

中國古無「哲學」之名，但如近代的王國維所説，「哲學爲中國固有之學」。「哲學」的譯名出自日本啓蒙學者西周，他在一八七四年出版的百一新論中説：「將論明天道人道，兼立教法的philosophy譯名爲哲學。」自「哲學」譯名的成立，「philosophy」或「哲學」就已有了東西方文化交融互鑒的性質。

「philosophy」在古希臘文化中的本義是「愛智」，而「哲學」的「哲」在中國古經書中的字義就是「智」或「大智」。孔子在臨終時慨嘆而歌：「泰山壞乎！梁柱摧乎！哲人萎乎！」（史記孔子世家）「哲人」在中國古經書中釋爲「賢智之人」，而在「哲學」譯名輸入中國後即可稱爲「哲學家」。

哲學是智慧之學，是關於宇宙和人生之根本問題的學問。對此，中西或中外哲學是共同的，因而哲學具有世界人類文化的普遍性。但是，正如世界各民族文化既有世界的普遍性，也有民族的特殊性，所以世界各民族哲學也具有不同的風格和特色。如果説「哲學」是個「共名」或「類稱」，那麼世界各民族哲學就是此類中不同的「特例」。這是哲學的普遍性與多樣性的統一。

在中國哲學中，關於宇宙的根本道理稱爲「天道」，關於人生的根本道理稱爲「人道」，中國哲學的一個貫穿始終的核心問題就是「究天人之際」。一般説來，天人關係問題是中外哲學普遍探索的問題，而中國哲學的「究天人之際」具有自身的特點。

亞里士多德曾説：「古今來人們開始哲學探索，都應起於對自然萬物的驚異……這類學術研究的開始，都在人生的必需品以及使人快樂安適的種種事物幾乎全都獲得了以後。」「這些知識最先出現於人們開始有閒暇的地方。」這是説的古希臘哲學的一個特點，是與當時古希臘的社會歷史發展階段及其貴族階層的生活方式相聯繫的。與此不同，中國哲學是産生於士人在社會大變動中的憂患意識，爲了求得社會的治理和人生的安頓，他們大多「席不暇暖」地周遊列國，宣傳自己的社會主張。這就決定了中國哲學在「究天人之際」

中首重「知人」，在先秦「百家争鳴」中的各主要流派都是「務爲治者也，直所從言之異路，有省不省耳」（史記太史公自序）。

中國哲學與其他民族哲學所不同者，還在於中國數千年文化一直生生不息而未嘗中斷，中國文化在世界歷史的「軸心時期」所實現的哲學突破也是采取了極温和的方式。這主要表現在孔子的「祖述堯舜，憲章文武」，删述六經，對中國上古的文化既有連續性的繼承，又經編纂和詮釋而有哲學思想的突破。因此，由孔子及其後學所編纂和詮釋的上古經書就以「先王之政典」的形式不僅保存下來，而且在此後中國文化的發展中居於統率的地位。

據近期出土的文獻資料，先秦儒家在戰國時期已有對「六經」的排列，「六經」作爲一個著作群受到儒家的高度重視。至漢武帝「罷黜百家，表章六經」，遂使「六經」以及儒家的經學確立了由國家意識形態認可的統率地位。漢書藝文志著録圖書，爲首的是「六藝略」，其次是「諸子略」「詩賦略」「兵書略」「數術略」和「方技略」，這就體現了以「六經」統率諸子學和其他學術。這種圖書分類經幾次調整，到了隋書經籍志乃正式形成「經、史、子、集」的四部分類，此後保持穩定而延續至清。

中國傳統文化有「四部」的圖書分類，也有對「義理之學」「考據之學」「辭章之學」和「經世之學」等的劃分，其中「義理之學」雖然近於「哲學」但並不等同。中國傳統文化没有形成「哲學」以及近現代教育學科體制的分科，但是中國傳統文化確實固有其深邃的哲學思想，它表達了中華民族的世界觀、人生觀，體現了中華民族的思維方式、行爲準則，凝聚了中華民族最深沉、最持久的價值追求。

清代學者戴震説：「天人之道，經之大訓萃焉。」（原善卷上）經書和經學中講「天人之道」的「大訓」，就是中國傳統的哲學；不僅如此，在圖書分類的「子、史、集」中也有講「天人之道」的「大訓」，這些也是中國傳統的哲學。「究天人之際」的哲學主題是在中國文化上下幾千年的發展中，伴隨著歷史的進程而不斷深化、轉陳出新、持續探索的。

中國哲學首重「知人」，在天人關係中是以「知人」爲中心，以「安民」或「爲治」爲宗旨的。在記載中國上古文化的尚書皋陶謨中，就有了「知人則哲，能官人；安民則惠，黎民懷之」的表述。在論語中，「樊遲問仁，子曰：『愛人。』問知（智），子曰：『知人。』」（論語顔淵）「仁者愛人」是孔子思想中的最高道德範疇，其源頭可上溯到中國文化自上古以來就形成的崇尚道德的優秀傳統。孔子説：「未能事人，焉能事鬼？」「未知生，焉知死？」（論語先進）「務民之義，敬鬼神而遠之，可謂知矣。」（論語雍也）「智者知人」，在孔子的思想中雖然保留了對「天」和鬼神的敬畏，但他的主要關注點是現世的人生，是「仁者愛人」「天下有道」的價值取向，由此確立了中國哲學以「知人」爲中心的思想範式。西方現代哲學家雅斯貝爾斯在大哲學家一書中把蘇格拉底、佛陀、孔子和耶穌作爲「思想範式的創造者」，而孔子思想的特點就是「要在世間建立一種人道的秩序」，「在現世的可能性之中」，孔子「希望建立一個新世界」。

中國上古時期把「天」或「上帝」作爲最高的信仰對象，這種信仰也有其宗教的特殊性。如梁啓超所説：「各國之尊天者，常崇之於萬有之外，而中國則常納之於人事之中，此吾中華所特長也。……其尊天也，目的不在天國而在世界，受用不在未來（來世）而在現在（現世）。是故人倫亦稱天倫，人道亦稱天道。記曰：『善言天者必有驗於人。』此所以雖近於宗教，而與他國之宗教自殊科也。」由於中國上古文化所信仰的「天」不是存在於與人世生活相隔絕的「彼岸世界」，而是與地相聯繫（中庸所謂「郊社之禮，所以事上帝也」，朱熹中庸章句注：「郊，祀天；社，祭地。不言后土者，省文也。」），具有道德的、以民爲本的特點（尚書所謂「皇天無親，惟德是輔」，「天視自我民視，天聽自我民聽」，「民之所欲，天必從之」），所以這種特殊的宗教性也長期地影響著中國哲學對天人關係的認識。相傳「人更三聖，世經三古」的易經，其本爲卜筮之書，但經孔子「觀其德義而已」之後，則成爲講天人關係的哲理之書。四庫全书總目易類序說：「聖人覺世牖民，大抵因事以寓教……易則寓於卜筮。故易之爲書，推天道以明人事者也。」不僅易經是如此，而且以後中國哲學的普遍架構就是「推天道以明人事」。

春秋末期，與孔子同時而比他年長的老子，原創性地提出了「有物混成，先天地生」（老子二十五章），天地並非固有的，在天地產生之前有「道」存在，「道」是產生天地萬物的總根源和總根據。「道」內在於天地萬物之中就是「德」，「孔德之容，惟道是從」（老子二十一章），「道」與「德」是統一的。老子說：「道生之，德畜之，物形之，勢成之。是以萬物莫不尊道而貴德。道之尊，德之貴，夫莫之命而常自然。」（老子五十一章）老子的價值主張是「自然無爲」，而「自然無爲」的天道根據就是「道生之，德畜之……是以萬物莫不尊道而貴德」。老子所講的「德」實即相當於「性」，孔子所罕言的「性與天道」，在老子哲學中就是講「道」與「德」的形而上學。實際上，老子哲學確立了中國哲學「性與天道合一」的思想，而他從「道」與「德」推出「自然無爲」的價值主張，這就成爲以後中國哲學「推天道以明人事」普遍架構的一個典範。雅斯貝爾斯在大哲學家一書中把老子列入「原創性形而上學家」，他說：「從世界歷史來看，老子的偉大是同中國的精神結合在一起的。」他評價孔、老關係時說：「雖然兩位大師放眼於相反的方向，但他們實際上立足於同一基礎之上。兩者間的統一在中國的偉大人物身上則一再得到體現……」這裏所謂「中國的精神」「立足於同一基礎之上」，就是説孔子和老子的哲學都是爲了解決現實生活中的問題，都是「務爲治者也」。

在老子哲學之後，中庸説：「天命之謂性」，「思知人，不可以不知天」。孟子説：「盡其心者知其性也，知其性則知天矣。」（孟子盡心上）此後的中國哲學家雖然對天道和人性有不同的認識，但大抵都是講人性源於天道，知天是爲了知人。一直到宋明理學家講「天者理也」，「性即理也」，「性與天道合一存乎誠」。作爲宋明理學之開山著作的周敦頤太極圖說，是從「無極而太極」講起，至「形既生矣，神發知矣，五性感動而善惡分，萬事出矣」，這就是從天道講到人事，而其歸結爲「聖人定之以中正仁義而主靜，立人極焉」，這就是從天道、人性推出人事應該如何，「立人極」就是要確立人事的價值準則。可以說，中國哲學的「推天道以明人事」最終指向的是人生的價值觀，這也就是要「爲天地立心，爲生民立命，爲往聖繼絶學，爲萬世開太平」。在作爲中國哲學主流的儒家哲學中，價值觀又是與道德修養的工夫論和道德境界相聯繫。因此，天人合一、真善合一、知行合一成爲中國哲學的主要特點。

中國哲學經歷了不同的歷史發展階段，從先秦時期的諸子百家争鳴，到漢代以後的儒家經學獨尊，而實際上是儒道互補，至魏晋玄學乃是儒道互補的一個結晶；在南北朝時期逐漸形成儒、釋、道三教鼎立，從印度傳來的佛教逐漸適應中國文化的生態環境，至隋唐時期完成中國化的過程而成爲中國文化的一個有機組成部分；宋明理學則是吸收了佛、道二教的思想因素，返而歸於「六經」，又創建了論語孟子大學中庸的「四書」體系，建構了以「理、氣、心、性」爲核心範疇的新儒學。因此，中國哲學不僅具有自身的特點，而且具有不同發展階段和不同學派思想内容的豐富性。

一八四〇年之後，中國面臨着「數千年未有之變局」，中國文化進入了近現代轉型的時期。在甲午戰敗之後的一八九五年，「哲學」的譯名出現在黄遵憲的日本國志和鄭觀應的盛世危言（十四卷本）中。此後，「哲學」以一個學科的形式，以哲學的「獨立之精神，自由之思想」推動了中華民族的思想解放和改革開放，中、外哲學會聚於中國，中、外哲學的交流互鑒使中國哲學的發展呈現出新的形態，馬克思主義哲學在與中國的歷史文化傳統、中國具體的革命和建設實踐相結合的過程中不斷中國化而產生新的理論成果。中華民族的偉大復興必將迎來中國哲學的新發展，在此之際，編纂中外哲學典籍大全，中國哲學典籍第一次與外國哲學典籍會聚於此大全中，這是中國盛世修典史上的一個首創，對於今後中國哲學的發展、對於中華民族的偉大復興具有重要的意義。

李存山

二〇一八年八月

出版前言

社會的發展需要哲學智慧的指引。在中國浩如煙海的文獻中，哲學典籍占據著重要地位，指引著中華民族在歷史的浪潮中前行。這些凝練著古聖先賢智慧的哲學典籍，在新時代仍然熠熠生輝。

收入我社「中國哲學典籍卷」的書目，是最新整理成果的首次發布，按照内容和年代分爲以下幾類：先秦子書類、兩漢魏晋隋唐哲學類、佛道教哲學類、宋元明清哲學類、近現代哲學類、經部（易類、書類、禮類、春秋類、孝經類）等，其中以經學類占多數。

本次整理皆選取各書存世的善本爲底本，制訂校勘記撰寫的基本原則以確保校勘品質。全套書采用繁體竪排加專名綫的古籍版式，嚴守古籍整理出版規範，並請相關領域專家多次審稿，整理者反復修訂完善，旨在匯集保存中國哲學典籍文獻，同時也爲古籍研究者和愛好者提供研習的文本。

文化自信是一個國家、一個民族發展中更基本、更深沉、更持久的力量。對中國哲學典籍進行整理出版，是文化創新的題中應有之義。中國社會科學出版社秉持「傳文明薪火，發時代先聲」的發展理念，歷來重視中華優秀傳統文化的研究和出版。「中國哲學典籍卷」樣稿已在二〇一八年世界哲學大會、二〇一九年北京國際書展等重要圖書會展亮相，贏得了與會學者的高度讚賞和期待。

點校者、審稿專家、編校人員等爲叢書的出版付出了大量的時間與精力，在此一並致謝。由於水準有限，書中難免有一些不當之處，敬請讀者批評指正。

趙劍英

二〇二〇年八月

點校説明

顧憲成（一五五〇—一六一二），字叔時，江蘇無錫人，號涇陽，學者稱涇陽先生。崇禎初年，贈吏部右侍郎，謚端文，後人又稱顧端文。少有文才，習舉業，援筆如宿構，經常博得師長的稱譽。顧憲成于萬曆四年（一五七六）鄉試第一，萬曆八年（一五八〇）中進士，授户部主事，走上他的政途生涯。顧憲成早年即很有政治抱負，惜一生輾轉，未得大用。他主要任事于吏部，吏部的文選司、考功司、稽勛司、驗封司，都曾任職過。萬曆二十二年（一五九四），因爲會推閣臣忤旨，遂削籍爲民，終身未再出仕，俯仰讀書，經營他的東林講學事業，與同道共倡學術。

一

涇皋藏稿一書，是顧憲成親自選編的文集，計二十二卷，其體則疏、書、序、記、題、贈、墓銘、墓表、行狀等，詩、詞、賦、頌，其所無也。顧憲成的著述，此而外，其要者爲小心齋札記等書，合收于顧端文公遺書當中。論顧氏學術者，當以遺書爲先。然藏稿一書，復不可輕，在許多問題上，反多能深衍周詳，時出新意。且此書猶有遺書所不足見者，尚論古人，知世知言，不可或遺。

顧憲成的成績是多方面的，其社會影響也十分廣泛和深遠。以往多注意他的政治活動，這是不全面的，而近來有學者注意他的理學貢獻，實仍有遺憾。明代後期的大學者，也是顧憲成的學友鄒元標評價他説：

蓋嘗論，非無談藝者，自公經藝出，世遂以爲王（鼇）、瞿（景淳）復起，握管者却步；非無啟事者，自公奏副出，世遂以爲子瞻再生，起草者屏息；世非無登壇者，自公東林一辟，世遂以爲濂洛更蘇，虛驕者愧耻。[二]

鄒元標從經義、啟事、講學三個方面，來説明顧憲成所取得成就之不凡。他的朋友徐允禄也説道：「涇陽以文章、氣節、道學領袖一世，幾于王伯安先生。」[三]可見，就當時人來説，顾氏在這幾個方面的成績都是十分值得稱道的，在當時也都産生了比較大的影響。對于顧憲成的一生來説，我們也可以簡單地從制義、議事、講學三個方面來加以把握，如是纔能基本全面地來評價他。顧憲成講學一事，于遺書而特詳，今不欲藉此而言，所欲言者顧氏制義上的成績及其政治上的信念兩項，以略彰其隱。

〔二〕鄒元標：願學集卷六上，明朝列大夫南京光禄寺少卿涇陽顧公墓誌銘。
〔三〕徐允禄：思勉齋集卷九，跋吾友牘牘五。

二

顧憲成制舉文的成績，就上鄒元標所論已可見一斑。其實，在他幼時，即表現出作文的天賦，他鄰里的長輩陳雲浦稱讚他貌似歐陽修，異日當有驗。而他後來參加府試、縣試、院試皆第一，「三試三冠」。後來鄉試雖再失利，但萬曆四年復一舉奪魁，會試第二十名，萬曆八年殿試二甲第二名，皆不同凡響。據顧端文公年譜所載，顧憲成在爲諸生時，就以文名世，所爲文章在士子間争相摹寫傳誦。萬曆四年，顧憲成正式刊刻他的制義文，題曰百二草。其書既出，流傳甚廣，影響甚衆，業舉者争相效仿。少顾氏八歲、曾任首輔的朱國楨云：「余少習舉業，讀百二草而悟，已再試場屋，讀先醒草而悟。先醒草者，丁長孺公制義。公故出涇陽顧先生之門，世稱東林學。百二草則先生起家爲時所宗者也。」〔一〕曾任常鎮兵備、從涇陽問學的蔡獻臣曰：「涇陽顧先生魁南畿時，筆力議論，與蘇長公相

〔一〕朱國楨：朱文肅公集，奉直大夫尚寶司少卿慎所丁公墓誌銘。

上下。天下人士争慕效之，文體爲之一變。獻臣總角業舉，即知嚮往。」[二]又曰：「余嘗謂萬曆間，制舉義當以顧涇陽爲第一手。公丙子解南畿，論孟二墨，雄偉豪邁，與蘇長公馳騁上下，令人不可逼視。」[三]至清朝的論文之家，亦對顧涇陽推許甚至。

制義之作，雖然若非純粹的文學産物，然唐宋以來文學上的文體風格，實都不能不與科舉有甚深的關係。士子所幼而摹習，長而求名世者，罕有不遵此轨者。顧氏文風雄健，論理曲折，其受益于此種訓練是顯而易見的。顧氏之文，無處不透露着理學的涵養和黽勉于道的信念，然因他的筆觸有力，思想闊達，議論凜凜而正，每每讓我們读之有充盈的生氣之感，毫不覺得厭惡。這是他文字的勝處。

顧憲成于中國歷代文學的發展變化，也有自己獨到的體會，他藏稿一書中曾提出「甚哉！文之變化日新而無窮也」的觀點。他歷數歷代文學的演進之迹曰：

[二] 蔡獻臣：清白堂稿卷四，顧涇陽小心齋札記序。
[三] 蔡獻臣：清白堂稿卷五，題顧涇陽玄義序。

始吾以爲六經畢，漆園左國其至矣；徐而按之，漆園左國不已，而爲兩司馬；兩司馬不已，而爲三曹，爲二陸，爲二謝；二謝不已，而爲少陵青蓮；少陵青蓮不已，而爲昌黎，爲柳州，爲廬陵，爲眉山。我明之興，爲金華，爲天臺，爲毘陵晉江，爲北地曆下弇州。邇時若京山，若雲間，若長水，亦各翩翩自成一家。于今，又見左卿焉。……甚哉！文之變化日新而無窮也。〔一〕

在這裏，顧憲成並不拘泥于文學的某體，而就文學的本質，融會經、史、詩、文而統合論之，表現出了他對文的時代性、變化性的獨特理解和宏通之見。顧憲成同時强調文不當苟且求奇，也不當簡單地一味追求「字擬而句模」，而世俗之文相矜以奇，「往往舍大道而旁馳騖，殉影響而工掇拾」〔二〕，甚不足取。這些觀點，都是有針對性而發的，也都是有益的。

〔一〕顧憲成：涇皋藏稿卷七，周左卿熊南集選序。

〔二〕顧憲成：涇皋藏稿卷六，崇正文選序。

三

顧憲成之走向仕途，並非意图富貴，而是別有懷抱。他曾在傷悼朋友之際，傾吐心志：「嗟乎！世衰道微，人心離喪，浮破慤，枉蔑貞，淫掩良，争蔽讓。智者相與借詩書以文其奸，愚者謬以爲固然，步亦步，趨亦趨而已。當吾爲諸生，業惻然傷之，時時思有以矯其弊，莫能振也。既博一第，從縉紳先生游，時時私求其人，鮮遇者。」〔一〕

我們對顧憲成政治上的研究一直把焦點放在他從政之後、東林講學論事之「冷風熱血」上，殊不知顧氏對世道的抱負由來已久。這段話就把他青年時期以來潛埋于胸中的對世道的觀察、憤傷都呈現了出來，也同時把他的偉大的社會理想呈現了出來。他之進入仕途，本懷抱着熱切的拯救世道的願望而來。不但如此，他的人生一直懷抱着「時時思有以矯其弊」的信念而拓展。這種時弊，據顧氏自道，却是根深于人心的「世道」。他對人心

〔一〕顧憲成：涇皋藏稿卷二十，哭魏懋權文。

世道的現狀是感觸很深、極爲痛徹而又極其真誠的。我們可以説，顧憲成從政和講學，都是全力以赴此志，政治之作爲和講學之感召，是他展此胸懷的兩條主要途徑。

顧憲成嘗與魏懋權劉國徵二摯友相勉：「吾三人者，或先之，或後之，或衷之，其有濟哉！即不濟，卷而藏之，何恨！求善價而沽，枉尺直尋，非吾質也。」〔一〕這幾句話，就是顧憲成一生事業之計劃和一生精神的真實寫照。萬曆九年（一五八一），首輔張居正病，群臣爲之齋醮，同官代署憲成名，他聞而追削之；萬曆十五年（一五八七）因何起鳴辛自修高維嵩等之糾紛，而上睹事激衷恭陳當今第一切務事疏，忤旨，降三級調外，補湖廣桂陽判官；萬曆二十一年（一五九三），三王並封事起，他倡導吏部四司聯合力争，上建儲重典國本攸關事疏，激切發「九不可」之論；萬曆二十二年（一五九四），吏部會推閣臣，力主王家屏等，違上意，革職爲民，聞命即出都，毫無戀惜。這些都是顧憲成歷政所爲炳耀于文章史册者，亦信其絶無「求善價而沽，枉尺直尋」之質！

顧憲成熱心世道，不甘置身于世外，滿腔赤誠，一身努力，皆欲用于改良之道，使之

〔一〕顧憲成：涇皋藏稿卷二十，哭魏懋權文。

變而至于正大之域。他説：「且夫入山惟恐不深，入林惟恐不密，翛然置安危理亂于不問，以自便其身圖，臣之所大耻也。」〔一〕他以一世之治亂爲己任，勇以赴之，「願爲真士夫，不爲假道學」〔二〕。然他亦何嘗唯激于義氣，而尸亡明之大咎？顧憲成在藏稿的疏文及與友人商量時事時，惓惓不忘以「自反」之説相戒囑。自反之説的精義在于既「虚」且「公」：「在局内者宜置身局外以虚心居之，乃可以盡己之性；在局外者宜設身局内以公心裁之，乃可以盡人之性。何言乎虚也？各各就己分上求，不就人分上求也，各各就獨見獨知處爭慊，不就共見共知處爭勝也，則虚矣。何言乎公也？是曰是，非曰非，不爲摸棱也；是而知其非，非而知其是，不爲偏執也，則公矣。」〔三〕

一生之立行立言，皆爲世道，一生之研究講學，皆爲世道，顧憲成的人格令人動容，覺其有無限的偉大！

泾皋藏稿刻于萬曆辛亥（一六一一），即顧氏逝世的前一年。此本而外，又有四庫全

〔一〕顧憲成：涇皋藏稿卷一，聞命亟趨屢牽夙疾懇乞聖恩俯容修致事疏。
〔二〕顧憲成：小心齋札記卷十七。
〔三〕涇皋藏稿卷五，與伍容庵第三书。

書本和清光緒三年（一八七七）涇里宗祠刻本。本書以取便文字之録，用四庫全書本爲底本，而校補于萬曆刻本。凡有重要異文，于頁下出校；有生僻之語，擇可知者，于頁下出注。至于異體之文，如「㫖」改作「旨」，「臾」作「臾」，「曽」作「曾」，「冝」作「宜」，「緣」作「縁」，「㨗」作「捷」，「抜」作「拔」，「葢」作「蓋」，等等，徑改爲易識者。時間倉促，其疏則百，仰高明是正爲幸。

李可心

二〇一八年四月

目録〔一〕

涇皋藏稿卷一 …… 一

疏〔二〕

睹事激衷恭陳當今第一切務懇乞聖明特賜省納以端政本以回人心事疏 …… 一

建儲重典國本攸關不宜有待懇乞聖明早賜宸斷以信成命以慰輿情事疏 …… 九

感恩惶悚循職披忠懇祈聖明特賜照察並乞休致以安愚分事疏 …… 一三

聞命惕衷自慚獨免恭陳愚悃以祈聖斷事疏 …… 一五

患病不能供職懇乞天恩俯容回籍調理事疏 …… 一七

〔一〕萬曆本有目録，四庫本無。今整理本與萬曆本目録有異。

〔二〕萬曆本「疏」多作「䟽」。

聞命亟趨屢牽夙疾懇乞聖恩俯容休致事疏……一八

涇臯藏稿卷二

涇臯藏稿卷二……二〇

書

上鄒龍翁老師書……二〇
上相國瑶翁申老師書……二三
上穎翁許相國先生書……二五
再上相國瑶翁申老師書……二八
與王辰玉書……二九
上婁江王相國書……三三
復王辰玉書（二篇）……三五
與李見羅先生書……三七
復鄒孚如書……四一
與孫栢潭殿元書……四二

涇皋藏稿卷三

涇皋藏稿卷三 …… 四五
書
上婁江王相國書 …… 四五
瘖言 …… 四七
寐言 …… 五〇
與王辰玉 …… 五三
附録 …… 五五
王相國復書 …… 五五
王辰玉復書 …… 五七
涇皋藏稿卷四 …… 六〇
書
與李養愚中丞 …… 六〇
復中丞養愚李公 …… 六三

與鄒孚如銓部……六四
復楊中臺計部……六七
復陳侍御南濱……六八
柬滸墅搉關使者……七〇
與吴郡博書……七三
與袁邑博書……七五
答友人……七六
復耿庭懷明府……七九
復徐匡岳……七九
復李涵虛……八一
答周仲純……八一
簡伍容菴學憲……八三
與董思白學憲……八五

答友人……八六
與諸敬陽儀部……八七
與錢受之……九〇
簡王弘陽少司空……九一
與吴文臺比部……九二
與丁大參勺原公子……九三
與李見羅中丞公子……九三
簡李元冲銀臺公子……九四
復方本菴……九五
復唐大光……九六
與魏念屺……九六
與周中丞懷魯……九七
復董玄宰學憲……九八

復張繼山……九九
與儀部丁長孺……一〇〇
簡觀察鄒龍翁老師……一〇七

涇臯藏稿卷五……一〇九

書

簡鄒孚如吏部……一〇九
復夏璞齋書……一一一
復錢抑之書……一一二
與陳鑑韋別駕書……一一三
簡修吾李總漕……一一五
與趙太石吴因之二銀臺……一一八
與南垣劉勿所書……一二〇
與東溟高中丞書……一二一

與檢吾徐中丞書……一二二
復錢繼修太僕……一二四
與陳仲醇……一二五
與湯海若……一二六
復虞來初明府……一二六
與陳赤石少參……一二七
與湯質齋侍御……一二八
簡吴徹如光禄……一二九
簡史際明太常……一三〇
與李孟白方伯……一三一
與周念潛太史……一三二
與李方伯孟白……一三三
復祈夷度駕部……一三四

簡高景逸大行人……一三五
與郭明龍宗伯……一三六
復許中丞少微……一三六
與徐十洲侍御……一三八
與友人……一三九
與伍容菴……一三九
與鄒南皋……一四三
答友人……一四四
與姜景尼……一四五
復段幻然給諫……一四六
與李澧撫修吾……一四七
答郭明龍少宗伯……一四九
答高邑趙儕鶴……一五〇

復吴安節太僕……一五一
與吴懷野光禄……一五二
柬高景逸……一五七
與史玉池書……一六九
又與史玉池書……一七〇
涇皋藏稿卷六……一七一
序
朱子節要序……一七一
朱子二大辨序……一七三
刻學蔀通辨序……一七五
心學宗序……一七八
中丞修吾李公漕撫小草序……一八一
景素于先生億語序……一八三

五經繹序 …… 一八五
崇正文選序 …… 一八七
信心草序 …… 一八九

涇皋藏稿卷七 …… 一九一

序

英風紀異序 …… 一九一
願義編序 …… 一九四
鶴峯先生詩集序 …… 一九六
遼陽稿序 …… 一九七
中丞懷魯周公疏稿序 …… 一九九
萬歷奏議序 …… 二〇一
重刻萬歷丙子南畿同年録序 …… 二〇四
石幢葉氏宗譜序 …… 二〇五

貴溪縣志序……二〇七
周左卿熊南集選序……二〇八

涇皋藏稿卷八……二一〇

序

贈鴻齋喬君令洪洞序……二一〇
贈鳳雲楊君令峽江序……二一二
送肖桂朱先生守懷慶序……二一四
贈葵菴楊君擢守永州序……二一六
贈巽川李先生擢守漢中序……二一七
贈松陵尹徐仁宇入覲序……二一九
贈山東僉憲李道甫叙……二二一
贈桂陽聚所羅侯遷兗州少府序……二二四
壽蓉溪葉翁六十序……二二八

送遲菴譚先生遷岷藩教授序……二三〇
贈宜諸歐陽郡侯擢任潁州序……二三二
賀大宗伯太室徐先生六十序……二三四
送敬所周先生擢守平樂序……二三六
贈聚洲王給諫自京口還滇中省墓序……二三八

涇皋藏稿卷九

……二四〇

序

奉賀修吾李先生晉左副都御史序……二四〇
贈劉筠橋還楚序……二四二
奉壽慕閑沈老先生八十序……二四三
贈蒲州褚先生序……二四五
贈郡伯象玄杜公入覲序……二四七
奉壽沈相國龍江先生八十序……二四九

壽南臯鄒先生六十序……二五一
奉壽安節吴先生七十序……二五三
壽念庭周老師七十序……二五六
贈少府滎洲連公擢南民部郎序……二五九
贈中丞懷魯周公晉秩總河序……二六〇
奉賀邑侯石湖陳父母考績序……二六二
贈本菴方先生還里序……二六五

涇臯藏稿卷十……二六七

記

愧軒記……二六七
游月巖記……二六九
尚行精舍記……二七二
虞山書院記……二七五

陸文定公特祠記……二七九
龔毅所先生城南書院生祠永思碑記……二八二
重修二泉書院記……二八五

涇皋藏稿卷十一……二八八

記

虎林書院記……二八八
天授區吴氏役田記……二九二
修復冉涇箭河碑記……二九四
日新書院記……二九五
重修常熟縣學尊經閣並鳌復祀典創置學田記……二九八
長治縣改建學宫記……三〇一
石沙王先生祠記……三〇四
常鎮道觀察使者虚臺蔡公生祠記……三〇六

涇皋藏稿卷十二 …… 三〇九
說
斗瞻説贈陳稚颿 …… 三〇九
三變説 …… 三一一
兩忘説贈赤岡王先生 …… 三一三
庸説 …… 三一四
朱子二大辨續説 …… 三一七
涇皋藏稿卷十三 …… 三二〇
題辭
題中流砥柱圖 …… 三二〇
殫心録題辭 …… 三二二
題闇予諸友會規 …… 三二三
一元巨覽題辭 …… 三二四

題丹陽丁氏追遠會簿……三二五
題同生許明府册……三二六
鄭母吕太夫人七十祝言……三二七
待旦堂漫談題辭……三二八
冰川詩式題辭……三二九
題姚玄升諸友會約……三三〇
題鄒貞女傳……三三一
題婁庠政略……三三一
重刻懷師録題辭……三三三
題周氏譜録……三三四
題石幢葉氏世德傳……三三五
題邑侯林平華父母赴召贈言……三三六
程行録題辭……三三八

涇皋藏稿卷十四 …… 三三九

題辭

華從玉歷試考卷題辭 …… 三三九
馬君常制義題辭 …… 三四一
錢受之四書義題辭 …… 三四二
題南游草 …… 三四三
題施羽王制義選 …… 三四五
惺復錢公四書制義題辭 …… 三四六
題吴允執梅花樓藏稿 …… 三四七
題孫恭甫行卷 …… 三四八

涇皋藏稿卷十五 …… 三五〇

題辭

二僊留勝圖題辭 …… 三五〇

法喜志題辭……三五二
題華羽士卷……三五三
題魁星圖……三五四
簡明醫要題辭……三五四
題鄒忠餘收骨行……三五六

涇皋藏稿卷十六……三五七

誌

明故學諭損齋張先生墓誌銘……三五七
明故翰林院庶吉士完初唐叔子暨配蔣孺人合葬墓誌銘……三六三
明故孝廉静餘許君墓誌銘……三六八
吴母毛太宜人墓誌銘〔二〕……三七二
浦母華太孺人墓誌銘……三七八

〔二〕 萬曆本本卷此下諸題題端皆標「明故」二字。

高室朱孺人墓誌銘……三八一
處士晴沙談翁墓誌銘……三八三

涇皋藏稿卷十七……三八六

誌

明故承德郎山東濟南府别駕蓮巖黄先生暨配許孺人合葬墓誌銘……三八六
明故處士景南倪公墓誌銘……三九一
明故禮部儀制司主事欽降南陽府鄧州判官文石張君墓誌銘……三九六
薛母劉太孺人墓誌銘〔一〕……四〇二
明故貞節錢母卞太孺人墓誌銘……四〇六

涇皋藏稿卷十八……四〇九

表

〔一〕萬曆本題端標「明故」二字。

育菴盧公暨配趙太孺人合葬墓表〔二〕……四〇九
龍洲顧公暨室徐孺人合葬墓表〔三〕……四一二
明故贈文林郎錢塘知縣少源聶公墓表……四一四
涇皋藏稿卷十九……四一七
傳
雲浦陳先生傳……四一七
鄒龍橋先生傳……四二一
鄭大夫平泉公傳……四二四
陳贈公暨杜太恭人合傳……四二六
涇皋藏稿卷二十……四三〇
祭文

〔二〕 原題端萬曆本有「明故」二字。
〔三〕 原題端萬曆本有「明故」二字。

哭莫純卿文……四三〇
祭陳雲浦先生文……四三三
哭劉國徵文……四三六
哭魏懋權文……四三八
再哭魏懋權文……四四〇
祭王澤山太親翁及陳太親姆文……四四二
祭中丞魏見泉先生……四四三
祭龍岡[二]施老師……四四五

涇皋藏稿卷二十一

……四四八
先贈公南野府君行狀……四四八
母氏錢太安人六十徵言……四五六
奉祝伯兄伯嫂雙壽六十序……四五八

〔二〕 萬曆本目録「岡」作「翁」。

鄉飲介大兄涇田先生行狀……四六一
奉壽仲兄涇白先生六十序……四六九
涇皋藏稿卷二十二……四七三
先弟季時述……四七三

涇皋藏稿卷一

明　顧憲成　著[一]

丁亥三月[二]

睹事激衷恭陳當今第一切務懇乞聖明特賜省納以端政本以回人心事疏

臣于本月初一日接得邸報，四川等道御史高維崧等一本乞恩認罪事，奉聖旨：「用人出自朝廷，你每不論是非，輒[三]肆行攻擊，抗旨求勝。及有旨著[四]推舉，却又推諉支吾，

[一] 萬曆本題款作「無錫顧憲成著」，今依四庫本。
[二] 萬曆本原題上提一格有此四字，四庫本削之，據補以明其時。
[三] 萬曆本作「輙」。
[四] 萬曆本作「着」。

好生恣横反覆。本都當重治，姑念人衆，爲首的高維崧著降三級，趙卿張鳴岡左之宜各降一級，俱調外任，其餘的各罰俸一年。吏部知道。欽此。」臣見之且疑且駭，退而思之，憂結盈腹，誠不自知其然也。

今夫工部尚書何起鳴，君子歟？小人歟？其訐都御史辛自修也，果有據歟？無據歟？而御史高維崧等之合糾起鳴也，公歟？私歟？此皆章章較著，不待辨而知者也。皇上爲起鳴罷自修，謝之矣，而又降及高維崧等四御史，何歟？皇上以爲用人出自朝廷，是也，今者起鳴訐自修則罷自修，訐維崧等則降維崧等，可謂出自朝廷歟？皇上亦嘗謀諸執政大臣歟？其謀之而不以告歟？其告之而不以聽歟？意者第謀之左右而已歟？或他有所獲罪，而起鳴因而擠之歟？皆不得而知也。夫自修者，其賢與否臣姑無論也；職司考察，反被中傷，大計重典，一朝而壞，臣亦姑無論也；惟是謂維崧等之疏，出自承望，則臣以爲謬甚矣。

臣竊見邇年以來，人心日下，猜忌繁興，讒誹殷積，或曰某也某黨也，或曰某也某仇也，或又曰某也陽爲某而陰爲某也。所附在此則濟其私，不濟其公；所傾在彼則睹其非，不睹其是。遂乃飾無爲有，騰一爲十，塗豕盃蛇，俱成公案。甚矣！時俗之過爲揣摩，幸人之災而不樂成人之美也！幸而昨者本部奉旨考察，無論恩怨，一秉至公。命下之日，中外翕然稱服，以爲我皇上之明，二三執政之有容如此，無不愧恨其昔之窺之者太淺而求之者之太深也。亦可以見人心之公不容泯，而挽回有機矣。何意復睹是紛紛乎！

在起鳴既疑以宿釁蒙搆，在自修又疑以忤時招尤；在起鳴既見以有援而巧爲排，在自修又見以受屈而急于辯，皆過矣。顧獨坐維崧等承望耶？即爾，彼給事中陳與郊等深詆自修，何爲者耶？何怪乎人言之嘖嘖也！若曰：一則公，一則私，臣不能解也。試使兩者平心定氣，易地而觀，臣恐我之所謂公，固即彼之所謂私，而彼之所謂私，亦即我之所謂公耳。柰何舍我而罪彼哉？爲今之計，臣以爲莫若各務自反而已。起鳴當思何以爲衆論所鄙，自修當思何以爲儕友所猜，維崧等當思何以言出而召侮，與郊等當思何以言出而啓疑。至于執政大臣，尤應倍加檢省，風厲百僚，己雖有善不敢輕以自滿，人雖未諒不敢重以尤人。若無若虛，孜孜汲汲，積而久之，精神透徹，誠意孿〔二〕如，本無偏好，誰能

〔二〕萬曆本作「欒」。

求同？本無偏惡，誰能求異？雖有褊心鋭氣，皎皎而負爲高者，亦聞焉而慚，見焉而悔，恍然自失而不知矣。如是而猶或貳以二，或參以三，將君子薄之，輿論非之，共起而爲我驅也，何必遽與之校哉？

元輔申時行虚衷雅度，天下共推；次輔許國王錫爵一心一德，和衷弼理；偕臻斯道，正自不難，要在卓然以臯夔稷契相勗，不但如近時所稱名相而已，庶幾可以答天下耳。若乃以智角智，以力角力，釋仁義道德之用，而競巧拙于毫毛，假僥得濟，終屬雜霸假仁〔二〕，非今日所宜用也。先是，御史甘士价進和衷之説，其指甚美。第不務拔本塞源，而徒欲調停于聲色之間，其究非强上以徇〔三〕下，則强下以徇上，雖外貌可觀，病根終在。扁鵲盧醫望而却走，而庸人方以爲無足憂，此臣之所以不容已于言也。

抑臣又因而有感焉，請畢其説。臣竊見今之時，凡非科道而建言者，世必詬之曰是出位，曰是好名，又曰是爲進取之捷徑耳；不然，則又曰是多行不韙，計畫無之，聊借以蓋

〔二〕「假仁」，萬曆本作「雜夷」。
〔三〕萬曆本作「狗」。

醜而脱計綱也。斯四者，亦誠有之矣，而不可不求其故也。臣嘗妄謂，明興二百餘年矣，西漢之經術，東漢之節義，唐之詩詞，宋之理學，並彬彬稱隆，而獨言官之氣稍不振。天下多故，危言讜論，往往出于他曹。無論其遠，即如我皇上莅阼〔二〕，故相張居正用事，數年之内，言官有相率讚頌已耳，有相率保留已耳，有相率祈禱已耳，以求吴趙鄒沈王艾之儔，何寥寥也！又如近日維崧等合糾起鳴，本屬公議，及皇上詰責所以，輒惶恐推避，莫適爲首，惟有謝罪不暇已耳，亦無能自見始末，開廣聖心者。曾不思皇上聰明睿智，從諫如流，有如維崧等披露情愫，曉暢事實，章晰誼理，剴篤言辭，即皇上一覽而悟，未可知也。臣甚惜之！

由此觀之，假令言官不爲利誘，不爲威惕，無事不瑣屑以取厭，有事不依回以取容，牽裾折檻，時不乏人，他亦無繇而奮其説矣。然則使人之得以出位而言者，臺省之爲也。夫人情未有不喜順而惡逆者也，而况于居尊顯者乎？彼其喜也能令人榮，其惡也能令人辱，有一人焉獨拂其所喜，干其所惡，端言正色，侃侃不顧，夫安得而不名高也！名高

〔二〕萬曆本作「祚」。

矣，而當之者方苦于不堪，厭恨之不足而至廢棄，廢棄之不足而至摧折，則天下皆咈然不平于其心。一旦時移事改，是非論定，夫安得而不加殊擢也？且夫短長，人所時有也，天下非盡中行也，食肉者非盡賢與能也，而獨苛求于斯！人欲甘心焉，則天下必有藉爲口實者矣，又安得而不姑舍是也？是故抑者予其揚者也，屈者藉其伸者也，退者佐其進者也，斷可識矣。假令其言是，怡然而受之；其言非，廓然而容之。録其長不疵其短，褒其直不嗔其狂，欣其誠不虞其矯。我用其言，何必計其人；我不用其言，何必疾其人。審如是，人人而能言也，何名可賈？何利可徼？而亦何醜可蓋？非徒然也，而我反因之獲容直之名，收用言之利矣。然則使人之得以賈名，得以徼利，又得以蓋醜者，廟堂之爲也。

至于建言者，其人大都負氣自喜，不耐矜束，闊略于規矩，遇事發憤，往往過當。聽者方内懷不服，退而詢其行事，又不足以滿其意，則曰：「爾以古人畜我，何不以古人自畜？」而前後之人察見意指，又因而媒蘖〔一〕之以取媚，尋垢索瘢，無所不至。于是遂置其言不復采，而並其人亦賤之矣。假令士能潔躬修行，入不愧妻子，出不愧朋輩，則其人

〔一〕萬曆本作「孽」。

重，其言亦重，夫安得而無聽？然則使人之得以舉而納諸群詬之中者，建言者之爲也。故臣以爲亦莫若務自反而已。自反則上何暇以言爲罪，下何暇以言爲高，惟各盡其在我而已矣。

先是，都給事中楊廷相條陳考察事宜，意欲痛懲矯激之非，蓋亦有説。第人之常情，自是逆指者少，順指者多。不知自反而徒彼此相尤，其究必多者日勝，少者日負，將來之患，正恐不在矯激耳。如曰：「曩居正用事，宜尚異，今非其時也，宜尚同。」則唐虞之際，猶然朝有吁咈，野有誹謗，而孔子亦云「邦有道，危言危行」。方今君聖臣賢，千載一會，不以唐虞有道望斯世斯民，而僅僅較短長于居正柄國之日，此臣之所痛也。是故彼一時也，上下壅隔，群邪朋興，雖無一事不出于私，人皆以爲常。此一時也，上下寅恭，衆正彙集，少有一事不出于公，人皆以爲異。此臣之所以尤不容已于言也。

臣腐儒也，無所知識，生逢明聖，思見太平，情激乎中，不能默默，輒以自反之説進，熟念當今第一切務無過此者。其用心寬而動物速，其操術簡而收效宏。夫惟皇上超然遠覽，穆然深思，凝然獨立，反躬責己，端本澄源；無論大臣小臣、近臣遠臣，而皆視之爲一體；無論諷諫直諫、法言巽言，而皆擇之以用中。仍諭大小臣工，無猜無忌，自責自修，勿惜任怨之名以逢君欲，勿希將順之美以便己私，勿徇〔二〕一時之喜怒以貽禍將來，勿執一己之是非以誤傷國體。至于左右近侍，亦時以此照察之，使其各知愛惜，共享榮名。其維崧等四御史，姑令照舊供職，則皇上何以不若堯舜？在廷諸臣何以不若臯夔稷契？天下何以不若唐虞？蓋變化人才、轉移世道之機，實在于此。大學曰：「自天子以至于庶人，壹是皆以修身爲本。」中庸曰：「正己而不求于人則無怨。」孟子曰：「行有不得者，皆反求諸己，其身正而天下歸之。」又曰：「以善養人，然後能服天下。」臣誠不勝惓惓，惟皇上裁察焉！

奉聖旨：「這本黨護高維崧等，肆言沽名，好生輕躁。顧憲成姑著〔三〕降三級，調外任用。前有旨特諭各部司屬，欲陳所見的，都呈稟堂官，定議具奏。顧憲成曾否呈稟堂上官也，著回將話來。」

〔二〕萬曆本作「狥」。
〔三〕萬曆本作「着」。

癸巳二月[一]

建儲重典國本攸關不宜有待懇乞聖明早賜宸斷以信成命以慰輿情事疏吏部四司公本

臣等伏見皇上思祖訓立嫡之條，欲將三皇子暫一併封王，以待將來有嫡立嫡，無嫡立長。于此知皇上之心有惕然其不敢自專者，而必以上合聖祖之心爲安也。又見皇上諭輔臣王錫爵等：「朕爲天下之主，無端受誣，以爲可痛可恨！」于此知皇上之心，有歉然其不敢自適者，而必以下合天下之心爲安也。有君如此，豈不真聖君哉！乃臣等退而思之，惟是「待」之一言，有不能釋然而無疑者。皇上之所據以爲得，在此；而天下之所共據以爲失，亦在此。此吉凶之原，安危之幾，不可不早辨而慎防也！

夫太子，天下本。立本，所以不忘天下也；豫定，所以固本也。如之何其可緩也？

[一] 萬曆本題前有此四字，今據補。

是故有嫡立嫡，無嫡立長，是也；待嫡，非也。就見在論嫡之有無，是也；待將來論嫡之有無，非也。夫待之爲言也，濡滯而鮮決，懸設而難期；撓不刊之典，潰不易之防，隳不攜〔一〕之信，叢不解之惑，開不救之釁，貽不測之憂，甚不可也！臣請得而歷數之。

皇上之稱祖訓惓惓矣，顧其所言立嫡、待嫡二條，意各有主，質以建儲之事，判然不類。皇上第以其合于己，援而附之，是爲尊祖訓乎？是爲悖祖訓乎？其不可一也。嘗考我朝建儲家法，東宫原不待嫡，元子並不封王，廷臣連章累牘，言之甚詳，歷歷可按。皇上第以其不合于己，置弗爲省，豈皇上創得之見，有加于列聖之上乎？其不可二也。臣等聞之，凡有天下者稱天子，天子之元子稱太子，太子之元子稱太孫。天子繫乎天也，君與天一體；太子繫乎父也，太孫繫乎祖也，父子祖孫一體也。故親之主鬯承祧于是乎在，不可得而爵者也。餘子則稱王，王必繫之地，各有分域，可得而爵者也。今欲並封三王，元子之封何所繫乎？無所繫則難乎其爲名，有所繫則難乎其爲實。其不可三也。皇上亦曰權宜云耳。夫權者，不得已而設者也。元子升儲，諸子分藩，于理爲順，于情爲安，于

〔一〕萬曆本作「携」。

分爲稱，于訓爲經，有何疑顧？有何牽制？有何不得已而然乎？耦尊鈞大，偪所繇也。偪則淩，淩則僭，厲所階也，豈細故哉！而姑任之。其不可四也。皇上以聖祖爲法，聖子神孫以皇上爲法，皇上尚不難創其所無，後世詎難襲其所有？自是而往，幸而有嫡可也，不然，是無東宫也，無東宫也，無乃悮萬世之大計乎？又幸而如皇上之英明可也，不然是凡皇子皆東宫也，無乃釀萬世之大患乎？臣每念及此，便自寒心。皇上獨能宴然而已耶？其不可五也。且夫皇后者，所與皇上共承宗祧者也，期于宗祧得人而已。宗祧得人，而皇后之職盡矣，豈必有嫡而後爲快？夫皇上，以父道臨天下者也；皇后，以母道臨天下者也，一體也。是故皇上之元子，即皇后之元子也，雖恭妃不得而私之也；皇上之諸子，即皇后之諸子也，雖皇貴妃不得而私之也。何者？統于尊也。今庶民之家，妾之有子，亦以其妻爲嫡母，固其定分然耳，豈必自己出而後爲子？又豈必如輔臣王錫爵之請，須拜而後稱子哉？皇上何不斷以大義而爲此區區乎？其不可六也。況始者，奉旨少待二三年，則是二三年而已；俄而改于二十年，則亦二十年而已；俄而又改于二十一年，則亦二十一年而已，猶可以歲月爲期也。今曰以待嫡嗣，則未可以歲月爲期也。德音方布而忽更，聖意屢遷而彌緩，非由預瀆，非由衆激，何以謝天下？其不可七也。善乎皇上之言之也，曰「朕爲天下之主」！夫爲天下之主者，未有不以天下爲心者也。自並封之命下，聞者莫不悵然若失，愕然若驚，一日之間，叩閽而上封事者不可勝數。至于閭巷小民，亦嚣然聚族而議也。是孰使之然哉？人心之公也。而皇上猶責元輔王錫爵擔當，錫爵夙夜趨召而來，正欲爲皇上定此一大事。排群議而順上旨，非所謂擔當？豈其願之？惟是日夜惶悚，矢志積誠，必欲納皇上于無過之地，乃真擔當耳。不然，皇上尚不能如天下何，而况錫爵哉？其不可八也。凡人見影而疑形，聞響而疑聲，皇上神明天縱，信非溺寵狎昵之比，而不諒者，一意揣摩，百方猜度，殆難以家喻而户曉也。是故皇上方以爲無端受誣，天下且以爲無端反汗。無端受誣，豈惟皇上有所不堪，即臣等亦爲皇上不堪；無端反汗，豈惟臣等不能爲皇上解，即皇上亦不能爲臣等解。皇上盛德大業，比靈三五，而乃來此意外之紛紛，不亦惜乎！其不可九也。

凡此九不可，皆「待」之一言爲之也。故曰：「待者，事之賊也。」猶豫則亂謀，優游則妨斷，因循則失時，徘徊則啟伺，遷延則養禍，豈非天下之大戒哉！伏願皇上反觀默省，長慮却顧，以成憲爲必不可違，以輿論爲必不可拂，以初命爲必不可爽，以新諭爲必不可行，斷自宸衷，亟舉大典。皇元子首正儲位，皇第三子、皇第五子並錫王封，庶幾父父子子，君君臣臣，兄兄弟弟，宗廟之福，社稷之慶，千萬世無疆之休，悉萃于此矣！

臣等曷勝惓惓願望之至！

癸巳三月〔一〕

感恩惶悚循職披忠懇祈聖明特賜照察並乞休致以安愚分事

疏代孫堂翁立峯作

臣自惟奉職無狀，具疏上陳。聖德如天，曲賜寬假，慰之以清慎，督之以救正，勉之以供職，展誦再三，且感且愧，夫復何言！獨念人臣之罪，莫大于專權；國家之禍，莫烈于結黨。臣日夜彷徨，莫知所以，不得不爲皇上一陳之也。

〔一〕據萬曆本補此四字。

夫權者，人主之操柄也。人臣所司，謂之職掌。吏部以用人爲職，進退去留，一切屬焉。然必擬議上請，奉旨而後行，則所謂權者，固自有在，非人臣可得而專也。是故職主于分任，而權則無所不統；權主于獨斷，而職或有所不伸。君臣之分，于是乎在。蓋其際嚴矣！

臣世受國恩，皇上又不以臣爲不肖，令待罪銓曹，臣感激殊遇，勉圖報塞！受事以來，矢志奉公，内之不敢一毫有所顧戀，外之不敢一毫有所畏忌，夫孰非恃皇上之信之也！其或進或退，或去或留，夫孰非皇上之靈命英爽也！是謂之守職則可，謂之專權似未也。今以議留二部臣爲專，則無往而非專矣。况鄒元標諸人，海内日引領望其柄用，顧屢推屢格，臣方内愧行能淺薄，無當聖心，至于疑貳沮撓，動成掣肘，自失其職，而更責以專權乎？若夫「黨」之一字，漢唐宋傾覆之原，皆在于此。臣非特口不忍言，目不忍見，抑且耳不忍聞，若之何其以爲戲也！凡科道論劾，下部覆議，自有去留，即外計拾遺亦然。今以議留二部臣爲結黨，則無往而非黨矣。且宋臣歐陽修言：「君子有朋，小人無朋。」方今在廷號爲多賢，惟是人各有心，形迹岐而猜忌漸起，精神隔而議論漸煩。臣忝爲首臣，方愧不能雍容調劑，合君子而爲一，以共讚太平之治，而更責以結黨乎？

夫銓曹，重地也，非其人則不當居其地，業已使之居其地，則不當疑其人。昔之專權結黨者，亦往往有之矣，並不在銓曹，誠使自臣而始，臣之大罪也。即以專權結黨爲嫌，畏縮消沮，自救不暇，則銓曹之輕，自臣而始，亦臣之大罪也。臣衰病日侵，任使不效，徒潔身而去，俾專權結黨之説，終不明于世，來者且以臣爲戒，又臣之大罪也。臣憂結于中，不忍默默，輒用披露。伏乞皇上矜其愚，不録其罪，特加省察，並望賜臣骸骨，歸老林泉，與田夫野叟，共祝聖壽于無疆。皇上之恩，真同天地矣！臣無任悚息待命之至！

癸巳三月〔二〕

聞命惕衷自慚獨免恭陳愚悃以祈聖斷事疏同考功司員外郎李復陽上

頃者，皇上覽科臣劉道隆疏，切責吏部專權結黨，隨奉旨回話，皇上將該司郎中趙南

〔二〕 據萬曆本補此四字。

星降調外任。一時聞者洶洶，相與求其故而不得。乃臣等退而思之，惟有惶悚而已。

竊念臣等與南星生平以道義相期許，及在同部，又以職業相切磨。惟茲内計之典，始而咨詢，繼而商搉[二]，臣等皆與焉。至于議留虞淳熙、楊于庭二臣，臣等亦以爲誼出憐才，嘗從臾[三]之。今南星被罪，臣等獨何辭以免？南星一意奉公，不以情庇，不以勢撓，庶幾少挽頹風以報皇上，而竟不免于罪！況臣等自揣才識不逮南星遠甚，其迂戇椎魯又或過焉，若復靦顔在列，將來招釁速戾，有不止于南星者矣。然則與其去南星，孰若去臣等？與其留臣等，孰若留南星？用是不避煩瑣，仰瀆宸聽，伏惟皇上擴天地之量，垂日月之明，念南星自謀則拙，謀國則忠，還其原職，以示任事者之勸，無徒快被察諸人之心。臣愚幸甚！倘始終以爲專權結黨，乞將臣等一併罷斥，無令南星獨蒙其責。臣愚亦幸甚！臣等曷勝惶悚待命之至！

〔二〕萬曆本作「確」。

〔三〕從臾：與縱臾、慫慂通，獎、勸也。

癸巳十一月〔一〕

患病不能供職懇乞天恩俯容回籍調理事疏

臣章句書生，遭際明時，誤被甄收，洊歷今秩。聖恩如天，慚無寸報，何敢言私！奈臣稟氣素弱，居平恒喜静而厭動，一遇煩勞，寢食俱廢。近者不意驟陟選司，諸務棼雜，朝夕拮据，遂致心脾受傷，頭目昏眩。兼之入冬以來，積感風邪，痰火寒熱諸疾，一時並作。延醫診視，咸謂元氣下墜，邪氣上乘，非謝絶群囂，投閒静攝，難冀痊可。隨具呈堂官，堂官再三督臣之出，臣于此進退維谷，實爲狼狽，萬不得已，仰瀆天聽。查得萬歷〔二〕二十年五月内，文選司郎中鄒觀光因病自疏乞歸，荷蒙俞允。伏乞勑下本部，照例放臣回籍調理。倘犬馬餘生，僥倖不先朝露，尚得從田夫野老祝聖壽于無疆也。臣曷勝迫切懇祈之至！

〔一〕據萬曆本補此五字。
〔二〕萬曆本作「曆」。

己酉十一月〔二〕

聞命亟趨屢牽夙疾懇乞聖恩俯容休致事疏

臣直隸常州府無錫縣人，由萬曆八年進士，歷任吏部文選司郎中，至萬曆二十二年罷歸，尋蒙恩詔復官。至萬歷三十六年十月二十一日，接得邸報吏部一本開讀事，奉聖旨：「顧憲成起升南京光禄寺少卿添注。欽此。」臣聞命自天，不勝感激，謹望闕叩首謝恩訖。

竊念臣猥以疏劣，重負任使，歸田以來，日夜省惕。皇上宥弗爲討，亦已過幸，更荷聖慈，襃〔三〕然優録，誼當竭蹷而趨，捐軀圖報。遂于今春二月啟行。不意十五年前所患眩暈之症，一時陡發，不能前也。吏部業爲寬限矣。延醫調理，至八月，稍可勉爲啟行，不意行至丹陽而加劇焉，又不能前也。吏部又爲寬限矣，豈非不忍臣之卒廢于明時哉！

〔二〕 據萬曆本補此五字。
〔三〕 萬曆本作「裒」。

獨計臣少不自愛，踰壯便衰，行年六十目昏耳聾，老態盡見，已不足效馳驅、備鞭策，況今病入膏肓，糾纏無已，奈何尚欲僥倖于萬一也！且夫入山惟恐不深，入林惟恐不密，恝然置安危理亂于不問，以自便其身圖，臣之所大耻也。明知身之不能前矣，猶然徘徊道路，遷延歲月，偃蹇簡書，遲速惟意，以自陷于大戾，尤臣之所大懼也。

查得吏部職掌弘治四年題准：「凡自願告休官員，不分年歲，俱准致仕。」又嘉靖十年題准：「今後内外官員有疾，願告致仕者，聽。」臣謹瀝誠上請，伏乞勑下該部，查臣別無假託，容令休致。自今以往，得保餘生，與閭閻父老歌堯天而詠舜日，皆皇上再造之恩矣。臣無任迫切懸企之至！

涇皋藏稿卷二

明　顧憲成　著

上鄒龍翁老師書

不肖憲之走金陵而就試也，家嚴呼而謂曰：「孺子何知，遂褒〔二〕然而冠諸童儒，幸耳！又得隨諸茂才，與觀場之列，又幸耳！幸不可屢僥，敢他望乎？吾有一心事，孺子能爲我了之，勝于獲雋百倍矣！」憲跽而對曰：「惟大人之命！敢請？」家嚴曰：「吾所識窮乏，唐應麒者，其父居邑之市中，日接四方之游商而主之，藉以生活。方江寧盜蔣六飾裝而至其家，初不意其爲盜。方蔣六發其裝而與之有所抵易，初不意其爲禦人之貨

〔二〕萬曆本作「裒」。

也。無何，蔣六敗而株連之，逮至江寧。父遘累而亡，子遘累而繫，出鄉井，入囹圄，積歲月而不解。蓋其所與之相抵易者，既援以爲脏而虚捐其一倍之費；其援以爲脏者，則又不止于其所抵易也。而藉口于一事之實，刀筆之吏從而羅織之，遂得罪，則應麒之所坐可原也。且應麒之繫，迄今不解也，爲其贜〔二〕未償也，而贜則赦矣。在應麒煢煢獨夫，非敢抗而不償，實惟遘累之後，止存赤骨，即欲償不能；又以爲赦既及，即不償無害也，竟惟日日待赦。在當事者按舊牘，奉新例，非不能赦一未償之贜，實疑應麒之産尚可以償，又以爲赦而償，償而赦，則可以收其實利而與之虚名也，竟惟日日待償。審如是也，一日不償，一日繫矣；終身不償，終身繫矣。相彼獨夫，欲覓其身命易耳，舍此而更有所督責，將持何者而應之？則應麒之所處可憫也。

「應麒有母而未老，有妻而未歸，母恐其子之須臾死也，請于其妻之家曰：『吾子可以無妻而不可以死，吾可以無婦而不可以無兒。願返我聘，不願歸我婦也。』妻之家持不可。母堅請之，益堅持不可。誠謂其赦也，而不意當事者迫之償也。久而不償，久而不

〔二〕贜、脏二字原本自異。萬曆本一例作「脏」。

赦，勢不得不出于母之計矣，而況乎其聘之返也，又不足以償也？是使爲母者既失其婦，又失其子；爲子者既失其妻，又併其軀命而不保也。則應麒之爲計可哀也。孺子識之，此吾之所寤寐疢心也！」

憲復跽而對曰：「大人此一念，天地鬼神實鑒臨之，兒何敢忘！惟是眇眇〔二〕一書生，何能爲！」家嚴曰：「吾亦籌之矣。聞江寧侯與上元葛二尹同里，而葛二尹實嘗丞吾邑，可以情控也。」憲曰：「兒未識葛二尹，奈何？」家嚴曰：「鄒龍翁父母見官兵曹，不嘗國士遇汝者耶？當葛二尹丞吾邑時，此老爲之長，最相知。誠得此老慨然達之葛二尹，葛二尹轉而達之江寧侯，則其事可立白。是一言而起一人之生也。應麒之事白，則母得以有其子，妻得以有其夫，而彼亦得以有其母與妻。是一言而起一家之生也。應麒在縶，饑無食，寒無衣，近復罹疫症，體槁〔三〕而色不人，諸同縶者皆危之。其存與亡也，蓋在旦夕。誠欲援而生之也，亦惟在旦夕。拯溺救焚，勢不容少緩。孺子識之。此吾之所倚門倚閭，

〔二〕萬曆本作「耖耖」。
〔三〕萬曆本作「稿」。

盼盼〔一〕而引領也！」憲喜曰：「鄒老師，仁人也，事其濟乎！」遂頓首受命而行。

茲敢一一述諸老師，老師何以裁之？即曰「是故吾赤子，吾不忍其坐斃」，矜而許之耶？不肖庶幾有以復于家嚴矣，是老師之賜也，不肖之幸也！抑曰「若書生耳，何爲强與人事」，揮而叱之耶？即不肖歸而見家嚴，何辭以謝？是應麒之窮也，不肖之罪也！老師仁人也，于斯二者，必有擇矣。臨緘，曷勝懇迫之至！

上相國瑶翁申老師書此稿已削，適從敗簏中檢得初稿，追念往事，不忍棄也，聊復存之。

憲聞之，君子在朝則天下必治，小人在朝則天下必亂。夫何以治也？君子正也。正則所言皆正言，所行皆正行，所與皆正類，凡皆治象也，雖欲從而亂之，不可得而亂也。夫何以亂也？小人邪也。邪則所言皆邪言，所行皆邪行，所與皆邪類，凡皆亂象也，雖欲從而治之不可得而治也。憲書生也，何敢妄相天下士！及來長安，迹耳目之所睹記，往往

〔一〕萬曆本作「昐昐」。

不能釋然于心，聊掇其概。

吏部掌邦治，果清通簡要之品乎？户部掌邦計，果廉介恭儉之品乎？禮部掌邦教，果端凝淵穆之品乎？兵部掌邦政，果磊落奇杰之品乎？刑部掌邦禁，果公平明恤之品乎？工部掌邦土，果精嚴練達之品乎？都察院掌邦憲，果剛方直亮之品乎？斯不亦善乎？如其未也，將無僅僅備員而已乎？然則在朝者，君子乎？非君子乎？憲不得而知也。已，徐而按之，賢如鄒公元標、沈公思孝、艾公穆、傅公應禎軍伍矣，賢如劉公臺囚伍矣，賢如趙公用賢、吴公中行、朱公鴻謨、孟公一脉、王公用汲民伍矣，賢如徐公貞明、李公楨、喬公巖、趙公參魯雜職矣，賢如趙公世卿王官矣。然則君子者，在朝乎？不在朝乎？憲不得而知也。則又伏而思之，君子在朝，非君子自能在朝也，本之君子之領袖爲之連茹而進也。今寧無君子之領袖乎？有之則宜君子日多，而何未見其多也！小人在朝，非小人自能在朝也，本之小人之領袖爲之連茹而進也。今寧有小人之領袖乎？無之，則宜小人日少，而何未見其少也！憲不得而知也。不知故疑，疑故懼，輒敢于老師乎私質焉。

竊以爲當今皇上之所倚重，無如首揆，海内之所仰重，亦無如首揆。老師與之朝夕共事，必能洞徹其真精神所在。其毅然以宗社生靈爲己任，而是非利害不足動其心者歟？抑猶未免于自用歟？而老師之于首揆也，其相知相信，可以披肝瀝膽，盡言而不諱者歟？抑亦體貌之間而已歟？然則老師將如之何而可歟？其一切順而聽之歟？抑亦思以逆而挽之歟？順而聽之，吾懼其爲隨，究也必至于兩相扶同以成壅蔽之害，而國家之事壞；逆而挽之，吾懼其爲激，究也必至于兩相矯異以成乖睽之害，而國家之事亦壞。意者不隨不激之間，有妙用存歟？凡此，皆憲之所願聞也。老師其遂進而提命之，曠然有以大發其蒙歟？抑亦曰：「有是哉？爾之迂也！」姑笑而置之歟？敬九頓以請！

上潁翁許相國先生書

竊惟天下之事所以至于破壞而不可收者，其初起于一人之私而已。夫誠一人之私，天下誰不知其非者？于法未足以壞也，蓋有附之者焉。其附之者，又皆庸衆細人，名醜實惡，天下又誰不知其非者？于法又未足以壞也，蓋又有效之者焉。其效之者，又皆其匹類，要以互相爲利而已，天下又誰不知其非者？于法終又未足以壞也。惟其日積月累，循以爲俗，雖夫端人正士，亦安然居之而不疑，然後遂破壞而不可收也。憲不敏，不省其他，竊恐今之貢舉將類于是，是以不得不謁之明公也。

夫明興二百餘年矣，其執政者非盡周公旦、召公奭也，其壞法亂紀，亦多有之矣，獨未有及于是者也。焦氏芳朝及之而夕敗，自是無敢爲芳也者。翟氏鑾夕及之而朝敗，自是無敢爲鑾也者。而獨近者張江陵輔政，神奸鬼計，高出二氏之上，暫爾苟完，衆皆效尤，相與鱗比而進，莫或疑怪。及江陵没，一切稗政，日銷月鑠，幾至于盡，惟是不變也。非徒不變也，又或從而甚之矣。此天下之所以喟然歎恨也。然而往者懾于江陵之威，徒以積其憤于胸中，卷口結舌，今者又徘徊觀望，莫肯發語，其故何也？天下大矣，非遂無賈傅梅尉劉宗正[一]其人也。意者以爲有明公在，可無虞也。明公當世之端人正士也，往聞江陵不丁父憂，明公不是也。乃者江陵病，諸公卿争爲禱于東岳，明公又不是也。明公之不佞

[一] 三人分别指西漢賈誼、梅福、劉向。

也如是，何獨于此而不然？故曰：有明公在，可無虞也。

雖然，又有從而爲之辭者矣，曰：「科場，公典也，不可意也。意而收之，昵也；意而棄之，矯也。二者，其失等也，付之無心而已。」愚以爲是言也，乃雍容之雅談而非救時之切論，正孔子之所謂佞也。夫救時者，未有不用矯者也。夫矯之爲不可也，惟其乖世忤俗，用于家而家非之，用于國而國非之，用于天下而天下非之，故不可也。若其移而用于今日之科場，以裁宰輔之子弟，將暘谷以西，昧谷以東，人人快之，不勝其是也，夫何病于矯？夫明者，衆所依以視也；聰者，衆所依以聽也。今明公行將主南宫政矣，天下之視聽于明公者不少也。即欲慨然出而救之，使國家興賢育材之制，將壞而復完，是惟明公！即以爲固然，安而聽之，使君子忘其非而不見詰，小人成其是而不見沮，亦惟明公！

明公當世之端人正士也，其必有以慮之矣。憲也，辱在執鞭之末，每見明公，明公輒以德義勗，以故不敢愛其昧昧之思，率爾宣露。惟明公進而可否之。幸甚！

再上相國瑶翁申老師書

昨言魏李兩君于老師，老師欣然不爲忤，竊有窺于老師之大也！獨元相所稱某甲子之説，非特中魏侍御而已，且並侍御弟允中而中之，憲甚惑焉！竊惟自江陵諸公子相繼登第，人情洶洶，嘖有煩言，爲日久矣。前者憲不避紛瑣，屢肆陳説，惟是之故。信如某甲子之説，憲亦何求而不得乎？

嗟乎！當江陵擅國，諸言事者無不被罪去，以是臺諫緘口結舌，靡靡不立，天下傷之！至于今，稍稍能以直言振矣，顧亦往往有所揣摩緣飾而然，其真痛真癢處，亦逡巡觀望，莫之敢及，則科場一事是也。獨魏侍御不忌而抗疏言之，李民部不忌而抗疏救之，是爲真能直言。執政于此兩人，能優容之，是爲真能優容。而夫人者，又從而媒蘖〔一〕于其間，其亦不仁也已矣，夫此何病于兩君也！凡進言者大率其中有不可忍者耳，其意非望

〔一〕萬曆本作「孽」。

于求完也。夫惟不完，而後其名高。即完矣，久而積嫌積毁，日銷月鑠，不保其卒，天下必曰「是嘗用某事忤貴人也者」，相與太息而追賞之，即其名又高。而我乃獨受其蔽言咈諫之咎耳。所得在彼，所失在此，是何其愛執政以姑息，而愛兩君以德之甚也！詩曰：「取彼譖人，投畀豺虎。豺虎不食，投畀有北。有北不受，投畀有昊。」憲誠不勝過慮，再用披露，庶幾老師始終矜而察之，以兩君完，俾天下後世咸有窺于老師之大也。不肖憲幸甚！世道幸甚！臨緘惶恐不次！

與王辰玉書

僕不敏，幸獲與足下生而同壤，又幸往年從長干雨花之間，望見末光，足下無鄙而好進之，雖御李識荆〔二〕未足以方其暢也。自審疏薄，無能爲役，不敢有所稱效，託于氣類，

〔二〕御李，爲李膺御車。後漢書卷六十七黨錮列傳記：「荀爽嘗就謁膺，因爲其御，既還，喜曰：『今日乃得御李君矣。』其見慕如此。」識荆，識韓荆州。韓朝宗在唐嘗爲荆州長史。李白與韓荆州書：「白聞天下談士相聚而言曰：『生不用封萬户侯，但願一識韓荆州。』何令人之景慕一至于此耶！」二語喻近贤之幸。

時復瞻企，喟然而已。乃者誠欲貢其亹亹，念之累旬，旋發旋輟。深惟足下玄覽峻詣，人倫之美，僕奈何有蓬之心，束于固我，膠而不決？遂用披露，願足下少察之。

竊惟國家設科以取士，鉅典也。上不得以私其下，下不得以私其上，明興二百餘年矣，未有能干之者也。干之，自張江陵始。張江陵既没，諸一切秕政，次第罷免，獨于是未有能革之者也。是故魏直指朝諷之而夕以竄，丁直指夕諷之而公卿大夫朝而競求其瑕，遂令邪説朋興，至于今猶然譁而未已。吁！何其甚也！夫士亦何擇于貴賤也，貴而取貴焉，賤而取賤焉，惟其當而已。往者謝氏之有丕也，商氏之有良臣也，于其時並以爲華，何獨今者乃並以爲詬？夫非其愛憎殊也，彼其中誠有不可解者耳。足下不見之耶？魚貫而進，無或後也；雁行而列，無或先也；卒而擬之，徐而按之，無或爽也。見以爲自然，何巧也？見以爲偶然，何屢也？其何以謝天下矣？

若夫執事則異于是，僕非敢爲謾也。相國先生履仁蹈義，屹〔一〕然與古之五臣十友頡頏千載之間。暨于足下，少有至性，長而彌茂，曠然萬象之表。天下即欲進而以足下投先

〔一〕萬曆本作「屹」。

生，退而以先生投足下，不得也，有默沮逆折已耳。而今而往，足下其一舉而最秋闈，再舉而最春闈，三舉而最大廷，天下不疑，何者？誠信之也。雖然，竊有懼焉。賢者不幸而與不肖者同形，其究也將無以别其賢不肖者；幸而與賢者同形，其究也將有以飾其不肖。無以别則蒙，有以飾則固。往者不慚，來者不創，不亦與于干之者哉？斯僕之所爲懼也。夫豈惟僕，其在天下猶是志也。夫豈惟天下？其在執事猶是志也。僕不量，竊以天下爲執事計，以執事爲天下計，莫若逃之而已。

談者必曰：「無庸是避嫌也。與其避之，寧其忘之。吾求不愧于心而已。避嫌，德之衰也。」迹僕所聞，殆于不類。昔者堯讓天下，舜去而之河南。舜讓天下，禹去而之陽城。周公攝政，流言勃興，去而之東。孔子轍環至衛，有邀而卿之者，正色而却之，去而之陳蔡之間，雖絶糧不愠。此皆天下之大聖人也，一帝一王，一相一卿，不足以磷其内，丹朱商均管蔡彌子之徒，不足以緇其外，而惴惴焉畏之若是，何也？夫固有所避也。故曰「進以禮，退以義」，又曰「富與貴，人之所欲也，不以其道不處。貧與賤，人之所惡也，不以其道不去」。難進易退，則是以進爲嫌也。有擇于富貴，無擇于貧賤，則是以富貴爲嫌也。聖人視富貴貧賤等耳，第求不愧于心可矣，何必拘拘乃爾！然則聖人之意見矣。足下以爲然歟？否歟？

今夫一第之榮，不厚于萬乘也；家猜户愕，積議如山，不輕于三蘖〔一〕也。而足下之于是，得之無加，失之無損，不急于栖栖皇皇東西南北之人也。厚可損而薄爲戀，輕可虞而重爲狃，急可委而緩爲徇〔二〕，猥曰「吾求不愧于心而已，何嫌之與有」，則是四聖人者，徒爲小廉曲謹無當也，必不行矣。

故嘗試論之。即足下芥拾一第，紹明纓簪〔三〕之業，輝映後先，顯名也。即足下芥置一第，抗志東海以待天下之清，顯實也。夫名者，庸衆之所艷，而實者，賢隽之所欽也。之兩者之相去，豈不遠哉？不可不審也。僕故曰：莫若逃之便。

蓋張江陵之不直于天下，其大者莫如爲子而蔑其父，又莫如爲父而昵其子。方五君子

〔一〕萬曆本作「孽」。
〔二〕萬曆本作「狥」。
〔三〕萬曆本作「鐕」。

昌言于朝，張江陵恚甚，並得罪。先生解之不克，遽拂衣東還，修萊〔一〕曾之樂，庶幾以身爲諷。當是時，實聞足下手寫陶彭澤歸去來辭獻焉。然則天下所以無父而有父，足下之爲也。于是特采狂論，一矯頽俗，脱然無復一毫濡忍之意，仁人所憂，志士所憤，庶幾以身爲防，俾世之競進而不已者有省焉。然則天下所以無子而有子，足下之爲也。不已烈哉！足下勉之。

僕與足下踪迹寥濶，顧其慕説足下特甚，敢有蔽志！語曰「山藪藏疾，江海納垢」，藉令漫無中于大道，應知足下不我讓也。敬頓首以請。

上婁江王相國書

昨所請教册立之事，實百其難。明旨一定，何以轉移？人情洶洶，何以鎮定？上欲不愆于明旨，下欲不駭于人情，故曰難也。過趙定老問之，亦喟然太息，只懇懇拈出閣下

〔一〕萬曆本作「菜」。

一片心相向耳。究竟則請期一着，尚自可圖，然而非閣下莫能任也。

蓋自萬歷十四年以來，廷臣之以建儲請者，後先不啻數十疏，而皇上之旨，亦幾變矣。然而曰「待二三年」，則是二三年而已也；曰「待過十齡」，則是過十齡而已也；曰「二十一年」，則是二十一年而已也。期未至而請之，皇上得執激擾以爲罪；期既至而請之，皇上亦何辭以謝天下？此遷延之法，可得而窮者也。今者以待皇后生嫡子爲辭，從今以往，誰復能闢其説乎？即皇上札諭業已曰「數年之後」矣，廷臣復何所據以請乎？此假借之法，不可得而窮也。閣下以爲無虞乎？語云「不見其形，願察其影」，閣下試端意而思之，皇上之旨所以屢定而屢遷者，何也？建儲，盛典也，九廟之所式臨，兩宫之所欣願，百官萬姓之所瞻企，而言及者輒獲罪，若有大不滿其意者，何也？亦可推矣。三王並封，耦尊齊大，亦可觀矣。閣下不念之耶？昔者秦皇漢武寧不蓋世之雄，一念小偏，便墮入婦人女子之手，骨肉之間頓成胡越。星星燎原，涓涓放海，雖二君孰意及此乎？司馬温公曰：「天若祚宋，必無此事。」夫此何事也！可得而嘗之哉？而徒諉諸天也！若曰「有嫡立嫡，無嫡立長」兩語，炳若日星，誰能奸諸？則長幼有序之説，明旨不啻再見，何至今日乃更益立嫡之條？重之以祖訓，藉之以中宫，彌縫轉易，挽回轉難，日復一日，月復一月，歲復一歲，不知何所底止。閣下之責，方自此始未艾也。竊意以爲，宜聽九卿科道仍尊屢旨，合辭以請，而閣下從中調停，懇示定期，即甚遲不得越一年而遥。庶幾聖心確有所主，不開窺伺之端；人心專有所屬，不萌二三之釁；議論方囂而復定，國本幾摇而獲安，此眞閣下事矣。脱或一請不當，則至于再，再請不當，則至于三，甚而至于十，至于百，至于去就可也，至于死生可也。論語曰「大臣以道事君，不可則止」，孟子曰「惟大臣爲能格君心之非」，可不勉哉！若乃上懸不必然之説以蓋其立長之成命，下又操必不然之見以成其立嫡之託辭，則是皇上負閣下，閣下負皇上，非所望于今日之君臣也。臨紙耿耿不盡！

復王辰玉書（二篇）

深哉，門下之言之也！門下其有天下心乎！再誦扇頭韻言，又何婉篤而可諷也！憲于是喟然三歎焉，而又竊以爲，昔之患患在閣部異同，今之患患在君相異同。閣部異同，天下按其是非而交責之；君相異同，天下舍吾君而責吾相。此紛紛之議所由起也。且閣部異同，其爲證也顯；君相異同，其爲證也微。故君相異同之形一眩，則閣部異同之影猶存。此紛紛之疑所由起也。夫疑者，億詐逆不信，以小人之心相揣摩也；議者，求全責備，以君子之道相程督也。彼以小人之心求我，我拒而不受則可；彼以君子之道求我，我拒而不受，則不可。此紛紛之争所由起也。蓋伊尹之言曰：「予弗克俾厥后爲堯舜，若撻于市。一夫不獲，時予之辜。」而在有宋韓富諸君子，即復偃卧田間，每當朝廷有大政，輒慨然手疏以聞，上不與人主分爾我，下不與曹偶分去就。古之君子，其任天下之重如此！竊見皇上之于諸公卿若泛泛然，而邇年以來，獨往往督過吏部，今且微連都察院矣。此其指良不可測，而幸尚知有執政諸老先生，即諸老先生中更知有尊府君。旋轉一脉，實〔一〕惟尊府君是繫。往嘗獻其區區，尊府君許之，亦曰「吾欲」云云，寧忘之耶？門下試以請于尊府君，其務深思極慮，以始終無替伊尹之耻，而比迹于韓富，天下之幸也。

〔一〕萬曆本作「寔」。

憲最無似，乃有門下于尊府君，即尊府君所爲拔拭百方，卒以狂昧取罪，重負尊府君。方當日夜悚惕，勉思補過，敢復肆然闌及天下事，顧其一腔熱腸，猶然如昨，俄又爲門下提動，不覺信口傾吐。門下以爲何如？率爾報謝，尚余耿耿。聞臺駕旦夕南，庶幾請須臾之間，以究所懷。不備。

又

寬嚴之説，意慮深遠，誠非愚陋所及。乃弟意則又妄謂：嚴者，相之事；寬者，天下之事。相自嚴，則天下寬矣；相自寬，則天下嚴矣。此二者又未始不相持也。門下以爲何如？

與李見羅先生書

憲不敏，竊聞海内有見羅先生久矣。昨日從李令君羅茂才游，受明公之書而讀之，益深向往，思爲執鞭而不可得。何意門下不遺淺薄，儼然賜問，若以憲爲可與語，欲援而納諸道者！即而今而往，得以依歸下風，與于暴濯之末，少窺萬一，皆明公之貺矣。何其幸也！

竊惟明公表章聖學，揭正時趨，距詖放淫，功齊兼抑，天下不可無此人，萬世不可無此論，斯已偉矣！獨自嫌其異于陽明先生也，而曰：「求諸心而得，雖其言之非出于孔子者，亦不敢以爲非也。求諸心而不得，雖其言之出于孔子者，亦不敢以爲是也。」此陽明先生語也。若曰如是，則何嫌之有？其亦可也。雖然，「修身爲本」，非明公之言也，孔曾之言也，異不異尚何計焉？乃陽明此兩言者，憲猶然疑之，未能了也。私以爲陽明得力處在此，而其未盡處亦在此矣。請略陳之而門下裁焉。

今夫人之一心，渾然天理，其是天下之真是也，其非天下之真非也，然而能全之者幾何？惟聖人而已矣。自此以下，或偏焉，或駁焉，遂乃各是其是，各非其非，欲一一而得其真，吾見其難也。老之無，佛之虛，楊墨之仁義，彼非不求諸心也，其渾然者未能盡與聖人合，是以謬也。故陽明此兩言者，其爲聖人設乎？則聖人之心雖千百載而上下冥合符契，可以考不謬，俟不惑，恐無有求之而不得者。其爲學者設乎？則學者之去聖人遠矣，其求之或得或不得，宜也。于此正應沈[一]潛玩味，虚衷以俟，更爲質諸先覺，考諸古訓，退而益加培養，洗心宥密，俾其渾然者果無愧于聖人。如是而猶不得，然後徐斷其是非，未晚也。苟不能然，而徒以陽明此兩言横于胸中，得則是，不得則非，雖其言之出于孔子與否，亦無問焉，其勢必至自專自用，憑恃聰明，輕侮先聖，註脚六經，高談闊論，無復忌憚，不亦悮乎！

自宋程朱既没，儒者大都牽制訓詁，以耳目幫襯，以口舌支吾，矻矻窮年，無益于得，弊也久矣！陽明爲提出一「心」字，可謂對病之藥。然心是活物，最難把捉。若不察其偏全純駁何如，而一切聽之，其失滋甚。即如陽明穎悟絶人，本領最高，及其論學率多杜撰。若明親、格致、博約諸義，雖非本色，尚自半合半離，可以推之而通；甚而謂性無善無惡，謂三教無異，謂朱子等于楊墨，以學術殺天下後世，是何識見！只緣自信太過，主張太勇，忘其渾然者之尚異于聖人，而惟據在我之得不得爲是非的然之公案。是故

〔一〕萬曆本作「沉」。

理不必天地之所有，而言不必聖人之所敢，縱横上下，無之而不可也。陽明嘗曰「心即理也」，憲何敢非之？然而，言何容易！孔子七十從心不踰矩，始可以言心即理，七十以前尚不知何如也。顏子其心三月不違仁，始可以言心即理，三月以後尚不知何如也。言何容易！漫曰「心即理也」，吾問其心之得不得而已。此乃無星之秤，無寸之尺，其于輕重長短，幾何不顛倒而失措哉！然則陽明此兩言者，却又是發病之藥。故曰：陽明得力處在此，而其未盡處亦在此也。書曰：「人心惟危，道心惟微，惟精惟一，允執厥中。」語曰：「吾嘗終日不食，終夜不寢，以思，無益，不如學也。」又曰：「學而不思則罔，思而不學則殆。」詳味數言，而陽明之得失，亦略可睹矣。不識門下以爲然否？

憲少不知學，始嘗汩没章句，一旦得讀陽明之書，踴躍稱快，幾忘寢食。既而漸有惑志，反覆衾騐，終以不釋。頃聞教于明公，益覺其中有耿耿者，是以忘其愚陋，輒用披露，冀得就正有道。倘蒙不鄙，明賜督誨，使憲奉以周旋，不迷于往，有負惓惓，又何幸也！惟明公圖之，憲也敬竦息以俟。

復鄒孚如書〔一〕

兄已得舉子業第一諦，何復下詢？弟實未有知也，敢舉其聞之師者求正。弟始從邑中少弦張師游，師教之以博，曰：「『讀書破萬卷，下筆如有神』，此事不可拘拘只在佔畢〔二〕中求。」已，從原洛張師游，師曰：「此事只在一處，不可向外浪走。」蓋又教之以約。弟舉少弦師語，師笑而不答。弟退而思之，未有湊合處。一日，再舉少弦師語諷咏數過，忽有省，曰：「是矣！是矣！妙在一『破』字！」夫何故？讀書至萬卷，直是不舍一字，謂之破則又不取一字矣。不舍一字之謂博，不取一字之謂約，不舍不取之間有妙存焉，非言解所及也。

因謁東里雲浦陳先生而質之，先生首肯。先生才甚豪，意不可一世，少嘗以時義贊于

〔一〕萬曆本題作「復鄒孚如孝廉。」

〔二〕萬曆本作「佴」。

方山薛夫子。薛夫子大驚曰：「非王震澤莫能辨此。」流聞坊間，遂梓入王震澤稿中，至今家傳户習以爲真出自震澤手，莫知其自，若有朋自遠方來、上者爲巢下者爲營窟等篇是也。先生復從容言：「子曾見王崑崙山人詩乎？當爲子坐進一格。」因出其題淮陰侯廟歌及擬杜七歌視弟。弟受而讀之，頓覺胸中廓然，累年所拮据擬議，一時蕩盡，了無影響。歸而再質之原洛師，師亦首肯。

弟所聞如是，敬爲兄誦之。高明謂何？歌録覽。弟至今嚴事山人在師友之間云。

與孫栢潭殿元書

弟向來築室枯里中，日出而起，日中而食，日入而寢，其意以詩書爲仇，文字爲贅，門以外黑白事，寂置不問。客有持殿元録報我者，不覺舌端生鋒，談之無休時也。吾錫天下稱鉅，精采神耀，黯焉未光者，凡幾百年。一旦足下持黄卷，貢之丹扆，玉立雲霞之上，閭巷間樵嬰牧稚，榛叟桑嫗，聞足下嘖嘖而賞異之，若以爲足下四目兩鼻。彼夫長軀偉骨之士，視功名如拾唾者，亦頓足斂手，不復得以區區傲足下。九龍之巔，梁溪之溜，真可驕太行而輕溟渤矣。弟何無快也！

抑弟聞之，知己難也。魯孔氏、鄒孟氏，自離繈褓，能開口説一二三四五，便有天下心。及其長也，東馳西驅，南奔北走，干幾十君王侯，齒朽髮落，曾無憐而收之者。不得已，姑自解曰「天未欲喪斯文也」，「如欲平治天下，舍我其誰」。嗟嗟！接淅之缶[一]，宿晝之茵，其後竟如之何也！

今聖天子當陽，洗心濯意，冀獵海内豪俊，有起足下而坐之重席之左。有英雄之才而又有英雄之遇，一入孔孟之耳，當揚聲大呼曰：「吾不知孫郎矣！」願足下益讀孔孟書，砥操礪行，俾文章德業合而爲一，亦可以明男子之得志也。足下官華巍赫，槿[二]籬之聲填户而不能容，稍稍狼籍衢路，脱弟復厠片言于其間，殊不足以重足下。故三千里呼足下而規之，足下得無曰：「顧生故迂戇，今又妄發耶？」

[一] 兩本原皆作「缶」，今皆改作「缶」。
[二] 萬曆本作「槿」。

古之居者行者，各相贈處。弟之所爲足下處者，則若此矣，其何以贈我，使得宴息于清泉白石也？燕吴相阻，對面無期，倘彼此不負，又何患焉！若乃漫爲好語，道寒暄而止，諒足下所厭聞也。不及。

涇皋藏稿卷三

明　顧憲成　著

上婁江王相國書

恭聞新命，不勝踴躍。此宗社生靈之福也！追惟不肖于戊寅之歲，聞先生之不難以寧親諷張江陵也，誠中心欽之仰之，以爲古大臣之風規如此也。于癸巳之歲，見先生之不難以引咎悟皇上也，誠中心欽之服之，以爲古大臣之肝膽如此也。已而先生有所不滿于志，四顧躊躇，輒致其政而歸，則又中心訝之惜之。乃今先生耕閑釣寂，浹一紀而餘矣。天下之故，國家之表裏，當益籌之熟矣。向之所見以爲是，究竟是乎否也，向之所見以爲非，究竟非乎否也，又益閲之精矣。雄心鋭氣，日銷月鎔，翼翼乎，休休乎，斷斷乎，穆穆乎，浩浩乎，中和之體備矣。是故根深者末必茂，源遠者流必光，雲龍風虎，萬物快睹，將令天下後世咸知吾君吾相之能相與大有爲也，豈不卓哉！于是中心欣之願之，庶幾不日而身親睹之，以爲古大臣之作用如此也。先生其何讓焉？盼望行色，心旌摇摇，旋感一兆，亟圖躬詣請正，屬遘家難，逡巡不果，敢次第具列以聞。倘蒙垂察，裁其可否，則又幸矣！

抑昔朱子之告孝宗有曰：「臣之得事陛下，于今二十有七年，而于其間，得見陛下數不過三。自頃以來，歲月逾邁，如川之流，一往不復。不惟臣之蒼顔白髪，已迫遲暮，而竊仰天顔，亦覺非昔時矣。」每覽斯言，當年一腔苦心，千載如見，令人遥對彷徨，獻欷歎息，不能自禁。今先生之相皇上，後先凡幾何年？得見皇上凡幾何時？憲自甲午别先生于春明門外，于時先生角巾布袍，擁傳而南，翩翩若登仙然，不知年來神采視昔孰勝？兹入而覲皇上，伏睹天顔，不知視甲午之前，又何如也？殆亦不能無朱子之感也已！因特爲先生誦之，而復贅之曰：

時乎時乎！往者不可追，來者不可再。時乎時乎！惟先生三思！惟先生努力！惟先生珍重！惟先生加飯！

寤言

七月一日之晡，方隱几而卧，有東里塾叟過訪，予起迎之。坐定，問曰：「聞婁江王相國有新命，信乎？」予曰：「信。」曰：「君謂應出否？」予曰：「是有説焉。出而大展平生，旋乾轉坤，慰滿四海喁喁之望，上局也。出而循守故常，如入寶山，空手而回，下局也。堅卧不出，無咎無譽，中局也。衆揣相國意，大半且就中局耳。」叟曰：「相國而庸人也則已，相國而大豪傑也，殆不其然。且老人固有願于相國也。」予曰：「何？」叟曰：「老人日爲童子課句讀耳，何知朝廷事，獨好從縉紳先生借觀邸報。竊窺當今執政，後先相承，總一心訣：順之則安，即天下交口而譁之，偃然無恙也；逆之則危，即天下引領而屬之，莫能久于其位也。是故趙蘭溪至于叢群垢以死而後已，猶得厚蒙恩恤，如在位有大勳勞然者。沈四明至于十分狼狽而後去，猶得特蒙温諭，如眷眷不能一日離左右然者。乃王山陰晨請罷而夕報可矣，沈歸德夕請罷而晨報可矣，果直道難容，枉道易合，自古而然耶？抑一時氣運爾爾耶？不然，或有密操其線索者耶？吾願相國出而爲之一轉移于其間也。」余默然。

叟曰：「猶未也，惟吏部亦然。久莫如海豐，順也；促莫如平湖余姚，逆也。說者謂宰相以知人用人爲職，故吏部與閣臣斟酌天下賢不肖，以俟朝廷處分，其體勢固難遜避，亦難異同。而近世閣臣懼威福之名，不復問吏部；吏部懼權貴之名，不復問閣臣；遂至互相冰炭，而朝亦不復信部閣矣。似也，請得而質之。吏部不問内閣，正矣；内閣不問吏部，公矣，何以致相冰炭？揆厥所由，將内閣欲進賢、退不肖，而吏部尼之耶？抑吏部欲進賢、退不肖，而内閣尼之耶？而朝之不復信部閣也，將吏部礙内閣，從而媒糵〔二〕内閣致之耶？抑内閣礙吏部，從而媒糵吏部致之耶？夫如是，得無吏部之不問是真，内閣之不問是假耶？此不可不詳察也。更請得而推本言之。吏部與内閣，信應共相斟酌，難爲異同矣。要之，亦須爲吏部者有不問閣臣之心，而後其斟酌也始出于正，不出于阿奉權貴；爲閣臣者有不問吏部之心，而後其斟酌也始出于公，不出于播弄威福，此所以一

〔二〕萬曆本作「孽」。

德一心，渾無異同之迹也。否則，分宜江陵殷鑒不遠，尚不如不問之爲愈耳。況至今日，平湖余姚一線之脉，依希欲絶，曾何冰炭之慮？而慮内閣權輕、吏部權重耶？委如所慮，何不見吏部之逐内閣，而但見内閣之逐吏部耶？吾願相國出而爲之一表正于其間也。」余又默然。

叟曰：「猶未也，近者竊又有以窺執政之微指矣。若曰吴趙鄒沈等之君子太勁而苦用之不便，胡王陳曾等之小人太靡而穢用之不雅，莫若擇謹厚一路人而用之。此一路人既不喜爲危言危行，輕作風波以梗我，亦不恣爲蕩言蕩行，重潰隄防以濺我。人皆曰君子宜親，此不可疵其非君子；人皆曰小人宜遠，此不可疵其爲小人。執兩端而用中，其庶幾矣。足以息阿比之端，絶喧囂之竇，平偏黨之論，杜好事之口，而天下且帖然馴服，無所施其紛紛矣。曾不思此一路人，據〔二〕其迹則然，徐而按其實，正孔子所謂『德之賊』，孟子所謂『非之無舉，刺之無刺，同乎流俗，合乎污世，居之似忠信，行之似廉潔，衆皆悦之，自以爲是，而不可與入堯舜之道者也』。三代而下，高官大禄，大率此一路人居多，

〔二〕 萬曆本作「攄」。

即遏之猶恐不能絶，而况樹之幟而導之趨？將見上好之，下必甚之，一倡之，衆必和之；人人以模稜爲工，事事以調停爲便。遇賢否，不欲兩下分明別白，混而納之于平等，而曰『吾能剖破藩籬』；遇是非，不肯一下直截擔當，漫而付之于含糊，而曰『吾能脱落意見』。久之，正氣日消，清議日微，士習日巧，宦機日猾，卒乃知有身不知有國家，知有私交不知有君父。本欲懲東京之矯激，而反弄成西京之頑鈍，其釀禍流毒，殆有不可勝言者矣。而獨若輩，外不失名，内不失利，安富尊榮，優游坐享，漠然不介于理亂安危之故，如張禹胡廣比比而是，豈不恨哉！吾願相國出而爲之一挽回于其間也。」于是，予復隱几而卧。客不悦，曰：「老人失言矣。」遂拂衣去。

寐言

叟既去，予繹其三言，殊不草草！出步中庭，徘徊往來，輾轉至數百次不能已。已，迨夕就寢，猶耿耿方寸間，良久始成寐。忽夢相國過錫，予遇之于芙蓉湖上。相國一見，遽曰：「君必有以助我。」予曰：「憲何知！只是當今有一大冤，須先生昭雪耳。」相國愕然，問曰：「冤何在？」予曰：「在皇上。」相國益駭異。予曰：「先生勿詑[二]也。請以憲所親歷對。當憲之待罪考功也，適鄒南臯具疏謝病歸，左堂見麓蔡公時掌部篆，謂予曰：『此疏宜如何覆？』予曰：『惟老先生主張。』蔡公曰：『昨晤王相國，言皇上遣一中貴持鄒疏至閣，著[三]放他去。』予曰：『此却更宜斟酌。試思皇上此念，從何而來？是耶？非耶？宜將而順之。非耶？宜匡而救之。若不問所以，皇上曰如是，相國遂亦曰如是，皇上且謂，可以惟其言而莫之違也，非所以光君德也。相國曰如是，部中遂亦曰如是，相國且謂，可以惟其言而莫之違也，非所以光相道也。惟老先生再加斟酌。』蔡公曰：『姑徐之。』數日，見蔡公，又問。予對如前。又數日，蔡公召不肖謂曰：『近思之，南臯委宜擬留，君所執良是。』予遂如諭題覆，皇上竟報可不責也。

「及予待罪文選，請于堂翁心穀陳公，擬升江念所光禄寺少卿，念所故受知于皇上，

[二] 萬曆本作「詑」。
[三] 萬曆本作「着」。

中因山陵事罷歸數年矣。疏上，皇上御筆親書『江東之升光禄寺少卿』九字。吏垣許少微見而異之，特攜示予曰：『故事，惟大九卿親書。此特筆也。』自是稍遷至大理，出鎮雲南，已而爲言官所摘，復聽歸。由前而觀，皇上胸中固自有念所也；由後而觀，皇上胸中又未嘗有念所也。推類具言之，不可勝數。蓋皇上之無成心如此。今大僚不補，歸之皇上；科道不選，歸之皇上；廢遺不起，歸之皇上，豈非一大冤耶？且閭閻匹夫匹婦之冤，則有司爲之昭雪；有司不能，則監司爲之昭雪；監司不能，則兩臺爲之昭雪；兩臺不能，則有擊登聞鼓，轉而聞諸皇上者矣，于是皇上下公卿爲之昭雪。其控愬之途甚寬，而其主持之人亦所在不乏，無憂覆盆也。乃皇上之冤，獨有内閣能爲之昭雪耳。願先生留神焉！」

相國曰：「善則稱君，過則稱己，古之道也。公言甚當！」予曰：「先生所言猶體面語也，憲所言則腹心語也。竊嘗計之，事英明之主，寧不易于開導？然或挾才自用，喜怒不測，則調停難，以其不足于寬大也。事寬大之主，寧不易于調停？然或牽制情欲，語不可了，則開導難，以其不足于英明也。我皇上英明寬大，合而爲一，豈非千載一君乎？而令受此大冤也。凡爲臣子，孰無動心？何況先生一人之下，百僚之上，謝政以來且十有四年，尚簡在帝衷，煌煌天使，儼然造門而延請焉，豈非千載一時乎？而坐視皇上受此大冤也。幸先生念之！」

語訖，微察相國，亦愴然改容。予復進曰：「有君如此，何忍負之？」誦之至再至三，不覺放聲大哭。一室大驚，共起而呼予。頃之，乃覺，淚猶淋漓滿面。群就而問故，予曰：「此非兒女輩所知也。」徐而稍述其大都，則皆曰：「異哉！異哉！」遂起燒燭記之。先生身江湖而心魏闕，當有先得此中之同然者。今兹之行，其必以我皇上登三咸五也，庶幾此一重公案，不作白日說夢矣。

與王辰玉

昨聞尊府君先生新命，識者莫不以爲太平之理可計日而待，轉相告語，爲皇上賀也。僕更默默爲先生賀。爲皇上賀，賀皇上之有先生也；爲先生賀，賀先生之有足下也。君臣知己，父子知己，天啟其逢，一朝合并，上下千古，寥寥有幾？足下即欲不厚自勉，安可得哉？却聞足下每語客曰「不意病頓中又加此一服毒藥」，何也？不肖始而訝，中而疑，卒乃豁然而悟曰：「是矣！是矣！」今夫履高據顯，天下之至可樂也；遺大投艱，天下之至可憂也。庸衆所睹在彼則甘之，明哲所睹在此則苦之。甘之，苦在其中矣；苦之，甘在其中矣。有味乎，毒之爲言也！

昔伊尹一盡瘁于鳴條，再盡瘁于桐宮，晚而告歸，爲太甲陳一德之訓，肫肫懇懇，猶若不能釋厥衷者。周公思兼三王，一沐三握髮，一食三吐哺，終其身未嘗一日逸焉，用能造商敉〔一〕周，流光至今。此豈偶然而已哉？故謂阿衡之任，伊尹之一服毒藥可也；謂負扆之託，周公之一服毒藥可也。是天之所以成二聖也。足下其知之矣，足下知之進而與先生共嘗之，真父子知己矣。先生知之，進而與皇上共嘗之，真君臣知己矣。夫如是，太平之理真可計日而待矣。然則先生之一服毒藥，即先生之九轉靈丹也。是天之所以成先生也。故曰：「危者安其位者也，亡者保其存者也，亂者有其治者也。」又曰：「若藥不瞑

〔一〕敉，安撫也。

昡，厥疾不瘳。」足下其知之矣。

僕不揣謬，有一言之獻，業已呈諸先生，並望足下假燕閑一寓目焉，不審亦可備藥籠中物否？語不云乎「天下事，非一家私議」，此僕之所以自忘其僭〔二〕也。又不云乎「天下之寶，當爲天下惜之」，此僕之所以自忘其愚也。臨緘不勝惓惓！

附録

王相國復書

適正聞有賢次兄之變，以爲吾丈哀荒中必無暇遠存故人，乃今兩箋垂誨累千百言，讀之且駭且服，以爲今之道學文章家胸中，曾有此擘〔三〕畫，有此議論否？而惜乎未審不佞情事，浪以黄金擲虚牝，可歎也。主恩至此，世耳傳聲，以爲千古快事，因遂欲以歷年秕

〔二〕萬曆本作「僣」。
〔三〕萬曆本作「刵」。

政，久鬱人情，盡舉九鼎重擔而歸之謬悠，此其爲天下謀，爲不肖謀，則誠忠誠厚已。然抑有説，使不肖果已扶服裝行，責成未晚。今一門疾痛，滿座巫醫，其身之死生未卜，焉卜出處？又焉卜理亂？教中上中下三局，今不得已，請就其中無咎無譽者。

不佞愚人也，誠不知閣部以何時異同，分宜江陵亦何曾見有異同之迹。且如蔡太宰以鄒南臯見廢，駕言不佞，此異同在閣乎？在部乎？又如平湖公向嘗乞哀瑶老與不佞之前，柔若無骨，而一旦推轂柄事，高自標榜，以盡飾前醜。瑶老初不覺而累揭薦之。不佞嘗私語山陰公曰：「異時首叛大防者，必楊畏也。」已山陰公果與争事不合，兩罷。此爲閣逐部乎？部逐閣乎？此往事，總不必言，以足下之愛我而教我也，聊爲效其欵欵如此。

至于教尾，皇上大冤一段，則不佞方與病兒言此，何其先得同然！然鄙意特疑内臣弄權，歸冤主上，而尊意却專指閣中撓部權。使不佞果能出也，則舉止言動，誰非竊鈇，而可一一自明耶？以此斷從中局之爲是，而吾丈當亦可以貰我矣。丈縷言鄒南臯疑必有人中之。夫中人而及南臯，非但不佞不承，即教中最鄙薄趙沈諸公，亦未必敢承也。嘗記銓郎得忤時，如鄒如足下，不佞未嘗不力争。至于得請瀕行之日，留有密揭以示小兒，戒之勿泄，而外人至今未之聞也。今吾丈既顯爲皇上訟冤，則不佞當亦陰爲皇上引咎，身雖永廢，持此求信于知己者，而其他非所妄對已。賢次兄高風介節，何年之不永，頗亦聞劉兵部諱元珍者清譽略同，今無恙乎？病體方苦，嘔泄困劣，占此報謝，不莊，幸亮之！

王辰玉復書

馳企日積，自顧塵土面目，不堪厠弦歌之堂，踧縮〔一〕而止。比疾病纏歷，疑于大賢謦欬絶矣，不圖教命遠辱，命童子倚案讀之，爲之慨然。居平謂忠恕二字難體貼，斯何時也，翁乃以伊周相業爲家君勸駕，即此似亦體貼未盡處。使出而如姚崇十事，應答如響，則爲姚崇亦足矣。如其不然，求復其十四年前伴食面孔，尚不可得，何論伊周耶？精神力量，長短自知，其次則知父者莫若子。衡一身之外，惟知爲老親營菟裘，課魚鳥而已，此外非所敢聞命矣。

〔一〕「踧縮」，萬曆本作「蹜踧」。

當今時事雖大詘，然較量亦有勝前代者，惟學術濫放，不可復理。初猶不肖者自占便宜耳，今遂欲掀翻孔曾棋局，以外道代之，此何可長！言伊言周，總是畫餅，于此下一砥柱，乃是真勳業。要其道，亦惟大聰明人守村學究蒙説，如是而已。蓋道本無不明，談道者自晦之。開門户則自不免多生徒，多生徒則自不免立異説，即南宋大儒，吾未敢以爲不落窠臼也。先生爲斯文宗主，幸少加意。病劇占復，語不及多，惟亮之！

又

東林二刻，曾索之琅琊兄而不得也。承賜教，豈勝欣躍！令弟先生大諱，朝野共惜。我翁人琴之感，其且奈何！不能走唁，輒此附訊。作書甫竟，而家君以長箋見示，愈感相愛相成之雅，但微旨中多未明。如鄒南老一事，家君大笑，以爲絶無影響。或中有駕之説者，他事非不敏所知。要以二三遺佚，非但賢者所欲獻之先資，即不肖者亦所亟居之奇貨也，非有騎虎相角之勢，何苦而欲尼之？計此必有冤中冤、夢中夢，或又有訟其訟者矣。一笑！

顧憲成曰：愚得相國書，展誦再過，竟自茫然。追憶王山陰以諍立儲去，陸平湖以被讒去，兩不相蒙。今曰「争事不合兩罷」，以是爲部逐閣之證，不可曉也。平湖之乞憐于相國，誠不知其作何狀，至其秉銓，鑿鑿乎舉久抑之君子而登進之，舉久昵之小人而擯斥之，略無顧忌。一時人心翕然風動，至今語及之，猶有生氣，恐亦不得而過訕之者。今以其推轂由我，而不惟我之頤指氣使，遂科之曰叛，然則必吴嘉禾王陽城乃爲忠順耶？如是而猶曰「不知閣部以何時異同」，然則平湖何名爲叛耶？不可曉也。且閣銓之間，兩下皆公，則兩下以公相成，固無異同之迹；兩下皆私，則兩下以私相成，亦無異同之迹。要其所以然，則天淵矣。譬諸惟其善而莫之違，固是莫之違；惟其不善而莫之違，亦是莫之違。要其所以然，則天淵矣。今不問其所以然，而概之曰「分宜江陵亦何曾有異同之迹」，是不等秦苻之獨斷于晋武，概二世之專任于齊桓耶？不可曉也。若鄒南臯請告一節，見麓蔡公且命予面商諸相國，及聞公擬留之諭乃已。今謂蔡公駕言，意相國偶忘之耶？又謂中人而及南臯，即趙沈兩公不承，趙不敢過求，至四明公曾不難加歸德以滅族之罪，又何有于南臯而欲以身保之耶？不可曉也。反復躊躇，不得其説，又不可再瀆。姑記所疑而存諸篋中。

涇皋藏稿卷四

明　顧憲成　著

與李養愚中丞

天惠東南，獲徼臨照。伏見下車以來，剛柔並運，瞻聽一新，其于品藻人倫，激揚吏治，既已覽昭曠而越拘攣矣，不肖何能讚一辭！謬不自量，欲有所請，不識臺下且許乎否也？

竊惟仕途獨甲科于格最高，乙科次之，貢生又次之，其下貲生，最下吏員。總而言之，皆不若貢生爲難，何者？其出身不如甲乙二科，其多藉不若貲生，其巧慧而習事不若吏員也。無論清濁殊方，敏拙異軌，即德鈞才敵，亦應人一己百，人十己千，始堪牽比耳，故曰「難也」。

竊見本府趙別駕，貢生也，故名家子，而秉概清嚴，莅事明決，左右慴息，莫能假其一嚬[二]一笑。嘗攝敝邑篆，邑人安之，其審役一節，參伍斟酌，折衷允當。後來閱節推再四研覆，卒無以易，而始喟然嗟歎，服其公且明也。又竊見敝邑王二尹，貢生也，實自令尹量移，而孜孜奉公，絶不作遷官態。至其三尺無撓，一塵無染，婦人女子皆信之，以致四封之内，諸無賴惡少斂手以避，相戒勿犯，殆非聲音笑貌之爲而已。

方今明公正身率物，郡邑之間相顧競勸，一時號爲多賢。僕所欲爲臺下誦，正自不少，而獨于兩君倍有惓惓，誠感兩君所處，獨當其難，不可以他例也。倘蒙加察，果鄙言不謬，特假餘靈，破格與進，俾激于殊遇，益思奮勵，勉圖報塞，惠此元元，其造福地方，豈淺淺哉！臨緘，曷勝懸望之至！

〔二〕萬曆本作「矉」。

不肖之辱收于臺下有年矣。昨者先慈見背，重辱矜念，特賜寵奠，感刻肺腑！苦土悽其，未遑叩謝。及臺旌過幸九龍，不肖僅從諸縉紳之末，一望清光，亦無由稍伸欵欵，缺然之懷，如何云喻！兹有一言之獻，徘徊累旬，仰惟臺下深心廣度，方軌古昔，不可以凡情測也，敢遂陳之。

又

蘇郡石太守雅稱潔己愛民，當臺下秉憲時，業嘗知其賢而進之矣，公也。屬以錢糧那移事，恐將爲弊藪，不得已而疏論焉，亦公也。不肖夫復何言！雖然，石守之疏略可罪，而其能爲德于蘇可録，兩者固自不相掩也。今者直指陳公祖方行查勘，輕重之權，實在臺下。倘蒙曲示寬假，速賜結局，始焉不以其可録而原其可罪，所以伸國家之法；既焉不以其可罪而没其可録，所以慰閭閻之情。此老公祖始終曲成無涯之至德，一時順應無迹之妙用，兩者亦自不相悖也。語曰：「惟仁人[二]能好人，能惡人。」好而知其惡，是謂能好；惡而知其美，是謂能惡。臺下仁人也，故不揆其愚而有布焉，願垂神察之。臨緘皇悚！

復中丞養愚李公[三]

頃聞，正以石守事顓緘請教，非敢冒瀆，實惟淺劣，過叨超格之愛，苟有一念，不敢欺隱！適接大教，則門下之于石守，知之原不爲不深，而不肖之所爲披露于左右者，臺下定不以爲大謬也。幸甚幸甚！臺下素心卓節，海内信之，矧于不肖，流俗靡靡，妄相猜度，曾何足云而以廛下問。蓋臺下之不自滿也如此，此聖賢之用心也。不勝佩服！獨計門下疏論石守錢糧之事，若出于侵罔，則其罪莫贖；若出于那移，則其情可原。兩者之

[二] 見論语里仁，原文「人」作「者」。
[三] 萬曆本題作「又」。

分，毫釐千里。誠以石守此一端，質諸其生平之所爲，特賜寬假，則臺下之于善善也長，于惡惡也短，其所培養成就，尤不小矣。恃愛，不厭瑣瑣，伏惟原亮！

與鄒孚如銓部

諸景陽丈行，曾附致尺一爲候，忽忽又歲寒矣。聖明御極，政柄屢更，否泰剥復之機，其將在此。足下適當用事之位，登賢黜邪，益得沛然愉快于志意，可謂千載一時也。弟更何以效其愚，無已，則有三焉：

一則願足下求賢以自廣。可事者折節而事之，可友者推心而友之，時時就而謀焉，相與切磋天下之人材以辨其用。同事諸僚相勉以一體之誼，俾各竭所知，允則采而行之，否則渾而含之，精神血脉流貫爲一，無復毫髮猜貳于其間。嘗思祖宗設官，獨于吏部案省而定其人，正虞廷四門四聰四目之指，不可不察也。

一則願足下沉幾獨運，操其不測于規矩準繩之外。其人果賢歟？即臺諫撫按或以爲當黜，而吾不可。其人果不賢歟？即臺諫撫按或以爲當陟，而吾不可。庶幾天下曉然知銓衡之地，善惡分明，幽隱無蔽。其于世道人心，夫豈小補？即如近日李中丞之刺石蘇州，孰曲孰直，衆口昭然。昨弟貽書中丞言之，中丞亦欣然不以爲忤，正宜成中丞之美，畢竟束縛格套，不免議調，此非三代直道而行之心也。向令撤去此障，一切裁以至公，尊貴無徇〔二〕，卑賤無抑，其于世道人心，夫豈小補？若内欲存臺諫之體，外欲存撫按之體，反將銓衡之體作第二義看，又何用吏部爲也！

一則願足下革除宰相朝房請教陋規。此規嚴分宜時始有，至張江陵彌甚。蓋分宜當國，有所指授，尚令其子邀選君于家，客而觴之，既歡洽而後列牘授之，某願選某缺，某願升某缺。至江陵直役之矣。彼不肖者無足論，賢者亦習以爲固然，隨波逐流，沿而不返。其究至于有所進也，但進得相門之君子，而四海九州所共瞻仰之君子，反不能進；有所退也，但退得相門之小人，而四海九州所指斥之小人反不能退。堂堂天曹，翻作内閣牛馬走，而猶號于人曰「吾欲同心以相濟也」，夫誰欺？欺天乎？

〔二〕 萬曆本作「狥」。

弟之所請于足下者以此，足下其謂之何？自惟足下深衷傑抱，弟何能望萬一？即殫其固陋，寧裨足下萬一？第吾二人生平之交相期于德義，不相期于事功。事功可雜采而就，德義須直心而行，有真德義然後有真事功也。又念數年前，吾二人時游懋權國徵之間，皆曰「異日吾欲」云云。不意二子夭亡，弟復狼籍田野，壯志都耗。獨幸足下得道得位得時，兼三不易以行于世，千古之責居然一人獨肩之！凡弟所爲惓惓，亦二子之志也。足下之志伸，即弟之志伸；弟之志伸，即二子之志伸矣。努力努力！

又

諸景陽行，曾附尺一。去冬敝邑華春元北上，復附得數行，託景陽轉致。中薄有所效，不知足下以爲何如也？弟庸劣無似，頃者誠不意有泉郡之命，又不意褎〔二〕然冠旌籍之首，以忝大典。當是足下欲玉于成，使其縱欲自暴自棄而不得。然而弟則何以稱塞也，徒有愧

〔二〕 萬曆本作「裒」。

悚而已！足下誠不我捐，且不忍傷知人之明，願更進而提策之，至懇至懇！

近見邸報，益覺時事紛紜，不勝太息！惟是直道昭明，亦未有如今日者。此中消息，似易而難，似難而易。足下適當在事，殆天之所以試足下也。足下何以圖之？膽欲大，心欲小，行欲方，智欲圓，此四言最盡。所當君子破格而進之，所當小人破格而退之，大也；好問好察，小也；悦之不以道不悦，方也；高下洪纖，不拘一轍，圓也。足下辦此矣，在加之意而已。近歲燕中所相與切磋佳士爲誰，乞以見示。此是足下今日第一義也。努力努力！

復楊中臺計部

承問吴趙是非，僕何能知之？竊以爲須就此兩人心事，與皇天后土紮對一番，方可下語。若但在形迹上校勘，恐未免落第二義也。高明以爲何如？伏惟裁教，幸甚！

復陳侍御南濱

承教皆確論也，敢不佩服！省中遷轉，信乎太驟。前時亦曾與一二同志商之，緣都給事中係是正官，似難虚懸。歷查内外大小衙門，並無懸正官不補之事，獨左右不妨稍緩，又似無甚關涉也，如主事之員外郎，員外郎之郎中耳。北中或三四年而不轉，南中或一二月而即轉，總之齊于俸而止，無淹速之嫌也。南人歸南，北人歸北，不易至理。窮到得勢之所窮，有不容不稍變通處，似難固執，此特十之一二，亦只就近推移而已。窮而又窮，如雲貴兩廣則以優缺處之，藉以慰悦其心而展布其氣，亦無可奈何耳！

即如近日教官一節，就教官論，南人應升者多，北人應升者少；就貢生論，北人應取者多，南人應取者少。如以教官爲准，因其升而定其取之人與其取之數，則貢生有年深而不取，年淺而反得取者矣，恐無以服貢生之心。如以貢生爲准，因其取而定其升之人與其升之數，則教官有俸深而不升，有俸淺而反得升者矣，恐無以服教官之心。若教官只論教官之俸，貢生只論貢生之年，一升一取，南北之間，自有參差，不能一切符合。只得就中調停，經其八九而權其一二，要之，亦不至十之一二，僅百之一二而已。其大體固自南者南，北者北耳，可按而覆也。若北之應升者若而人，北之應取者恰若而人，南之應升者若而人，南之應取者恰若而人，並此一二而無之，豈不大善？天道人事，似不能如此之巧也。

近日兩司遷轉大略亦多在本省，惟按察使有不能太拘者，亦無幾耳。遇有帶銜按察使便用填補，則益少矣。此外，則邊道、學道而已。初意欲將此事商確一至當之説，具疏題請著爲令，筭來筭去，並未免有一二礙處。到得礙處便是廢法之端，不若就方寸間默默調停，到礙處亦可活處。日接月續，後先同心，三年之外，遠省者可漸漸移至近省，近省者可俱就本省轉動。蓋法方而意圓，法有窮而意無窮，此非面丈不能悉。至其間畢竟有調停不來處，亦非丈不能發其蒙而開其蔽也。感丈厚念，先此布復，尚期叩謝，並請終教！

柬滸墅搉關使者

竊惟國家之設關，政將假商税以佐農賦，其意甚遠，于法自不得不嚴。于法既嚴，即漏税之禁，自不得不重。此理也，亦勢也，夫誰得而干諸？惟是頃者陳明等一呈，其中原委曲折，有更僕未易數者，請陳其概，伏惟門下少垂鑒焉！

當歲癸卯、甲辰間，税棍俞愚金陽等所在恣行，民不堪命。敝里有牙行趙焕者，慨然發憤，具呈前撫院曹嗣老公祖，盡暴其奸。俞愚一班，痛恨入骨，適遇焕于江陰之長涇，縲絏之而去，殺而沉其屍于河，則是趙焕爲地方而受禍也。當有夏川等具呈于敝府歐陽宜諸公祖，以爲地方大變，因具揭聞諸兩院兩道，且屬敝邑林父母刻期撿〔二〕解。乃俞愚等並係隔郡人，百計延捺。焕子希賢、妻金氏告道告院，矢不共天，卒無奈之何！愚復構夥顧堂，顛呈撓税，巧圖抵遏。比今周懷老公祖廉知其狀，督責甚切，而首惡俞愚且逃矣。迄

〔二〕萬曆本作「檢」。

今尚未得結局，致累希賢金氏飲恨茹悲，伶仃萬狀，傾家蕩産，眇無孑遺。而煥也，剖骸析骨，沉淪九泉之下，行道聞之，盡爲酸楚。適夏川等再呈，撫院行縣，樹碑各閑僻去處，永永遵守。一時搢紳及諸父老，咸喜而助成其事，亦因以慰亡煥之魂。

俄聞有惡其害己而毀之者，希賢金氏奔往視之，陡遇金陽吴淵等于王莊，即前之共謀殺煥者在此。既積恨不平，在彼復恃强不下，兩相争哄，驚動地方。于是淵陽仍祖顧堂故事，構出陳明，揑呈漏税，爲先發制人之計。而且波及王溪等，甚而鬼名鬼姓，青天白日之下，造出諸般鬼話，不可蹤〔一〕迹，不可影響矣。誠就其言而核之，尚不知孰爲玉石，孰爲段箱〔二〕，而况曰邀搶，曰拒捕哉？則是地方又爲趙煥而受禍也。嗟嗟！死者方銜未雪之冤，生者更遭無窮之累。趙煥已矣，又欲並其子若妻而斃之；其子若妻已矣，又欲並一方而羅織之，豈不痛哉！此不肖之所以不能不代爲一鳴于仁人君子之前者也。

至于漏税一事，亦尚有當請裁者。始趙煥未死，敝里人至城市貨而歸，至中途興塘等

〔一〕萬曆本作「踪」。
〔二〕萬曆本作「廂」。

處，各税棍必指爲漏税，詐而取之，往往只剩得一空手。及煥被殺，當路聞之，莫不驚惋，共相告語，共相檢飭，乃始漸漸斂迹耳。竊計敝里之去城，則四十里也，去滸墅則百里也。貿遷在四十里之近，輸税在百里之遠，無乃非人情乎？而况轉水河頭，恰當城郭之間，業有栅爲之限乎？又况所市者類皆小民日用飲食之需，不必輾轉行販，謀子母也。今碑長此不已，只出里門，便應有税矣；只一蔬一腐，皆應有税矣。民何所措手足乎？今碑禁所列陳市王莊等數處，視興塘等處之于滸墅，遠更倍之，其中往來大半民户耳。間有一二經紀，多不過數金，上下所歷不過數里，内外必責之越百里而輸税焉，然則興塘等處，亦將復修癸卯、甲辰故事乎？由是推之，凡爲漏税之説者，公乎？私乎？抑亦假公行私乎？竊恐官受其名，彼享其實；民受其害，彼叨其利。碑禁之設，正爲此輩，而猶相欺相誑，略無忌憚乎？且夫善用法者不盡法，當今新例加嚴，法網加密，據呈，東西南北四圍重重盤詰，在在關防，必無漏矣。縱或有之，亦千萬之十一耳。行不得已之事，存不得已之心，若爲不知也者而置焉，不亦可乎？此又不肖之所以不能不代爲再鳴于仁人君子之前者也。

不肖抱疴[一]杜門，何敢越俎妄談！惟是目擊心恫，桑梓一體，惻不自禁，徘徊累日，竟忘其僭，冒昧披瀝。倘蒙門下不見爲大謬[二]，特賜詢察，嘉與主持，將金陽吴淵及陳明等面加曉諭，警其既往而遏其將來；所呈姑寢不問，嗣後有以漏税告者，必係奸人，顧斥而去之。出諸身則爲德政，徵諸民則爲德碑，在今日則惠澤覃敷，人人歌詠；在異日則模範具存，人人誦法，造福無窮，而流芳亦無窮矣。不肖幸甚！地方幸甚！臨緘曷勝懇迫之至！

與吴郡博書

抱病下里，未獲請御，良切耿耿！適吴直路到舍，謂小兒與沐以德行舉，此門下如天之誼，能無銘刻？退而思之，沐孱然稚子耳，何所短長，至煩采擇，反復尋求，不得其故。意者因向時曾齒録于前任王鐘嵩老公祖而及之歟？此則自有説，試陳其略。

[一] 萬曆本作「痾」。
[二] 萬曆本作「繆」。

王公祖校士盡絶請託，二百年來所僅睹。諸見遺者，群而譁于王公祖之前。于時沐兒在寓，杜門不出。王公祖偶廉得其狀，召而問之，且曰：「子屢試俱列高等，即今爲子稱屈者，正自不少，子獨默默，何也？」沐對曰：「老公祖一秉至公，沐實心服，何敢有言？」王公祖曰：「有是哉！可不謂知義安分乎？」遂逢人稱説，且爲推轂于楊學院。其意蓋欲藉以風衆，遏競息囂，一時激揚之微權也。僕聞之，業跼蹐不安矣。及温鹽院行部，猥復及之，益跼蹐不安矣。乃可按以爲常乎？况沐也齒尚少，門下誠欲玉之于成，正望徐而養之，使之暗然内修，進而圖其遠者大者。若爾，區區重相表暴，至再至三，猶然不已，沐將曰：「名之易徼如此！人之易蓋如此！」必侈然而不復求向上一步矣，非所以琢磨此兒也。又令聞且見者相率而議曰：「人也以退爲進，以屈爲伸，其巧如此！其討便宜如此！」沐亦無辭以解矣，非所以保全此兒也。

夫人情未有不愛其子者也，姑無計是非，有利焉，未有不欲爲之趨而就之者也；有害焉，未有不欲爲之趨而避之者也。而所謂利害，有虚實之辨，或似利而實害，或似害而實利。兩者之分，毫釐千里，又不可不察也。今兹之舉，驟而觀之，不耕而獲，不菑而畬，豈不厚幸？徐而揆之，一則疚心，一則賈議，一則折福，利邪？害邪？亦不待智者而辨矣。是用披瀝肝膽，九叩以請，仰祈矜察，特賜罷免。此之爲愛，真倍恒情百萬！憲等宜何如感也！宜何如報也！臨緘曷勝懇切之至！

與袁邑博書

新春，尚未及面候爲歉！昨施直路到舍，謂小兒與渟以德行舉，此門下如天之誼，敢不九頓以謝！惟是驟而聞之，不勝驚愕！不勝慚愧！徐而思之，有二不可，有三不便。蓋萬萬不敢當者，敬爲門下誦之。

何謂二不可？竊惟德行一途，至重典也。當路所以搜揚幽懿，簡迪殊絶，爲世作範，于是乎在。必其涵養之純，踐履之篤，抱負之宏，人倫推服，乃堪應選。兒有是否？一不可也。又必其閲歷之深，諳練〔二〕之久，積累之厚，年近老成，乃堪應選。兒有是否？二不可也。

〔二〕萬曆本作「諫」，四庫本可從。

何謂三不便？是兒生長田間，碌碌無聞，猶幸赤子之心未盡漓耳。一旦被之以過情之譽，倘不善體玉成至意，退而砥礪，將無闌入聲華場中，鑿厥混沌？一不便也。邑故多賢，端修卓詣，當自不乏，而猥及是兒，人將曰：「此而可舉，孰不可舉？」其爲門下知人之累大矣！二不便也。僕最無狀，生平于廉耻二字亦頗識得。假令親朋之間，遇有此等，亦須一效忠告，况知子莫如父，愛子莫如父，乃坐視其叨冒僭越，靦顔儕輩之間乎？行見有識者，且不以嗤稚子而以嗤僕矣。三不便也。

語云「君子愛人以德，不以姑息」，門下之加惠于愚父子至矣，能無銘刻？獨其迹有類于姑息，不敢不披瀝以請。仰祈矜察，特賜罷免，去其所不可而貽之可，去其所不便而貽之便。此之爲德，宜何如感也！宜何如報也！臨緘無任迫切之至！

答友人

自孔孟既没，歷千餘年，始有周程諸大儒。其所以開示來學，乃從上相傳一滴真血，既是親生，又是親乳，故撫摩鞠育，周慮曲防，無所不至。看到瑣碎處，愈見懇惻，只緣從一肚皮中出，自然如此。近儒直指單提，豈不徑捷？豈不痛快？却只説得一邊話。諺所云「不哭的孩兒誰不會抱」，此之謂也。足下蓋見諸大儒于説本體處，往往引而不發，于説功夫處則津津不憚煩，近于勞苦費力，便擬爲乳娘；見近儒于説功夫處，往往薄而不屑，于説本體處則津津可喜，近于親切貼肉，便擬爲親娘，似非究竟義。平心論之，近儒的念頭亦與親生親乳一般，但緣他看得自家易長易養，遂認孩兒都易長易養，不甚以乳食爲意。諸大儒却知孩兒有易長的，亦有難長的，有易養的，亦有難養的，縱一胞胎中生，尚自兩般三樣，不能不多方呵護耳。

竊有一疑，堯舜孔孟豈不大聖大賢？而兢兢業業到老，汲汲皇皇到老，君臣儆戒，師弟切磨，不遺餘力，將其難長難養，反不如近儒易長易養耶？抑其繩拘尺縛，尚不知有單提直指之妙訣耶？殆非也。「人心惟危，道心惟微」，毫髮放鬆，淵墜冰陷。是故見其易者未必果易，還是心粗；見其難者未必果難，還是心細。足下試看，細的是本體？粗的是本體？這本體即在功夫之中，還在功夫之外？便知那個是親娘，那個是乳娘也。

足下又遡自有宋及于我明後先諸儒，考其因時立教之方，謂仁義禮智互相補救，今宜實之以信，大意亦近。至自按垂髫異于童稚，有室異于垂髫，深覺信之難全，欲求返異歸同，最是切問。語云「自家有病自家醫」，又云「知得病便是藥」。足下既已知得，只去著[一]實調服，予復何云？無已，惟有濂溪所揭「無欲」二字極好！夫何故？這個欲自人生落地時便一齊帶下，千病萬病皆從此起。我要爲善，這個却出來做對頭，不愁你不屈伏；我不肯爲惡，這個却出來做牽頭，不愁你不依順。孟子曰：「人少，則慕父母；知好色，則慕少艾；仕則慕君，不得于君則熱中。」[二]這便是垂髫異于童稚，有室異于垂髫的公案。所謂「人心惟危」以此，「道心惟微」以此。堯舜之不能不兢兢業業，孔孟之不能不汲汲皇皇，亦皆以此。須辨取明白，一刀斬斷，拔出自家一個身子來，然後要爲善便真能爲善，要不爲惡便真能不爲惡。仁真仁，義真義，禮真禮，智真智，恰好鑄成一個信字也。

陳白沙先生曰：「人須有鳳凰翔于千仞之意。」每誦之，輒爲灑然。若識不破，跳不

[一] 萬曆本作「着」。
[二] 語出孟子萬章上，中略「有妻子，則慕妻子」一句。

過，終日營營，只要倍奉這軀殼，其與糞壤之蠅蛆何異？到那裏，無論親娘、乳娘都救不得也。足下其歸而體之，如有可否，願以復我！

復耿庭懷明府

承示大學讀，喜甚！老父母卓絶之識，乃肯如此細心體究，真大勇也！竊意吾輩于此事，或静中有得，或動中有證，隨時拈出，密自叅考，未爲不可。如將古人經典枝分節解，恐未免有無事生事處，非所望于門下也。二千年來訓詁家只推得朱夫子一人，説者猶嫌其多了些子，况吾輩可效之乎？恃愛直布其愚，不識高明以爲何如？

復徐匡岳

建禄至，拜教之辱，頗以爲慰！弟自分衰劣，業具疏乞休，何能副雅念萬一也。天命志學二繹，仰荷印可，甚幸！總之，何能逃于知止、知本之外。且愧尚茫然言詮，未能實有諸己，不知吾丈又何以策之耳？李先生經説，向嘗卒業。兹蒙再頒，一番拈動一番新，當于此默自證焉。公祠之舉，甚愜輿情，不腆附往，聊寄仰止之私而已。相望千里，把臂未期，便中彼此無忘寄聲爲願！

又

來教，誠明之説甚當，非愚劣所及。乃聖賢于此有專言者，有偏言者，有互言者。知及仁守則所重在誠，行著習察則所重在明，會而通之，各有攸當。丈以爲何如？見羅先生被誣之事，業言諸伍容老，據云非敢誣也，一一得自邸報耳。但裸體等語，委覺不雅，當爲删之。此老自是君子，而多主先入之説，久之或更有悟也。輯要之賜，如獲真珠船，俟從容卒業請益耳。建禄還，附此，百不宣一，願言自愛！

復李涵虛

向辱枉教，良慰傾企，再承頒示誨言，讀之益爲豁然！「其」字指作本來面目，不若將來作「時習之」「之」字、「斯之未能信」「斯」字更妙。「見」字似宜活看，不得著相；如著相，竊恐見性體之參前倚衡，與見忠信篤敬之參前倚衡，無以異也。丈以爲何如？管東溟先生一世人豪，蓋至今時時夢寐見之，特以凡襟急切，難于描寫，尚在徐徐耳，不敢忘也。拙記求正，幸不鄙而裁之，懇懇！率爾布謝，不盡欲請，尚圖顓俟！

答周仲純

得示，具見用心之密。静坐是入門一妙訣。李延平先生教人看喜怒哀樂未發作何氣象，乃就中點出一個活機。又静坐一妙訣，學是學個恁麽，當于此有會，不必問孔孟有是與否，亦不必問克己與不遷不怒同乎異乎否也。無已，即兄所舉「學而時習之」一章條之，世間物事，那箇〔二〕是〔三〕時時不離的，那箇是人人一樣的，那箇是人知之不加、人不知不損的，那箇是最可悦最可樂的，自應了了矣。兄以爲何如？便中幸不惜裁教爲望！

又

所需架頭書數種奉上。人有福方肯讀書，書有福方遇肯讀者。今人與書可謂兩相遭矣。

〔二〕萬曆本作「個」。
〔三〕四庫本以下脱十六字，據萬曆本補。

簡伍容菴學憲

浙爲材藪，得年丈主其學政，甚善！所以甚善，非僅僅文藝間，徵〔一〕德行，明示予奪，真有一段風采，令人改觀易聽。此方是第一功德，非足下孰與望之？若夫杜請託，抑奔競，此又年丈餘事，不須喋喋耳。如何如何？平湖陳員嶠儀部，年丈所知也，不幸夭亡，而又無子，凡在人倫莫不傷悼！顧不知曾俎豆于賢祠否？此君眇然無年，乃其志節耿耿，自可千秋，寧以此舉爲重輕？要以表章揚勵，軌示來者，則當路之責，君子之事，在年丈尤是今日第一舉也。偶便，附此于湯見弦年兄。伏惟亮裁，幸甚！

〔一〕萬曆本作「懲」。

又

歸田以來，惟有杜門養痾〔一〕，一片狂心對松菊，冷冷不復著影于胸中矣。丈念我勤渠，高誼干雲，祇增愧悚。讀手教，又知浙中督學之難。邇來，士習日下，奔競成風，丈毅然障狂瀾而東之，何以副群小之望！即此便是丈生平學力，他又何論！古今惟鄉愿有譽無毀，丈自待何如，能若是乎否也？惟丈益崇令德，盡其在我而已。前沈几軒太史乃郎過此，已知丈垂情圓嶠陳丈之至，一死一生乃見交情，門下其是乎？景逸丈令祖復蒙檄祀名宦，丈之敦賢崇化，昭示風軌，雖古人何以加！在弟且不勝嘆服，即景逸之感刻可知矣。秋風漸爽，願言珍重！

〔一〕萬曆本作「痾」。

又

辱念，良荷知己之誼！讀外臺事紀，一言一動，皆關世教，即乃真著述，何謙謙也！弟居病數年，此生已自分與藥石作伴，丈亦有何清恙乎？詢使，知且脱然，信松栢之姿不同蒲柳也。方今無善無惡之説盈天下，其流毒甚酷！弟不揣，僭有推敲，正爲高明所笑。丈乃謬有取焉，竊以自信。文成自是豪傑，異時尚當從丈面證，今未敢漫爾相復也。

與董思白學憲

向聞楚中督學之命，竊爲楚賀得丈；楚實材藪也，又爲丈賀得楚。計今便且浹歲，錫極提衡，人倫象指，衡岳洞庭之間，所爲瞿然顧化者，當有不減于文清之山東、文莊之江右者矣。甚願與聞焉！千萬無讓無吝！

鄒太僕孚如先生，丈所知也。其操概皭如，其事業朗如，其文章炳如，計必采輿論，俎豆鄉先生之祠矣。乃其山居之日，特建尚行精舍，與多士相切磋，尤其精神所注。竊以爲，宜並祀孚如于此中。非謂孚如藉此爲重，表往者乃以勵來者，俾其邑人士自今以後，世世有所觀感而興起，以不負孚如一片心，實主張世教第一事也。丈以爲何如？

久欲相聞，未得良便，適從馮元敏詢有鴻鯉，輒爾投寄。懸知丈有同心，千里一堂，不俟辭之畢也。顒望！顒望！

答友人

足下滿腔赤心，神明自異，衰憒如僕，殊賴洗發。世趨愈下，岐路紛然，誠如來諭！要之，其無常者不可測，其常者則在我，夫亦守其在我而已。昔宣尼思狂狷而賊鄉愿，其論與人則曰「矜而不争，群而不黨」。良有味乎其言之也，敬爲足下誦之！長安名賢，不乏可事可友，何容當面錯過？其大本大原，夫亦在我而已。恃愛，僭布其愚，高明以爲何如？

與諸敬陽儀部

當足下朝釋褐而夕爲海忠介發憤，偕彭旦陽及吾家季抗疏闕下，浩然棄一第而歸。弟聞之，作而歎曰：「有是哉？其芥視軒冕也！」久之，起秉南陽之鐸。適鄒孚如銓部北上，特過而訪足下，突入卧室，見破幃敝衾，蕭然書生，甚爲嗟異，退而割囊中二金遺之曰：「聊以佐苜蓿。」比升任到京，復躬自齎還，封識宛然，益爲嗟異，遂以能甘清苦舉已，請告家居，郭希宇中丞自楚饋五金，足下破其緘[二]，析受五星而返其餘焉。弟聞之，又作而歎曰：「有是哉？其塵視金玉也！」中心誠愛之欽之，願爲執鞭，惟恐其不得當也。乃數年以來，所聞駸〔二〕異，一而至，置之矣，再又至焉；再而至，亦置之矣，三又至焉；迄于今，猶然嘖嘖未已也，乃始不能釋然。因而從中細加體察，平心而論，竊以爲有

〔一〕萬曆本作「械」。
〔二〕萬曆本作「浸」。

可原者，又有可訝者，有可惜者，又有可喜者。請得爲足下詳之。

足下滿腔是直腸，偶有所激而不平，遂往往至于犯衆忌，言人之所不敢言；又滿腔是熱腸，偶有所憐而不忍，遂往往至于冒衆嫌，言人之所不肯言。多口之招，大半由之，故曰「可原也」。惟是人言具在，其果一一是真耶？今日之敬陽即昔日之敬陽也，何判然兩截如是？吾既不敢信彼而疑此。其果一一是誣耶？今日之人心即三代直道而行之人心也，何顛倒不情如是？吾又不敢信此而疑彼。兩下推求，莫得其故，故曰「可訝也」。

雖然，是有説矣。隨俗易，自立難。足下而甘爲庸衆人也，人亦庸衆之矣，其責備必寡。今足下而不甘爲庸衆人也，人亦不庸衆之矣，其責備必多。是故堅而磷，反不若未堅而磷者，鮮受磨之迹也，將何以謝此堅？白而緇，反不若未白而緇者，鮮受涅之迹也，將何以謝此白？故曰「可惜也」。

幸而毘陵座上，啟新丈所，促膝而規，極其峻厲；東林齋頭，景逸丈所，秉燭而諭，極其激切。在子弟輩，猶難甘受，而足下怡然承之，略不少介辭色，即本來面目依然不失，乃是起死回生一大機，良可喜耳。抑聞之，所貴乎知過者，非貴其知之已也，貴其改也；所貴乎改過者，非貴其草草塗抹于一時已也，貴其洞照病根，一刀兩斷，永絶而不復萌也。假令今日有一錯焉，第自認曰吾不是，明日有一錯焉，亦第自認曰吾不是；徐而按之，轉口而未必轉步，轉步而未必轉身。竊恐暫開之一竅易塞，夙染之熟處難忘，所謂「野火燒不盡，東風吹又生」，竟此生無廓清之期也。然則如之何？其必返照初心，斷以聖賢豪傑自期待；堅砥末路，痛以盜賊禽獸自刻責，日新而又新，又新而日新。向來滿腔直腸，不但用之他家而必用之自家；向來滿腔熱腸，不浪用之小人而必用之君子。翻然將五臟六腑，濯以江漢，暴以秋陽，一一重新換過，庶幾失之東隅，收之桑榆。異時無常到日，不至吃閻羅老子棒耳。

蓋弟夙企玉峯兩賢：一爲張可菴給諫，則擬諸劉季陵；一爲足下，則擬諸杜太僕。曾于給諫以杜太僕進，今于足下當以劉季陵進。「損有餘而補不足」，自是相成之誼，其何敢水濟水、火濟火，有負足下！足下能爲人盡言，必能受人盡言，知亦不我負也。嗟嗟！日月如馳，人身難得，足下行年六十有二矣，還能再活六十二否？此時一蹉，永刼難補，可容兒戲！弟誠不勝惓惓，輒此饒舌，惟足下作一竹竿到頭人，惟足下作百尺竿頭進步人，惟足下一生行徑于此結局，惟我二人三十年交情亦于此結局矣！弟言有盡，弟意無盡！念之念之！

又

足下受善之勇，真不可及，敬服敬服！聞琴川松陵各有寄莊户，此必迫于親交之情，不得已而應之耳。急須除之！君子自愛愛人，皆以德不以姑息。萬勿再爲因循，冒虚名而貽實玷。此非特弟之意，實諸同好之意也。努力！努力！

與錢受之〔二〕

敬陽儀部畢竟是君子！頃面效其狂言，了不爲忤，非特不爲忤，且覽且喜，且感

〔二〕四庫本無，據萬曆本補。

且謝，不啻其口。已，復促膝細談，不覺淚下曰：「世安有愛我如君者！」此一副心腸從何處得來？大凡人之過，出于有心，則有遮護，其改之也難；出于無心，則無遮護，其改之也易。以此知儀部必能始終爲君子，不至半途而墮落也。計足下所樂聞，特及之。

簡王弘陽少司空〔一〕

周懷老公祖極荷知己之愛，感不啻口！此老不特撫吳之績，文襄以後鮮見，自其釋褐之初，即與交好，及進臺中，所當儕鶴徹如諸君子杌棿間，皆有以自立，非漫然與世浮沉者。近日忽致紛紛，牽粘不已，幾若兩截然，良所未解。得不見棄于大君子，其亦可無憾矣。如何如何？巖穴諸賢近時見推轂，而獨不及沈繼老，由向來一種異論浸潤得人深也。此老好善嫉惡太甚則有之，要其心胸自是青天白日，不知者至詆爲鬼蜮，即今太宰公亦似

〔一〕萬曆本作「少司空」，四庫本無「少」字，據補。

尚有這個在。爲繼老計，進退行藏無所不可；爲太宰計，却須破得此關，方是古大臣風猷耳。翁以爲何如？

與吴文臺比部

近來奇事，種種不乏，乃不肖覯于臺下，則又奇之奇也。曾有名實雙茂如臺下，揚歷多所如臺下，四十年甲科如臺下，猶然郎署者乎？此不肖之所不解也。以爲世莫之知耶？何以物色之寂寞偃蹇之中！以爲知之耶？一歲九遷，兹其時矣，何尚遲遲也！此又不肖之所不解也。雖然，于臺下則奚損焉？非惟無損，乃益見臺下耳。如何如何？不肖修行無力，動而招尤，老而不改，臺下念一日之雅，嘉與拂拭，至取敝帚而千金享之，既感且愧。而今而往，其何以報？惟應痛自鞭策，謹保桑榆，以無重門牆之辱而已。尚願不鄙而加督焉！幸甚！幸甚！率爾申候，不盡積企！倘因緣九龍之靈，得以便徼臺旌之辱，即摳衣請御，舒我饑渴，實至願也。臺下其許之否？

與丁大參勺原公子

楊建禄來，以尊府君之訃告。初恍惚如夢，既而知其真也，相對流涕覆面，肝腸爲裂，竟不能出一語！嗟嗟！已矣！有奇抱而不克展也，有奇寃而不及申也。而已矣！後死者能無責乎？雖然，其不已者固自有在，非夫年之謂也。且聞長君業不禄矣，獨足下方當英齡，翩翩起也。然則父兄擔子，足下實一身肩之矣。所以不已尊府君者，又自有在，非夫僅僅哭泣之謂也。念之念之！相去千里，相望一水，恨衰病之軀，不能匍匐相從，憑棺一哭，以洩生死之痛。輒此代唁，敬薦一觴。個中所懷，累累滿腹，未吐百一！嗚呼！其爲我焚此箋于尊府君几下。

與李見羅中丞公子

伏惟尊府君老先生主盟斯文，直接孔曾不傳之緒，海内學者莫不奉爲正宗。一旦山崩木壞，倀倀無依，莫不相顧嗟悼！而不肖辱在陶鑄之末，尤有百倍于恒情者，則亦惟虔奉遺訓，見于羹，見于牆，庶幾先生之默鑒之，不忘夙昔之鞭策而已。相望千里，衰病之軀不能匍匐以趨，敬薦瓣香，薄申生死之感，幸門下叱而致之先生之靈。門下紹隆家學，擔荷良重，百凡自愛，慰我同好！

簡李元冲銀臺公子

昨秋忽聞尊府君老父母之訃，不勝震驚！追憶生平，不自知其淚之淫淫下也。邑中諸父老子弟，輾轉傳告，咸相向哭失聲。諸子衿遂合辭爲聞于當路，俎豆名宦，若曰：「庶幾得以朝夕瞻拜焉，聊自解慰云爾！」非老父母實心實政，淪膚浹髓，何以致此乎？敬告孝子慈孫，願以聞于老父母之靈也。而不肖且薄薦瓣香，一申生死之感，幸並爲我叱而致之！賢金玉紹隆世美，擔子良重，所以不泯尊府君者，應自有在。僕老矣，尚拭目而觀之，無徒以哭泣爲孝也。如何如何？臨風耿耿，不盡所懷！

復方本菴

不肖下里之鄙人耳，無所聞知。少嘗受陽明先生傳習録而悦之，朝夕佩習不敢忘，獨于天泉橋無善無惡一揭，竊訝之。間以語人，輒應曰「此最上第一義也」，則益訝之。俯仰天壤，幾成孤立。頃歲，從令郎老公祖受心學宗，讀之不覺躍然起曰：「孔孟之正脉其在斯乎！是天之不棄吾道而以先生畀之也。」于是竊自幸有所歸依矣，而又愧管蠡之效，未足以揚搉萬一也。乃辱翁臺俯加采擇，惠然與進，千里賸書，益以四集，得未曾有，且爲預訂秋水之約，此正不肖之所當齋沐而求、竭蹷而趨者，何乃坐而得之于翁臺哉！且喜且驚且愧！是又天之不棄不肖而以先生賜之也。謹九頓以謝，蕪語二種附呈，統祈斧政〔一〕爲荷！

〔一〕 萬曆本作「正」。

復唐大光

足下睠焉有意乎家世道脉，甚卓！「求放心」三字，又切問也！竊以爲心之爲物，與雞犬不同。雞犬放而在外，收而在内，有方所可求。至于心，只在人欲上便是放，在天理上便是收。天理本内也，因而象之曰在内；人欲本外也，因而象之曰在外，非有方所可求。知此則知把柁之所在矣。今曰著意收也，恐收即成礙；任其走作，腔子裹何物把柁？似只在方所上揣摩，不見個安頓。而不于理欲關頭討個分曉，將來恰成一弄精魂漢，乃放心，非求放心也。如何如何？足下試歸而體之，或然或否，不妨再作商量耳。

與魏念屺

不肖竊從令甥敬陽丈習聞高雅，欣爲執鞭久矣！病懶相仍，未能摳衣請御，藥碗之餘，聊有記存。生平缺漏，一一迸出，尚未及就正有道，何意門下采葑采菲，謬見收録，甚而不惜灾木，嘉與流通。自省薄劣，何顔而可以承此！至如莊簡先生二集，正生平之所羹牆〔一〕夢寐，一旦儼然分庭授之，餘而畀之，如天之貺，堪爲世寶，又不知何修而可以對此也！且愧且感，且感且悚！九頓嗚謝！尚應徽敬陽丈之靈，紹介左右，以遂登龍之願！不宣！

與周中丞懷魯

世路羊腸，自古爲然，至今而甚，至老公祖而加甚！鴻飛冥冥，弋人猶慕，老公祖其如彼何？乃江之東百萬生靈，家尸户祝；江之西三徑無恙，松菊有主。一身輕而萬事足，呼牛呼馬，直付之灑然，彼亦無如老公祖何也！獨不肖弟忝附搢紳之末，又辱道義

〔一〕羹牆，見后汉书。其卷六十三李固传載固言：「昔堯殂之後，舜仰慕三年，坐則見堯于牆，食則睹堯于羹。斯所謂聿追來孝，不失臣子之節者。」羹牆夢寐，見于羹、墻、夢寐之中，喻思慕之深。

之好，竟坐視滔滔，無能有所効〔一〕其萬一，仰慚知己，下慚父老，以此日夜耿耿耳！相望各天，靡由縮地，聊此遺候，薄舒夢思，一絲附將，庶幾時得周旋于玉體云爾。臨風神結，不盡欲言。伏惟加飯，慰我同好！

復董玄宰學憲

承示方正學先生求忠書院記，時且欲就寢，復燒燭讀之。至「孔朱忠臣」二語，不覺爲之且驚且喜，且喜且驚，遂不覺遥爲之下拜也，曰：「有是乎？舉我太祖紀綱一世之精神，及吾夫子紀綱萬世之精神，等閒收攝盡矣。」此所謂有關係文字也。不肖方當揭諸日月，與天下共之，其何敢私？又何敢謝？謹復！

〔一〕萬曆本作「效」。

復張繼山

不肖憲竊從陳雲浦先生橋梓，獲聞大雅久矣。不謂門下胸次間，亦有菰蘆一腐生也。伏讀手箋，勤渠鄭重，何敢當！何能當！將無假此啟我以嚮往，策我以前途耶？則亦何可不勉圖淬礪以求報稱也！再讀教言，諸所闡發，一一流自赤心，非深造自得，何以有此！至所表章，特于周程諸大儒爲惓惓，取日虞淵，作世手眼，其匡維不小矣！欽服欽服！不肖憲豪髮無聞，兼之精力盡消，衰病交迫，悠悠此生，莫知下落。不揣漫以蕪刻求正，幸蒙門下始終不鄙，痛賜鍼砭，則又何可不益圖淬礪以求報稱也！望之望之！

馮少墟侍御向在都門，曾有一日之雅，不謂別來卓詣如此！雲浦先生家世清白，自長公物故，益復蕭然。今其子伯純，至不能保鳴玉數竿。伯純有兩郎，僕以小孫女字其次郎，亦愧未能相爲潤也。辱念寄存，生死肉骨，誼高千古矣！役旋，謹復並謝！

與儀部丁長孺（计十一书）

聞公南宫之報，甚慰！近來士風弟〔一〕靡，亡論患得患失如鄙夫之爲也者，即如應對唯諾間，以方之諸生之時，大徑庭矣！始而以爲不得不然，既而以爲當然，久而不覺與之俱化。進身之始，不得不爲賢者勘破耳。

又

前自武林還，初意欲相期一晤，已而竟不果。得諭，良荷注存。承示新功，甚善！周子揭主静是得手事，程子見人静坐便嘆其善學，是入手事。李延平教人静中看喜怒哀樂未發氣象，又就中點出一活機，此大儒留下海上單方也。新秋枉訪，當有以相証焉。

〔一〕萬曆本作「茅」。

又

久不得晤言之好，良以爲懷。蒙手翰之辱，閲知足下年來用心之密，喜不可言！竊惟此事只有一條路，日用之間，縱千蹊萬徑，亦總歸于一條路。吾輩于此默默體察，切切持循，積累久之，自當有進。過去未來皆不必計，所謂先事後得也。足下以爲然否？九月之會，數日以俟，此時當得面商也。

又

别來忽又冬半矣。日月如飛，真自可惜！向所面商，似屬第二義，要之，亦只看理會處何如，即所謂第一義亦不在門面上也。便中乞有以示之。養冲一疏，甚爲世道之光，他又何言！徹如入宫見妒，至今尚爲不了公案，不知當事者果何意也！

又

先有八行附中甫寄上，隨得手教，並作報，想當不浮沉耳。救荒無奇策，自古難之，如足下所云，才誠兩合，便是奇策也。周中丞業疏報全荒，且請全蠲，不知果何如。總之，此老甚留心地方，甘紫老亦正不減。兩地所恃此二天耳！鄭太初疏當已見，真頂門一針也。吾輩林壑間，復增一畏友，誠可喜耳！如何如何？

又

東林之會，風色蒸蒸，座上發貧賤富貴一則，尤令聽者竦起。足下之功于是乎大矣！試播諸副墨，傳爲共寶，不亦善乎！願之願之！二難商語録往，幸加裁推〔二〕。此本宇宙

〔二〕明本作「確」。

間公共事，無以區區形迹爲嫌也。陳筠老必能作一路福星，其傾慕足下不減緇衣，地方事宜留心剖示，以成其美。僕述足下旨，爲道貴〔一〕邑令公之賢，渠甚然之，並以倡道之説進，歡然首肯也。于其行，附此。許敬老乃郎已歸，未有可相聞者，便中示之。

又

得手書，不勝欣慰！足下之用心如此，何患不日進也。「寡欲」二字，極妙極妙！亦周元公首闡聖學，亦只此二字。此是一了百了功夫，更不須疑。願與足下共勉之！亦只密切做去，不須悔前慮後，反成憧憧，令心體上多一事也。如何如何？琴川耿令公大有志于學，渠甚嚮往足下。秋風時欲相約過此一會，足下當不吝也。握手之期，恐即在此矣。

〔一〕四庫本原作「費」，誤，據明本改。

又

時局種種可憂，真如抱薪于鬱火之上，特未及然〔二〕耳！不知吾輩得高枕青泉白石間否也。如何如何？

又

適自武林還，正欲約足下一晤，見吴海洲乃知足下正在武林也，可謂覿面相失矣。悵然久之！足下乃得浮躁名，大奇！然海内賢者無不顧而嗟異，此豈聲音笑貌之所能及！直道自是不負人，足下可以自信，更努力以圖動忍增益之效〔三〕。程伯子讀「舜發于畎畆」

〔二〕萬曆本作「燃」。
〔三〕萬曆本作「効」。

章曰：「若要熟，也須從這裏過。」此非老頭巾語也。如何如何？許敬菴先生今在何所？計必决歸計，倘有相聞，願問之。吴會之間，得借此老爲青山主盟，固是妙事耳。足下當以爲然也。倚楫漫筆，不多及。舍弟去冬又一大病，絶粒者三十日，今幸無恙，尚費調理。知足下所念，附及。

又

聚樂之念，積之數年，聊試爾爾。足下乃肯不遠數百里來赴，令我神晤。連日所聞種種，有概于鄙衷。天生豪傑，原爲世教。既爲世教，自不能與時俯仰，裁成輔相，于是乎在，足下何疑焉？行住坐卧，偶有契會，便應揮記。既見真吾，兼可自考，正不必以成篇爲拘，如舉子業然。秋末冬初，得過我共話數日，何快如之！札記六册附上，暇中乞爲商正，尤所望也。

又

承念賤體，甚感！年來應減者，幾乎減之盡矣，而未能有所增益，此是自家欠得力也。如何如何！許敬老之謚，公論必不可缺，自當留意。不知部中謚議何如，並一詢之。段黄門發密揭事，大有功于世道，此是執政真贓〔一〕，賴不得也。向僕亦欲爲皇上明冤，亦一證佐矣。三冢宰行迹附覽。平湖公一段精神尚未曾拈出，足下宜一闡之。孔孟圖譜領訖，尊稿尚未細閲，乞將周程張朱年譜一查，恐尚有宜添入也。如鵝湖之會，亦是千古大公案，不可缺耳。如何？

〔一〕萬曆本作「脏」。

簡觀察鄒龍翁老師

新歲台候萬福！凡在門牆，孰不欣慰！兹有所啟，則以通家友郡庠生陳爾杭之故。雲浦先生鄉邦冠冕，自其長君太學生爾耕中道夭，門户日落，外侮交至。爾杭竟爲盗所中。不肖憲受雲浦先生國士之知，不勝痛心，卒無奈之何！及見按君駁詞，不覺喜而欲狂，片言居要，起死回生，乃相與叩天而呼，呼天而謝，以爲是蒼蒼者默啟而默佑之耶？歲杪，晤吴縣王學博，始知皆老師之爲之維持調護于其間也。恩加于不求，德施于不報，祇念先人一日之雅而波及其後人，此之爲誼，真足以上邁古人，下愧今人矣！

而爾耕之子藝之復來告曰：「叔氏藉大君子之靈，誠厚幸！第其事尚須覆審始定，願再乞一言丁寧之。」憲謂之曰：「老師不難于冒衆嫌，伸獨見，功且九仞矣，而何難于一簣？老師不難于直指使者之前，反復强聒，成案且居然更矣，而何難于郡縣？况前此原不待求而應，今何容贅？掠美市恩，憲不爲也。無已，以父子至情爲雲浦先生謝，以兄弟至情爲太學君謝，以叔侄至情爲藝之謝，則可矣。」因遂布此，以展銜結之萬一，惟老師委曲矜全之。

爾杭才質通敏，躬罹大難，仗庇復得自解，誠非常之遇。自今以往，必當動心忍性，力懲亢厲之非，粹然以善人君子自律，俾宗族稱孝，鄉黨稱悌，一洗呶呶之口。老師之賜，等于覆載矣！臨緘，無任懇切祈望之至！

涇臯藏稿卷五

明　顧憲成　著

簡鄒孚如吏部

伏讀衡言，種種卓詣，且斟酌上下，求其恰當，廓然不以我見與焉，允乎其足以爲天下平矣！至于論學特揭出「躬行」二字，尤今日對病之藥，爲之徘徊，三復不能已已！佛老楊墨號爲異端，然其説得行于天下，只以語語是實有一段真精神在也。况于孔孟之學，爲天地立心，爲生民立命，庸得以唇吻當之乎？願與丈共勉之。鄒爾瞻爲丈序銓草，時局機緘直是一眼覷破，此兄真有心人也！

又

文融謂足下不宜舍文學之好而登理學之航，弟意却恐足下登理學之航而猶不忘文學之好也。足下試思之，天之所以與我者果何物乎？于此有個入處，將焉用文？于此没個入處，將焉用文？況尚行之揭，任重道遠，方當萃全體精神以赴之，即欲與還固諸豪争執牛耳，不識丈且暇乎否也？

又

趙儕老之内計，遂與老長官之外計，稱爲二絶。今亦遭讒構去矣，奈世道何！而獨意兩君子内不負一念，外不負一官，功成而身不免，夫復何憾！弟碌碌在事，未有効于尺寸，而夫人者業已逆其必爲不祥，眈眈〔二〕而伺之，不知將來何所稅駕耳！

復夏璞齋書

展誦手札，有以知賢之用心矣。流俗靡靡，何意及此，真不肖之至幸也！「舉業不患妨功，只患奪志」，乃程先生至言。究竟體之，豈惟不患妨功，學者須辨得聖賢之心，方能讀得聖賢之書，方能代得聖賢之言。一畫不已而六經，六經不已而四子，四子不已而傳注，傳注不已而制文，只是此理，何精何粗？故曰「灑掃應對，便是精義入神」，又曰「唐虞揖讓三杯酒，湯武征誅一局棋」。良自有旨，想當信其非妄耳！抑之沖年而意甚廣，賢之所以朝夕切磨之者可知。得才士易，得志士難。僕誠不勝惓惓，惟賢留意。近作漫以其臆附復，不知當否？願裁之！

〔二〕萬曆本作「耽耽」。

復錢抑之書〔二〕

正疑從者何以久不至，三徑蓬蒿且滿，得手書，令人致怨于祝融君也。乃吾弟志意翩翩，絶不以此置胸臆間，可謂卓矣！古之人千里同堂，萬古合席，迹之疏密，曾何足云！近作種種，人人想見。日新之美，仔細點檢，畢竟未免爲才所用。學以變化氣質爲功，惟文亦然。以正勝者，欲其奇；以奇勝者，欲其正。轉移之機，要在明者一覺而已。一覺之後，諸相都忘，何奇何正，就中便有向上一着，更不煩別索也。吾弟其勉之！此則祝融君所無能如吾弟何者耳！揮汗草草附復，不盡！

〔二〕四庫本删落，據萬曆本補。

與陳鑑韋別駕書

敬啟。敝里有牙行趙焕者，往年目擊税棍俞愚金陽等作耗地方，慨然發憤，具呈前撫臺曹嗣老公祖，蒙行府嚴查禁治，愚陽等痛恨入骨，日夜思有以報之。適焕載麥八石至江陰之長涇，遂率衆攔截，指爲漏税，罄擄人舟而去。尋殺焕沉之紅塔河下，縲猶盤頸，行道見之，莫不悲酸。當有地方夏淮等呈報歐陽宜諸公祖。時宜諸公祖已升潁州道備兵使者，頓足起曰：「此地方一大變，而爲人父母者之責也。」遂檄敝縣林父母，限五日檢報。而愚陽等俱係隔府人，且自知罪大惡極，無所復逃，百方延捺。宜諸公祖又迫于簡書，不能久待。于是焕子趙希賢不得已控諸前任鄒兵臺，行韓公祖究解矣，而延捺猶故也。又不得已，控諸周撫臺，又行韓公祖究解矣，而延捺猶故也。頃又突生他計，構出哨兵顧堂，借撓税爲題，顛呈趙希賢于撫臺，蒙行滸墅管税松江劉三府轉關台臺，行縣提解。希賢聞之，自分必死，再具頂狀，奔訴撫臺。而愚陽等且四路抄捉，不容進頂，徑縛而解臺下，行將轉解税監，斃之杖下，衆亦分希賢必死無疑矣。

嗟嗟！焕爲地方而死，焕之子又爲父而死，是何慘也！愚陽等既殺焕，今又欲殺希賢，必父子齊斃，斬草除根而後爲快，是何忍也！爲他方之税棍，則白晝殺人而無罪，非惟無罪，方且恣其吞噬而未已；爲老公祖之赤子，則含冤抱憤而莫控，非惟莫控，又將不免其身。是何痛也！台臺仁人也，斷不爲税棍所欺，而不肖忝在地方士紳之末，驟而聞之，不覺心膽如裂，怒髮上指，輒布其概以聞，非僅僅請釋希賢而已。以爲天理人情至此而極，是殆造化所以稔愚陽等之惡而盈其貫，使之昭昭自獻于日月之下，未可知也。是殆造化哀焕之死，憐希賢之無伸，特借此披瀝號呼，白見冤狀于大父母之前，庶幾遂憫而拔之，一酬九泉之幽魂，未可知也。

台臺仁人也，當有不待鄙言之畢者矣。伏乞大開天地之心，重洩〔一〕神人之憤，慨然借鼎言于韓公祖，速將愚陽等勒限嚴獲，早賜究東，爲匹夫匹婦復此不共之讐，爲三吴百萬生靈除此莫大之蠹，真地方無量功德也！臨緘曷勝激切之至！

〔一〕萬曆本作「恤」，为正。

簡修吾李總漕

此中水灾異常，頃已附聞矣。詳具周懷老疏中，字字實情，字字堪涕，丈覽之，自當忍淚不住！今吴中諸父老且匍匐萬里，叩闕而請，誠有萬不得已者，意欲丈借鼎言大司農趙老先生之前，破格一處。言出于趙老先生則足以取信于皇上，言出于丈則足以取信于趙老先生。此非區區一人之意，實東南億萬生靈之所日夕嗷嗷、忍死而引領者也。努力努力！此地財賦當天下大半，干係甚大，救得此一方性命，繭絲保障，俱在其中，爲國爲民，一舉而兩得矣。知不作尋常看也。嗟乎！茫茫宇宙，己饑己溺，曾幾何人？興言及此，益忍淚不住矣！萬萬努力！萬萬努力！

又

弟已自分長卧煙霞，而去冬忽叨光禄之命，聖明浩蕩之至仁，知己拉拭之高誼，中心銜〔一〕之，何能不感激思奮，少攄報効！且數年以來，今日言起廢，明日言起廢，至于口敝舌焦。頃者臺省諸新郎君，封事翩翩，充滿公車，亦無不以此爲第一義。弟非其人，却令聊塞斯白，何能不力圖淬礪，勉赴鞭箠？然而四顧徘徊，進退維谷，至于今猶莫知所决，何也？竊嘗籌之矣。

罪籍諸君子，林林相望，計且二百餘人。其間蓋有去國在弟前者，有科名在弟前者，又有摧折困頓視弟十倍者，又有與弟同事被譴者，又有不與其事因弟波累者，今皆埋光草莽，弓旌之招，寂寂無聞，弟獨何顔而先之乎？此一説也，猶未也。

東林之社，是弟書生腐腸未斷處。幸一二同志並不我棄，欣然共事，相與日切月磨于

〔一〕明萬曆本作「啣」。

其中，年來聲氣之孚，漸多應求，庶幾可冀三益，補緝桑榆，無虚此生。一旦委而棄之，既有所不忍。憑軾而觀時局，千難萬難，必大才如丈，卓識如丈，全副精神如丈，方有旋轉之望。如弟，僅僅可于水間林下藏拙耳，出而馳驅世路，必至僨事。又有所不敢于其所不忍而强爲割，于其所不敢而冒爲承，將來處不成處，出不成出，兩無着落矣。此又一説也，猶未也。

弟也少不自愛，壯而善病，乙未、丙申之間，瀕〔一〕于死者屢矣，幸而獲生，今年且六十矣。所謂耳聰目明，手輕足健，一一不有，所謂耳重目昏，手遲足鈍，一一不無。即令見作貴人，亦應去而返初服，况今鹿豕之與游，鷗鷺之與侣，正于病骨爲宜，乃更去而就軒冕，何僕僕不憚煩乎？此又一説也。

凡此種種，都是實境實情，實事實話，在他人前猶半含半吐，惟丈前不敢一毫不傾盡。丈其設身處地，爲我裁之。弟非敢妄自菲薄，上負聖明，下負知己，揆德量力，恰應如是，無希高，無慕大，始終成就得江東一老腐儒，亦所以不負聖明，不負知己也。丈當啞

〔一〕萬曆本作「頻」。

然一笑而許之耳！弟亦商諸朋好間，各自有説，兹特向丈求一了語。丈最能斷大事，萬勿吝教！

與趙太石吴因之二銀臺

不肖憲衰病日甚，忽荷新命，且感且驚，且驚且愧，遂擬具疏乞休。而一二親知，固謂不可，又謂此疏即至長安，必應見格。頃檢仕籍，乃知丈恰當柄事，此憲之適有天幸也。且憲也，非木非石，何敢冥頑自居，上蔑聖恩，下罔同志！又生平頗懷熱腸，何能耕閒釣寂，去而尋接輿荷蓧[一]之轍，與世恝然也！直是有最不得已之情耳。今亦不敢縷瀆，只重聽一節，大于涉世不便。曾不自揆，冒昧就列，設有人過而詰焉，其亦何辭以謝乎？兩相國騰書曉諭，言言刺心！竊計兩相國應未悉不肖憒憒狀耳，乃丈業已悉之，此又憲之適有天幸也！敢此仰干，惟丈特爲主持，并爲道此實情及此苦情于兩相國前，庶蒙慈

〔一〕萬曆本作「篠」。

察，慨賜玉成，俾得遂所請，俾得安愚分，俾不至取譏于君子。此之爲誼，超越尋常萬倍矣！九頓九禱，無任懇迫！引領惠音，爲刻以俟！

又

拜教之辱，至誼惓惓，能無佩服！所示葉相公兩言，實從滿腔苦心來，能無感悚！先是李修老總漕、王柱老中丞、吴安老、錢繼老兩太僕貽書見勖，其指亦同，似可信而不疑矣。頃者赴毘陵之會，商諸錢啟老、孫淇老諸公，又皆以爲未可造次，而啟老言之尤鑿鑿。適趙儕老寓書姜養老，其指正與啟老同，且謂春間作詩送郭文老之行，曾及此意，託之寄聲云。

夫出處大矣，僕不敢以一己之是非爲出處，而以天下之是非爲出處，又不敢漫以天下之是非爲出處，而以天下賢人君子之是非爲出處。今兹爲僕計出處者，皆愛僕者也，乃其説判若水火然，何哉？然而問其人，皆天下所謂賢人君子也，其謂宜出者必非誨僕以徇世也，其謂不宜出者必非誨僕以忘世也。僕又何敢格以一隅之見，妄生分别于其間哉？獨計小疏所陳種種衰憒之狀，都是實情。若但私告于朋友而不以顯列于君父之前，終屬自欺。又僕往時在都下，見有所謂乞休者，每每朝而懷疏以入，夕而懷疏以出，心竊耻之。若亦墮落此套中，終屬欺人。夫如是，反之方寸，尚不能慊然而無疚也，柰何欲遽議于出處之際哉？是敢不避再三之瀆，瀝誠申請！惟丈垂慈照察，特賜主持，無令僕僕道塗，以致進退無據，獲戾名教。幸甚！葉相公前，希爲一道悃衷，懇祈鑒許，統俟得請，另圖顓謝耳。臨風耿切，筆不能宣，亮之亮之！

與南垣劉勿所書

近聞南中議論紛紜，不能知其詳，惟有浩嘆！偶檢得古人兩公案，輒爲臺下誦之。魏其侯與田武安争辨灌夫事，韓御史兩是之。既罷，武安出止車門，召御史載，怒曰：「何爲首鼠兩端？」御史良久謂武安曰：「君何不自喜？夫魏其毁君，君當免冠解印綬歸，曰：『臣以肺腑幸得待罪，固非其任。魏其言皆是。』如此，上必多君有讓，魏其必内慚，齚舌自殺。今人毁君，君亦毁之，譬如賈豎女子争言，何其無大體也！」武安改容稱善。此一案也。

王旦在中書，有事送樞密院，違詔格，寇准以上聞，旦被責，堂吏亦坐罰。不踰月，樞密有事送中書，亦違詔格。堂吏欣然呈旦，旦曰：「向者樞密所爲是耶？不是耶？」堂吏曰：「不是。」旦曰：「既不是，又何效焉？」令送還樞密，准大慚謝。此又一案也。

恃道義之愛，敢藉以效其愚，不知可備采擇否？惟臺下裁焉！

與東溟高中丞書

敬啟！海鹽故給諫贈太常錢海石先生，勁節英猷，登在國史，仁風義概，留在鄉評。當隆慶改元，業同楊椒山諸公一體褒恤，建坊特祀，海内共耳而目之矣。惟是建坊之所，尚有書院三楹，蓋先生嘗從甘泉湛公問道，歸而與門人共相切磋之處也。世遠頹廢，行路太息。今其嗣孫世堯等慨焉尋復，業蒙台臺批行所司，方具文申請。伏乞始終惠撫，備閱衆懿，借之華衮，彰其美而盛其傳，兼賜優復，給帖世守。崇其先而及其後，不惟一字九鼎，錢之宗祏，燁燁生輝，抑且一日千秋，錢之子姓永永銜〔一〕德，其爲世勸大矣！

先生有孫陛，向從弟游，得習其詳，因爲臺下誦之如此。余漢城年兄已俎豆賢祠否？幸爲詢之學憲君。此兄人倫冠冕，懿德之好，諒有同然也。

與檢吾徐中丞書

敬啟！先嚴贈户部主事南野府君，生有四子：長爲先伯兄鄉飲介性成，次爲先仲兄光禄寺監事自成，又次爲不肖憲成，又次爲先季弟禮部主事允成。先嚴居陋茹菲，而志意甚闊，時時慕説范文正公之爲人。比即世，有遺租二百石，先伯兄請于先慈錢太安人曰：「吾兄弟各自經其生，此田留之以成吾父之志，何如？」先慈大喜，許之。自是又稍加綜

〔一〕萬曆本作「啣」。

理，漸有增益，共得三百石有奇。每歲出以周宗人之貧者，蓋二十春秋于兹矣。而食指漸衆，漸不能給，則先仲兄又時時捐廩而佐之，因曰：「此須别有措置，乃爲可久。」又曰：「吾邑糧役煩重，亦當與同邑分憂，須並置役田。」又曰：「吾兄弟俱僅足支吾，況伯兄季弟俱已奄逝，諸侄中尚有自給不充者。吾賴有天幸，節嗇之餘，不無一二可備推解。此舉固當任之。」正在擬議而疾作矣。疾且病，病且革，問以家事，概不答，而特謂不肖曰：「吾未了心事，是在吾弟。吾弟勉之！亦須上緊，歲月不待人也！」不肖聞之，爲之流涕，無何竟不起矣。

于是，先仲兄子與浹日夕哀痛，亟圖所以慰之者，首願捐租五百石，不肖亦願捐租一百石，先伯兄子與滌亦願捐租五十石，先季弟子與溉與演亦願共捐租五十石，並現在三百石，合爲一千石。即于家祠之旁，建廒收貯，擇人掌管。除錢糧耗折等費外，以其半贍族，以其半助役。贍族者照舊，酌量上中下三等，二季分散，仍公同四房當面查發登簿。助役者，每年糧長一名，貼銀一百兩，至十二月照數分給，仍各取領票送縣驗實，如遇本户當役，亦照前例如此。庶幾先仲兄臨訣之言，即見諸行事，而先嚴之志，亦藉以稍伸矣。第念非藉台臺寵靈，不可以垂永永，敢具呈以聞，伏惟特加鑒察，慨賜施行。曷勝感荷之至！

復錢繼修太僕

弟于巖穴諸君子中，曾不足以備執鞭，而獨濫叨近命，此實聖明浩蕩之殊恩，知己拉拭之餘靈也。伏讀來諭，情溢乎辭，其所期誨督成，更有溢乎情者！丈視弟能副萬一否？人苦不自知，弟則自知審矣。泉觀谷處，猶可藏拙，出而馳驅于世，未有不蹶者也。還視三十年間，時用寒心，可再嘗試哉？願丈爲我籌之，千萬千萬！

弟本無咫尺之窺，何敢有勝心！而自覺精神偏墜處，尚不無之。一則根基淺薄，不能一超而直入；一則目擊時弊，未免矯枉而過偏。意見之泥，界限之捐，此實弟本心，天假之年，或可庶幾，今兹恐猶未也。微乎微乎！丈之進我至矣，不敢不自著鞭也！率爾附復，並謝容圖，專布不盡！

與陳仲醇

昔蘧伯玉行年五十而知四十九年之非，弟行年六十而猶未能知五十九年之非也，罔生甚矣！丈儼然稱龍德以進之，是責瞽者以秋毫之視，責跛者以千里之趾〔一〕也，能無懼乎？不惟自懼，兼爲丈懼，丈何以策之？病骨支離，未能造謝，特此候起居。蕪刻請正，幸不吝發藥，或可補之桑榆，以始終德愛之萬分一也。懇懇！

辰玉太史皎皎異才，弟以千古期之，時效芹曝，竟爾不永，不獲觀其大成，可痛可恨！計丈此懷倍切耳。篋中遺文，似不可不爲收拾也。如何如何？

〔一〕萬曆本作「祉」。

與湯海若

不謂時局紛囂至此！吾輩入深入密，自是快事。獨弟血性未除，又于千古是非叢中添個話柄，豈非大癡？幸老兄一言判此公案。先弟事定録奉覽，暇中能不靳抆拭否？望之望之！

復虞來初明府

不肖莽莽無知，惟是聞一善言，見一善行，輒中心欣樂之，如饑得食，如渴得飲，通體爲暢。往者讀門下會課，淵思卓識，映心映目，以爲必非章句書生所及，思一望清光而無從。過辱不鄙，惠然下存，如蘭之契，情溢乎辭。自省何以獲此！比讀郵政議，求瘼恤隱，備極焦勞，充斯志也，所謂「匹夫匹婦有不被澤，若己推而納諸溝中」者耶？則門下之大有造于崇邑，居然可想，又斷非簿書俗吏所及也。不肖于是益不勝向往矣！敬因鴻旋，肅此陳謝，並以爲異日御李之藉云。

又

不肖一生迂戇，動而見尤。門下獨却群譁，謬加許可。一則以感，一則以懼。天下有一人知己，足以不恨感也！衰憒侵尋，得無重負桑榆，爲知己羞懼也？惟門下始終策而進之。幸甚！同心之交，千里一堂，把臂促膝，猶屬二義。門下其許我否？臨風不盡，祇有神馳！

與陳赤石少參

去秋奉手教，展誦再過，可謂盡己盡人矣。佩服佩服！近世談學〔一〕，委似多岐；徐

〔一〕四庫本作「近世談吐學」，明萬曆本原刻亦如此，惟后于「吐」字施墨圈，意將抹去，知爲誤刻而衍。

而按之，却亦自昔而然。即如孔門顔曾便已彷佛成兩格，雖欲一之而不得；要其發端結局，未有不歸于一者。誠如是，雖千塗萬轍，適以互相發明，互相補救，而未嘗二也，只要向所謂一處校勘分曉耳！不識然否？蕪刻請正，滿身敗缺，知無逃于明眼。惟丈痛加鍼砭，抉我膏肓。幸甚！

與湯質齋侍御

敬啟。施嵊縣者，吾郡故守龍岡先師之子也。先師遺教在士，遺愛在民，業已請諸當道，俎豆名宦矣。惟是當年蒙謗異常，至舉龍城書院一事通榜天下，罪且不測，得以衣冠歸田，談者無不爲扼腕焉。今嵊縣君克世其德，治行卓起，雖起家孝廉，絶不以資格自束，當路者亦遂不得以資格束之。往登上考，爲兩浙循吏之冠。兹且奏三年績，例得爲其尊人乞恩復職，擬聞諸左右。不敢造次，輒代爲紹介。甘棠之懷，人有同心，况高誼如臺下，所以發先師之幽光，成嵊縣君之孝思，慰五城父老之亹亹者，豈待讚哉？率爾布衷，不勝企望，仰祈慈省，幸甚！

簡吴徹如光禄

起廢一節，向來諸君子無不以爲第一著[一]，乃一一出山者，率闒墮是非叢中。想氣運流來如此，人力不得而强也！今丈以一疏自結局，可謂知命。而今而後，惟應收拾精神，並歸一路，只以講學一事爲日用飲食。學非講可了，而切磨淘洗實賴于此。聖人將此二字插在修德之下，遷善改過之上，干涉非細。羅王二老，人多訾其質行，至其自少而壯而老，無一日不講學；自家而鄉而國而天下，無一處不講學；自衿紳而農工商賈，無人不與之講學。個中一段精神，亦豈草草！弟每念及，便覺赧然發愧，願與丈共勉之。此則氣運所不能如之何者，乃所謂立命也。高明以爲然否？

[一] 萬曆本作「着」。

又

弟謂兄之蒙時忌，五分是熱心所招，五分是苦心所招。此真實不誑語也，何必更向人分疏？兄自謂義質矣，禮行、遜出、信成〔一〕則未。此亦真實不誑語也，何妨直任爲已過？大率吾輩優游無事，未免混混過去，惟當毁譽利害之交，然後露出真身子來。只在自磨自勘而已！如何如何？

簡史際明太常

嘉善夏璞齋，志士也。無論做秀才時，即已成進士，在涇里讀書且二年，比選爲令，卓然有循良風。不幸中道而夭，人倫共惜！其鄉業儼然尸祝而俎豆之，其人可知矣。所

〔一〕語出論語衛靈公：「君子義以爲質，禮以行之，孫以出之，信以成之。君子哉！」

遺一子，能讀父書。去冬景逸過嘉禾，曾爲言諸郡伯吴長老，而未能記其名。適聞考期在即，欲爲作書。景逸云，恐此時例當戒嚴，不若遂直道諸其邑侯徐詔階。僕深然之，但亦未敢率爾，以爲不若借鼎言通之詔階兄也。輒此奉告，幸即付數行，屬其優加提植，並託轉達吴長老。璞齋生平極自好，家徒四壁，所遺惟殘書一篋。吾三人合而徼詔階之靈，因以徼吴長老之靈，幸蒙收録，得階寸進，俾人知爲善之有後，此亦一勝事也。如何如何？

與李孟白方伯

王鏡宇侍御，貞衷勁節，人倫砥柱，不幸早世，云亡之痛，海内共之！不知已俎豆于賢祠否？乞一詢之令親吴恒初學憲，何如？聞侍御無子，恐未必有爲之經紀其事者，不識可經〔一〕移檄行之，無須郡縣竿牘否？學憲留意風教，所以爲章往勵來計，應自有妙裁也！

〔一〕萬曆本作「径」。

與周念潛太史

敝座師孫栢翁老先生，吾鄉盛德君子也。其立朝也，進不近名；其居家也，退不近利。當在木天〔一〕，惟是杜門讀書，不喜交游。比佐銓，適當冢卿缺，署篆數月，兢兢慎守選法，汲汲愛惜人才。已而與今太宰孫公共事，最稱同心，相得甚歡。尋被白簡，則以徐興浦事耳。此謗一出，同官忌口，一由徐素工鑽刺，遂爾波及。此吾輩所能矢諸天日，百口保其必無者也。在事時復多匡正，其請皇上恭送陳太后喪一疏，尤稱卓烈！已而乞歸，二十年，前後兩院薦章相屬。待鄉人無衆寡，無大小，渾是一團和氣，良心美腹，兒童走卒莫不信之。而簡澹自將，一切不染，一切不與，所不廢者山水之樂而已。身没之日，累債數千金，即鬻其産不能償也，亦足以觀其概矣。

今其次公詣闕乞恩，弟欲爲一達諸輦下君子，稍酬生平國士之遇、知已之感。獨恨去

〔一〕 木天，于明代代指翰林院。

國且久，向來舊游既自寥寥，而新知又鮮，意中惟有瑶圃與丈而已。昨共丈商之，丈意亦然。計丈必有以通于瑶圃丈者，願丈即爲一布區區，何如？

與李方伯孟白

聞已駐節江右矣。江右故稱善地，以其民習儉而士風樸，所在知學向方，爲當今宇内鄒魯也。今得臺下表正于其間，興起當益衆矣。不肖所聞南昌有朱以功布衣，行修言道，慥慥君子也，足與章本清布衣頡頏後先。暇中可物色之否？偶敝門人鮑上猶際明便郵附此。上猶向令閩之同安，以拘執取忤，今得在陶鑄之下，幸甚！又家兄萬年令原成即起家貢途，其志略有足多者。倘可不負任使，均祈俯賜誨植，是亦所以爲地方計也。如何如何？恃愛闌及，希亮！

復祈夷度駕部

不肖方爲世戮，獨不見棄于有道，數蒙貽問！臺下治行冠冕東南，僅得常調，識者方重爲扼腕。乃臺下且夷然處之，見謂可以自盡，真超出俗情萬萬！總之，直道久而自著，人心久而自明，區區固不足言計。浮雲世路，終不能爲日月蔽也，姑俟之耳。承賜龜山先生集刻，道南一脉，頓覺生光。隨當公諸同志，在所爲報塞萬一者。謹此附復並謝！

又

竊聞仕優而學，學優而仕，惟宦石城者兼之。則又聞優者從容暇豫之意，誠能行所無事，日用動静任其自如，即學即仕，即仕即學矣，何二之有？此臺下見在之實境也，敢以請正。如不肖學不成學，仕不成仕，進退維谷，尤悔交叢，静言思之，時爲汗下，獨此一念耿耿，尚未死耳！惟臺下抉其膏肓而進之，幸甚！

簡高景逸大行人〔一〕

大會告期帖已次第發矣。昨小兒歸述教意，再爲弦所丈思之，此舉似不必過讓。蓋凡事須要認真，不可半上半下。弦所只是恐不知者疑其諂，知者譏其腐耳。無乃徇彼俗情，没我真性？况「諂」之一字，用之媚權附勢則爲大惡，用之事賢友仁則爲大美。今社中所合併皆三益也，夫何嫌？至「腐」之一字，更是妙諦。昔有笑邵文莊磕者，文莊聞之謝曰：「我如何當得這個字！」腐即磕之别名，文莊之所遜而避也，又何嫌？若曰書生不當上交四方先達，則弟聞王泰州以一灶丁，公然登壇唱法，上無嚴聖賢，下無嚴公卿，遂成一代偉人。至于今，但聞仰之誦之，不聞笑之訶之也。况今僅僅遞爲授餐之主而已耶？丈試以此再商諸弦所，何如？

〔一〕 萬曆本無「大行人」三字。

與郭明龍宗伯

時局紛紛至此，不肖何敢知？第耿赤如吴興、金沙、荆溪諸君子，俱被以阿黨名，亦非不肖所敢知。翁以爲何如？沈繼老、李修老得翁爲知己，便足千古，正復何恨！劉金吾與景逸書，真書也，並與不肖書録覽。其僞書未之見也。或謂原無僞書，金吾陰陽其説，爲遁身之計耳。果爾，其益不可知也已！杞憂滿腔，申申〔一〕有言難盡。所幸碩果不食，知天之未棄斯世斯民也。惟翁自愛！

復許中丞少微

計事一出，輿情翕然稱快！本之老兄之苦心勁力，特爲主持。曹、湯諸君子又相與密讚其

〔一〕萬曆本作「信信」。

問，而太宰公之平平亦可見矣，豈非世道之福？不圖又有一番紛紛。老兄應疏和平婉篤，誠不欲少露圭角以滋争端，其慮甚遠！而説者頗以爲語意稍圓，君子小人皆可通用，恐巧者且借爲口實濟其私。弟謂天若祚宋，必無此事，萬一有之，老兄自應明目張膽，直截説破，斷不令此輩影射也。蓋太宰此舉不分人我，不執愛憎，真有古大臣之風，須得大力點出，醒一世之眼。平時恐嫌上言德政之條，今因計事蒙忌，老兄與有一體之誼，言者又未嘗侵及老兄，正不嫌盡意發揮耳。如何如何？恃道義之愛，有懷不敢不盡，未知可備采擇萬一否，惟裁之！

又

弟久已甘心守拙，况又以狂言招戾乎？老兄惓惓以弟爲念，是益弟之罪也。此後幸置之！但得青雲，知己盡展生平，所謂天地之用皆我之用，何必功自己出也。徹如百折不回丈夫，世猶以惡口相加，老兄拉拭極力，感不獨在徹如矣。近養冲年兄携示尊札，又從徹如得見與太僕公書，極難題目做出極好文字，不知何處更討個少微中丞來也！

與徐十洲侍御

歲序更新，時局如故，不知天下何時太平也！竊以爲自今以後，姑寧忍以待之，何如？語云「瓜熟蔕落」「水到渠成」，此言甚有味！計考選之命，必且旦夕下不遠，亦望吾丈盡舍葛藤，另開日月。蔡虚齋先生曰：「居今之世，有許多當避嫌處，不可便以聖賢自處。」敢並爲吾丈誦之。

又

時局至此，猶有諸賢代興，揭日月于中天，此天之未棄斯世也。然亦岌岌矣！不知究竟何如耳！要以論是非，不論勝負，論曲直，不論利鈍，即在我有餘裕矣，他何問哉！近來又慣用離間之術，始者别淮上于東林，今且别金沙于江夏矣。言者不見江夏公妖書記事始末乎？將無汗流浹背也？意渠輩别有機竅耳。可一一見示否？馬徵君之行，附此。徵君表裏粹然，弟之畏友也。

與友人

今日議論紛紜，誠若冰炭然！乃不肖從旁静觀，大都起于意見之岐，而成于意氣之激耳。若有大君子焉于中從容調劑，各各成就其是，而因使各各反求其所未至，安知不漸次融融，歸于大同？如此，即兩下精神俱爲國家用，而不爲争區區之門面用，乃旋轉第一大機，而世道第一快事也！恃道義之愛，漫布其愚，不識可否，惟高明裁而教之！

與伍容菴

讀平居録，種種悉自萬物一體上念頭流來。所獻忠告一二，亦蒙垂納，蓋丈之虚懷如此。因是復貪獻其愚。

丈猶不知李修吾中丞爲真正豪傑乎？前與丈道之甚悉，畢竟還留渣滓于胸中，有未化在。丈試思今日之域中，善類猶有所憑恃者誰？群小猶有所忌憚者誰？惟此公一人而已耳。輦下君子所日夕眈眈而側目者誰？亦惟此公一人而已耳。録中云云，得無滅君子之威風，長小人之鋭氣，爲忌口藉兵而齎糧乎？此于世道大有干涉，在中丞則毫無加損也。且使世有乞憐李修吾，則亦應有竊食顔回，殺人曾參矣，得無來孟氏好事之譏乎？此又于丈大有干涉，在中丞則毫無加損也。如何如何？

至于吴徹如之被排擯，五分是苦心所招，五分是熱心所招，律以觀過知仁之案可矣。若彼一班人既以黨同伐異之私交擠之于外，我一班人又以吹毛索瘢之意苛求之于内，即徹如此出，但杜門守默，如啞如聾，坐取高官大禄，不亦善乎？又何以爲徹如也！丈其謂何？

弟受丈道義之愛，不敢有懷而不言；仰丈翕受之度，不能有言而不盡。若乃党一相知，罔一相知，即弟亦不敢也，亦不能也。伏乞裁教！

又

承賜續集，疾讀一過，種種有關世教之言，不勝悚服！比仔細檢點，亦不無一二可商量處。大都先人之見難主，一邊之説難憑，願更虚其衷而衆之。恃愛放言，倘丈不我嗔，尚俟異日面罄所疑耳。如何如何？

又

向不揣，漫效其狂，不審可備采擇萬一否？竊見長安議論喧囂，門户角立，甲以乙爲邪，乙亦以甲爲邪，甲以乙爲黨，乙亦以甲爲黨，異矣！始以君子攻小人，繼以君子附小人；始以小人攻君子，終以君子攻君子，又異矣！是故其端紛不可詰，其究牢不可破，長此不已，其釀禍流毒，有不可勝言者矣！

乃弟從旁徐觀，亦只是始于意見之岐而成于意氣之激已耳，要未始不可轉而移、聯而合也！誠欲爲之轉而移、聯而合，蓋有道焉，其道惟何？曰：在局内者，宜置身局外，以虚心居之，乃可以盡己之性；在局外者，宜設身局内，以公心裁之，乃可以盡人之性。何言乎虚也？各各就己分上求，不就人分上求也；各各就獨見獨知處争慊，不就共見共知處争勝也，則虚矣。何言乎公也？是曰是，非曰非，不爲摸稜也；是而知其非，非而知其是，不爲偏執也；則公矣。夫如是將意見不期融而自融矣，何所容其岐？將意氣不期平而自平矣，何所容其激？其于國家尚亦有利哉！此弟之所爲寤寐反側叩天而祈者也。

若乃自責則輕以約，責人則重以周，所愛則見瑜而不見瑕，甚且並其瑕而瑜之，跖可爲夷；所憎則見瑕而不見瑜，甚且並其瑜而瑕之，夷可爲跖。門户不已而藩籬，藩籬不已而干戈，在事之人既然，持議之人亦然。如水濟水，益揚其波，如火濟火，益煽其焰，是化君子而小人，化一家而敵國也，豈不可惜！是舉百年有限光陰，盡用之于相争相競，而不用之于相補相救也；是舉兩下有限精神，盡爲各人區區之體面用，而不爲君父赫赫之宗社生靈用也，豈不又可惜！此弟之所爲彷徨四顧，仰天而嗚嗚者也！

用敢再瀝底裹，就丈而求正焉。丈其憫而收之耶？竊亦可自信其不謬矣。幸甚！抑曰：「有是哉？子之迂也！」其麾而吐之耶？丈必有以進我矣，亦幸甚！敬洗心以俟！

又

諦閲前後大集，諸所品題，大都論古事所得常多，論今事似較不如，何也？古有成案，今未必一一有成案也。即論今事，戊申以前所得常多，戊申以後似較不如，何也？前無成心，後未必一一無成心也。書既具，忽復得此數語，並以請正。誠知煩聒，一則以爲此天地間公共事，非我兩人事，無嫌異同；一則以爲不有益于丈，必有益于弟耳。如何如何？

與鄒南皋

世之詆訕李漕撫者無論已，近見伍容菴貽安堂續集内，有曰「數年前南皋嘗以内多欲而外施仁義刺漕撫，今輿論皆謂能識漕撫者，惟南皋與予最先」云，不覺失笑。老兄之于漕撫何如而肯爲是言，意必有假託以欺容菴者耳。容菴自是君子，只見處不無偏執，其于漕撫，真有如秦人之于晉，望見八公山草木皆兵者。甚而並曹貞予朱玉槎二君子，亦用商鞅連坐之律。過矣！况今且援老兄爲徵，天下縱有不信容菴，必不能不信老兄。故願老兄出一言正之，以解世人之惑。夫非獨解世人之惑也，即容菴能不信漕撫，度不能不信老兄。誠得老兄一言，憬然有省，翻然掃其偏執之見，歸之蕩平，其所成就當益不小！老兄愛人以德，計亦不肯默默聽其受人之欺也！

答友人

時局紛紜，千態萬狀，誠有如來諭所浩歎者。反復推求，非惟人事相激，殆亦氣運使然。制馭之機，莫知所出，姑言其臆，似宜平而劑之。大都在急于主張獨是，不必急于抉摘衆非；在急于聯屬同心，不必急于剪除異類。要使彼之有以自容，而于我無所致其毒，久之將漸漸消釋耳。故獨是伸則衆非自詘，同心盛則異類自衰，斯亦不抉摘之抉摘，不剪除之剪除也。仰承虚懷，不敢自外，冒昧披請，其可其否，惟台臺裁之！

與姜景尼

向見東林辨誣説，私心異之，今見邵姜問答，則益異焉！不知景尼何苦而爲此紛紛也。且李漕撫之陷多口數年于此矣，絶未聞有猜及景尼者，乃今突發一難曰「于我何與」，明是尋敵討對之辭。至曰「即今授計江南，禍方四起」，又若不勝其戒心然者。竊恐吴越之士，有以窺景尼也。宣師有之，「君子内省不疚，夫何憂何懼」，吾儕盍姑内省乎？是故不疚于天地，則天地庇之；不疚于祖宗，則祖宗庇之；不疚于父母，則父母庇之；不疚于兄弟，則兄弟庇之；不疚于宗族，則宗族庇之；不疚于鄉黨，則鄉黨庇之；不疚于朋友，則朋友庇之。于憂懼乎何有？脱或不然，即衽席之上，户庭之内，在在可憂可懼，豈必荆軻聶政能爲孽哉？景尼曰「于我何與」，愚則曰「于人何與」，體究到此，能不悚然！

追憶去歲四月過苦次，握手云云，瀕[一]行，連聲叮嚀曰「聽我聽我」，景尼聞之，不覺淚下。此情此景，脉脉如在，還記得否？又往者上閣銓書，通國爲譁，愚只以「自反」二字結案，個中殊有種種苦心，景尼直認作懺悔語，尚隔一膜在。今于景尼前後二刻，亦願以此二字進。若果信得過，却真是景尼懺悔語也。倘係景尼過疑而刻此，去歲四月至七月，面言害我好友李某者三，亦不得自諱。如何如何？友道彫喪，我思古人，輒瀝肺肝，用附于忠告之誼。知我罪我，惟高明裁之！

復段幻然給諫

密揭一疏，功在社稷，九廟之靈，實式臨之。天王聖明，其中一副精神，當有潛孚默

〔一〕萬曆本作「頻」。

契，超于聲色之表者。讀別諭，僕亦竊窺其微矣。珍重珍重！方今昌言滿朝，公道昭明，皎如星日，此向來所鮮睹。當軸君子，采其灼然者亟與施行，其在兩可之間者，則稍從容以俟論定，真世道之福也。門下以爲何如？恃愛僭及，伏惟崇亮！

與李澧撫修吾

足下嘗謂富貴功名，都如夢幻，乃有好古董一癖，何也？此以視求田問舍則有間矣，其爲累等也。且所謂古董者，在我而已：我能做百年的勾當，便是百年的古董；我能做千年的勾當，便是千年的古董；我能做萬年的勾當，便是萬年的古董。彼世之所謂古董，何爲哉？一落形器，天地且不免有時彫毀，而況其他乎？亦可啞然一笑矣！高明以爲何如？

又

近頗有所聞，殊爲足下危之。君子盡其在我而已，事變之來，本不當一一預計，然而在我者實未易盡也。竊見足下任事太勇，忤時太深，疾惡太嚴，行法太果，分別太明，兼之轄及七省，酬應太煩，延接太泛，而又信心太過，口語太直，禮貌太簡，形迹太略。固知前後左右，在在俱有伏戎；亦恐嚬笑興居〔一〕，種種可爲罪案，檢點消融，得不加之意乎？先正云「真正英雄，必從戰戰兢兢中來」，業爲足下屢誦之矣。此今日端本澄源第一義，此所謂盡其在我者也。珍重珍重！

〔一〕興，四庫本作「令」，誤，從萬曆本改。興居，起居也，動静也。

又

足下可以去矣，不可以留矣；去也可以速矣，不可以緩矣。前此猶曰「漕事未竟也」，今糧艘過淮矣，又過洪矣。于此時而浩然報主之忠，潔身之義，見幾之勇，用意之厚，一舉而兼得焉，不亦善乎？若曰「徑去非大臣體也，吾且待之」，恐非所論于今日也。足下不見之乎？齊人饋女樂，季桓子受之，三日不朝，孔子行矣，亦曾有所待否乎？久知足下此意已決，敢以一言勸駕，萬勿牽于二三之説，誤落頑鈍局中也。

答郭明龍少宗伯

狂言一出，通國爲譁，方在猛省，忽拜手教，謬辱印可，且曰「三書皆從一片虚明中流出」，讀之且愧且悚，何敢當也！已，退而思之，竊亦自幸，庶幾無重獲罪于有道焉。

虞仲翔云「天下有一人知己，足以不恨」，聶文蔚云「與其盡信于天下，不若真信于一人」，恰道著鄙人今日意中事，顧誠不知何修可以副明德萬分一耳！倘翁始終不棄，惠而加鞭，敢不夙夜請事！

答高邑趙儕鶴

頃方屬北鴻郵致一緘〔一〕，爲道甫質且以自質也，尚未知到否？而梁別駕攜示手教，業已先得弟之同然矣。大都道甫倜儻自喜，間不無稍踈，要以内無包裹，外無遮蓋，使人人得而視且指之，益見道甫真色。是則其受病處，亦正其好處也，奈何反從而文致之曰貪？弟生平持議，絶不敢執拗，今幸得老兄印正，庶幾可以自信矣。惟是老兄于弟分上奬借太溢，却又令人驚愧不敢當耳！如何如何？道甫去志久决，特疑不待旨而徑去，非大臣體，即同志中亦頗有持是見者，以故遂落遲局。今移節徐州，去形已成，計可不至再濡滯耳！

〔一〕　萬曆本作「械」。

復吴安節太僕

頃有奏記于閣銓二老，通國爲譁，不意謬承許可，且曰「一腔心事如青天白日，不特相知者見信而已」，所以慰撫不肖何綣而至！至謂「一切宜聽公評，不必與人較曲直」，又何愛不肖以德也！感切感切！乃不肖後先從邸報，得讀南北諸君子疏，非惟不敢與較曲直也，且有爲之躍然以喜焉者矣。何喜也？喜聞過也。又有爲之赧然以耻焉者矣。何耻也？耻溢美也。又有爲之悚然以懼焉者矣。何懼也？懼滋兢也。又有爲之愀然以憂焉者矣。何憂也？憂激禍也。然則凡曲直我者，皆提策我者也；凡提策我者，皆玉成我者也，尚不知何修可以副德意之萬分一，而何較哉？苟知己之誼，輒剖肝膈以對，惟翁始終不鄙，惠而加鞭，幸甚！

與吴懷野光禄

不肖弟一生鹵莽，積下無限罪戾，至近歲始發。此天之大震動我也，敢不順受？敢不痛自儆惕，漫成孤負？乃老兄慨然發憤，不憚盡言昭雪。此又天之大寛假我也，敢不祇承？敢不益自鞭策，竟成墮落？至爲弟任過，而曰「去歲救李淮撫書，委是出位」，隨爲弟懺過，而亦悔且恨，重自懲，無復通書于都下。其所以委曲而成全之者，益不勝苦心之至矣！不肖方切感佩，夫復何言？惟是硜硜之愚，尚有欲就正者，士屈于不知己而伸于知己，試傾瀝以請，可乎？

蓋不肖之救淮撫，其説有二。夫任事之難，久矣！漕撫當風波洶湧之時，毅然出而挺身擔荷，至于外犯權相，内犯權閹，死生禍福，係之呼吸，並不少顧。既歷無限崎嶇，幸而事定，旁觀者遂群起而求多，吹索抨彈，不遺餘力，又受無限摧挫。始藉其力以紓患，卒致其罪以快仇，不亦傷乎？漕撫嘗簡不肖曰：「吾輩只合有事方出來，無事便歸。」痛哉斯言！堪令千古英雄流涕！不肖獨何心而忍默默？此一説也。至世之號爲朋友者，方其從容無事，把手促膝，指白日而盟丹衷，幾乎七尺可委，九死可要矣，一何壯也！不幸一旦有事，往往掉臂而去之，無異路人，甚者從而下石矣，又何悖也！不肖誠中心痛之耻之！故淮撫之蒙議，明知其必不能勝多口也，明知狂言一出，必且更滋多口也，夫亦曰「聊以盡此一念而已」。此又一説也。

夫如是，即冒出位之罪，所不辭也，奚而悔且恨？第于此有應自反處耳，何也？淮撫大節卓然而細行不無疏闊，自是豪傑之品。當時一併道破，正見淮撫本來面目，庸何傷？徒以爲論人者，當取其大而略其小，遂不無微顯于其間，種種推敲，都從此起耳。不肖之所宜自反，一也。凡天下之争，皆生于激。始不肖有感于人之求淮撫者太甚，激而有上閣銓書，書上而求淮撫者彌甚，是又不肖有以激之也。程伯子曰：「新法之行，吾黨亦有過焉，豈可獨罪安石？」每誦斯言，便爲心癢。不肖之所宜自反，二也。此意曾與所知及之，蓋誠覺吾言之未盡，反有累于淮撫，以是不滿其本心，一似悔且恨然，則固有之。若懼人言之見咎，反有尤于淮撫，以是自背其初心，至于悔且恨，則未有也。

度老兄必已校勘及此矣。

乃不肖爲言者設身處地，則亦有宜自反者。蓋今之議淮撫，連篇累牘，不可殫記，一言以蔽之，曰「貪」。及問其所以爲貪狀，類涉影響，未有的然可據也。求其的然可據，則兩言以概之：一曰，甲第連雲，店肆鱗比，以爲非貪，何以獲此云爾？一曰，地方怨諮[一]，指日偕喪，以爲非貪，何以致此云爾？徐而按之，然耶？不然耶？淮撫舊居燕中，今現居張家灣，南北縉紳往來所必由。始亦多信人言爲實，及是過而閱焉，輒爲啞然而笑曰：「何圖阿房郿塢，僅僅若此！」又曰：「惜不令王考功見之，即見之亦必啞然而笑也。」何耶？豈漕撫之智，能化有爲無耶？抑負而藏之天上、埋之地下耶？愚不得而解也。

若淮揚數千里間，其于漕撫又無不家尸户祝矣。吾且不必論其在淮之日，而但論其去淮之日。彼其老幼提攜，填街塞巷，擁輿不得行。已而，相與頂輿號泣，一步一籲。比抵舟，又夾兩岸號泣，奪纜不得行，何爲者耶？吾又不專論其去淮之初，而並論其去淮之

〔一〕萬曆本作「咨」。

後。彼其聚族而爲之祠，摩肩接踵，熙熙子來〔一〕，不日而成。遂聚族而爲之肖像其中，朝夕走拜于其下不絶。何爲者耶？迹貴人排擊之口，則貽毒地方者，無如此淮撫，惟恨其不去；迹細民稱誦之口，則造福地方者，又無如此淮撫，惟恨其不留。兩下物情相反爾爾，其亦異矣！愚又不得而解也。

嗟嗟！此二端者，其爲有目所共見，有耳所共聞，尤非他比，而猶顛倒失真至是，况于不見不聞者耶？夫安知不有枉誤于其間哉？獨計誣及于不見不聞，則曖昧而難明，雖百口何以自解？誣及于共見共聞，則昭灼而易見，苟非與淮撫有夙業，及偏見固執，物而不化，試稍加察焉，未必不恍然自悟其言之過與告者之過耳。不審言者于此，亦曾一轉念否乎？

然而爲漕撫設身處地，則尤有宜自反者。大都議論之興，無問虚實，必有所緣，貝錦之成，緣萋菲也；明珠之載，緣薏苡也。然則漕撫可以思矣。是故非博大，則揮霍之説從何而來？非揮霍，則跅弛之説從何而來？非跅弛，則貪之説從何而來？就如稽之几、項

〔一〕子來，詩大雅靈臺：「經始勿亟，庶民子來。」朱熹集傳解「子來」作「如子趣父事，不召自來也」。

之鼎，苟非有好古董之癖，則其説亦何從而來？是安得一一歸咎于人也！不肖嘗簡淮撫曰：「吾輩當毁譽之交，固不可不自信，亦不可不自反。不自信，胸中安得有一片清涼界？不自反，向上安得有百尺竿頭步？願與足下共勉之！」又曰：「君子格人欲恕，格己欲嚴。舍其長而求其短，不恕之過也，天下有任其責者矣。恃其長而忽其短，不嚴之過也，足下其何辭？」

至不肖與淮撫處，又有操縱之微權焉。當其遭讒遘譏，則所重在昭雪，不嫌特就長一邊表揚；當其安常履順，則所重在切磋，不憚特就短一邊補救。惟淮撫亦有概于中，直直自認個俠氣，可謂不自瞞。又曰「數承見勖，敢不書紳」，可謂不自棄。無奈熟處難忘，尚未能盡脱得生平伎倆耳。要之，始終不失其爲豪傑也。嗟乎！人莫不有我也，與其人人只認得我，各執自家一個是，不若人人丟却我，各反自家一個不是也；與其人人各務相上而求勝，不若人人各務相下而求慊也。是故淮撫而知此，則能動心忍性，合異同之見而收其益；究也，可以消謗而不至于滋謗。攻淮撫與救淮撫者而知此，則能平心易氣，撤異同之障而用其中；究也，可以息争而不至于導争。

此自反一言，實區區芻〔一〕蕘之見、芹曝之懷，昔以獻于朝而今更以私質于高明也。惟老兄裁而正之。言念高誼，不勝耿耿，輒此鳴謝，並攄肝膈，統乞照原，幸甚！

柬高景逸

足下行矣，何以爲足下贈？涉世之難，非一日矣。譬諸行路者然，東西南北俄而易面，不自覺也。惟善學者，却于不自覺之時，常喚醒耳！

又

前得來教，甚喜！喜足下之立志彌堅，庶幾于不變塞之强也。頃得榮選之報，又甚喜！喜内任之官，惟此得以習四方之故，周練民情，旁閲物變，而進其識也。足下勉之！

〔一〕萬曆本作「蒭」。

弟今者誠不意再忝故曹，殊常之遇，可憂可懼，將來不知何所稱塞！足下愛我甚至，誨我甚篤，切偲之誼，宇宙寥寥，今乃得之足下，真弟之幸也！嗣後有概于中，願不靳指示，無若今人之逡巡，萬萬！

又

知人實難。耳目易混，一毫有悮，便涉誣枉，終身之歉。丈晤玄室，試問而衆之合否，何如？有不合者，望見示也。

朔風多厲，百凡珍重！日月盡寬，無須汲汲！且到處從容，問俗觀風，便到處受益。塗次見聞，一切寄示，萬萬！

又

古之游者，莫善于孔子，所至非特同聲同氣相應相求而已。即如沮溺丈人之流，亦皆曲爲接引，不忍其鳥獸同群。此天下一家、中國一人之至仁也。其次莫善于季札，所至各傾其國之賢者，相與上下論説而規飭警厲，備極懇篤，班荆傾蓋，誼結千古，令人至今有餘思焉。若夫子長之徒，僅僅以其文辭而已焉者，淺之乎其爲游矣！知足下之于一聖一賢有合也，可得而示其概乎？望之望之！

又

邇來清論方張，私心方以爲太平之兆，忽然有此，惋恨何已！默默點檢，吾輩亦自有失著處，然而未易言也。總之，朝講廢曠，一切章奏微有關涉，輒格不下。此中機緘，九閽萬里，禍形已成，莫可救藥。執政大臣視國家事如兒戲，將來何所底止，獨恃九廟之靈而已。初謂覆車在前且甚近，後車必戒。不謂諸君竟公然訟諸言者，無復顧忌，鳴鳳走犬。形一定而不移，人心無常，忽堯忽跖，可畏哉！

弟之去就尚未有定畫，璞齋謂必不可不歸，玄臺謂必不可不留，兩説孰確，願爲弟熟慮之。當局旁觀，自有明暗耳！

又

啟新景陽如菴慎所自是一時之秀，且相望不出二三百里間，何異一堂！卷石想已赴江右。其尊人安節侍御意趣甚佳，姑蘇管東老畢竟有超拔之韻，君子友天下之善士，况于一鄉？願無失之！又如王國博少湖，慥慥篤行，昆峯張可菴耿介遠俗。我吴儘多君子，若能聯屬爲一，相牽相引，接天地之善脉于無窮，豈非大勝事哉！丈以爲何如？

又

知足下之念我也，賤體即小可而機緘尚在，往來之間未有所定。今亦無可如何，惟有如來教所謂「凝神茹淡，寧忍以俟天和」耳。足下云「學問須從枯槁寂寞，經一番死後，方得活」，又云「勿以寂滯爲慮，勉爲發揚」，皆至言也。弟一一佩服，異時或有以相証耳。近看朱先生集何如？此老一念入真，便與天地同符。曾記薛玄臺爲弟語及明道晦菴二先生，弟曰「畢竟朱先生假不得」，丈以爲何如？

又

玉池書來，志意懇懇，信如丈所許，喜之不勝！玉池又云，許敬老及周海門相與論正無善無惡之説，都在丈處，乞發一覽。此向者學者腹心之疾，而于今尤極其横流者也。

又

丈所示種種，正論也。「天地之大德曰生」，吾人畢竟以生爲本。然形形色色各有本分，亦只得聽其自然，何容强得？八佾歌雍，孔子只嘆得一口氣，無能爲也。但當以此自警策，日嚴日密，異時不使人得檢點得我，乃實受益處耳。

又

昨日之晤甚快！此理盡自分明，更何可疑？只在我之所以參証之者，不可少有遺憾，使異端曲説得乘其間。此學之不講，聖人以爲憂也。願與丈共勉之！

又

鄒大澤近作尚行書院，甚可敬！弟素有此一念，畢竟不免自暴自棄！數年來一病遂灰，然耿耿時不忘。前欲問勝龍山，蓋以此。要之，此真丈事也。日下當求面商耳。

又

會規裁定甚佳！拙法二字，更是一篇綱領，寄意遠矣！

又

大率此會雖不可濫，畢竟以寬大爲主，不可輕開異同之藩。前瀕行所擬，尊見已得之矣，更不須疑也。

又

乾坤之後，繼之以屯。混辟之交，必有一番大險阻，然後震動竦烈，猛起精神，交磨互淬，做出無限事業。夏商以來，凡有國者莫不如此。此意甚深長可味！東林之興，于時正當草昧，借彼無良爲我師保，未必非天之有意于吾儕也。如何如何？

又

弟意以爲，此後講義不必拘定做成一篇，只隨意説幾句，亦不必于一章中句句説盡。不知是否？並乞酌定。

又

先賢祠之會，終須一舉。無論其他，即歐陽公一段意思，吾輩亦不可漫然也。試商諸啟新，何如？

又

平泉先生八集，奉完。讀其文，寛夷平衍，常有餘地，兼包五福，良亦非偶然也。

又

往李克菴曾謂弟云：「邪説害道昭昭，何故人競趨之？」弟曰：「道則害矣，而人則利此，其所以牢不可破也。」今看來，真是如此！奈何奈何！

又

李卓吾大抵是人之非，非人之是，又以成敗爲是非而已。學術到此，真成塗炭，惟有仰屋竊嘆而已！如何如何？

又

昨聞本孺有疏，不覺喜而欲狂！此正爲天地讚化育事，而又出于吾邑，又出于吾党，尤不勝私喜耳！

又

徹如此行，得一面商爲妥。蓋爲今日計，一則持議欲平，一則只在明己之是，不必辟人之非。高明以爲何如？

又

長安口眼爾爾，真食肉者之智也。在吾輩只有密密自檢而已，未可以説我不著而忽之也。如何如何？

又

吾輩持濂洛關閩之清議，不持顧廚俊及〔二〕之清議也。

〔二〕 后汉书卷六十七党锢列传：「自是正直廢放，邪枉熾結，海内希風之流，遂共相摽搒，指天下名士，爲之稱號。上曰『三君』，次曰『八俊』，次曰『八顧』，次曰『八及』，次曰『八廚』，猶古之『八元』、『八凱』也。」顧廚俊及，八顧八廚八俊八及之省稱也。

又

大會只照舊爲妥。世局無常，吾道有常，豈得以彼婦之口，遽易吾常，作小家相哉？

又

人心不甚相遠，何以紛紛至是！吾輩得無亦有偏執而不自知否？幸相與再入思慮一番，何如？

沈繼老來問金吾書。此書當是金吾自以爲功，所在傳播。幸此中清論，即已寓書内矣。

又

與史玉池書〔一〕

方本菴先生真老成典刑，足爲此時砥柱，可見天下未嘗無人也。其所刻心學宗，欲得置之公所，足下即移之明道書院中，何如？繼山先生即世，云亡之痛，海内同之，在吾輩尤切耳！仲冬方想得過晤，不盡。

〔一〕四庫本是書與下「又」書，原在與陳鑑韋別駕書上。萬曆本二書則在柬高景逸末書之后，三書相連，而總一題，無分題。今從萬曆本，聚于一處。四庫本三書各題則仍舊。

又

時議葛藤，時情荆棘。梅長公致思于江陵，其言可痛！僕則更念五臺漸菴二老，以爲當此時，應有一番妙用。蓋五臺大，漸菴細也。如何如何？去歲大會，欲刻會語，尚覺寥寥，際明此來，可補之。告期帖須託徹如寄奉，想爲分致諸兄矣。

又與史玉池書

四明公大勢難久，歸德公聞又不大當于聖心，個中消息，當作何結果？愚意以爲，歸德公真真君子，此一腔至誠，便須格鬼神，徹金石，聖明淵淵，殆未可測也！如何如何？八月之會，當在十一日仲丁始，得一過否？

涇皋藏稿卷六

明　顧憲成　著

朱子節要序

昔朱子與東萊吕子會于寒泉精舍，相與讀周子程子張子之書，歎其廣大閎博，若無津涯，而懼初學者不知所入，因共掇其要爲一編，分十四卷，名曰近思録。友人高雲從讀而珍之，以爲四先生之後，能繼其道，發明而光大之者，無如朱子。亦取朱子全書，掇其要爲一編，分十四卷，悉准近思録之例，不敢擬于近思録也，而題之曰節要。間以示予，予受而卒業焉，爲之喟然太息。

世之言朱子者鮮矣，彼其意皆不滿于朱子也。予竊疑之，非不滿也，殆不便也，何者？世好奇，朱子以平，平則一毫播弄不得，高明者遏于無所逞而厭之；世好圓，朱子以方，方則一毫假借不得，曠達者苦于有所束而憚之，故不便也。以其不便也，于是乎從而爲之辭。吾以爲平，彼以爲凡爲陋，若曰：「夫豈誠有厭焉，不肯俯而襲？惜其傷于卑耳。」吾以爲方，彼以爲矯爲亢，若曰：「夫豈誠有憚焉，不能仰而模？惜其傷于高耳。」故不滿也。内懷不便之實，外著不滿之形，不便之實根深蒂固，而不滿之形，遂成而不可解，宜乎世之言朱子者鮮矣！乃雲從之于朱子，懇懇如是，且謂學者不知朱子，必不知孔子，抑何信之深也！非其超然獨立，不受變于流俗，夫孰得而幾之乎？此余之所以喟然太息也。

然則朱子其孔子乎？曰：「孔子依乎中庸，遯世不見知而不悔，平之至也；十五而志學，七十而從心不踰矩，方之至也。朱子希孔子者也。是故論造詣，顔孟猶有歉焉；論血脉，朱子依然孔子也。雲從之爲是編，正欲人認取血脉耳。血脉誠真，隨其所至，大以成大，小以成小，皆可以得孔子之門而入。倘不其然，即有殊能絶識，超朱子而上，去孔子彌遠，雲從弗屑也。讀者以是求之，斯得之矣。

朱子二大辨序

昔朱子有曰：「海内學術之弊，不過兩説：江西頓悟，永康事功。若不竭力明辨，此道無由得明。」予弟季時讀其言，憮然有感，遂取其所與象山龍川兩先生往復數書，輯而行之，名曰朱子二大辨，諸有與兩説互發者，亦附録焉。

而謂予曰：「惟今日學術之弊亦然。第昔也頓悟、事功分而爲二，今也並而爲一，其害更不可言耳。不知朱子而在，又何以爲計？」予曰：「難哉！必也其反經乎？」已而曰：「亦須擣其窠巢始得。」季時曰：「何言乎窠巢？」予曰：「即邇時論性家所愛舉揚『無善無惡』四字是也。此四字是最玄語，是最巧語，又是最險語。」季時曰：「願聞其説。」予曰：「謂人之心原自無善無惡也，本體只是一空；謂無善無惡惟在心之不着于有也，善惡必至兩混。空則一切掃蕩，其所據之境界爲甚超，故玄也。世之談頓悟者，大率由此入耳。混則一切包裹，其所開之門户爲甚寛，故巧也。世之談事功者，大率由此出耳。玄則握機自巧，巧則轉機益玄。其法上之可以張皇幽眇而影附于至道，下之可以儌名儌利而曲濟其無忌憚之私，故險也。世之浮游于兩端之中而内以欺已、外以欺人者，大率就此播弄耳。試與勘破，無論其分而爲二者，一高一下，人得共指而共視之，無從逃匿，即其並而爲一者，亦見首尾衡決，涣然披離，無從凑泊矣。何者？奪其所恃也。然則朱子而在，其所爲今日計，亦可知已。」

季時曰：「人言象山禪學也，龍川霸〔一〕學也，信乎？」曰：「聞諸朱子，『南渡以來，八字着脚，理會着實功夫者，惟予與子静二人』，何敢目之曰禪？惟其見太捷，持論太高，推極末流之弊，恐究竟不免使人墮入漭蕩中。龍川自負一世英雄，其與朱子書稱『天地人爲三才，人生只要做個人』，立意皎然，何敢目之曰霸？惟其才太露，行徑太奇，推原發論之地，恐合下便已渾身倒入功利中。况象山言惡能害心，善亦能害心，豈非即吾之所謂空？而龍川義利雙行，王霸並用，上下三代唐漢之間，欲攬金銀銅鐵鎔爲一器，豈非即吾之所謂混？由此觀之，其大指亦自分明，特未及直截道破耳。」

〔一〕萬曆本作「伯」。

予又閲朱子所著胡五峯知言疑義，其于無善無惡之辨最爲分明，特未及剖到兩家安身立命處在此，其受病處亦在此，並與一口道破耳。要而言之，此一重公案，實二大辨之所歸宿，拔本塞源之論也。然則朱子而在，其所爲今日計益可知已。抑予竊有懼焉。凡人之情于其受病處，未有不畏而却者也；于其安身立命處未有不戀而留者也。惟是安身立命處，即其受病處，幾微之間，固已易眩而難决。况吾方見以爲受病處，而彼且見以爲安身立命處，則其説益牴牾而不入矣，夫誰得而奪之？論至于此，誠不知朱子而在，何以爲今日計也。

于是刻二大辨成，季時請序，予因次第其語授之。蓋以爲是天地間公共事，而思求助于有道，相與釋去其懼云爾。

刻學蔀通辨序

東粤清瀾陳先生嘗爲書，著朱陸之辨，而曰「此非所以拔本塞源也」，于是乎搜及佛學；而又曰「此非所以端本澄源也」，于是乎特揭吾儒之正學終焉；總而名之曰學蔀通辨。大指取裁于程子本天本心之説，而多所獨見，後先千萬餘言，其憂深，其慮遠，肫懇迫切，如拯溺救焚，聲色俱變，至爲之狂奔疾呼，有不自知其然者！

內黄蛟嶺黄公受之先生，奉爲世寶，什〔二〕襲而授厥嗣直指雲蛟公。雲蛟公顧諟庭訓，憮惋時趨，謂盱眙令禮庭吴侯嘗讀書白鹿洞，出以示之。侯慨然請任剞劂之役，而其邑人慕岡馮子爲問序于不佞。先是高安密所朱公從吾邑高存之得朱子語類，屬其裔孫諸生崇沐校梓，且次第行其全集與小學近思録諸編。及聞是役也，崇沐復欣然樂佐厥成。相望數百里間，一時聲氣應合，俯仰山川，陡覺神旺。

不佞憲作而歎曰：「美哉！諸君子之注意于正學也，有如是哉，其不謀而契也！吾道其將興乎？何幸身親見之也！」已，伏而思曰：「朱陸之辨，凡幾變矣，而莫之定也，由其各有所諱也。左朱右陸，既以禪爲諱，右朱左陸，又以支離爲諱，宜乎競相持而不下也。」竊謂，此正不必諱耳。就兩先生言，尤不當諱，何也？兩先生並學爲聖賢者也，學

〔二〕萬曆本作「十」。

爲聖賢必自無我入。無我而後能虚，虚而後能知過，知過而後能日新，日新而後能大。有我反是。夫諱，我心也，其發脉最微而其中于人也最粘膩而莫解，是無形之蔀也。其爲病，病在裏。若意見之有異同，議論之有出入，或近于禪，或近于支離，是有形之蔀也，其爲病病在表。病在表易治也，病在裏難治也。是故君子以去我心爲首務。

予于兩先生非敢漫有左右也。然而嘗讀朱子之書矣，其于所謂支離輒認爲己過，悔艾刻責，時見乎辭，曾不一少恕焉。嘗讀陸子之書矣，其于所謂禪，藐然如不聞也，夷然而安之，終其身曾不一置疑焉。在朱子豈必盡非而常自見其非，在陸子豈必盡是而常自見其是，此無我、有我之證也。朱子又曰：「子静所説専是尊德性事，而某平日所論，却是道問學上多。今當反身用力，去短集長，庶幾不墮一邊耳。」蓋情語也，亦遜語也，其接引之機微矣。而象山遽折之曰：「既不知尊德性，焉有所謂道問學？」何歟？將朱子于此果有所不知歟？抑亦陸子之長處短處，朱子悉知之，而朱子之喫緊處，陸子未之知歟？昔子路使子羔爲費宰，孔子賊之，乃曰：「有民人焉，有社稷焉，何必讀書然後爲學？」彼其意，寧不謂是向上第一義？而竟以佞見訶也，其故可知已。是故如以其言而已矣。

朱子岐德性、問學爲二，象山合德性、問學爲一，得失判然。如徐而求其所以言，則失者未始不爲得，而得者未始不爲失，此無我、有我之別也。然則學者不患其支離，不患其禪，患其有我而已矣。辨朱陸者，不須辨其孰爲支離孰爲禪，辨其孰爲有我而已矣。此實道術中一大關鍵，非他小小牴牾而已也者。敢特爲吴侯誦之，惟慕岡子進而裁焉。且以就正于雲蛟公，不審與蛟嶺公授受之指，有當萬分一否也。

心學宗序

自釋氏以空爲宗，而儒者始惡言空矣。邇時之論不然，曰：「心本空也。空空，孔子也。屢空，顔子也。奈何舉而讓諸釋氏？」則又相率而好言空。予竊以爲，空者名也，要其實，當有辨焉。無聲無臭，吾儒之所謂空也。無善無惡，釋氏之所謂空也。兩者之分，毫釐〔一〕千里，混而不察，概以釋氏之所謂空當吾儒之所謂空，而心學且大亂于天下，非細故也。

〔一〕萬曆本作「厘」。

夫善，心體也。在貌曰恭，在言曰從，在視曰明，在耳曰聰，在思曰睿，在父子曰親，在君臣曰義，在夫婦曰别，在長幼曰序，在朋友曰信，如之何其無之也？則曰：吾所謂無，非斷滅也，不着也，不着于善云爾。嘗試反而觀之，即心即善，原是一物，非惟無所容其着，而亦何所容其不着也？且着不着，念頭上事耳，難以語心。即虞其着，去其着而可矣，善曷與焉而並去之也？

嗟嗟！古之君子所爲兢兢業業，終其身捧持而不墜者，今之君子所視爲瑣瑣而等諸土苴者也。古之君子所爲孜孜亹亹，終其身好樂之而不倦者，今之君子所視爲拘拘而等諸桎梏者也。視爲瑣瑣，則必疑其落在方隅，非最上妙義，厭薄而不屑；視爲拘拘，則必病其添我障礙，非本來面目，掃蕩而不留。夫善何負于人，而不謈之甚如此也！是且不識善，安能識心？乃影響而混言空，有過而詰之，輒曰「無聲無臭之密詮固如是」，其亦弗思而已矣！無聲無臭，見以善爲精而爲之模寫之辭也，真空也。無善無惡，見以善爲粗而爲之破除之辭也，影空也。夫豈可以强而附會哉？是故始也認子作賊，卒也認賊作子，名曰心學，實心學之蠹耳。何者？失其宗也。吕亂秦，牛亂晋，釋亂儒，一也。

予爲是有概于中久矣，乃今何幸得本菴方先生。先生少而嗜學，長而彌敦，老而不懈，一言一動，一切歸而證諸心。爲諸生祭酒二十餘年，領歲薦，竟棄去，優游川巖，嗒然無事，而獨有感于世之談心，往往以無善無惡爲宗也。輒進而證諸六經四子及諸大儒，凡其言之有關于心者，悉裒而次之。其有引而未發，發而未竟者，各爲手拈數語，究晰指歸。要以明善爲心體，非爲心累，又以明此體即實而空，非離實而空也。編成，命曰心學宗，庶幾學者一覽而洞見聖賢之心，因而自見其心。即惡言空者，于此識得吾之所謂空，自不必以似廢真而過有所諱；即好言空者，于此識得彼之所謂空，自不容以似亂真而漫無所別。滔滔狂瀾，先生其砥柱之矣！

會先生之子魯岳公來按我吴，出以視兵憲虚臺蔡公。公韙之，授宜興喻侯梓行，公諸同志，謂予宜有言。蓋昔王文成之揭良知，自信易簡直截，可俟百世，委爲不誣，而天泉証道，又獨標無善無惡爲第一諦焉。予竊惟，良即善也，善所本有還其本有，惡所本無還其本無，是曰自然。夷善爲惡，紬有爲無，不免費安排矣。以此論之，孰爲易簡，孰爲支離，孰爲直截，孰爲勞擾，詎不了？然則先生是編正所以闡明良知之藴，假令文成復起，亦應首肯。蔡公亟加表章，可謂于風靡波蕩之中，獨具隻眼者也。其所補于人心不小矣！遂忘其僭而爲之序。

先生名學漸，桐城人。魯岳公名大鎮。蔡公名獻臣，同安人。喻侯名致知，新建人。

中丞修吾李公漕撫小草序

予讀中丞修吾李公漕撫小草，次第及海内諸君子所論著，其于公致主之恭，徇〔二〕主之勇，悟主之巧，得主之奇，崎嶇艱險之苦心，旋轉補浴之壯略，詳哉其言之矣！惟是予交公最久，習公最深，竊又有窺于一斑也。

始公艱于得子，已，乃連舉數丈夫。予爲色喜，貽書賀之，而曰：「願公自愛，公之身非公之身也，宗社之身也。」且申之曰：「公之身非公之身也，宇宙之身也，願公自愛。」公笑而謝曰：「不佞生平喜讀書，于今益甚，往往午夜始就寢。即鉛槧書生，未必

〔二〕萬曆本作「狥」。

若斯之勤也。夫固曰：『是可以尚友千古，發我神智，作我典刑。』抑亦曰：『是可以收拾精神，並歸一路，不令旁泄，有無限受益處耳。』若妄自菲薄，以危其身，而憂知己，惡乎敢！惡乎敢！」予聞之，忽不覺悚然心折也。

已，晉總漕，望實日益上。予欲借以嘗公，稍稍貽書張之，比于古之巨公長者，公驚而起曰：「噫！是何言也！不佞，落拓人耳，自與君周旋，始有聞。受事以來，兢兢業業，不敢毫髮放過，特耻效俗人飾邊幅，裝格套，于青天白日之下作鬼魅技耳。且夫性分無窮，職分無窮，心分無窮，堯舜事業亦如太虛浮雲一點，而况其凡乎？嘻！是何言也！君且休矣！」予聞之，愈不覺悚然心折也。嗚呼！微矣！

先正論人有聖賢、豪傑二品，又言豪傑而不聖賢者有之，未有聖賢而不豪傑者也。是故豪傑大處不走作，聖賢小處不滲漏；豪傑于天下之事處之常若有餘，聖賢于天下之事處之常若不足；豪傑作用在功能意氣之中，聖賢作用在功能意氣之外。迹公之洗心勅慮，乃爾駸駸乎由豪傑而上矣。

憶昔寧陵新吾呂公嘗與公論學，公目爲迂闊，去之。由今觀之，世之所爲營營逐逐，不憚決性命而趨之者，既公之所陋而不屑爲，而公之所爲潛磨密鍛，期自致于純一者，又世之所笑而不肯爲。然則語迂闊者，宜莫如公，何以猥見厭薄？即公猥見厭薄，竊意向所指爲迂闊者，應别有在，而惜乎未及竟其説也。異日，予請得就公竟之，而聊爲之引其端，且以待讀是編者共糸焉。

景素于先生億語序

白沙陳子之詩曰：「朝市山林俱有事，今人忙處古人閑。」旨哉乎，其言之也！雖然，古人自有忙者存，特其所謂忙非今人所謂忙耳。今人所謂忙，出則競名，處則競利，爲一身計也。古人所謂忙，出則行道，處則明道，爲天下萬世計也。是故，以一身計言，謂今人忙處古人閑可也；以天下萬世計言，謂今人閑處古人忙可也。予觀景素先生其庶幾焉！

先生峩峩華胄，冠冕江東，乃能超然自拔，寧静澹泊，絶無靡麗之好，可謂不知有其家矣。既成進士，揚歷中外，望實鬱起，一旦敝屣棄之，可謂不知有其官矣。然而方爲諸生，發憤下帷，尚友千古，至于忘寢忘飡，不少暇逸。已，司理江右，惟是洗冤澤物，夙夜孜孜。入郎客曹，恪共厥職，尺寸不假。會目擊時事，有所不可于意，抗疏具言之，至再至三，卒以取忤罷歸。身既隱矣，猶日手一編，不減諸生時也。且誦且繹，久之，胸中之藏，淵涵勃發，不能自遏，乃稍稍筆之書，間出所著億語示予。其言根極理要，切于日用，如布帛菽粟，寒者可以爲衣，饑者可以爲食。至語及學術邪正之際，輒三致意焉；語及世道人心升降之際，輒又愀然改容，太息而言之，若疾痛之在躬也，絶不減立朝時。由前，則于一身計，何泄泄也！今人忙處正先生閑處也。由後，則于天下萬世計，何懇懇也！今人閑處正先生忙處也。如先生者，不當于古人中求之耶？

予忝附庚辰之籍，雅嚴事先生，不敢以雁行進。賴先生不予棄，左提右挈，俾無墮落。自省于先生閑處猶能步趨焉，于先生忙處，寥乎其未有當也。適先生命予序其億語，僭爲論次如此，亦因以自勗云。

五經繹序

盱江鄧潛谷先生著有五經繹十五卷，其門人心源左公來按兩浙，持以示嘉禾曹司理，爰授錢塘令聶侯校而梓之。侯將公之，命屬予爲序。予受而卒業焉，作而歎曰：「美哉洋洋乎！其思深，其識正，其指遠，其詞文，出入今古，貫穿百氏，不主一説，不執一見，而卒自成一家言粹如也。斯已偉矣！」則又曰：「是先生之所爲繹也，非其所以繹也。」吾聞先生研精性命，卓有領會，而不爲玄譚眇〔二〕論，高自標榜。歸而修諸日用之間，庸德之行，庸言之謹，如臨如履，尺寸靡忒。孝友乎于家庭，忠信乎于井里，久之，名實充溢，遠邇傾向。當宁〔三〕聞之，徵書儼然及衡門焉。崇仁新會以來，于斯爲烈，天下傳而豔之。而先生方逡巡謝不克，其自視彌下，其切磨于德業彌篤。易之精微，書之疏通，詩之

〔二〕萬曆本作「渺」。

〔三〕當宁，語見禮記曲禮下，文曰：「天子當宁而立，諸公東面，諸侯西面，曰朝。」是以當宁者，代君之稱，或泛指朝廷。

思無邪，禮之毋不敬，春秋之深切著明，庶幾其身親體之矣。是先生之所以繹也。

則又曰：「是先生之所以自爲繹也，非吾儕之所以爲先生繹也。」吾嘗一再侍心源公于虞山梁水之間，竊見其坦而莊，詳而不迫，敦慤而有章；諸所提唱，一切本諸自得，津津沁人。退而考其行事，惟是興教正俗爲亹亹，旌淑别慝，風規皎如，先生之道于斯著矣。而今而往，覽者果能由公以達于先生，由先生以達于五經；又能一引而十，十引而百，百引而千，相漸相磨，人人身親體之，不僅作訓詁觀，是吾儕之所以爲先生繹也。

嗟乎！五經，一心也。其在古先聖賢者，猶之乎其在先生也；其在先生者，猶之乎其在公也；其在公者，猶之乎其在各人也，無毫髮餘也。反而求之，其在各人者，猶之乎其在公也；其在公者，猶之乎其在先生也；其在先生者，猶之乎其在古先聖賢也，無毫髮欠也。而其究判然懸絶，至倍蓰無筭，何也？夫先生之爲是繹，將以闡往詔來，聯絡千古之上下而爲一，胥入于聖賢之域者也。今先生不可作已，而遺編具在，以承以啟，實公之責。夫豈惟公之責，實吾儕之責。因備論其指，期共勗焉。

鄧先生名元錫。左公名宗郢。曹司理名光德。聶侯名心湯。

崇正文選序

吾邑勵菴先生崇正文選成，有過予而問曰：「先生之爲兹選也，其旨云何？」予曰：「懼世之争趨奇而爲之坊也。」曰：「奇何容易？吾獨患無奇耳，果有奇，不必坊也。而况世之所謂奇者，亦不必奇也，往往舍大道而旁馳騖，殉影響而工掇拾。是故奇于古則之而爲墳索汲冢，奇于秘則之而爲金簡玉册，奇于博則之而爲石簣酉陽，奇于解則之而爲貝函靈籙。若然者，果奇耶？非耶？驟而觀之，其所自命，偃然直淩千古而上；徐而按之，率以艱深之辭文淺易之識。設有人焉從旁點破，多是向來餘滓殘瀝，不知爲人吐而嚼，嚼而吐，凡幾矣，何奇之與有！」

予曰：「然則如之何而後可以稱奇？」曰：「奇之爲言，一而無偶之謂也。若兹編其幾之矣。嘗試論之，六經畢，一變而爲左國矣，乃左國之後還有左國乎否？而猶未也。再變而爲班馬矣，乃班馬之後還有班馬乎否？而猶未也。三變而爲韓柳歐蘇矣，乃韓柳歐蘇之後還有韓柳歐蘇乎否？之數君子，豈非自性自靈，自心自神，後先頡頏宇宙之間，各各自操把柄，自出手眼，自爲千古者耶？故夫先生之所謂正，實予之所謂奇，而世之所謂奇，要不過奇之優孟也。」予曰：「信哉！能知文之正者，無如先生；能知文之奇者，亦無如先生也。先生可謂深于文矣。然則今之爲文，何尊而可？」曰：「不爲左國也者，乃能爲左國；不爲班馬也者，乃能爲班馬；不爲韓柳歐蘇也者，乃能爲韓柳歐蘇。先生兹選，聊以示鞭影耳。必字擬而句模之，非其指矣。不可不代先生道破！」予爲首肯。

會先生之甥瞿星卿氏督學楚中，請曰：「楚士多奇，願以此風之！」先生許焉，而屬予序。予遂述之，爲楚士告。覽者誠繹是説而存之，其于文也思過半矣。雖然，吾寧獨僅僅爲楚士告！而所以爲楚士告者，又寧獨僅僅進之于文而已也！是在星卿哉！是在星卿哉！

先生名策，字懋揚，辛未進士，歷官太僕寺卿。生平不好皎皎之行，而恬穆守正，始終如一。其爲兹選，蓋絶類其人云。

信心草序

余仲兄有奇質，始成童，受句讀，輒心通。既長，以病中免。已，余從原洛張先生游，先生與仲兄語而異之，勸令務學。仲兄謝曰：「時已過矣，何爲？」先生不聽，强而授之二題，援筆立就，落落多奇。先生讀之，大驚曰：「吾固知子非庸人也！」尋赴有司，輒試高等。客謂仲兄：「足下之于青紫掇耳，何其捷也？」仲兄笑曰：「非吾意也，聊以佐二弟，令不寂寞耳。」及余與季時後先成諸生，仲兄遂罷不事人，以此益多仲兄。

于是，余從銓曹郎謝病還，問奇之士時時來集涇上。仲兄亦時時上下其間，吐論益偉。所當博士家言，有不快于意，輒退而私爲擬之。既成，以視人，靡不爽然自失也。久之，得十三首，呼蒼頭帙而藏之，命曰信心草，若曰：「吾自以爲當如是耳！吾無徵于往昔，吾無冀于來今，此其指也。」

余觀世之學者，日夜矻矻，耳無分聽，目無分視，畢心而修鉛槧之業，及其取而措諸筆舌之間，猶然半合半離。仲兄獨何以不勞而中也？彼以外入，此以内出。外入者有待，譬之乞員于規，乞方于矩，乞和于五音。内出者無待，離婁所獨見，師曠所獨聞，非夫形聲之謂也，進乎巧矣。夫是以謂之信心也。

仲兄則又語余：「頃稍稍聞心性家語，中心怵然若有動也，願得而卒業焉。吾乃自覺言多浮，動多率，此吾之參苓芪朮也。人不可以無學，吾何能忘張先生之言。」噫嘻！有是哉，其不可測也！恃無待而輒有待，賢智之所不免也，仲兄又何以不然？夫仲兄非獨進乎巧也，行當進乎道矣。書而志其端，度仲兄必不令斯言之爲佞也。

涇臯藏稿卷七

明　顧憲成　著

英風紀異序

蓋鄱陽有廷尉胡公者，其[一]死建文帝之難，被禍最酷。檇李瞻山屠公嘗令其邑，采風而得之，不勝感愴。已，入爲御史，輒具疏首言之，請行該地方有司，建祠特祀，株累在戍者，悉放還鄉井，及同時與難諸公一體卹録。疏上，報可。于是，鄱陽令程君朝京備書而榜之邑前，忽有旋風颺榜而上，夾日迴翔，自午及申，或没或見，復還邑堂墀正中。一時環聚而觀者，凡幾千萬人，莫不驚嘆。此英風紀異之所由作也。

[一] 萬曆本「者其」二字作「云而」。

會侍御公伯子觀攜而視予。或謂予曰：「迹公一片精誠，無不之也，上天下淵，無不徹也。造物者豈其沾沾焉特以此示奇而旌公，殆偶然耳。」予曰：「委是偶然。」或謂予曰：「當公之讀書吴王廟也，每獨坐嘆曰：『天下何時平乎？』遂奮筆畫松廟壁，題詩曰：『幽人無俗懷，寫此蒼龍骨。九天風雨來，飛騰作靈物。』蓋宛然描出揭榜時一段光景矣，意其讖耶？且侍御公一疏原自鄱陽起，因其後文移遍天下，而英風之異仍見鄱陽，若首尾應焉，意有鬼神焉主張于其間耶？殆非偶然也。」予曰：「委非偶然。」

或謂予曰：「公苦矣！若曰：『吾殺其身以及其家及其族，又及其外親，而無救于吾君也，吾何以謝高皇矣？』又若曰：『吾無救于吾君，而人猶然被之名，曰忠烈也，曰乾坤正氣也，吾何以謝天下後世矣？』公滋苦矣！使公而睹是集，祇益其痛耳，殆可無紀。」予曰：「委可無紀。」或謂予曰：「嘗考國史，初陳瑛請追戮周公是修等，文皇怒曰：『諸臣盡忠于太祖，故盡忠于建文，喋喋何爲？』一日，哄傳建文帝尚在，與諸逋臣爲亂。瑛密以聞，因恣意羅織，蔓延無筭，非文皇意也。比仁皇嗣位，遂行肆赦，至今皇新詔，尤稱浩蕩殊恩。作述同心，後先輝映，明德遠矣。然則英風之異，非特爲一胡公效靈，實爲天下之爲胡公者效靈；非特爲天下之爲胡公者效靈，實爲列聖效靈也。殆不可無紀。」予曰：「委不可無紀。」

伯子聞而訝之，願得一言折衷，無爲兩可。予曰：「謂偶然者，所以表感應之機無常，萬變而不測；謂非偶然者，所以表感應之理有常，一定而不爽；謂可無紀者，所以表臣子之于君父，不忍緣公家之急，成一己之名；謂不可無紀者，所以表君父之于臣子，不忍緣一時之忤，掩萬世之節。夫各有攸當也，吾何敢執！」伯子豁然起曰：「觀也，于前兩言有以識天人相與之際矣，于後兩言有以識上下相與之際矣。請籍而弁其端，可乎？」予曰：「是惟伯子之命。抑不佞又于侍御公見體國之忠，于伯子見承命之孝矣。」是集行，其于世教非小補也，因並志之。

胡公名閏。屠公名叔方，丁丑進士。

願義編序

澄江邵君貞菴，恂恂如也，而隱于醫，其于醫聊寄而已，不數數也，而多奇效。嘗客予涇里，叩者不絶，君隨手應之，不爲德，亦不問其姓名也。每過予，清言亹亹，絶不及俗事。間語及海内長者，未嘗不欣然庶幾見之；語及閭閻休戚狀，未嘗不爲攢眉也。予心異之。

一日，出一編視予，曰：「此義田録也。遡自范文正公，迄于今，凡聞公之風而興起者，並録而附焉。」予詢其意，答曰：「爲天下必自齊家始，齊家必自睦族始，睦族必自義田始。義田，厚其生也。于是乎有義塾。義塾，正其德也。厚其生，乃可以正其德也；夫然後親親長長，而天下平。故曰：必自義田始。余之爲是録，數年矣，未有以名也，敢乞靈于子。」予喟然歎曰：「仁哉！君之用心也！」

昔子貢問博施濟衆，而夫子告之曰「己欲立而立人，己欲達而達人」，此非以博施濟衆爲不可也。己欲立而立人，己欲達而達人，乃其所以博施濟衆者也。惟是曰施曰濟，則取必于力；曰欲，則取必于願耳。力有限，願無窮。有限則隘，無窮則博；有限則寡，無窮則衆。甚矣！夫子之善言博施濟衆也！今君之爲是録也，稽考詳矣，諮求悉矣，校閲精矣，意念深矣。百爾君子，見而讀焉，讀而感焉，感而思焉，思而效焉。一人能爲文正公，君之願行于一人也；人人能爲文正公，君之願行于人人也。博施濟衆，實始基之，豈必功自己出哉？于是，遂命之曰願義編。

貞菴君曰：「善已。」而爲之愀然者久之。予曰：「何？」貞菴君乃曰：「先人浮山府君實抱斯志，偃蹇一經，蕭條四壁，未有行也。臨終，手不肖而命曰：『若以范文正公爲何人哉？小子識之！且若不聞舅氏恕齋高公之訓乎？』高公家故凉，且割其田百畝贍族，而自爲文記之，文具録中。不肖撫今追昔，實負先人，其何言！」予悚然起曰：「君言及此，且令予戚戚心動矣！然而君之爲是編，正所以昭明浮山公之志而畢其願也。予愧多矣！」因次第其語，題之簡端，以告世之讀是編者。

鶴峯先生詩集序

予少時業聞邑中有鶴峯黄先生，願爲執鞭久矣。會其孫應覺刻先生遺詩，予受而卒業焉，益灑然異之。士方屈首佔畢〔一〕，朝誦夕諷，所抉腸劌腎、竭蹶而營者，惟是舉子業之爲皇皇耳。即欲以其間吟弄風月，點綴山川，與騷人詞客争奇，莽不可得，何先生之暇也！

始先生舉孝廉，方當茂齡，自後，挾其經待詔金馬門，且四十餘年而不一遘。南北風塵，所爲耗其雄心者不少矣。今讀其詩，春容爾雅，發乎情，止乎禮義，了無不平之感，何先生之適也！

應覺因從容言：「先生既久滯公車，有同儕當路者推轂于時相所。先生聞之，一夕策馬出長安歸矣。居里中，監司守相多重其爲人。有同姓麗于法，詭稱先生猶子以免，還獻

〔一〕萬曆本作「佴」。

百金爲壽，先生笑而揮之不受也。其自好類如此。」予作而歎曰：「先生可謂超然于功名富貴之外矣。濯濯靈臺，一芥不緇，時而出之，萬籟于于。有以哉！有以哉！」

遼陽稿序

吾邑黄斗南先生，高風亮節，海内傳誦，而獨怪其文辭不少概見。適先生之子思菴公檢點遺笥，得遼陽稿，付其孫懋勛梓行之，仍寥寥耳。乃昔荆川唐中丞與先生書，曰：「易之蹇：『君子以反身修德。』蓋寂寥枯淡之中，其所助于道心者爲多也。自儒者不知反身之義，其高者則激昂于文章氣節之域，而其下者則遂沉酣濡首于蟻羶鼠腐之間，如兄之志氣，固已塵垢一世而與古之志士爲徒矣。不知近來反身之學得之于蹇者何如，幸以教我！張舜舉言兄自戍遼以來，作詩幾四五本，何以致多如此！豈將以是自鳴其習坎心亨之樂耶？或者窮愁羈旅無聊之思而姑託以自遣耶？抑以寫其江湖之憂而致其去國繾綣不忘之愛，如古離騷之作耶？其無亦自擬于鐃歌鼓吹遼東都護之曲，而與塞垣横槊之士同其慷慨而謳吟耶？不然，則枝葉無用之辭，其足以溺心而愒日也久矣，兄何取焉！日課一詩，不如日玩一爻一卦，日玩一爻一卦不如默而成之。此之謂反身，而奚有于枝葉無用之詞耶？」誦斯言也，又惟恐先生之屑屑于文辭然者，今所行亦僅上下二卷，豈先生有感于中丞之言，遂多刊落耶？抑先生原不着意，任其散失耶？

及讀先生詩，大都風格遒勁，神情開拔，其託物寄興，往往多深長之思，讀之輒爲脉脉心動。至如朱夏篇有曰「僻居日三省，舊愆發新愴」，自責篇有曰「大言了無忌，夷考胡不違」，又如新居篇有曰「君王最得甄陶法，苦志勞筋付此行」，東溪篇有曰「丘園鐘鼎吾何擇，話到經綸一厚顔」。又可見先生于其間所爲磨礲鍛鍊，自有用力處。此反身修德之一證也。然則詩何能溺心？溺者自溺耳。亦何能愒日？愒者自愒耳。中丞之言，聊爲先生助一鞭而已。

抑予始者傾仰先生如岩岩泰山，疑不可得而親。比先生拜賜環之命，洊歷冏卿〔一〕，尋致其政而歸，予修諸生刺，摳衣伏謁。時先生方杜門養痾，輒命季君扶而出見，渾樸惇

〔一〕冏卿，語出尚書冏命序，文曰：「穆王命伯冏爲周太僕正。」伯冏，臣名。以伯冏爲太僕正，後世即習稱太僕寺卿爲冏卿。

茂，隤然如田夫野老，瞻對之頃，鄙吝頓消，更令人不可得而踈。竊意先生之所爲得之于蹇者，當自不淺。此又反身修德之一證也。

由此觀之，先生之詩，便是先生之易，時而有言，時而無言，其致一耳，而何本末精粗之判哉！予故特表而出之，以爲尚論者必粂究及此，然後識得先生真面目，而作詩之多不多，非所問也。

中丞懷魯周公疏稿序

中丞懷魯周公刻其前後疏稿成，貽書景逸高伯子，屬予序之。予受而卒業焉。作而嘆曰：「美哉，是足以觀公矣！」

事關國本，則有深乎其言之者，如請建儲之疏是也。事關國體，則有竦乎其言之者，如糾東封之疏是也。事關國脉，則有昌乎其言之者，如崇道德重節義優録賢能之疏是也。事關國憲，則有炯乎其言之者，如舉劾各屬賢否之疏是也。事關國計，則有懇乎其言之者，如請停織造止派之疏是也。至于戊申救荒一事，尤不勝苦心，爲之躊躇四顧，爲之拮据萬方，爲之寢食俱廢，爲之披肝膽，瀝腎腸，哀痛迫切，一字一淚，真有令人見之而不忍讀，讀而不忍竟者，則請蠲請賑諸疏是也。非夫正直忠厚合而爲一，其孰能幾焉？是足以觀公矣。然則遂足以盡公乎哉？曰：「未也。」

公雖慷慨任事乎〔一〕，而老成持重，相機而發，有發必中。度所不可務，在從容委婉，潛移密挽，拯之冥冥之中，不好明諍顯諫以爲名高，亦不必功自己出。詳具公待旦堂漫談。其爲政，惟是虛衷下物，孜孜求善，常若不及。朝有告焉，朝而行之，不俟晝矣；晝有告焉，晝而行之，不俟夕矣。凡此皆公一片真精神所注，有不在僅僅指陳是非，條畫利害間而已也者。故疏稿一編，有目所共見，有耳所共聞，予得而言之，夫人得而知之者也。乃兹兩者則有目不必盡見，有耳不必盡聞，即見且聞亦多習而不察。予得而言之，夫人不得而盡知之者也。夫豈惟不盡知，甚且往往從而求多矣。此予之所以有慨于中，特爲表而出之也。

〔一〕是句，萬曆本原亦同此。

公聞之，謝曰：「有是哉？語至此，即予亦不自知其何爲而然也。」則又曰：「語至此，向來委有格于時勢之難齊，不能盡慊諸己者矣，其何以辭于人？」則又曰：「語至此，于今尚有限于耳目之易局，不能遽悉諸人者矣，其又何以酬子之言也？」予復作而歎曰：「美哉！若是乎公之心之無窮也！以此觀公，庶幾足以盡公也已。」今三吴諸父老，方日夜竭蹶北走，相與叫閶闔而乞借公，直指鄧公且爲特疏以請。聖天子眷顧東南，行有惠命，所以究公之無窮者，當于是乎？在予尚得而論次之，請執管以俟。

萬歷奏議序

國家之患莫大于壅。壅者，上下各判之象也。是故大臣持禄不肯言，小臣畏罪不敢言，則壅在下；幸而不肯言者肯言矣，不敢言者敢言矣，究乃格而不報，則壅在上。壅在下則上孤，壅在上則下孤。之二者，皆大亂之道也。

伏見我皇上聰明睿知，方軌三五，然而御極以來，二患遞見，何也？説者以爲下不自壅，殆有爲之上者然；上不自壅，殆有爲之下者然。遡丁丑綱常諸疏，政府不欲宣付史館，遂遷怒于執簡諸君。嗣是愈出愈巧，率假留中以泯其迹，令言者以他事獲罪，不以言獲罪。至于邇年，且欲並邸報禁之，其故可知已。乃壬午一變，公道屈焉而忽伸，戊申再變，公論鬱焉而忽暢，又足以發明我皇上之果未嘗有負于天下，天下之果未嘗敢有負于皇上。卒之，伸者仍屈，暢者仍欝，又足以發明致壅之由，根深蒂固，非一時所得而猝投〔一〕。宜乎，論世君子俯仰江陵四明之間，益不能不三太息也！

予友采于吴子，自少承尊甫復菴先生庭訓，磊落有志操。既爲御史，朝拜官而夕抗疏，直聲大著。巡方之暇，蒐輯三十年奏議若干牘，分若干卷，凡先後留中與當路所不欲行于世者，悉付剞劂。予讀而有感焉。均比肩事主爾，容容者盡肉食也，一夫慷慨，曹起詬之，不曰好名，則曰躐進矣。均建言爾，犯乘輿蹕者十七，犯要津非者十九；以君子攻小人，曰何刻也，不爾，影響風聞者也；以小人摘君子，曰何快也，烏有者

〔一〕 萬曆本作「拔」。

左券矣。愚誠不知其所以然而然。徐而察之，顛倒于當局而旁觀否？諭詘于衣冠而道路輿廝否？誶于大庭而平旦隱衷否？譁于眉睫而事定否？愚又不知其所以然而然。于此，可以稽世變，可以觀人心，可以卜士氣，可以衆善敗得失之幾，昭往而惕來，采于之功遠矣。

抑予更願有獻焉。李忠定曰：「天下之理，誠與疑，明與闇而已……由誠明推之，可以至于堯舜；由疑闇推之，其患將不可勝言。」願以是爲皇上獻，求所以至于堯舜者。蘇文定曰：「天下有重臣，有權臣……權臣天下不可一日有，而重臣天下不可一日無也。」願以是爲執政獻，求所以爲重臣者。至于言官操天下之是非，天下又操言官之是非，蓋言之不可不慎如此也。願以是爲臺省獻，求所以信于天下者。

太初鄭子聞之，喜曰：「亮哉！其究弊也專而核，得拔本塞源之義矣。其責善也普而公，得交修共濟之義矣。率斯以往，天下直運之掌耳，夫何壅之與有！」遂以語采于，采于曰：「是固予輯是編之意也。」

重刻萬歷丙子南畿同年録序

萬歷丙子，南畿序齒録凡再刻矣。歲乙巳，孟威沈子復謀新之，其于世系加詳焉。遠及高曾，旁及群從，靡不具備，蓋仿其先府君嘉靖癸卯科例也。刻成，緘〔一〕而視予，命之序。

予讀之，脉脉心動。自丙子至今，僅僅三十年耳，諸列于籍者已大半作古人矣。撫卷徘徊，百感陡集，幸于其間尚留得此身無恙，豈不可喜！雖然，進德修業，其難如登，日往月來，其易如奔。即復三十年，曾幾何哉？又豈不可懼！已，伏而思之，凡此皆係于人之自立與否耳，能自立，且有與天壤俱無窮者存，區區目前修短曾何足論？如其不然，則亦草木同腐而已，縱及期頤，徒然浪擲光陰，將焉用之？然則逝者未足悲，存者未足恃，其喜其懼，別應有在，吾黨所宜汲汲而猛省也。

〔一〕 萬曆本作「椷」。

于是重甫華子、立之姜子共語憲曰：「沈子不遠三千里而屬子，子其無忘！」予爲二子誦其説。二子曰：「吾向者見沈子之用心遠也，一體之仁也。今者又見子之用心近也，交修之義也。請以聞于同籍諸兄弟，庶幾相與共圖無負斯録哉！」

石幢葉氏宗譜序

吾邑葉參之廷尉釋褐二十餘年，什一在官，什九在告，家徒四壁，恬穆自如，其于富貴功名，已嗒焉而忘之矣。一日，縱覽乎石幢之墟，仰而見夫九峯之峩峩送青來也，俯而見夫雙河之鱗鱗將緑遶也。喟然歎曰：「夫非吾祖無名公自吴江之同里，杖策而游于斯，欣然以爲佳勝，脱然舍其故而就之者耶？迄今且數世矣。振振繩繩，誰之貽也？若之何委諸草莽！」因退而謀諸其從兄懋拱，于是，懋拱爲作宗譜。已而曰：「是譜其貌，未譜其神也。」因進而謀諸其畏友尤邛州伯聲，于是伯聲爲作世德傳。

既成，參之讀之喜，遂合而梓之，攜以示予，囑曰：「願有以詔我宗人。」予謝曰：「懋拱之爲譜也，教親親也，若者一家興仁矣。伯聲之爲傳也，教賢賢也，若者一家興讓矣。予復何言？」參之曰：「雖然，必有以詔我。」予曰：「誠爲參之計，則有二焉：一者體，其在反而求之乎？一者用，其在推而廣之乎？是故親自我親，本其心實有一種油然不忍之意，而非以爲徇〔二〕也；賢自我賢，本其心實有一種肅然不敢之意，而非以爲矯也。此反求之説也。是故由其親以及人之親，胥而煦之不忍之中，而親親之分量始圓也；由其賢以及人之賢，胥而攝之不敢之中，而賢賢之分量始圓也。此推廣之説也。夫然後，內之可以盡己，外之可以盡人，遠之可以葆無名公之樸而虔厥始，近之可以發樂善諸公之光而厚厥終，乃所謂譜其神，非譜其貌也。是在參之而已。」參之謝曰：「語至此，不佞其何能顓而承之，請籍而詔我宗人，相與朝夕共佩服焉，以庶幾于萬分一哉！惟茲石幢，其永永拜子之賜！」

〔二〕萬曆本作「狥」。

貴溪縣志序

京口惺宇錢侯爲貴溪之四年而政成，嘗一日問左右：「邑有志乎？」對曰：「未也。」喟然歎曰：「知縣之謂何？」于是退而圖所爲志。凡八月而志成，因屬其同年安封部乞予序，而自掇志之大都視予。予閲之既，謂封部曰：「今日之志，衆爲政；異日之志，侯爲政。不佞何能讚一辭？」封部曰：「何也？」予曰：「侯言之矣。當景泰時，有張廣文鐸曾創志草而獨缺人物，與無志同。萬歷初容菴伍公開局纂修，半已就緒，會内召去，不果。幸有庠生汪如汲曾以文行，受知伍公，出其所著闡幽志一卷，並其所與故友張楫共抄私志一書，質以走平日所諮考，誠足相參。乃具請監司集諸生于象山書院，日稽月訂，博取而約裁之。其爲綱者八，爲目者五十，至于人物一欵，尤極慎重，必户問而家訪焉。是則萃一邑之耳以爲耳，而不敢自用其聰也；萃一邑之目以爲目，而不敢自用其明也。故曰：今日之志，衆爲政。

「抑聞之，有朱邑而後天下萬世靡不知有桐鄉也，有魯恭而後天下萬世靡不知有中牟也，何者？邑以人重，不能爲人重也。憶昔丁丑、戊寅間，侯兩叔氏讀書涇上，翩翩競爽，頃年玉沂別駕時過東林，于切磋之誼甚茂。侯之家學居然可想及。其爲令，務在潔己而愛民，諸惠政班班可述。至于賦役一事，尤極詳審，所更定官收、官解之法，上下便之，當事者且以式于通省焉。宜邑之父老子弟，無不人人歌詠侯矣。而今而往，願益加勉焉，以無替厥初。將邑之父老子弟，無不世世歌詠侯矣。然則是邑也，不遂與桐鄉中牟鼎耀千古乎哉？故曰：異日之志，侯爲政。」

封部曰：「善矣！夫子之言志也！是足爲侯之玄晏矣。」遂書以復于侯。

周左卿熊南集選序〔一〕

甚哉！文之變化日新而無窮也！始吾以爲六經畢，漆園左國其至矣；徐而按之，

〔一〕四庫本無是篇，據萬曆本補。

漆園左國不已，而爲兩司馬；兩司馬不已，而爲三曹，爲二陸，爲二謝；二謝不已而爲少陵青蓮；少陵青蓮不已，而爲昌黎，爲柳州，爲廬陵，爲眉山。我明之興，爲金華，爲天臺，爲毘陵晉江，爲北地歷下弇州。邇時若京山，若雲間，若長水，亦各翩翩自成一家。于今，又見左卿焉。其致淵，其色古，其骨勁，取精多而用物宏，曠而不越，曲而不支，稠而不厭，上下二千載間，不知當以誰比？甚哉！文之變化日新而無窮也。

晉陵周幼潛謂予曰：「人知左卿文，不知其所以文。左卿嘗郎比部矣，以渾厚領精明，惻如也，又肅如也。今郎水部矣，以精明領渾厚，井如也，又凝如也。操縱在心，卷舒在手，時而出之，不局方所。左卿胸中何一物不有哉！是其所以文也。」已而曰：「未也。吾又見其識包今古而意常下，酧應旁午而氣常閑，筆麗玄黄而居常樸。左卿胸中竟何曾有一物哉！是又其所以文也。」顧叔子聞之，曰：「信哉！惟其有之，是以變也；惟其無之，是以化也；惟其有而無之，無而有之，是以日新也。蓋其際微矣。文云乎哉？文云乎哉？」

尤卿少從胡廬山顔冲宇兩先生游，兩先生嘗聞道者，皆亟推其敏悟，此真予之所願摳衣以請也。左卿肯不予秘否？尚得徼靈淮水，齋而卜日，求竟所以有無變化之微。

涇皋藏稿卷八

明　顧憲成　著

贈鴻齋喬君令洪洞序

同門思儀喬子成進士之三月，天曹以爲洪洞尹。喬子端思默念，惟恐其不得當也，問政于心唐沈子。沈子曰：「爲政在得民，得民在因俗，非吾所能遥度也。子至境而議之。」泰來徐子曰：「信其徵在稚明胡子之令荆溪，文見劉子之令崑峯，向卿苑子之令陽曲。荆溪好以舒，其民固；崑峯好以慤，其民浮；陽曲好以整，其民曠。夫固其不齊也。」介卿劉子曰：「善哉！予從司理氏後，得從持斧使者諦觀諸邑吏治，願以此爲程。」仁甫但子曰：「洪洞何如？」忠甫陳子曰：「吾聞諸志矣。其君子憂深而思遠，其小人嗇而能勤，良邑也。喬子之往也，仍是而已，無庸震矣。」振甫張子曰：「不寧惟是。是其爲邑也，迤以黄河，倚以太行，天下之大觀輻輳耳目。喬子故負才，喜爲詩，于是乎高覽遐眺，宣其昭曠，吾知其翩翩有進也。」京甫楊子笑曰：「害于政。」及卿陳子曰：「若是則典謨風雅，水火矣。」時克蒼李子觀户曹政，喬子過而語之，李子不答，與之言錢穀[二]之事。喬子曰：「井井乎進于養矣。」他日，又以語太常懋權魏子，魏子不答，與之言俎豆之事。喬子曰：「奕奕乎進于教矣。」

于是，廷徵史子爲惟凝錢子誦之，錢子曰：「心唐子善糸，泰來子善證，介卿子善取，忠甫子能用實，振甫子能用虚，京甫子正而婉，及卿子婉而辨，李魏二子微而彰，仁甫子引其端，廷徵子悉其説，灼乎其爲人牧者之蓍蔡也！」衡卿金子曰：「惜不令益夫林子、孔昭杜子聞之！」因謂喬子其無忘諸同好之言。叔時顧子申之曰：「其無忘錢子之言！」喬子曰：「諾。」

[二] 萬曆本作「谷」。

即日單車之洪洞。一年而齊，二年而變，三年而有成。四方聞之，以吾二三兄弟之相劘于誼，爲已悉矣。

贈鳳雲楊君令峽江序

士之號爲有志者，未有不亟亟于救世者也。夫苟亟亟于救世，則其所爲必與世殊。是故世之所有餘，矯之以不足；世之所不足，矯之以有餘。矯非中也，待夫有餘不足者也。是故，其矯之者乃其所以救之也。

予同年鳳雲楊子釋褐峽江令，惕然不有寧也，謂予曰：「是嗇邑也，而其民又故黠。夫黠者憂在刑也，嗇者憂在賦也，如之何？」予曰：「仁哉！子之言，救世之言也！當不當，何計焉？請借漢爲喻。昔孝武獎用張杜之屬，吏趨刻深，而獨汲黯治郡責大指而已，一切無所問，郡更大治。又獎用桑孔之屬，吏争趨言利，而獨兒寛弛民租，不責其輸。業輸矣，復以貸民，民益勸，其後更課最。夫二子非好爲異也，將以損其所有餘而益其所不足，乃向所稱亟亟于救世者也。子試觀今之世，何者其有餘乎？何者其不足乎？即自比于二氏，不亦可哉？而吾又竊爲子幸。

「夫救世者有二端：有矯之于上，有矯之于下。上難而下易，勢使然也。孝武窮奢極欲，以天下恣睢，彼張杜桑孔皆有所窺見其指，遂緣而中之耳。是故，其吏之弊自上始。我皇上温良恭儉，媲美三五，即位以來，蠲租之令無歲而不下，而特申嚴貪吏之禁。頃，又深惡酷吏，特詔司寇廷尉議其法與貪吏等。以方孝武如何也？第患有司不能奉而行之耳。是故，其吏之弊自下始。

「由是觀之，二氏處其艱，子處其易，不可謂不幸也。子必勉之！且夫天下大矣，庸詎無二氏者流？子姑試而始倡之乎？庶幾子之徒得子而固益相與恢弘，皇上之德意播諸衆庶。即非子之徒，亦將心愧色怍，憮然而自失，相與捐其故而求歸于子。故曰：子之言救世之言也。」

于是，楊子悚然起曰：「非所及也！夫黯也不能愧張杜，寬也不能愧桑孔，矧于不穀？雖然，張杜桑孔之事，不穀免矣。」

送肖桂朱先生守懷慶序

朱伯子蓋起家民部郎，民部郎者，世所指爲米鹽錢穀之吏也，而伯子特藴雅操，善聲詩，名流縉紳間藉甚！其爲詩，篤好少陵氏，當其倚梧而吟，沉思極慮，無所不究，即一語合，輒津津喜，即不合，數遷而不悔。其意以爲，千駟萬鐘，無以易此也。

而居恒，間不自得，則謂其同署顧叔子：「吾乃爲一官所束，即不惜敝屣棄之，去而從廣漠之野覓一丘一壑，築數椽栖其間。內不睹所爲喜怒愛憎是非，而外不睹所爲榮辱毁譽得失。于是，朝吟夕諷，縱其獨至之意，以通于千古。自三百篇而下，若漢若魏，旁趨六朝，究乎開元大歷而止，靡不極其趣而會其旨歸。然後綜之以變化，出之以日新，流之以天倪，而又積數年不懈，誠不敢冀少陵，高岑王孟豈足道哉？」

予聞其言而壯之！而又竊謂：「宇宙大矣，人顧其中何如耳，焉知丘壑之不爲市朝，而市朝之不爲丘壑乎？而況詩者，心之精神所寄也。其歌也有思，其咏也有懷，其美刺也有風，即喜怒愛憎是非，與榮辱毁譽得失，何適而非詩也者？而伯子欲一切謝去之也。」則伯子亦以爲然。

久之，出守懷慶，予甚喜，伯子當遂並驅少陵無疑也。太守號二千石，所嚴事者有兩臺，睨其色而進退者有各屬吏，環立而望恩澤者有諸父老。伯子居其中，上觀下察，俛仰異態，其所張弛措注，朝脱于庭而夕傳于四境，耳目屬焉。其爲喜怒愛憎是非，與榮辱毁譽得失，當視今十倍。而懷慶又稱名郡，亘以太行，倚以王屋，其形勝甲天下。伯子所欲敝屣軒冕而從之者，居然不下几席而得之，其裨于詩非眇小也！

伯子進曰：「子爲詩慮而未及爲懷慶慮也。敢請教！」顧叔子曰：「予向者固言之，夫詩者，心之精神所寄也，通乎政矣。子試舉其所自爲詩讀之，其脉脉而來者，慈惠之所從生也；其泠泠而來者，法禁之所從生也；其渾渾而來者，德禮之所從生也。三者具矣，即懷慶運之掌上耳。夫少陵氏非工于詩者也，工于所以爲詩者也。其忠厚惻怛，愛君憂國，故自天性，而終其身，偃蹇憔悴，鬱鬱無所託，乃時發之乎詩。至于今讀之，靡不咨嗟歎息，徘徊而不忍舍。藉令生是時，得當一郡，以彼其素，其建立寧在龔黄諸君下也？伯子行矣，無論其詩，當遂並驅少陵，即龔黄諸君且遜伯子矣！」

贈葵菴楊君擢守永州序

往聞柳子厚爲永州司馬，不復問吏事，沛然放于山水之間，一切幽奇詭秘，悉搜而著諸文辭，而永遂一日名于天下，至今彬彬如也。予頗偉之，而竊恠以彼其材，稍能循厲志意，勉于功業，其所建立，當必有卓然可觀者，而僅僅與騷人墨士競其短長，甚細不取。雖然，子厚非漫無意于當世者也，又非詭以爲遷人矜不治也。嘗讀其所爲捕蛇者説，其言哀傷悲惻，千載之下猶令人惻然而改容。計是時，郡邑之吏類皆競爲苛察以就其聲，而子厚由中朝出徙，有所深創，不欲暴見殊異，益釁端。且念一司馬耳，何能爲？若乃矯拂情質而投當世之好，又非其志也，姑退而託于山水以自完耳。故夫子厚于此有不勝其憂者，而惜乎世之莫察也。

會予同曹大夫葵菴楊君擢守是郡，予爲大夫誦之，相對太息。已而前曰：「若大夫者，可以賀矣！」大夫愕然！予曰：「此易知耳。子厚不幸謬爲叔文所奉，名實憔悴，而大夫雅以淳謹稱，一也。予亦見夫吏之競爲苛察也，若曰方今所尚爾爾，誰得而違諸？殆非也。聖明精意元元，不遜堯舜。無必旁舉，即如頃者蠲租之詔，俄然從天而下，固宰相所不及謀，而臺諫所不及議也。大夫業睹之矣，何虞于時？二也。且大夫撫有巖郡，方千里間，吏民環拱而待命者不可勝數，于是乎風以仁義，散以禮樂，束以刑辟，張則張，弛則弛，何所不逞于志？三也。大夫其勉之哉！庶幾一日政平而民成，乃以其間徵奇采秘，探九疑，浮瀟湘，容與曼衍，振于無竟，以方子厚，何如也？然則而今而往，永之益爲天下重無疑！予豈惟爲大夫賀，且爲永賀矣！」

贈巽川李先生擢守漢中序〔一〕

巽川先生由民部郎出守漢中，于是成進士二十年餘矣。諸大夫怪其濡也，相與聚而咨

〔一〕萬曆本無「序」字。

焉。予以爲何足怪也，意所以獨偉視先生，此耳！夫世之赫赫者豈少乎？及其至，固不能踰卿相，要以與時陰陽，浮游天下國家之故而莫之動于意，則先生之耻也。夫士貴審取舍，上焉以己，下焉以人。以人者，己不得而與也；以己者，人不得而與也。

當先生令歷城，是時相嵩用事，諸以賂進者立而躋于高顯。客以謂先生，先生笑不應，乃僅僅遷民部郎而止，則是世欲取之而不可得也。無幾何，而有穆廟之事。穆廟先御極一日，俄陞其承奉等官某某，見者莫不驚愕，第不敢言，先生獨抗疏言狀。先是，先生督稅魯衛之間，與其直指使者左，交章論奏，其黨銜之。及其睹是舉也，益忌之，日夜媒蘗〔二〕于當塗者。先生自度禍且不測，久之，僅僅削一秩而止，揚歷郡縣，聲聞益著，至于今亦復褎〔三〕然而晉二千石，則是世欲舍之而不可得也。不賢而能之乎？

蓋予頃從先生游，先生不鄙予，數爲稱黃老之學，其意以爲，大要在絀喜怒，捐是非，齊榮辱，如是而已，諸一切吐納之術，非其急也。予深有味乎其言！夫誠絀喜怒，捐是

〔二〕萬曆本作「孽」。
〔三〕萬曆本作「衰」。

非，齊榮辱，宜其非世之可得而取舍也。先生之所從來微矣！予悲時俗不察其繇，而猥以先生與無所短長之人同類而笑之也。故從諸大夫之後，爲著其説如此。若其所以爲漢中者，則先生固甚優之，予又何益焉！

贈松陵尹徐仁宇入覲序

松陵承甫王先生善聲詩，又善酒，生平好爲奇論，嘗著呵呵令，自渾敦氏以來，一切不理其口。見者怪之，謂承甫狂，非也，其憂世之盡矣。余因以知承甫。昨余過其邑，謂邑侯徐仁宇君：「亦見承甫王先生乎？」侯曰：「子乃何所，已得吾承甫？」余又因以知侯也。

于是，侯當入覲，承甫乞余言贈侯。余曰：「侯之爲政也，何如？」承甫笑而不答。余固問，承甫乃曰：「余野人，不知國家吏課短長，何方之依，其亦何言？獨記疇昔之夕，侯嘗召余而觴之。既酣，余因酌一觴，左侯而進曰：『惟兹不腆之邑，數困水，大亡其禾，謬于什一之供。監司疑而詰焉，侯輒謝曰：下官奉職無狀，爲細民累，細民何有？請得以身受其辜，是何所稱繭絲〔一〕矣！侯宜飲！』侯曰：『可哉！』又酌一觴，右侯而進曰：『邑故善訟，梗陽之詞日嚻而盈庭，侯第片言折之，率罷。大指在解其不平已耳，不求多焉。鉤金束矢，寂寂而無睹也，即欲充壤奠，佐庭實，稱貴人之意，無繇矣。侯宜飲！』侯曰：『可哉！』又酌一觴，衷侯而進曰：『吾儕枕流漱石，一歌一詠，聊自暢耳，豈其欲以顯者張？即世所稱顯者，亦惟是瘁精神，飾聲色，博須臾之耀以驕流俗止耳，豈復有藉于山澤之士也？侯獨降心而下之，不遜吐握，誠亦豪舉哉！其若時趨何？侯宜飲！』侯曰：『可哉！』于是侯且醉，還以其觴觴予，予亦醉。子以爲何如？」

余喟然曰：「卓哉！俗之所急，侯之所緩也；俗之所緩，侯之所急也。松陵之政章章矣，即余，其亦何言？抑余聞漢之時，龔少卿刺渤海，大治，武帝異而徵之。有王生者，素嗜酒，從至京師，會遂引入宮。王生醉呼曰：『願有所白。』遂問故，王生曰：

〔一〕繭絲，指賦税。句意爲，願以一身當其責，避衆百姓之税也。

『天子即問君何以治渤海，宜曰皆聖主之德，非小臣之力也。』遂受其言，對如王生。武帝大悅，而遂之名一日聞天下，至于今稱述之不休。侯行矣，聖天子坐明堂，朝百官，覽侯之治狀，不愧渤海，必且儼然進侯而問之。承甫之酒德不愧其宗人王生，必且有以詔侯，而明得士之效于當年也，無所事余矣。」

贈山東僉憲李道甫叙

異時張江陵用事，公卿而下莫不惴惴焉，奉事惟謹，而獨沈趙數君子並從郎署中奮言排之，以故相繼得重譴去。及江陵敗，遂不次擢用。夫非以是爲足以侈數君子也，國家所以宣暢忠誼，風厲人倫，爲天下勸，意深遠矣。流俗心愧于不能而忌其然，輒乘而詆訶之，曰：「是以棄爲取，以屈爲伸，市道也，徒滋僞端耳，何益！」嗟嗟！彼其披肝瀝膽，抗焉而犯當世之忌，鼎鑊在前，鈇鉞在後，雖其身之不暇計，而計其他乎？何淺之乎窺數君子也！

雖然，予亦竊有虞焉。夫人情何常之有？即一言蒙不測之辱，其究也將莫不左睍右盼，去而爲全軀保妻子之謀。于是乎言難，弊在下隔。不然，而或一言蒙不測之榮，其究也又莫不踴躍争赴，進而行險以僥倖。于是乎言易，弊在上侵。之兩者，皆天下之大患也。數君子誠以爲己憂而能恝然乎哉？故夫流俗之病數君子者，非也；其虞患者，是也。不可不察也！

予友李子道甫介特疏曠，始爲民部郎，最有聲。嘗坐救魏御史謫理東昌，已，遷南儀部，今年出爲山東僉事，蓋後先歷官十載餘矣。論者惜之，而道甫意甚樂也。謂予曰：「始不佞奉譴而出之官，僅浹旬耳，誠不意皇上遽寬赦其愚，有内召之命。今者自惟靡尺寸報塞，又令褒〔一〕然秉憲一方，甚愧無當，而人猶見以爲淹，何也？誠淹也，不佞其可以免于世矣，乃尤幸也。」

予聞之，太息而起。偉哉！道甫之所稱也！夫道甫者，非特可以免于世也，且可以免于數君子之憂矣。今夫君不以言爲罪而厚誅于臣，君之明也；臣不以言爲功而厚覬于

〔一〕 萬曆本作「褎」。

君，臣之良也。君君臣臣，上下同得，纂隆之際也。夫如是，何榮何辱？名于何徼？利于何沽？莫抑其前，曷見可避？莫揚其後，曷見可趨？天下即欲以棄爲取，以屈爲伸，徘徊顧望，且前且却，顯爲標而匿爲市，詭焉以自營其私，無繇矣。吾是以爲道甫幸也。言足以犯當世之忌而無其險，功足以爲端人正士之衛而無其奇，風足以廉頑立懦，流映千載而無其享，而今而往，即世之呶呶焉日夕求多于言者，其亦可以少息也已矣！吾是以又爲數君子幸也。

且道甫故知于婁江王相國，相國每見客，輒嗟異之。至是，亦殊内悔，曰：「是不宜令出，是吾之元直幼宰也，奈何失之！」予聞而忽有悟也。相國之所爲失也，乃道甫之所爲得也，其賢于人益遠矣。

予與道甫交甚習，竊以其進退之間，所關于世道者不細，不可不志也。特爲叙而歸之，亦以告于當世，俾欲知道甫者，于是乎觀焉。如曰道甫奇節之士也，則亦奇節之士而已耳，無爲貴道甫矣。

贈桂陽聚所羅侯遷兗州少府序

古之君子之相與也，相期于道德，不相期于報施。施之云者，以我有所加于人也；報之云者，以人有所加于我也；是一隅之私也。要以各率其分之當然，而各即其心之固然，何報施之有？是天下之公也。公私之相去遠矣，不可不察也。吾兹于唐茂才之請文羅侯有感焉。

茂才之言曰：「侯之莅吾桂也，黄髮之老，乳哺之倪，靡不涵泳〔二〕休澤，顧其遇仁也，尤若異然。仁也，甕牖繩樞之孱儒也，家徒四壁，閭巷爲笑。侯過意而鎮撫之，至乃時時爲之授廩。仁也嘗有所不理于仇口，侯廉知其狀，鋭然爲洗濯之，得無隤墮。此之爲誼，誰得而擬諸？仁也求其報而無從，日不食，夜不寢，幸而遘先生，願先生之圖之也！」

〔二〕萬曆本作「咏」。

予曰：「若子之用心，可謂敦矣，其猶淺之乎窺侯者也。侯，仁人也，要以盡厥心而已，不自有也。其于子也猶夫士也，其于士也猶夫氓庶也，直所當異耳，庸詎厚薄于其間哉？乃欲以侯爲己私也，而又以委諸予，益無當。無已，子其自圖之乎？今夫侯之所爲鎮撫子者何？以寛子也。其所爲洗濯子者何？以完子也。寛，學之資也；完，學之本也。子試歸而誦其詩，讀其書，畢意大業，不以尺璧易寸陰，則内無玩愒之非，而有以用其寛矣。砥操礪節，昭昭冥冥，一稟于誠理，則外無虧玷之隙，而有以保其完矣。其于道德也幾乎？則所以報也。」茂才聞之，津津喜不勝。

予曰：「猶未也。予嘗尋覽先哲，或環堵蕭然，糟糠不屬，而諷咏自如；或横逆當前，進書不輟。有怪而問之，輒應曰：『吾方揖讓聖賢，無落吾事。』子而能進于是，是不待鎮撫而寛，不待洗濯而完，道德之選也。而侯方且爲子斂衽，爲子倒屣，尚何論乎報施之間哉？」茂才悚然起謝曰：「甚哉！先生之愛我也，其何敢不勉焉！願述而告于侯，更録其副，張而揭諸方斗之室，以夙夜顧諟先生之明命。」

又

夫爲人牧者，將務慈于民者也。人之言曰「慈于民，必威于吏」，吏與民異情也。民之情以徹爲利，以壅爲害，是故當順而治之；吏之情以壅爲利，以徹爲害，是故當逆而治之。順莫如慈，逆莫如威，夫是以異也。由君子觀之，何異之有？彼其威也，亦所以爲慈也。往永樂間，靖安況公鐘守姑蘇，始至，佯不解事，諸吏抱案環立請判，輒聽之。三日，召而詰之曰：「某事宜行，若顧止我；某事宜止，若顧欲我行。」縛而投諸庭下，立仆者數人。諸吏大懼，謂太守神明，莫不改行。嗣後，遂亦好遇之，不以煩譴呵諸吏，俱得令完無恙。故曰：其威也，亦所以爲慈也。

抑予猶有憾焉。凡人無不可化，而善視吾之馭之何如耳。愚而嘗之，近于欺，非德也；不教而辟，近于忍，非刑也。非德曷趨？非刑曷避？雖欲徙過自新，其道無繇矣。嗟嗟！吏獨非民也乎哉？而草莽之！若是，以爲借一警十，一則何辜？十則何幸？其亦稍偏矣！故史稱況公歲滿去，民叩闕乞留者數萬人，絶不聞其吏云何。若況公者，謂之能吏有餘，謂之循吏不足也。以予所睹，羅公聚所其近之矣。

始，公莅桂陽，即屬其吏約曰：「予與若共爲國家守三尺法，惟民是以。勉思令圖，交修不逮，予其有厚藉；假法爲市，罔上惑下，厥有常刑。無蹈後悔！」吏聞之且懼且喜，歸而逆自洗濯，夙夜凜凜。公既與之更始，復以身帥之，恭儉正直，無以有己；一嚬一笑，珍若拱璧，無以有人。以故，四載之間，一切奉法惟謹，莫或狡焉，辱在刑書，以黜其家而耻其三族，滋刀筆之詬。閭閻之氓，亦曉然喻于明德。儕蓄其吏，不以曲直干諸吏。居閑無事，門可設羅，時對妻孥，巵酒愉快而已。上不失法，下不失衆，中不失身，夫孰非公之賜哉？故曰：其威也，亦所以爲慈也。

釋其舊而責其新，則易從；飭其始而程其終，則無怨。甚矣！公之善用威也！蓋公于民撫摩煦育，諸所施設甚具，其爲慈有迹而易知；于吏嚴毖預防，顯奪其斯須之欲而默與之以終身之安，其爲慈無迹而難見。獨其爲之吏者，身蒙而親享之，不能不重德公也。

于是，公遷佐兗州郡，就予乞言以張之，且曰：「吾儕小人，不足以辱君子。雖然，公實生我，其惡能忘？」予曉之曰：「若無徒以公去爲念也，乃固有不去者存。祇繹嘉命，儼然如日在公左右，奉以周旋，無有失墜，使智者不得緩而用其愚，彊幹者不得驟而用其忍，四方聞之，咸知兹土之爲吏者，粹然懷士人君子之行，而相與頌公之烈不衰。即況靖安之卓卓，亦不能不以此爲公遜，乃真可謂不忘公者也！何以言爲？」諸吏跽而謝曰：「敬諸！請遂以斯言爲識。」因次而授之，且以俟傳循吏者選焉。

壽蓉溪葉翁六十序

吾錫有蓉溪葉翁，其人朴茂長者，生平落落無營，獨時時以酒自娛而已。厥嗣玄室性至孝，日則侍食，夕則侍寢，婉轉几席，爲嬰兒之嬉，亦時時以酒娱翁，意殊適也，絶不知其他。玄室妙文辭，登進士高第，人以爲華，而翁自若不色喜。玄室意用恢恢，居然與古之仁人志士上下，誼不以一介污。獲雋之日，布衣徒步，不減諸生。歸而視其家，環堵蕭然，僅蔽風雨，人以爲固，而翁自若不色愠。過者異而問焉，翁曰：「吾不知也。圜寸之巵，腆于萬鐘；方斗之罍，豐于千駟。其中足老矣！何者貧，何者富，何者賤，何者貴，吾不知也。」善哉！翁之爲酒也！昔之臻斯解者，莫如嵇阮之徒。由今觀之，彼其人類皆内有所挾而不下，或外有所感而不平，抑欝呼詫，無所復之，姑退而託諸此耳，孰與翁之泊然自適，足乎己而忘乎物也？于是年六十矣，血氣充盈，神采彌王，固其宜也。

嗟乎！世衰道微，習俗破壞。蓬杓之子，偶徼天幸，際身青雲，往往氣得志滿，恣睢以逞，若子輿氏之所稱巍巍然。閭巷之間，目怵耳眩，相與鼓舞，道説矜豔無已，而翁僅若是，彼何其工！翁何其拙！如以迹而已，謂人皆醒而翁獨醉可也；要以誠理求之，謂人皆醉而翁獨醒可也。善哉！翁之爲酒也！翁其以予言爲然乎否乎？聞玄室君念翁甚熟，旦夕圖南，吾當就而質之矣。

送遲菴譚先生遷岷藩教授序

南海遲菴先生掌吾錫之教三年，遷岷藩教授，邑人士怪不知其繇，相與聚族而談，曰：「先生中心好古，惇行君子也。其持身左一規，右一矩，無或渝也。其莅諸子衿，先德行而後文藝，其時課必虔必信，無或惰也。其取予必慎，諸子衿之窶者輒謝其羔雁，且捐廩而周之，無或靳也。其春秋廟祀俎豆之事，必躬必親，無或褻也。其與人交，表裏洞見，無或匿也。始嘗鐸溧水矣，溧水猶是；繼嘗鐸封川矣，封川猶是。當軸者謂宜越格而優異之，爲天下風，僅僅而及是遷，何也？」則就顧子而問焉。顧子曰：「惟是，不觳固疑之未有會也。」

適陳直指來按部，顧子則就陳直指而問焉。陳直指曰：「惟是，不觳亦疑之未有會也。」因爲謄書數先生賢。先生笑曰：「是吾過也。世競華而吾嗜樸，世競員而吾嗜方，世競恭而吾嗜率，俗之所取，吾之所棄也。且夫嗜樸則陋，不周于物矣；嗜方則拘，不達于變矣；嗜率則徑，不揆于情矣。吾之所取，道之所棄也。是故取其所棄，高之則非適道之資；棄其所取，卑之則非適俗之韻。吾之及是遷也，殆其幸歟？」曰：「審爾，曷不矯而執中？」先生曰：「吾非不知，懼並吾故吾而失之也。上士矯其偏以從道，下士矯其偏以從俗，均之乎矯也，而所從天壤矣。是故難遂者道也，易眩者俗也，毫釐[一]之差，千里之謬，不可不懼也。抑吾聞之，一物不加曰樸，一法不逗曰方，一念不容曰率，吾于斯三稱，尚愧不及，將焉用矯？吾今且休耳，無復戀長裾爲矣。」于是，先生遂致其官而去。

顧子聞而喟然歎曰：「善哉！吾儕方欲爲先生求其所以于人，而先生顧反而求其所以于己；吾儕方欲推先生之得以明人之失，而先生顧推己之失以明人之得。信乎，先生中心好古，惇行君子也！僅僅而及是遷，滋不可知耳！」因遍爲邑人士誦之，庶幾有味于斯指焉，其猶日在先生之側也。

〔一〕萬曆本作「厘」。

贈宜諸歐陽郡侯擢任潁州序[一]

宜諸歐陽公之守吾常也，以公清爲體，以彰善癉惡爲用，其要歸于敦教化，正風俗，躋諸蕩平而止。于是，一年而喻，二年而齊，三年而孚，郡之人莫不欣欣愛戴，意遂欲長有公而後爲快。乃竟擢潁州觀察使者以去，聞者莫不悵然如有失也。群詣兩院乞留。

錢子國瑞謂高子存之曰：「公之德吾常甚矣，宜其戀戀如是！惟是公之行且有日矣，公之與吾儕相契以心，相成以道，不宜無言。」則以屬不穀憲，憲謝曰：「吾將爲頌乎？公非沾沾爲名使者也。吾將爲禱乎？公非汲汲務進圖顯榮者也。吾將效其葑菲以供采擇乎？即公之胸中，又何所不具焉，而以贅爲？」存之曰：「固也。抑公之嗜善何已，吾儕之愛公亦何已，子必無辭！」吾乃趍而進曰：「憲實未有知也，聊述爲政之體以請，

[一] 四庫本無此篇，據萬曆本補。

可乎？

「昔者竊聞之，自守而下爲令長，令長與百姓共休戚，而政之所自出也，其體重在幹理；自守而上爲監司，監司與兩院參可否，而政治所自裁也，其體重在擔當。公之爲守，夫既衷兩端而用之矣，兹之往也，幹理什一，擔當什九。是故法制文爲易飾也，簿書期會易循也，防維禁戒易悉也，獨計地方有大幾務焉，如何則民受無疆之利，如何則民受無疆之害；有大疑辨焉，如何則公道昭明，匹夫匹婦之心不至抑遏，如何則得罪于天下萬世，厥繫甚重。然而兩院方以處勢之高，耳目有未詳，相與虚懷而俟諸；有司又以處勢之卑，操柄有未專，相與四望而躊躕。至于林林總總之衆，方進而傾聽締視，庶幾一日沛然有以大慰我；又退而私相擬議，伺其聲色以爲褒貶，一毫莫得而欺也。于是時而能毅然持獨見，定碩畫，中立而不倚，俾上之有所憑以爲衡，下之有所恃以爲命，君子誦道揆，小人誦法守，微公其誰哉？此予所稱擔當之説也。」

公聞之曰：「善哉言乎！敢問何修而可以及此？」予曰：「公業饒爲之矣。先正云：『咬得菜根，則百事可做。』吾見公之菲而食也，敝而衣也，曆官幾二十年矣，居然書生也；郎守吾常且幾四年矣，蕭然旅舍也。是故能自拔于欲。能自拔于欲，是故能不有其身；能不有其身，是故能以其身出而爲天下用。勿視勿顧，伊尹所以堯舜君民也；一簞一瓢，顔子之所以同道禹稷也。故曰：饒爲之矣。」

惲子飛卿曰：「而今而知子之不頌不禱，乃深于頌禱者也。兩院方具疏請留，天惠吾民，幸得再徼福于公。公必能實子之言，胥三吳重有賴焉，豈惟常哉！」

賀大〔一〕宗伯太室徐先生六十序

天下有用之用，有不用之用，夫以用爲用，孰與以不用爲用之至也？士之欲自致于用者，將不爲少矣，無不囂然有意乎其大也。或者欲緩而收其功，則其勢不得不姑有所忍乎彼以徇乎此，而悵悵焉日希冀于不可知。或者欲緩而收其名，則勢不得不姑有所詘乎此以徇乎彼，而沾沾焉徒自矜快于旦夕。若是者，即其幸而能致于用，其操心多矣，非知德者

〔一〕萬曆本作「太」字。

也。知德者，宜莫如先生！

由議曹郎出守荆郡也，郡有沙市，其爲利不貲。而是時景王最幸于世廟，諸左右用非道蠱王，鋭欲得之，衆憚莫敢忤。先生不可。人謂：「是區區者，其何足以辱先生！吾視先生異日將有隆施于國家，夫不可少假乎？」不聽。王憾甚，輒爲惡言以聞，賴世廟仁聖，獲免歸，而沙市亦完。先生之名，遂一日而聞天下。久之，復用薦起，所在聲迹益著。積數年，入貳司寇。已，晉大宗伯。天下咸相與想望風采，翯翯自濯，若曰：「此向所稱荆郡守也！」

而余又聞，當弘正之際，李何用古文辭創起，其言務稱秦漢，迄于嘉隆，遂以成俗。就而問之，不出摽掠摸擬兩端而已，顧于柳州昌黎諸君子蔑如。而獨先生不然其説，間嘗語余：「秦漢之于文，譬若滄海。今人朝取一勺焉置諸樽，暮取一勺焉置諸樽，而居然自命以爲秦漢也，必不行矣。」然則先生之意見矣。今其所爲文具在，余雖不能窺見其深微，大約原本六經而一澤于道德。後世庸無先生其人也者，其傳無疑也。且夫先生當其有睹于非，即毫髮不假，其視身之進退用舍，已夷然而忘之矣，乃竟以此能自致其用于天下；

當其有睹于是，即彼騖名高者，方厭薄不屑不與，易其視世之好惡取舍，又已夷然而忘之矣，乃竟以此能自致其用于後世。故曰：以用爲用，孰與以不用爲用之至也。

屬歲之某月某日爲先生誕辰，于是始稱六十。余幸獲事先生，不可不薦一言爲壽。而竊謂先生之壽，不于其身，于其天下後世。其在天下無踰立功，而先生不以其小而徇其大；其在後世無踰立言，而先生不以其大而徇其小。非知德，其孰能與于此？此古之所稱三不朽者也，其壽遠矣。乃若謳歌誦詠，徒以其年而已也者，夫人而能之也，余無庸其言矣。

送敬所周先生擢守平樂序

以予觀于周大夫，何其閎覽博物君子也！大夫故有奇質，負今古之鑒，而尤嗜學不已，上自六經，下至諸子百家，雖夫棼猥錯雜，若陳庭之隼，防風氏之骨，商羊之舞〔一〕，

〔一〕萬曆本作「僛」。

靡不能次第言之。其有不合，務爲旁考曲証，究其所以。已著爲説，則疑者解，昧者晰，乖剌謬戾者一切得其指歸，昭昭乎若揭日月而行諸塗也。予受而讀之，灑然異焉，以爲其用心之密如此。

于是，從民部郎出守平樂，大夫過予而論所守平樂者。予則謂：「大夫固優之也！昔孟子論政，欲令民百畝穀，五畝桑，雞豚狗彘魚鱉罔失其時，其事至纖至悉。而班固作漢書，所稱述良二千石若龔黄諸人，其人咸明通博茂，比考其行事，細及溝洫，煩及米鹽，粗及樹畜，微及鉤鉏，與夫鰥寡孤獨，且爲規畫區處，曾不厭其屑也者而已之。以故，其吏治超焯，古今鮮儷。迹大夫之用心，豈其以孟子爲迂，以龔黄諸人爲俗吏也，微獨此而已？大夫嘗七任矣，一爲庠，再爲邑，一爲郡，三爲部，所至上安下獲，聲績著聞，乃今爲二千石，又何必釋是而他求也？大夫晨起坐堂皇，與其僚從容議可否，及諸所宜興，所宜廢，因是反而思曰：吾曩者業佐郡矣。已，延見屬吏，問民疾苦，因是反而思曰：吾曩業儼然而稱人師矣。夫若是，其知所以與之矣，于平樂乎何有？」

予乃諗于同署諸長曰：「若大夫者，不亦信乎哉其優之也！夫博古而傳于理之謂學，通今而傳于事之謂政。兩者，大夫無弗豫也。兹行也，其必有令名矣！」

贈聚洲王給諫自京口還滇中省墓序

予初不識聚洲給諫，而竊聞其爲剛直君子也。數年來，每閲邸報，有所仰屋浩歎，輒心擬之曰：「折檻牽裾，其在聚洲乎？」已而，聚洲之疏果至矣。間從友人談説近日某事有疏似賈長沙，某事有疏似劉昌平，輒笑語之曰：「姑無舉其人，吾度必聚洲耳。」按之，果聚洲也。則又默默代爲危之，曰：「殆不免乎？所犯多矣，誰能容之？」已而，攻之者果聯翩而起矣。則又曰：「『斯民也，三代之所以直道而行也』，焉有秉執如聚洲，侃侃諤諤如聚洲，力障狂瀾、砥柱世道如聚洲，而百爾在位，宴然坐視其狼籍于多口，莫之動念者乎？」已而，救之者果又聯翩而起矣。由此觀之，亦足以發明聚洲之表裏矣。信乎，其爲剛直君子也！

乃予竊願有效焉。昔嘗忠告于李漕撫曰：「吾輩當毁譽之來，固不可不自信，亦不可不自反。不自信，胸中安得有一片清涼界；不自反，向上安得有百尺竿頭步。」今敢爲聚洲誦之，聚洲其謂然耶？切之磋之，琢之磨之，慎微如顯，矜細若大，粹乎意氣之盡融，渾乎德性之用事，降魔可也，入魔可也。

于是，渡大江而來訪，過金焦覽其勝而樂之，因卜築其傍，有終焉之志。一日，黯然動松楸之思，遽促駕之滇中，計往返可半歲而余。予請刮目待矣。

涇臯藏稿卷九

明　顧憲成　著

奉賀修吾李先生晉左副都御史序

李修吾先生之撫淮也，會意有所不可，上書乞歸，上許之矣。已而，請交代，則又不許。已而，直指使者請兼漕，則又許。于是且數年，有識者喜其留而懼其去，後先爲上陳説，章滿闕下，上佯爲不省也者而置之。一日，特旨嘉先生功，晉秩副都御史，錫之璽書，中外悚異。

我吳觀察昆源楊公、虚臺蔡公來語不肖憲曰：「先生當世之偉人也，迹其得此已後，然而海内善類彈冠交慶，以爲先生從此升矣。予兩人受先生知最深，擬申一言之賀，敢乞靈于子！」不肖憲曰：「信乎！先生當世之偉人也！見謂揮霍而實淵夷，不落纖毫意氣；見謂幹濟而實超曠，不茹人間煙火。是故，于社稷之安危，生靈之休戚，心甚熱；而于富貴功名，心甚冷。即十年不調，不色愠也；即一歲九遷，不色喜也。何足爲先生賀？」

楊公進曰：「固也！抑有之矣。竊見皇上之遇先生誠奇矣，心欲親之而故踈之，迹若踈之而實親之。其親而踈也，愛之至却生敬，以爲是可近不可狎也。其踈而親也，敬之至又生愛，以爲是可憚不可遠也。是故求諸古，有董汲諸公不能兼得之漢，李郭諸公不能兼得之唐者，而先生獨兼得之皇上。求諸今，皇上有不以兼施之密勿之近臣、部院之重臣者，而獨兼施之先生。封疆而絫帷幄，任事而透格心，拔出等夷，另標殊局。微先生無以顯皇上不測之明，微皇上無以顯先生不世之略，是不亦千載一日乎？」

蔡公曰：「未也，又有之矣。竊見世之君子，當其乘機遘會，發而必成，作而必就，輒嚻然自喜以爲能；及其齟齬而不遂，即又號于人曰：我非不能也，時不可爲耳。遂致潔身之士以避時爲高，退而尋接輿荷篠〔二〕之迹；迂身之士以趨時爲達，進而修安昌長樂之容，而天下之事去矣。試以觀于先生，曷有不可爲之時哉？假令人人而能爲先生，將

〔二〕 萬曆本作「篠」。

人人能如先生之建立也，又曷在乎趨且避哉？然則而今而後，百爾在位，有自盡無自諉，有責己無責人，有以不能爲爲愧，無以不可爲爲口實，皆先生之風之也。社稷幸甚！生靈幸甚！先生之功，居然被當年而垂來世，錫類無窮，是不亦一日千載乎？」

予聞之，不覺躍然起曰：「若是則可賀矣！」遂書而質諸先生。

贈劉筠橋還楚序

乙巳之夏，蘄州姜茂才汝一謁予于東林。適座客論易，汝一進曰：「吾楚有筠橋劉先生，深明易道，雅有論著，彬彬足述也。」予因寓書友人丁元甫問之，元甫以告先生。先生遂踏一葦，不遠二千里飄飄乎浮大江而東，訪予涇西之草廬。予見之不勝踴躍，相與語，連日夜不休，種種生平所未聞也。

一日，問于先生曰：「卦者掛也，象者像也，爻者效也，其義云何？」先生曰：「卦不以扌，離作爲也；象不以亻，離形骸也；爻不以文，離言語也。蓋渾然一太極焉。卦加扌，象加亻，爻加文，明學也。由掛忘掛，由像忘像，由效忘效，下學而上達矣。」予起而拜曰：「微哉，先生之易乎！是實啟我，是實發我，是實引我翼我，敬謝先生之教！」

先生曰：「未也。吾之折肱于斯，且五十年餘矣。往者嘗從大顧日巖、小顧桂巖商討，退而筆之，今亦不省作何物矣。吾姑別子歸臥黄鶴樓下，眼前不睹一俗物，胸中不留一俗腸，庶幾其更有進也。當再詣子了我五十餘年公案。」予聞之，益不勝踴躍，于是酌卮酒而訂之曰：「涇水之靈，實聆斯言，先生其無忘哉！」

奉壽慕閑沈老先生八十序代堂翁楊二山作

自莊皇帝之戊辰，而海内靡不知有蛟門沈先生矣。已，供奉翰林，日貴近用事，遂儼然稱天子帷幄之臣，名實蔚起，而先生顧旦夕念其太公慕閑翁，悒悒不自暢也。輒上書闕下，乞歸省。皇上諦念左右不可一日無先生，不許。已，再請，始許之，爲褒大其禮，予驛傳，加賚朱提文綺，若曰：「其以壽而翁！」且曰：「尚其亟來，以副朕意！」蓋異數也。

于是先生行，觀者填路，公卿而下，咸相與侈而張之。先生顧謂予：「始不敏之請之也，惟恐其弗得也。及其得之也，又慚其莫以當也。何以惠教不敏？」予曰：「是在翁而已。昔者廣成子居空同，行年二百而不衰，黄帝就而問治天下焉，不答。及請問治身，廣成子曰：『無勞而形，無摇而精，窈窈冥冥，可以長生。』黄帝歸而服其言，三月天下大治，何則？其所爲治身者，乃其所爲治天下者也。

「某伏睹我皇上聰明仁恕，莅阼以來，親賢遠佞，納諫如流；又時時綏顧氓庶，不愛浩蕩之施，雖甚盛德蔑以加矣。至乃燕閑之中，紛華在前，靡麗在後，其所以澄心滌志，不邇不殖，卓然萬物之表者，某無從而窺其際也。竊不勝其區區之心，而雅聞慕閑翁恬愉自將，鮮營寡嗜，生平無溢喜，無溢怒。今年八十有五矣，精完而神定，膚革充盈，色若童孺，非深于廣成子不能也。先生試以間請于翁，得其微渺〔二〕，即還朝之日，我皇上迎問：『卿父遵用何術，老不衰顧壯？』先生具以對，必有合也。其爲聖德之助，豈淺鮮

〔二〕萬曆本作「眇」。

哉！且令斯世斯民，自是共游于黄帝之天，相與踴躍舞蹈，端拜而祝曰：『我皇上萬歲，萬歲，萬萬歲！』何其烈也！然後知皇上之所爲治身者，即其所爲治天下；而其所爲治天下者，正其所爲合天下而成其壽者也。」

先生起謝曰：「善！予未之聞也。請志之。」爰次而歸諸先生，遂以爲翁壽。惟翁實精圖之，千載而下，當不得專美于空同矣。

贈蒲州褚[一]先生序

凡學者，苟有所負，莫不欲見于世；其見于世也，莫不喜其早而悔其晚；又莫不沾沾而冀一第，匪是，即四顧沮然而不前。甚矣，其惑也！天下之事，皆自其聰明智慮爲之也。聰明智慮，其生于心也深微，其著于用也周博，其積而成之也因累而不容驟，雖夫聖賢未能以一朝一夕而究也。以一朝一夕而究者，亦以一朝一夕而匱，將焉用之？且夫士，

〔一〕 萬曆本作「楮」。

顧其在我者耳。俗之所上有時而損，俗之所下有時而振，此亦與夫一朝一夕者何異？而人方于其間，猥以爲喜，猥以爲悔，猥以爲沾沾，故曰惑也。

顧憲成曰：予今而有感于先生也。當先生在諸生中，最有聲，其視一第掇之耳，而竟不第也。積數年而僅獲選入太學，其入太學也，又積數年而僅獲選爲州佐。于是，知先生者咸惜之，即先生亦時時喟然不自得也。雖然，將欲履崇躋顯，與里巷少年競其聲華，宜莫如早；將欲淬礪于聰明，切磨于智慮，使其中深固而其外不摇，出而試于天下，卑昂巨細，咸足樹也，宜莫如晚。之二者，先生其知所擇矣。而况當今聖明在御，建官惟賢，位事惟能，沛然與四海之士游于繩墨之表，有如先生，何藉一第哉？

往又聞先生之考嘗令海陽，用直道忤當事者，輒謝歸，不克究其施。先生有丈夫子三人，丙子之歲，仲子舉于鄉，其長者、少者方翩翩而遞興也，其施將究而未及于是乎？先生俯仰其中，然則其所不克究者，舉屬焉，必有遇矣，何以喟然不自得也？亦使夫世之喜者悔者沾沾者得以觀焉。予與王君沈君彭君皆從仲子業于鄉者也，謀所以贈先生之行，而予爲之著其説如此，庶幾以解于先生。

贈郡伯象玄杜公入覲序

象玄杜公由計曹出守吾郡，下車之日，見者望而知其必能造福一方，欣欣色喜，遞相傳告。久之，予從里中諸父老益習諸懿狀，洋洋口碑，不可殫數，總其凡：持己端矣，御吏肅矣，字民惠矣，執事勤矣，秉法公矣。竊沾沾爲吾郡慶有公，果不虛所擬也。

于是且入覲，予邑許侯偕晉陵張侯、澄江許侯、荆溪喻侯乞予言以贈，予復就而詢公之所以。許侯曰：「公，予師也。予生平不喜飾邊幅，務瑣瑣，信心而行，獨往獨來，而公時時進之曰：『沉潛縝密，政之體也。』予退而憬然有省焉。」張侯曰：「公，予師也。予生平不逆詐，不億不信，傾其底裏置人之腹，而公時時進之曰：『精明果鋭，政之用也。』予退而凜然有惕焉。」許侯曰：「公，予師也。予甫離章句而事簿書，耳目所歷，都非其素，而公時時進之曰：『某利當興，某弊當革，爲政者不可不振其始也。』予退而豁然有睹焉。」喻侯曰：「公，予師也。予受事五年于斯，幸無獲戾于士民，而公時時進之曰：『利端無窮，弊端無窮，爲政者不可不虔其終也。』予退而悚然若有失焉。」予曰：「善哉！向者爲吾郡慶有公也，今爲諸父母慶有公矣。」

因以語公，公謝曰：「然乎哉？而非也！吾幸于梁溪君得爽，于晉陵君得懿。其至郡也，先澄江君，是以有概于始；後荆溪君，是以有概于終，所當交爲勉勉者也。予實藉諸君子朝夕切磋，何能裨諸君子萬分一？」予聞之，益爲嘆服！語云：「以一己之能爲能，不若以一己之能爲衆人之能；以一己之能爲衆人之能，又不若以衆人之能爲一己之能。」公以實心莅政，又以虚心下人，吾無以窺其際矣。

聖天子坐明堂，計群吏，公率各邑侯次第以其職奏行，將儼然有黄金璽書之旃。乃公不自有而歸之各邑侯，各邑侯又不自有而歸之我公。德讓之風，人人侈爲美談，不知潁川渤海曾有是乎否也？論至此，予且當于千古循吏中慶有公矣。遂書而納公之囊。

奉壽沈相國龍江先生八十序

歲丙戌，不佞憲成從都門一再望見龍翁沈相國先生，退而中心時時佩之不能忘。越二十四載庚戌，先生壽八十，門下士伯岡王子、際明史子、中甫于子、存之高子、季友袁子、伯先劉子不遠千里走謁先生于亦玉堂下，薦千秋觴，而屬憲成侑之以言。憲成不敢辭，因前問曰：「試各舉先生之所以壽云何？」

伯岡曰：「昔者嘗讀先生山園記矣，渾渾穆穆，居然羲皇上人也。又嘗讀先生綸扉草矣，堂堂正正，居然三代上人也。惜也！後先中讒而歸，不及究其用。比先生之歸乎來，朝于醉竹而夕于扶杏，狎鷗馴鹿，物我兩忘，心有餘閒，四體有餘旺，翩翩仙也。造物者將無留其所不及究，爲先生私與？」

際明曰：「孰謂先生不究于用哉？其樸茂足以滌澆，其寬裕足以敦薄，其凝定足以攝躁，其愨惻足以沁頑，其介特足以立懦。君子入焉而欣然樂于有所依，小人入焉而厭然沮于無所逞。此之爲用，固已多矣。而況當今聖明之所側席而求，度無踰先生也者；海內之所喁喁引領而望，亦無踰先生也者。東山之召，旦夕事耳，孰謂先生不究于用哉？」

中甫曰：「似也而未盡也，何者？先生得乎道而忘乎遇者也。是故，其用也，洎如也，而未嘗有纖毫加也；其不用也，充如也，而未嘗有纖毫損也。吾儕乃屑屑以此求先生乎？」

存之曰：「固也，竊又有窺焉。先生能忘乎遇而不能忘乎道者也。是故，其用也，曰：『吾何以副之也？汲汲乎必欲吾君爲堯舜之君，吾民爲堯舜之民，而不敢漫謂無加焉爾也。』其不用也，曰：『吾何以致之也？皇皇乎惟內省其身之果能上不負吾君、下不負吾民與否，而不敢漫謂無損焉爾也。』吾儕僅僅就用不用間求先生，淺矣！誠就所以用不用處求先生，夫孰得而窮其際乎？」

于是，季友起而賦抑之篇既竣，伯先起而賦樂只之篇。憲成曰：「備矣，不佞無能讚一辭矣！雖然，凡皆先生之所以壽也，非六君子之所以爲先生壽也。願竟其說。」六君子肅然有間，曰：「敢問？」憲成拱而對曰：「聞之，古之爲師弟子者，其相知也以心，而其相成也以道，區區功名富貴不與焉。今先生業已國士六君子矣，六君子將何方之修，爲先生報？夫亦惟是步之趨之，寤寐而思服之，如是而屋漏，如是而康衢，如是而鄉而國而天下，庶幾師不愧乎其弟子，弟子不愧乎其師，一片精神交瑩互映，結爲大年，與天壤俱永。是真能壽先生者也。予未得爲先生徒也，予私淑諸六君子也。敬藉餘靈，效兹葑菲。先生不泯夙昔之雅，其尚有以進之哉！」

壽南皋鄒先生六十序

歲庚戌，南皋鄒先生周一甲子，門下士雲陽聲和曠侯暨其同門李懋明侍御，乞予言爲壽。予謝曰：「先生當今天下一人也，憲何足以辱先生，敢辭！」侯固以請，予忽忽心動，起而拜曰：「憲不揣，且願徼侯之寵，有乞于先生也。」侯愕然。予曰：「侯勿異！憲老，乞言古之道也。先生行古之道者也，憲姑與侯商之。今先生之年非孔子耳順之年耶？而孔子于此先之曰『五十而知天命』，繼之曰『七十而從心不踰矩』，何也？學至知天命至矣，知非尋常之知也。孔子又不云『知我其天乎』？是故『知天命』，孔子以天爲知己也；『知我其天』，天以孔子爲知己也。夫然，孔子渾身一天矣。渾身一天，則凡百骸九竅無不感之即應，觸之即通矣。乃由知命而耳順，還隔十年而遥，豈知命時，尚有未順耶？予之不能無疑而欲乞先生以解者，一也。猶未也！

「『孩提之童無不知愛其親也，及其長也，無不知敬其兄也』，此不慮之知良知也，不學之能良能也。所謂從心不踰矩者，蓋自墮地以來而已然矣。乃由耳順而從心，又隔十年而遥，豈耳順時，尚有未從耶？予之不能無疑而欲乞先生以解者，二也。猶未也！

「夫人之有耳，猶其有目有口有鼻有四肢也，一順則無不順矣。而説者乃曰：『目以精用，口鼻以氣用，惟耳以神用。目有開闔，口有吐納，鼻有呼吸，惟耳無出入，釋氏謂之圓通觀，耳順聽以神也。』作如是分別見，然歟？否歟？又曰：『耳順無復好醜揀擇也。』試思，好醜是同是異？同則何庸揀擇？異則何嫌揀擇？作如是顢頇見，然歟？否歟？此予之不能無疑而欲乞先生以解者，三也。

「先生篤信王文成而又不喜襲良知二字，超乘而上，直與孔子相步趨。反而衆之，耳奚而順乎？知命之果奚而結乎？從心之因奚而起乎？是有漸次乎？無漸次乎？無漸次，何以遞列而爲三？有漸次，耳順何以居知命之後、從心之先乎？先生日熙月緝，俯仰去來之間，個中消息必有不離現在而了了者矣。庶幾沛然而提命焉，俾予得釋所疑，稍望鞭影，竭蹶而前，並推之以告天下萬世。是則先生之所爲壽，與先生之所爲壽天下萬世于無疆者也。」侯喜曰：「善乎，子之爲乞也！請得聞諸先生以報。」

奉壽安節吴先生七十序〔一〕

昔者孔子自叙其所進，至七十曰從心不踰矩，蓋聖學之極也。竊嘗疑之，人之所以爲一身之主者，非心也耶？其所以爲一心之主者，非矩也耶？是故從心必不踰矩，踰矩必不從心，非有二也。味孔子之言，壹似心自心，矩自矩，必竭一生磨勘，方能合而爲一者，何耶？久之，于書得其説。書曰：「人心惟危，道心惟微。惟精惟一，允執

〔一〕萬曆本無「序」字。

厥中。」中者，矩也，而心者，其發竅也。中本先天，一至發竅便落後天，而人心、道心岐焉。是故，矩有常，心無常；道心有常，人心無常；有常者可從，無常者不可從也。可不可之間，相去幾何？其必精以察之而不使道心或混于人心，一以守之而不使人心或二乎道心，然後即心是矩，即矩是心，本來混合之體，適復其初，無往而不可從矣。此學之所以不可已也。

秦漢以降，斯義寥寥，至宋大儒有作，而聖學中興。徐而按之，入其間者大都主于謹嚴，可謂不踰矩矣。而矩未必一一從心，其弊也多流而拘。近儒矯之，一切掃去，轉而之于灑落，可謂從心所欲矣，而心未必一一不踰矩，其弊也多流而蕩。此從心不踰矩，即聖如孔子，尚須積累而後至，其特揭此以示人，又若照見天下後世種種弊竇而逆爲之防也。其指深矣！

荆溪安節吴先生，少而好學，老而不厭，服官中外，以忠厚正直發聲，海内共推遜之。家庭之間，有之矩爲之子，有允執爲之孫，融融洩洩，遞爲知己，備極天倫之樂，曾不謂是足以明得志，而惟日孜孜性命之求。當歲戊申，予奉先生之命，會于其邑之南岳，先生亟爲予誦「從心不踰矩」一語，予憬然有省。

越三年庚戌，先生七十，予甥王惟懷偕其年家子儲既白等，共就予謀所以壽先生者。予因述所聞，爲諸君誦之。諸君進曰：「先生于此遵何塗而入乎？」予曰：「先生言之矣，曰：『昔年，訥溪周師語予以爾席祖父美大之業，希聖賢高明之學，願學以充之，務在任重道遠。此勗予以實修也。頃年，與予友鄒爾瞻證道文江舟中，別後又遺予書，以落道理安排障，與沉溺苦海同，務在自得其得。此啟予以實悟也。』味斯言也，先生之素所磨勘可知也已。是故，即修即悟，無所不檢攝而非矜持；即悟即修，無所不超脱而非放曠。宜其有味于從心不踰矩之指！」

諸君曰：「此孔子事也，言何容易？」予曰：「非也。孩提之童見親則愛，及其長也，見兄則敬。不慮而知，不學而能，便是聖胎，究竟成聖，不過滿其分量耳。故有百姓日用之從心不踰矩，有由賜諸賢一體之從心不踰矩，有顔曾諸賢具體之從心不踰矩，有孔子太極同體之從心不踰矩。謂有生熟微著大小之不同則可，謂有兩體段，不可也。况先生悟修兼茂，如是，苟不至于究竟，豈但已哉！」

因屬諸君悉其説請正于先生。先生喜曰：「由前所言，見從心不踰矩之難，令人即欲一念自怠而不得；由後所言，見從心不踰矩之易，令人即欲一毫自諉而不得。甚矣，顧叔子之愛我也！」予聞之，又憬然有省也，謝曰：「犬馬之齒，亦周一甲子而余矣。方當執鞭以隨先生之後，先生其勿予棄乎？願得歲歲借南岳爲祝，而相與賡抑之章。」

壽念庭周老師七十序

萬曆己酉，臨川念庭周先生七十，門下士顧子憲成，思效華封之祝，同里諸父老聞之，就而詢其説。顧子曰：「憲也陋，無能窺先生萬一，聊以申吾私也。始先生進憲而試之，欣然賞異，拔置高等。嗣後，三試三冠，每相見，所提曷皆在尋常之表。一日，手周元公太極圖説、程淳公識仁篇、張成公西銘授焉。憲退而習之，至忘寢食，于今不敢怠皇。是先生之大有造于憲也。請爲先生壽！先贈公家徒四壁而亟督憲，望其成，羔雉之費往往稱貸以濟。先生聞之，時爲分俸。先贈公驚曰：『孺子何修而可以承此？必勿受！』先生不可，已而廉知狀，嗟歎再三。適有以居間屬者，先贈公怒而唾其人。先生又廉知之，將延先贈公于賓筵以示旌異，先贈公固辭不可乃罷，而益口先贈公不置。是先生又大有造于憲父子也。請代先贈公爲先生壽！先家季允方垂髫，從諸童儒試，咄嗟而文就，先生一覽奇之，逢人説項，不啻其口。先季益感奮，不數年而掇一第，以克有立。是先生又大有造于憲兄弟也。請代先家季爲先生壽！」

諸父老喜曰：「信矣！美矣！惜未離乎私也。請廣之，可乎？」顧子曰：「可哉！先生廉明倜儻，意用不凡。其爲政，嚴于豪强而寛于弱小，務大體，諸瑣屑一切無所問。久之，獄訟稀簡，遂卧而治之。邑有糧長之役，最稱繁鉅。每當僉審，請求百端，至于覆匿推移，情僞旁出，不可殫既。先生五日而訖事，人以爲神。即有不服，呼而數之，若居某里，田在籍者幾何，其竄他籍者幾何，歲出入幾何，他殖幾何，贏幾何，雖其井里姻戚莫能如是之悉也。其人大驚，不知何從得之，率叩首稱謝去。一二巨室憾之，造爲飛語，多方媒蘖，先生屹不爲動。是先生之大有造于予邑也，非一家所得而私也。宜壽！

「比徵入諫垣，值張江陵用事，時在位者率阿指取容，而言官特甚。先生又其所舉士，内念不可，乃佯爲不喻也者，凡有建白，無激無徇，率攄其中之所欲言。比江陵没，當路謂天垣長久溺職，宜無拘常格，于諸垣長簡賢而調衆，皆推先生及蕭公念渠。蕭公即又推先生，乃調先生。先生次第疏舉海内名賢，向來山栖穴處之朋，遂得後先柄事，發皇精采，彬彬稱盛。至特疏救魏南樂李臨潼，雖以取忤于時不恤。已而，兩人俱至大用，屹然爲柱石臣。是先生之大有造于斯世也，非一邑所得而私也。宜壽！」

諸父老乃相顧踴躍，肅顧子而謝。顧子曰：「猶未也。先生雅負超世之襟，當令吾邑，案牘之暇，時時攀九龍而汲九泉，把觴賦咏，灑然自適。今先生歸乎有年矣，佳子佳孫，聯翩滿庭，人間之勝事備矣。即臺省薦剡相屬，泊然如不聞也。至睹時局之紛糾，輒又慨然太息，時時貽書及之，情見乎辭。由前，則處有事之地而能樂；由後，則處無事之地而能憂。此其際不亦微哉！彼夫域進域退，庸庸泄泄，徒以一官而已焉者，其局量相去何如也！」于是，諸父老皆起而拜曰：「美矣悉矣！子其觴而薦千秋焉！吾儕小人且遥賡甘棠三章以侑。」

贈少府榮洲連公擢南民部郎序

昔程子讀孟子「舜發于畎畝」章，而曰：「若要熟，也須從這裏過。」何也？人身一副真精神，必從憂患中抖擻過來，方能全體透露；一切浮心躁氣，必從憂患中磨洗過來，方能徹底消融；天下之故，國家之表裏，紛紜曲折，莫可端倪，必從憂患中歷練備嘗過來，方能四通八達，操縱在我，沛然而無不如志。故夫晦者兆其明者也，退者基其進者也，屈者成其伸者也，斷可知已！

榮洲連公，閩之華冑也，用名進士起家岩邑，孜孜勤民，恥爲操切，竟以不善俛仰于時，左遷州別駕。久之，移理桂林，晉河間少府，尋抱艱而歸。服闋，補貳吾常。蓋後先幾二十年所矣，何其淹也！公方夷然而安之不爲悶，早夜殫精白而赴之不爲挫。防江江輯，魚鱉不驚；攝郡郡理，雞豚不擾。久之，政聲流通，薦剡交上，擢南民部郎去。嗟乎！人之于世，如公所經涉，往往有之，却往往以境轉我，弛然而自廢；惟公能以我轉境，抑而愈振，遏而愈張，積勤累辛，成其遠大。譬之蘗以歷冰而翠，梅以含雪而香，嚴霜凍結，土煉其骨，木鍊〔二〕其皮，嫩色全除，本性彌固。有味乎程子之言之也！

于是公且行，予邑陳侯偕武進張侯、江陰許侯、靖江景侯屬贈言于予。予曰：「聞之，凡不爲憂患摧志者，必不爲安樂肆志。夫不爲憂患摧志，則常有以自振也；不爲安樂肆志，則常有以自檢也。誠如是，即之于天下可也，一司農何有？獨計恒情，居憂患每冀安樂，其激發也易；居安樂輒忘憂患，其斂戢也難。而今而往，公遇且日亨，位且日高，望且日茂，德業且日光，其尚無忘二十年間東西南北之崎嶇哉！」

贈中丞懷魯周公晉秩總河序

顧憲成曰：「異哉！我懷魯周公之撫吴也！惟兹林林總總，百萬生靈，且以爲明神，且以爲慈父，惟恐公之一日去也。惟彼言者，一不已而再，再不已而三，惟恐公之一

〔二〕萬曆本作「練」。

日不去也。夫人情豈相遠哉，而愛憎讚毀判若兩截然，何也？將公有遺行耶？」

先是公晉擢總河，予業奉蔡觀察指，稍稍叙述公之仁猷義略矣，今請並迹公之素。初，予從閩中劉紉華游，問所與何人。紉華曰：「有同門周懷魯者，其人不特有才，且有識，非凡流也。」已而，公令臨海，用治行異等，徵入爲御史。適趙考功儕鶴論時事，忤當路，其客諷公糾之，公不應。而吴比部徹如且特疏彈陳都諫，臺省哄然而起曰：「言官論人者也，非論于人者也，奈何壞我體面？」將合疏排焉，公又與萬二愚静止。史奉常玉池應召而北，公時爲督學，約玉池偕許京兆少薇啟諸執政，請行東宫三禮。久之，執政議欲先大婚而後册立，公又與王銓部澹生力言其不可。當三殿之灾也，諸公卿相率捐俸以佐大工。有所知謂公行當及臺省矣，公曰：「是何薄待吾君之甚也！且薄待吾君以好貨，則捐俸；假令薄待吾君以好色，將何捐？」所知艴然不悦而去。公之功德我吴，既章章如此，其立朝大節，又卓卓如此，紉華之推不虚耳，而猶不免于多口，何也？意其偶未之知耶？

予竊惑焉，時時與景逸諸君子語及之，輒相對喟然太息。予因進曰：「不抑不揚，不晦不明，自有言者而後有諸父老叩闕之請，代公寫出一段爲地方真精神；自繼有言者而後有吾儕之喋喋，代公寫出一副爲國家真肝膽。中山之篋所以昭樂羊也，明珠之謗所以昭伏波也。公何病焉？」諸君子皆曰：「善！」于是，公引咎請罷。上不許，特加慰勉，促赴河上。公復具疏請，不待報而歸。

予同諸君子操扁舟追送之，具酌巵酒而告之曰：「諸儀部敬陽嘗爲予言，吴門殷孝廉作令而歸，邑人遮道攀留，車不得前，口吟曰『仰面青天無愧色，回頭赤子有餘情』，相傳以爲佳語。公行矣，追計生平行事，歷歷心目，衾影互質，眠食俱穩，南山之南，北山之北，何所不可？惟是我皇上明見萬里，一則曰大得民，一則曰久著勞績，抑何知公之深，信公之篤也！而今而往，其始終委重公，屬以平成之寄，願公幡然不俟駕而北，仰酬特達之眷。即惠顧東南，從民之欲，還我公于吴，公尚曰：『我思用，吴人無爲悻悻之小丈夫哉！』」

奉賀邑侯石湖陳父母考績序

世之所謂良吏，吾知之矣。前之有所慕于名，而後之有所懼于戾，二念交持，其勢不得不勉而振刷。即有情之所易溺，可斬而割也；即有勢之所難堪，可作而赴也。久之，其所可慕者，或幸而得之，將遂意之揚、氣之高，不復見其有可懼，往往至于侈然而自恣；又或齟齬不偶，其所可慕者，既已無望，將遂意之沮、氣之消，不暇計其有可懼，往往至于頹然而自廢。是故，始乎張，常卒乎弛；始乎惕，常卒乎惰；始乎奮，常卒乎靡。人見其然，則曰「何渠改節易行如是」，而不知原無可改之節、可易之行也，要不過暫而飾，久而露出真面目耳。是可以爲良吏乎哉？吾之所謂良吏，必自真心爲民始。真心爲民，則饑由己饑，寒由己寒，溺由己溺，痌瘝疾痛由己痌瘝疾痛。其所孜孜焉慕而趨者，第問其有益于民與否耳，不問其有益于我與否也；其所皇皇焉懼而避者，第問其有損于民與否耳，不問其有損于我否也。何者？惟其真心爲民也。

吾邑石湖陳侯，其坐臻此道矣。始，侯釋褐吴門，下車之日，風采傾動，望者便知爲地方之福。徐而按其爲政，大都嚴于身而寬于民，嚴于堂皇而寬于閭巷，嚴于强御而寬于弱小。適無歲，撫摩周恤，備瀝肺肝，邑賴以全活。嘗有富豪麗于法，毅然執三尺繩之不少假，遂大騰謗，百計誣構。公聞之自如，不爲色怒。俄而，當路廉知其人，立置之理。

比入覲，都人嘖嘖指目，「是强項吏耶」？一時聲大噪。識者謂，有吏如此，不可令魑魅得巧肆其毒。乃移吾邑。所以保護擁持，德意甚盛。而公居之亦自如，不爲色喜，方且夙夜在公，益皜皜自濯。爲之清訟獄，因而不遂；爲之清賦税，期而不督；爲之清奸宄，肅而不擾。猶以爲未也，時以其間，進多士相與商搉〔一〕文藝，講論道德，則古昔而稱先王，無墮流俗。又以爲未也，時時訪求孝弟貞節，表而揚之，使人曉然諭于向往之路，有所興起。何侯之惓惓有加而無已乃爾哉！非其真心爲民，夫孰得而幾焉？

故嘗論之，凡人之發念從名根來，即可以毁譽動之？從利根來，即可以得失動之。惟從真心爲民來，即無毁譽，無得失，進而無所慕于前，退而無所懼于後，精神意氣，鋭然常新，歷久暫如一日。如侯者，正吾之所謂良吏，非世之所謂良吏也。

于是後先浹三載，當考滿之期，諸同寅戴君宋君劉君屬予言爲賀。予曰：「君睹公之政，亦睹公之心乎？公之政在吴滿吴，在錫滿錫，洋洋口碑，可按而述。公之心則淵淵浩浩，了無涯際，曾不見其滿也。况侯業已課治行第一，自是而往，望日益崇，位日益顯，

〔一〕 萬曆本作「確」。

或進而銓衡，或進而臺省，又進而鼎鉉，其所施設表見，當有百倍于今者，吾亦何敢僅僅迹耳目之所睹記擬侯哉？姑書此以爲之兆可爾。」三君曰：「善！」爰授簡。

贈本菴方先生還里序

予憲成私淑本菴方先生有年矣。蓋嘗讀其會語數編，得言教焉，于今更喜得身教。先生表章正學，士類向風。憲成宜循牆負笈，附弟子之末，尚愧未能，乃先生不遠千里，駕扁舟，攜二三高足，儼然而臨睨東林。德愈盛，心愈下，萬頃汪洋，孰窺其際？此憲成之所爲茫然自失者也。憲成行年六十有二耳，精力已消亡盡矣；又不能自愛，時時善病。先生加憲成十年而神甚王，色若孺子，行住坐卧，灑灑自得，非養深積厚，何以臻兹睟盎？此憲成之所爲惕然有省者也。

王山陰羅盱江並以妙悟推，而輿論不大滿者，只爲其襲傳食故事，所至溷有司，其門人且往往緣而爲市耳。先生至予邑且數日，邑侯陳石湖聞而造謁，始往報焉；頻發，擬送一舟，謝却之。人以爲過。從行汪崇正安述之曰：「先生素守如是，不可强，予輩亦不之强也。」聞者歎曰：「可謂是師是弟矣！」此又憲成之所爲欣然中心悦而誠服者也。夫非先生之身教乎哉？及憲成等朝夕侍先生側，先生又時切提撕，不一而足，同志來見者大扣大應，小扣小應，不少倦也。已而言別，又作別語剖示玄珠，叮嚀反覆，令人即欲自棄而不得。此又先生之心教矣。

憲成何幸，坐而獲多益于先生爾爾！因退而記之，置之案頭，以爲但于此一展玩焉，便凛如先生之臨其上，無敢戲渝！並寫一通納之先生，以爲先生誠不我忘，但于此一寓目焉，便宛如憲成之在側，當源源而施鍼砭也。先生許之，庶幾千里惓惓，始終其不虚也已。于是，酌巵酒爲先生壽，送至毘陵，赴經正堂之會而別。

涇皋藏稿卷十

明　顧憲成　著

愧軒記

昔柳子厚落職永州，其所爲文辭往往有無聊之色。至如蘇子瞻，又何超然自得也！其詩曰「日啖荔支[一]三百個，不妨長作嶺南人」，可謂知所處矣。予竊惟順逆時也，窮通命也，君子素其位而行，不願乎其外，何則以憂？臣之事君，猶子之事親也，臣不得于君，子不得于親，所宜日夜省愆補過，兢惕以將之，誠懇以格之，動心忍性，增益其不能以俟之，何則以樂？憂近歉，樂近盈，是故，柳既失矣，蘇亦未爲得也。雖然，是二子者固有説焉。

〔一〕萬曆本作「枝」。

子厚倜儻負奇，有經世心，其暱于叔文等，非直冀富貴而已。一旦被不祥之名以出，將何以堪？子瞻高曠拔俗，不能下人，人以故争疾而中之，非必上意也。若是者，曾不啻浮雲之過太虚，而何足以介于臆？然則子厚之憂、子瞻之樂，並自不苟耳！且非獨此也。子厚誠不勝無聊，卒能發憤淬礪，列于不朽，與韓昌黎並驅，則亦可以洗滌夙垢，用自愉快，消其窮愁。子瞻豈不稱超然哉？而忠君愛國出自天性，顧坐戇直，數賈罪，俾讒邪得氣，重貽主德之累，則黯慘怨惻，殆有甚焉者矣。此又以知子厚之憂未嘗無樂，子瞻之樂未嘗無憂，非恒情可得而測也。

予無似，自度去二子遠甚，敢謬附于憂與樂兩者之間？惟是奉譴以來，自監司而下卒，儼然而客之，不及以政。其州之耆老子弟，顧以爲是父母我也，一切供事惟謹，而予靡毫髮報塞。間嘗與諸士有所揚搉，大都不離于訓詁，非能益之也。于是乎歸而求之，六尺之軀猶然故吾，徽發困衡，總歸鹵莽，又靡毫髮表樹。怠其職而勤其享，據其名而隳其實，有愧而已。

予考州乘，往莊公定山亦嘗謫于此，甚有恩德，至今人能道説之。若焦泌陽雖貴，在日月之際莫之問也。得失之鑒，昭然甚明，予將奚居哉？嗟乎！柳氏文而已也，蘇氏未離乎文也，莊氏離乎文矣，其庶乎？晚年一出，尚不免于忌口，况其下焉者哉？甚矣哉！出處之難也！

予至桂城無所居，假館藩署，日起無事，時時坐其中軒，攤書而閱之。輒復内念，仰而無以對于先哲也，俯而無以對于州之耆老子弟也，因顔之曰「愧軒」，而爲之記其説如此，欲令天下後世知予之過云爾！

游月巖記

予以歲之九月六日至桂陽，越五日，有永州之行。行三日，經道州，州大夫張四可氏出謁予。爲問訊濂溪周先生故事，大夫曰：「州可四十里有月巖，相傳以爲先生悟道處。此一奇觀也。」予曰：「何如？」大夫曰：「志言，巖形如圓廩，中可容數萬斛。東西兩門，通道當洞之中而虚其頂。自東望之如月上弦，自西望之如月下弦，自其中望之如月之望。先生則之以畫太極圖云。」已，晤彭將軍哲菴氏，語及之，亦曰「信」。予曰：「有是哉！」

明日，遂偕往。既至，歷崖而登，下就几少息焉。徙倚四顧，奇石森列滿壁，而是眉睫之間，變幻紛沓，應接不暇，即王子猷山陰道中，不知有此否？哲菴氏曰：「吾聞諸志矣，『如走猊，如伏犀，如黿蹣跚，如鳳翱翔，如龍蛇蜿蜒』，可謂筆端有畫！」予曰：「未盡也！」擬爲之名，卒不得其似而止。遂與二君徐而前，就其中望之，既圓且朗，果如所言不謬。予因笑謂曰：「今日望日也，故應有此。」已，轉而西，尋却而東，所至輒佇立凝視，遞相嗟賞。已，復登其巔，忽見白雲數點，冉冉從東而來，望之可數里內外。張君異之，指其處呼予而謂曰：「是濂溪先生故里也。」予聞之，翩翩神王。爾時，覺得兩腋風生，便欲乘雲而往，攬濯纓之亭，飲其泉一斛，洗滌塵氛，徐而從先生乞太極圖也。爲之徘徊者久之。既而還坐其下，左右薦觴，觴到輒盡，主亦不勸，客亦不辭，清言亹亹，爾我俱失。少頃，薄雨乍收，斜陽欲下，陶然相對，氤氳滿懷。輿人竊竊從旁言暮矣，弗問也。

從容謂二君樂乎？張君曰：「當此之際，不知胸中有何物，亦不知天地間更有何事！」彭君首肯，曰：「如是！如是！」二君還問予，予曰：「亦復如是！」起而歎曰：「美哉，兹游也！無物内礙，忘矣；無事外礙，忘矣。内外兩忘，濂溪先生之所謂静也，昭昭乎進于太極矣。吾儕偶爾寄適，俯仰之頃，意象豁如，輒自有會心處，何况先生乎？其所得于兹巖之助豈少哉？即謂『則之以畫太極圖』，未爲迂也。昔者朱子疏大學格物之義，謂一草一木亦不可不理會，王文成非之曰『奈何舍内而徇外』。由今觀之，何内何外？河之馬可以畫卦，洛之龜可以叙疇，天高地下，萬物散殊，新腐陳奇，總歸神理，人自爲間隔耳。文成殆激于世之舍内而徇外者發歟？吾于兹巖乎有悟也。雖然，悟之非難，實有之爲難。

「今夫先生之稱主静，何也？主者譬如家之有長，國之有公侯，天下之有君王，不得一日而無，非若羈旅之倏來倏去也。吾儕幸徼須臾之暇，探奇討勝，回視轇轇擾擾之鄉，迥若仙凡，以故情暢神怡，灑然自適。退而與轇轇擾擾者交，卒亦歸于轇轇擾擾而已，夫焉得而有之？不惟是也。吾與張君故生長吴越間，去此四千里而余；彭君即楚産乎，家故赤壁之下，去此亦二千里而餘。生平傾慕先生如饑如渴，一旦得游其處，以是目若爲之加明，耳若爲之加聰，心若爲之加爽。假令朝于斯，夕于斯，取諸衣帶間而足，且將狎爲故常，漫不加省，欲一幾希于灑然，弗可得已。雖日居其中，與在轇轇擾擾之鄉何異？然則向之所云静，揆諸周子之指，恐不特如吾三人之居之去兹巖，僅僅二千里或四千里已也，謂悟哉？」二君稱善，就予索主静之訣。予面壁不答，已而曰：「其試問諸月巖！」遂各盡一觴别去。

越七日，還自永州，爰籍其語而存之，用自省焉，兼以遺二君。是歲萬歷十五年也。

尚行精舍記

予向讀孚如鄒子衡言有曰：「今教化翔洽，家性命而人堯舜，而議論愈精，世趨愈下。維世君子，惟以躬行立教，斯救時第一義乎！」作而歎曰：「有是哉！何鄒子之先得我心之同然也！不穀當佐下風矣。」

一日，郡侯懷白周公貽予書曰：「吾師鄒先生里居，新構一書舍，顔曰『尚行』，群同志講習其中，蓋慨然有感于空言之弊，思以身挽之。厥意甚盛，竊謂此舉不可以無記，敢請！」乃孚如書來，亦屬予記之。予又作而歎曰：「有是哉！何鄒子之勇也，不穀當拜下風矣！」雖然，世得無且以悟求鄒子哉？予以爲鄒子之標尚行，正悟後語也，何也？凡人之于道，當其未有所見，即誘之而使爲，弗爲也；將又迫之而使爲，弗爲也；幸而爲矣，安排而已耳，把捉而已耳，朝而作，夕而輟，夕而作，朝而輟，矯强而已耳，猶弗爲也。及其既有所見，而後有真趣味出焉，有真趣味而後有真愛慕出焉，有真愛慕而後有真精神出焉，有真精神而後有真體驗出焉。其于行也，不誘而勸，不迫而趨，天地之大，萬物之衆，不以易之矣。故曰：鄒子之標尚行，正悟後語也。夫安得以悟求鄒子？

且夫世之言悟者津津矣，予不敢以爲非也，亦嘗歸而證之于行歟？古之聖賢，戰兢臨履于其日用之常，終身勉勉而不足。今也雍容指顧于其精微要眇，一朝闡揚而有餘。試令歸而證之于行，果能如其言，一一實有之而無憾歟？果能如其言，一一實有之而無憾也，則是軼聖賢而上也。如其未也，彼所謂悟，無乃揣摩億度而已歟？新會主静，姚江致知，其所參叩凡幾何？所磨勘凡幾何？所抽添剥换凡幾何？厥維艱矣，可以揣摩億度當之與？然則鄒子之標尚行，特以諷夫好言悟者，使其自反而自識之，而非以悟爲諱也，又安得以悟求鄒子？而况鄒子之説，在未悟者尊而用之，究也必將漸著漸察，人事盡而天理現，一旦豁然而貫通矣；在已悟者尊而用之，究也必將益昭益瑩，淪肌膚而浹骨髓，不知手之舞之，足之蹈之矣。然則悟于何始？因行而始。悟于何終？因行而終。鄒子之標尚行，乃其深于標悟者也，又安得以悟求鄒子？無已，亦就鄒子所標尚行一言，還以求之而已矣。

鄒子負俊才，擒英掞藻，翩翩方駕作者而不以爲足也。進而秉銓政，鋭意澄清，辛壬之際，天下一日易視改聽，迄于今賴之，而又不以爲足也。退而修諸家，矞矞自濯，履繩蹈墨，不越尺寸。蓋鄒子之尚行，類如此，予將何求？獨念天理難純而易雜，人情有初而鮮終；而今而往，其惟盡刊枝葉，並力一源，斷以不疑，積以不懈，緝熙庚續，日新富有，期于衾影無怍，寤寐如一；庶幾心體渾全，拈來是道，出而爲文章，不炫技能，出而爲事功，不矜意氣，卓然稱昭代粹儒焉。然後人莫不曰：是信能尚行者也，是信能以身爲標者也，是信能砥柱中流，障狂瀾而東之者也。其有裨于世道人心，非淺鮮已！

予于鄒子衷交也，故不以頌而以規，鄒子其許之哉？因書而就正于周侯，遂以復鄒子。願鄒子之更有以進予，俾予果得望下風也。

虞山書院記

常熟，先賢言子游闕里也，有書院一所，相傳爲吴中子弟從游聚講之地，一名文學書院，一名學道書院。自宋入元，嘗廢于至正之末，至國朝宣德間而復，嘗再廢于萬曆之八年，無幾何而又復。蓋斯文命脉所關，自有一段精光灼爍于人心，不容滅没，宜其爾爾。惟是規制未備，過者惜焉。

瀛海耿侯孜孜好道，來莅邑事，釐奸剔蠹，百務維新，期年民大治，肅將祇歡，弦歌滿四境矣。一日，謁子游祠下，低回不能去，慨然歎曰：「是予之責也夫！是予之責也夫！」遂請于當道而鼎新之，首捐獎金爲倡，繼之以俸。于時撫臺周公李公，操江耿公丁公，巡按今擢提學楊公，巡鹽左公，巡倉孫公，巡江李公，兵備楊公蔡公，知府李公，咸高其誼，各捐金佐之。邑之衿紳翕然丕應，越父老子姓，亦莫不踴躍。供事甫五月，遂告成。峩峩虞山，儼然東南大觀在焉，因易名「虞山書院」，志地也。顔其祠曰「言子」，親之，亦尊之也。配以游寓梁昭明太子統，名宦宋縣令孫公應時，邑賢明修撰張公洪、都憲吴公訥、侍郎徐公恪、别駕桑公悦、大參周公木、孝廉鄧公韍、縣幕朱公召、布衣鄒公泉，從輿望也。又爲之遡厥淵源，顔講堂之前曰「願學孔子」。是子游之所踰江蹈河，不遠千里，摳衣而趨，北面禀業者也。旁建精舍，顔曰「友顔」、「友曾」、「友思」、「友孟」，而漢之董，宋之周邵二程朱陸，我明之薛胡陳王諸先生，俱次第列焉。是子游之所後先二千載之間，相與疏附奔走，作孔子羽翼者也。入其門，登其堂，俯仰瞻盼，洋洋乎如在其上，如在其左右，宗廟之美，百官之富，不減洙泗當年矣。

于是，其裔孫諸生曰福曰喜及侄逢堯，偕詣予乞文記之，以旌侯德，識不忘。予曰：「此非君之所得私也！」而侯適以書來囑曰：「願聞一言之教！」予謝曰：「侯業已命之矣，何庸贅？」福曰：「何？」曰：「侯之標『願學孔子』是也。吾儕喫緊在發是願耳。」曰：「自我侯提唱以來，凡環而聽者，亦既烝烝奮矣。」予曰：「談何容易！竊計以爲是必有日忘食、夜忘寢之真精神焉，是必有『獨立不懼』之真力量焉，是必有『行一不義，殺一不辜而得天下不爲』之真操概焉，是必有『遯世無悶，不見是而無悶』之真胷次焉，是必有『殀壽不貳』之真骨格焉，是必有『爲天地立心，爲生民立命，爲往聖繼絶學，爲萬世開群蒙』之真氣魄焉。六者備矣，然後可云能發是願耳，談何容易！」

福曰：「若是其難歟？」曰：「又不然，要在識得孔子耳。孔子曷從而識？要在識得自己耳。何者？自己原來一孔子也。」福曰：「然則孟子何云『人之所以異于禽獸者幾希』？」曰：「此正言人不爲聖賢即爲禽獸，須從幾希處辨取也。試以見在證，當夫一堂之上，彬彬濟濟，非性命不談，非禮法不動，居然聖賢之徒也，固此人也。俄退而與鄉人處，率未免墮入習套中矣；俄又退而與家人處，率未免墮入習情中矣；甚而放僻邪侈，無所不爲，違禽獸不遠矣；亦此人也。何判然懸絶如此哉？其幾只係于一念間耳。故曰：『庶民去之，君子存之。』其存其去，兩者不能以寸，幾希之謂也。魏莊渠先生述陳元城之言曰：『凡人自期待當以聖賢，自克責當以禽獸。』每讀之，輒隱隱心動。竊以爲必如此，乃能識得幾希，識得幾希乃能識得自己，識得自己乃能識得孔子。誠識得孔子，即欲不爲孔子，不可得已。

「此予所窺于侯之微指，敢代侯引其端，君幸爲余復于侯，曰：『侯之潛心孔子有年矣，必有會也，庶幾沛然悉其藏以嘉惠我吴，俾斯道昭昭如白日之中天，俾吴人士自知灑掃應對以上，皆明于嚮往，如撥雲霧而睹白日。斯予之願也。夫豈惟予之願？實侯之願也。夫豈惟侯之願？實孔子之願也。然後言子之北學而歸不爲孤，孔子之所莞爾而笑，不獨在武城矣。侯其無讓哉！』」福等咸起拜曰：「論至此，委非眇末可得而私也！」遂次其語，歸而鑱諸石。

周公名孔教，臨川人。李公名三才，順天人。耿公名定力，麻城人。丁公名賓，嘉善人。楊公名廷筠，仁和人。左公名宗郢，南城人。孫公名居相，沁水人。李公名雲鵠，内鄉人。楊公名洵，濟寧人。蔡公名獻臣，同安人。李公名右諫，豐城人。耿侯名橘，河間人。乃若教諭則黄家謀，訓導則化大順朱朝選，縣丞則趙繼俊樓汝楝，主簿則王化曾承忻，典史則俞鈺，皆與襄乎盛事者也，法得附書。

陸文定公特祠記

有客問于余曰：「陸文定公何如人也？」余曰：「是海内所共傳平泉先生者耶？先生業已自拈出矣，何俟讚一辭！」客曰：「何？」曰：「余有味乎先生之所謂平也。孔子不云乎，『天下國家可均也，爵禄可辭也，白刃可蹈也，中庸不可能也』。何以不可能？中而繫諸庸，言平也。平無奇，非可以意見播弄也；平無辟，非可以意念把持也；平無險，非可以意氣馳騁也。故曰：『知者過之，愚者不及也』，『賢者過之，不肖者不及也』。知愚、賢不肖之相去遠矣，引而納諸中庸，知者亦愚，賢者亦不肖，一切伎倆都無用處，所以不可能也。先生其幾之矣！

「先生少從家人受農，帶經而鋤。已，請于其尊人志梅公，乃得竟業。業成，舉南宫第一人，選讀中秘書。顧耻以文藻自雄，退而潛精性命，日切磨于諸名賢長者間。其學原本六經，不好章句，時有會心處，拈片紙灑筆題之，往往出人意表。旁通二氏，用以解脱塵莽，淘洗渣滓，不爲溺，亦不爲諱也，而曰『吾于般若有緣』。久之，所養日益充，所造日益粹，湛湛穆穆，渾然天成，其于規矩繩墨尺寸惟謹，而未嘗故爲莊嚴以示異；其于日用事物，儻然而來，儻然而往，了無揀擇，而未嘗漫爲遷就以示同。不争之矜，不党之群，先生有焉。且子不見之乎？達如徐文貞，其于天下賢人君子無所不推挽，而獨不能以涵先生也；奸如嚴分宜，悍如張江陵，其于天下賢人君子無所不摧剥，而獨不能以加先生也。何者？先生固不可得而親，不可得而疏也。有味乎先生之所謂平也！」

客曰：「先生始爲諸生，邑令朱公廉其貧，周之不受，則諷使居間，先生若爲不喻也者而去之。及以庶吉士補官，張文毅忽問謁内閣有贄乎？先生謝無有。公曰：『此故事，我假若二幣往可也。』先生逡巡持歸，明日竟不用，復持還。凡皆細事耳，何必硜硜乃爾，將無近于固？」曰：「吾聞之也，事有大小，道無大小。如其道，千駟萬鐘安焉；非其道，一介不以取諸人，一介不以與諸人，兹固也，正所謂平也。」曰：「先生登第六十五年，屢歸屢起，屢起屢歸，後先守官不及一紀，餘日皆爲山林所有，依稀是接輿荷蕢間人矣，將無近于偏？」曰：「吾聞之也，進者，人情之所易，須受之以難；退者，人情之所難，須受之以易。然後兩得恰當焉。故曰：三讓而進，一辭而退。茲偏也，正所謂平也。」客曰：「先生晚而赴宗伯之召，慨然有開濟之懷，旋以時事不合，謝病歸，可謂見幾而作矣。瀕行，復疏陳十事，而所列辨宮府，抑戚倖，斥貂璫，大觸時忌，類少年英鋭之爲，將無近于激？」曰：「吾聞之也，大臣上與宗廟社稷爲一體，不以去就二心；下與四海九州爲一體，不以行藏改慮。韓范富歐率由茲軌，誠其中有不能自已者耳。茲激也，正所謂平也。若乃摸稜而已耳，調停而已耳，同流合污，求免非刺而已耳，是世俗之所謂平，非先生之所謂平也。故曰：有似是而非，有似非而是，兩者之分，毫釐千里，不可不察也。」

客曰：「然則先生可以相矣。」曰：「可哉！先生亦嘗言之矣。宰相，元氣也；臺諫，藥石也。調和燮理，輔元氣也，貴其平；繩愆弼違，備藥石也，貴其明。至範質謂，『吸得三斗釅醋，方可作宰相』，則又力破其似是之非，而惜質欠世宗一死。由此觀之，于相乎何有？」已，又語客曰：「相有待于先生，先生無待于相也。吾見其生也，人皆仰之；其逝也，人皆悼之。作范當年，流風來世，將令薄夫敦，頑夫廉，鄙夫寬，懦夫立，先生一段精神，未嘗一日不默行乎天壤之間也。盛德大業，斯其在矣，相與否，曷論焉！」

會其鄉人聚族而謀爲特祠俎豆先生，先生之子大行君伯達屬予爲記。予于先生嘗在私淑弟子之列，自愧淺陋不足以窺先生，而獨有味乎平之一言，以爲如先生，可謂幾于中庸矣。因述所嘗論次爲復。異日者，尚當采九龍之芝，侑以二泉，躬薦先生祠下而就正焉。先生其許之哉？

龔毅所先生城南書院生祠永思碑記

予抱疴涇曲，日坐卧斗室中，酬應都罷，幾如桃花源人，不復聞人間事。一日，邑中父老趙仁等群而謁予廬。予謝焉，固請乃見之。進而詢其故，則皆拜而言曰：「仁等竊願有懇也。」予曰：「何？」對曰：「江南之役，最重且艱者，無如糧長；糧長之役，最重且艱者，無如白糧。識者憫其然，嘗爲役田之議矣，嘗爲役銀之議矣，嘗爲役米之議矣，所以爲吾儕計者，誠可謂至矣。惟是一法立，一弊生，利病參半，猶未能廓然而大蘇也。幸鄉達毅所龔先生目擊而心惻之，究晰始末，劑量公私，列爲八議：一曰加白糧之耗米，一曰革千料之糧船，一曰分銀米之徵收，一曰並徭銀之徵收，一曰革無名之供費，一曰免糧船之盤驗，一曰緩批單之勾獲，一曰增金花之滴珠。精審詳密，鑿鑿中窾，當道聞而善之，亟允行焉。自是，充役者省費過半，人人德之，飲食必祝曰：『天苟有吾儕，尚無悔于先生。』業就城南書院建立生祠，以致報私，書院固先生未第時讀書處也。邑侯柴公爲聞之當道，兩院而下景瞻盛美，並爲顔其祠表異之，風聲奕奕，九龍增高，二泉增洌矣。仁等猶恐歷時以往，耳目寥曠，即蒙德者，或莫知所自，慕德者或莫知所考也。共圖勒碑，貽諸永永。敢乞公記之。」

予喟然歎曰：「仁哉，先生乎！竊于是有以見先生之心矣。嘗論之，君子之出而效于世也，將爲令焉，必以一邑之休戚爲心；將爲守焉，必以一郡之休戚爲心；將爲藩臬大吏焉，必以一方之休戚爲心。何者？彼其責固有所屬而不可諉也。非徒然也，一邑之休戚，令之職不職稽焉；一郡之休戚，守之職不職稽焉；一方之休戚，藩臬大吏之職不職稽焉。職則有慶，不職有讓，休戚且移之躬矣。由此觀之，彼其勢又有所繫而不得諉也。夫如是，則其朝而經，夕而營，孜孜汲汲，務欲與民聚好而除惡，亦不必仁者而後能也。若其退而里居，脱然釋去當世之寄，高者有巖栖川泳以自愉快，卑者有求田問舍以自封殖而已，于一鄉之休戚，奚問哉？先生乃獨惠盼[二]枌榆，深惟熟計，非有不可諉之責臨乎其前，而懷之如己痛己癢；非有不得諉之勢迫乎其後，而拯之如赴溺赴焚。周建石畫，保世無疆，微夫仁心爲質，與物同體，孰能臻此者乎？

「先生素厚德長者，兩爲令，一爲守，敭[三]歷藩臬，所在俱有惠澤，民謳思之不忘。今嘉禾吴橋咸建生祠，尸祝之。余竊以此猶有爲而爲者之所得而及也，至其爲德于鄉如是，則非有爲而爲者之所得而及也。宜爲著先生之心，以告鄉之君子，庶幾同是心者因先生推而廣之，遇利必興，遇弊必革，吾邑其永有賴哉！」仁等起而再拜曰：「聞公言，不惟見先生之心，又見公之心矣。」遂受而鑱諸石。

先生名勉，字子勤，登隆慶戊辰進士，官至浙江布政使司右布政使致仕。

[二] 萬曆本作「盻」。
[三] 萬曆本作「剔」。

重修二泉書院記

吾邑文莊邵先生建書院于惠山之麓，榜之曰「二泉」。先生没，屬嗣子蔭生煦、贅壻浙江東陽少尹秦汶共守，因肖像其中，歲時瞻禮焉。煦没，嗣勳。勳没，不復能守。汶子太學榛益並其半之三。榛没，屬季子焜得盡並而專守之。久而變故百出，幾厭涎口。伯子茂才秋請以身任，址不竟廢。觀察虚臺蔡公過而喟然興嗟，謀諸邑侯林公新之，遂捐鍰〔一〕金百餘，兩檄馬丞督其事，並葺其家祠。家祠責成邵氏，而書院獨責之秦，向故有分守也。茂才君慨然起曰：「是實在我，若之何其獨勤當路？」乃躬爲經理，佐以家貲百金。自丁未秋七月始，至戊申春三月訖事，規製備具，頓還舊觀。因語余曰：「秋也，不敢忘文莊，敢忘蔡公？子其爲我記之！」

余憶往高存之輯先生年譜，有問先生何以無後，未及對，今請申其説。竊以爲先生之

〔一〕萬曆本作「暖」。

所爲後，與世人之所爲後不同，何者？世人之所爲後有待，而先生之所爲後無待也。古稱三不朽：太上立德，其次立功，又其次立言。先生誠心質行，表裏皭如，貧賤不爲移，富貴不爲淫，威武不爲屈，能立德矣。由釋褐以至懸車，所在惠澤洽焉，教化行焉，風紀肅焉，典刑樹焉，上獲下信，暗而彌章，能立功矣。簡端録寤寐聖賢，闡性命之精蘊；日格子，折衷千古，定是非之權衡，能立言矣。至于今，流風餘韻，宛然如在，兒童走卒，無不知有先生也者。是先生之所爲不朽，即先生之所爲後也。

余少時聞某省有某督學行部，至某縣閲諸生籍，見吕姓者甚多，于其入謁命之曰：「孰是吕蒙正之後，列左；孰是吕惠卿之後，列右。」一時俱趨左，無右者。督學歎曰：「蒙正有後，惠卿無後。」斯言良可味！然而爲斯言者，猶有待也，先生則無待也。

茂才君又從容言：「先生嘗于中建李丞相忠定公祠，尸祝而俎豆之，以志尚德之思。今亦並加重葺，庶幾先生欣然惠顧，時時降陟其間，即忠定不孤耳。」予不覺爽然心開，作曰：「信矣信矣！先生之于忠定也，其猶蔡公之于先生也。而今而往，爲忠定之先生者無窮，則爲先生之蔡公者亦無窮。爲先生之蔡公者無窮，則爲先生者亦無窮矣。故曰：

先生之所爲後，與世人之所爲後不同也。君以爲何如？」茂才君曰：「而今而知後之時義大也！請質諸蔡公，當有以復。」于是乎書。

蔡公名獻臣，同安人，其爲政也，敦尚風教。林侯名宰，漳浦人，能與公同心以有爲者也。馬丞名之驥，信豐人，規始董成，與有績焉，法得附書。

涇皋藏稿卷十一

明　顧憲成　著

虎林書院記

虞南，陽明先生過化地也。中丞紫亭甘公自少慕道，聞良知之説而悦之。歲丙午，持節來撫浙，喜曰：「生平寤寐，于斯慰矣！」既至，大修保釐之政，興利除弊，無不殫厥心，大指以節愛爲本，而躬先之。一時人心信服，翕然風動，争竭精白以應。比及期年，政大行。公喜曰：「可以教矣！」乃謀于藩臬諸大夫，而下暨鄉之衿紳，時詣天真書院而論學焉。已而，以爲是去省城稍遠也，再詣錢庠尊經閣，又以爲是稍局，未足以居四方之賢也。因議改建，僉曰：「莫若舊撫治便！」公往閲之，信，遂改爲虎林書院。而屬錢塘令聶侯經紀其事。始于戊申之十二月，至己酉之二月中落成。

俄而公病作且劇，侯入問，以竣事告。公嘆曰：「竟不得與諸君共印正，如之何！」尋卒，聞者無不流涕。十一郡一州七十五邑之民咸爲罷市。侯承公志，凡一切未卒業者，皆次第成之，規制大備。謂是舉也，以維世道，以淑民風，以紹往而覺來，宜有記，特書見勗，並述垂革之言，丁寧惓切。

予憮然曰：「惜哉命也！亦已焉哉！雖然，其不已者固自在也。蓋予與公業有所印正矣。追惟去春，予過虎林，公出晤昭慶寺，從容謂予曰：『東林會約祖孔子，宗顏曾，禰思孟，而師紫陽，不佞讀之契焉，行將仿而圖之，竊有三言欲請。』予曰：『願聞之！』公曰：『子之言必稱性善，允矣。然而一善也，或謂之有而非執著也，或謂之無而非斷滅也，亦各就所見而云耳，將焉所置是非于其間？』予曰：『陽明先生之證道天泉也，嘗爲之折衷矣。四無之説接得上根，接不得中下根；四有之説接得中下根，接不得上根。誠欲通上下而兼接，舍性善一宗，其奚之？此即陽明所謂良知也。』公曰：『如是如是！』頃之，又曰：『邇時論學率重悟，聞東林特重修，何也？』予曰：『重修所以重悟也，夫悟未有不由修而入者也。語不云乎，「下學而上達」。下學，修也；上達，悟也。舍下學而言上達，無有是處。』公曰：『審爾，程子曷云，學必先明諸心，知所往，然後力行以求至也？』曰：『知一也，有就用力言者，體驗省察之謂也，正屬修上事，乃入門第一義也，無容緩也；有就得力言者，融會貫通之謂也，纔屬悟上事，乃入室第一義也，無容急也。故曰：下學而上達，此吾夫子家法也。』公曰：『如是如是！』

「頃之又曰：『不思不勉，聖詮也，子于此數有推敲，何居？』曰：『公謂不思者自能不思乎？不勉者自能不勉乎？必有個來脉矣。公謂不思者貴其不思而已乎？不勉者貴其不勉而已乎？必有個落脉矣。中庸曰「誠者不勉而中，不思而得」，誠是來脉；曰得曰中，是落脉。不向來脉理會分明，縱欲不思不勉，如何强得？不向落脉校勘端的，縱能不思不勉，亦有何用？故予以爲喫緊只在認性，諸所推敲，總欲人透此一路，非有他也。』公曰：『如是如是！』遂命左右薦觴相對，甚歡而別。予竊嘆服公之一片虚衷爾爾，當必大有所倡明，以嘉惠一方。

「無何，公緘示虎林書院會約，獨主白鹿洞規而自爲之闡發厥旨，復推而廣之，共爲八條。會講之日，首以談玄説妙爲戒，要在切近精實，上下皆通，壹似有概于予言然者。竊喜公之果大有所倡明，不特嘉惠一方而已。何意公之倏然逝也！退而熟念，人世共此宇宙，宇宙共此血脉，無今昔，無生死，無去來，無爾我，總之共此擔負，共了此一事耳。于是請以其印正于公者，代公印正于侯。且聞東溟高公嗣公莅政，其于斯事特爲注意。于是又請以其印正于侯者，代公印正于高公。適張孝廉赴東林之盟，予詢虎林消息，具言講堂之上，濟濟彬彬，聲氣之孚，日昌日熾。于是又請以其印正于高公者，代公印正于滿座諸君子焉。此固公之一片虚衷，勤勤懇懇，所不能自已，亦即公之嘉惠來學，一念映徹天壤，歷千古如一日者也。纘承光大，務求究竟，勿致孤負，願相與交茂之而已！」

侯聞之，起謝曰：「作如是觀，公之所爲永永不亡，吾儕之所爲不亡我公者，可知也已，不可以不昭也。」爰録而鑱諸石。

甘公名士价，信豐人，丁丑進士。高公名舉，淄川人，庚辰進士。侯名心湯，新淦人，甲辰進士。書院建置始末，詳具侯手記中。

天授區吴氏役田記

吾錫糧長一役最重且難，天授爲錫首區，其重且難更倍之。予友吴伯子長卿目擊心恫，慨然偕其弟仲奇叔美季輝捐田以佐役，長卿二百畝，仲奇一百畝，叔美一百畝，季輝二百畝。區人德焉，復慮其不足以垂久遠也，上書撫臺周公言狀，乞行所司酌立成規，世守無斁。公覽而嘉之，下檄褒異，復貽書爲予誦之。予不能爲義而好人之爲義，逢人説項，意津津不自休。

長卿聞而謂予曰：「是舉也，予聊爲之端而已，實賴季氏成之，而仲氏、叔氏從中襄焉。予何敢蔽！」季輝曰：「否，不然也。予實賴伯兄率仲兄、叔兄左提右挈，以無即于顛墜，何敢不勉！」仲美、叔奇〔一〕曰「予兩人上則有兄，下則有弟，豈不厚幸？」頃之，齊曰：「是先諫議之志也，不穀等何有焉！」

〔一〕「仲美叔奇」四字，萬曆本同，皆誤。依上下文，當作「仲奇叔美」。

予聞之，益不禁踴躍作而言曰：「不亦善乎！存如是公共心，肩如是公共任，恒情孰不競利，而獨廓然不自有也，可謂仁矣！且爲兄則推美于弟，爲弟則推美于兄，爲子則推美于親，恒情孰不競名，而又退然不自有也，可謂讓矣，是一家元氣也。不寧惟是，錫之爲區，共十有三，在南延則華太史鴻山公爲政而有斯舉矣；在開原則高大行景逸公爲政而有斯舉矣。迺君之兄弟，聯翩後先于其間，風規彌暢，而今而往，能無感發而興起者乎？果其感發而興起也，凡爲人兄者，將不以此倡其弟乎？凡爲人弟者，將不以此承其兄乎？凡爲人子者，將不以此顯揚其親乎？即人知興仁，人知興讓矣，是一邑元氣也。不寧惟是，往嘗讀長卿制義，磊落而多采，暨仲奇叔美季輝並彬彬質有其文，稱曰四難。惜乎！時之不逢，猶然滯在青衿耳。即一旦得志，致身日月之際，其忍獨善而已乎？果其不忍獨善而已也，將不以其所以爲兄者，帥世之爲兄者乎？將不以其所以爲弟者，帥世之爲弟者乎？將不以其所以爲子者，帥世之爲子者乎？行當在在興仁，在在興讓矣，是天下元氣也。諸君其亦相與交茂之哉！」

于是伯子、仲子、叔子、季子咸避席而謝曰：「大哉言乎！非所及也。請受而告諸先諫議。」

諫議名汝倫，辛未進士。伯子名桂芳，仲子名桂芬，叔子名桂森，季子名桂蕚。

修復冉涇箭河碑記

錫故有九箭河，在冉涇橋者爲第三箭，橋曰「冉涇」，誌地也。維昔爲文莊公二泉邵先生宅，有手書朱子「源頭活水」四字在焉。此水北接蓉湖，西連笠澤，九龍二泉之秀，全滙于此。橋之東清流不改，橋之西悉受堙没。文莊公曾請于當路，欲復之，爲里人吕刁郎所尼，不果。乃鑿陰渠暗通弦河一脉，用石覆之，里人仍居其上。會刁郎之屋展轉他鬻，近屬之尤南華比部。比部故長者，其子太學君時純克體德心而光大之，慨然捐樓屋一十八間，平屋三間，用以闢新衢而穿故道。邑尊同生許侯聞而善之，言諸兵尊虛臺蔡公，報可。遂于己酉冬始工，不兩月而河成矣。因而橋之，同邑高存之名之曰「承賢橋」，謂承文莊公之志也。

初，君手一揭來視余，余喜曰：「僕不能爲義，而好人之爲義。睹此，可勝踴躍！

充拓得盡，天地變化草木蕃，不外于是。夫所謂是者，何也？源頭也。源頭不識，則天地何從而變化？草木何從而蕃？文莊公之志亦終于無承而已矣。」乃語時純曰：「君知之乎？北接蓉湖，西連笠澤，水脉之源頭也。近沿濂洛，遠遡洙泗，道脉之源頭也。願君努力！」時純起而謝曰：「盛不敏，何足以勝之！」已，起而請曰：「吾將受而刻諸石，樹諸周行，俾來者往者人人得就而覽焉，庶幾人人識得源頭也。人人識得源頭，庶幾人人充拓得盡也。人人充拓得盡，庶幾人人得承文莊公之志也。天地變化草木蕃，洵不外于是也已矣！盛不敏，何足以勝之！」予喜時純之志彌謙而任彌勇也，遂爲之授簡。其經畫始末，詳具時純自撰記事中。

蔡公名獻臣，同安人。許侯名令典，海寧人。比部名際昌。太學生名盛明。

日新書院記

雲間錢漸菴先生致其蓬萊之政而歸，日率其門弟子切磨性命之旨，因搆講堂一所，奉先師孔子之像于中，而晦菴朱子、陽明王子列左右侍焉，相與朝于斯、夕于斯，共圖究竟。一時，從游之士益蒸蒸起。中丞懷魯周公聞而嘉之，爲顔之曰「日新書院」。其門弟子高君揭等群而就予問日新之義。予曰：「子不見之乎？先生之于學也，汲汲如也，自少而壯，自壯而老，不言厭也；其于教人也，諄諄如也，大扣大應，小扣小應，不言倦也。此先生昭然以身作日新榜樣，爲諸君指南也，何必更添註脚？」揭等唯唯。

已而，復請曰：「孔子之道，至矣。若顔曾思孟則見而知之，若周程則聞而知之，皆嫡冢也，舍而獨表朱王二子，其説何居？」曰：「諸賢具體孔子，即所詣不無精粗淺深，而絶無異同之迹。至朱王二子始見異同，遂于儒門開兩大局，成一重大公案，故不得不拈出也。嘗試觀之，弘正以前，天下之尊朱子也甚于尊孔子，究也率流而拘，而人厭之，于是乎激而爲王子；正嘉以後，天下之尊王子也甚于尊孔子，究也率流而狂，而人亦厭之，于是乎轉而思朱子。其激而爲王子也，朱子詘矣；其轉而思朱子也，王子詘矣。則由不審于同中之異，異中之同，而各執其見，過爲抑揚也。其如之何而可？夫亦曰：祖述孔子，憲章朱王乎？

「蓋中庸之贊孔子也，蔽以『小德川流，大德敦化』兩言，而標至聖、至誠爲證。予竊謂朱子由修入悟，王子由悟入修，川流也，孔子之分身也，一而二者也。由修入悟，善用實，其脉通于天下之至誠；由悟入修，善用虚，其脉通于天下之至聖；敦化也，又即孔子之全身也，二而一者也。然則千百世學術之變盡于此，千百世道術之衡亦定于此，舉顔曾思孟之所見而知，周程之所聞而知，都包括其中矣。是故，以此而學，時而收斂檢束，不爲瑣也；時而擺脱掃蕩，不爲略也，無非所以成己也。以此而教，時而詳曉曲諭，不爲多也；時而單提直指，不爲少也，無非所以成物也。以此而逗機緣，當士習之浮誕，方之以朱子可也；當士習之膠固，圓之以王子可也。何也？能法二子，便是能襄孔子，所以救弊也。救弊存乎用，用無常，不得不歧于異。以此而討歸宿，將爲朱子焉，圓之以孔子可也；將爲王子焉，方之以孔子可也。何也？能法孔子，纔是能用二子，所以立極也。立極存乎體，體有常，不得不統于同。同而異，一者有兩者，遞爲操縱，其法可以使人入而鼓焉舞焉，欣然欲罷而不能；異而同，兩者有一者，密爲融攝，其法可以使人入而安焉適焉，渾然默順而不知。此又先生昭然以一大聖、兩大儒作日新榜樣，爲世世學人指南也。在諸君自識之而已。」

高君揭等起而謝曰：「而今而知日新之義，若是其浩也！請得歸而質諸先生以報。」

重修常熟縣學尊經閣並釐復祀典創置學田記

國家之設學，從來遠矣，本之先師孔子之所以教天下萬世于無窮，而天下萬世所以佩服先師孔子于無窮者，胥于是乎在。是故，其焕然而爲謨訓之昭垂，能使人相與誦習焉而不敢背者，非僅僅在文字間也。其肅然而爲俎豆之薦享，能使人相與奔走焉而不敢玩者，非僅僅在儀物間也。其翩然而爲縫掖之森列，能使人相與敬且愛焉而不能已已者，非僅僅在體貌間也。凡皆宇宙間一片精神之爲也。是故感即應，觸即通，其發脉在聖人而未嘗不貫徹于吾人，其發機在俄頃而未嘗不方皇周浹于千百世之上下也。在柄世道者，聯合而總攝之耳。

琴川楊侯之爲令也，持己以廉，牧民以慈，接士以誠，繩暴以法，不愧古之循良矣。一日詣學，目擊蕪莽之狀，慨然太息，退而捐俸金，散鍰金，鳩工掄材，舊之飭而新之圖。爲之修尊經閣，欽聖製也；爲之釐祀典，妥神靈也；爲之置學田，優士禮也。其德意甚茂，而其所規畫甚具而有法。虞人士相率聚而誦焉。于是，茂才繆生肇祖、朱生曾省、嚴君柟等共詣予，屬予爲記。

予惟世之爲令者，上之清筦庫，勤聽斷，規規簿書期會之間以見能，如是而已耳；下之盛廚傳，都筐篚，務稱貴人意，以博一時之譽，如是而已耳。其于民之疾痛痾癢，猶然不暇問，而又何有于教化之事哉？乃侯夙夜孜孜汲汲，顧不在彼而在此。曹所甚委，侯獨爲任也；曹所甚緩，侯獨爲急也；曹所甚簡，侯獨爲隆也。是必其卓越之識，有以超出流俗之表，又必其一片精神周流灌注，有以通聖人、吾人而爲一體，通千百世之上下而爲一息，始有此作用耳。侯于是乎過人遠矣！侯聞之，謂諸茂才曰：「吾聞昔之貌孔子者，顏氏之仰鑽瞻忽得其髓，曾氏之秋陽江漢得其骨，端木氏之宗廟百官得其肉，自此以外，不過得其皮而止，况予之纖纖拮据，又其末也，夫何足云？」

諸茂才以告，予曰：「非也，是特存乎人之所見謂何耳。即如孔子，曷嘗有皮肉骨髓四者相也？凡以見之淺者，其得亦淺；見之深者，其得亦深，遂作是分别耳。神而明之，一而已矣。故夫侯之孜孜汲汲于今日，與孔之孜孜汲汲于當日，無以異也。諸君果有意乎？試思端木氏何人？曾氏何人？顔氏何人？推而極之，吾孔子亦何人哉？惟是仰而模，俯而效〔一〕，一日用其力，竭蹷而趍焉，即諸君之孜孜汲汲于進修，與侯之孜孜汲汲于拮据，亦無以異也。其于陟聖躋賢，正自不遠耳。何者？均此一片精神也。諸君勉之，庶幾其不負侯！豈惟不負侯，且不自負！豈惟不自負，由是處則慥慥，足以敦行而表俗，出則卓卓足以建事而匡時，且不負國家二百餘年之培養矣！不朽盛事，海虞其何讓焉！」

侯名漣，字文孺，楚之應山人，丁未進士。其佐侯而襄厥績者，學諭則李君名維柱，字本石，楚之京山人。司訓朱君名朝選，字維玄，寧之旌德人。朱君名正定，字在止，常之靖江人。法得備書。

〔一〕萬曆本作「効」。

長治縣改建學宫記

蓋昔吾夫子憂道之不明不行，喟然發嘆曰：「知者過之，愚者不及也」，「賢者過之，不肖者不及也」。竊以爲，此兩言盡學術之變矣。流而不已，復有甚焉，何以故？謂之過，公然與不及分途也；謂之不及，公然與過分途也。是則知愚賢不肖，判而爲二。有人于此矜其聰明，直跳而之于聖人之所不知，而繩以夫婦之所共知，猶然昧焉；憑其意氣，直跨而之于聖人之所不能，而繩以夫婦之所共能，猶然却焉。將謂之過，而庸猥疏脱，又疑于不及也；將謂之不及，而超忽淩頓又疑于過也。是則知愚賢不肖，混而爲一。知愚賢不肖判而爲二，其爲失也顯而易辨。是故當其過，吾得而裁之；當其不及，吾得而振之；病在氣質，猶可言也。知愚賢不肖混而爲一，其爲失也，微而難辨。是故欲裁其過，彼且有泰然安處于庸衆之下者；欲振其不及，彼且有偃然突據〔一〕于聖人之上者；病在心

〔一〕 萬曆本作「攄」。

髓，不可言也。非徒爾也，原其超忽淩頓，既足以見奇而自標；迹其庸猥疏脱，又足以適俗而自便；道蒙其害，而人蒙其利。道無方，縱蒙其害，造次莫得而指名；人有欲，壹蒙其利，終身膠結而不解，吾末如之何也已矣！異時夫子一則思狂，一則思狷，一則思有恆，至謂「古者民有三疾，今也或是之亡」。嗟嗟！夫子非喜有疾而惡無疾也，有疾止乎疾之辭也，其真心自在也；無疾甚乎疾之辭也，其真心澌滅盡矣。此又夫子之所深憂也。

長治懷白周公來守吾常，會其邑改建學宫，屬予記之。予詢所繇，公曰：「潞，古上黨郡也，國初仍前代爲潞州，嘉靖初陞府，置縣學，仍舊制。一世以後，人文頗盛。乃議分置縣學，割府學一隅爲之，而人文遂遜于前。説者歸咎于分裂故基，損壞風氣。嗣是，咸議修補，獨高陵劉公來守是土，創議改建，卜地于藩封之右，府庾之隙，拓以民居，爰定規制。請于當道，當道僉報曰『可』。已，又得孫公曾公繼之，協終厥事。而今而往，庶幾人文之有興也。敢乞靈于子！」

予謝曰：「憲也陋，何知人文？間覽晉乘，之邑也，雅號爲樸，所願無忘其樸而已。」公曰：「足乎？」予曰：「足矣！夫樸，人之真心也。内之無安排無攙和，外之無擬議無矯飾，真也。是故率意而往，率意而來，瑕瑜短長，皎然畢見，不欺屋漏矣，可以立本。是故有過焉，與夫人共知，其過能受損矣；有不及焉，與夫人共知，其不及能受益矣，可以入德。是故修諸家，一家信之矣；修諸鄉，一鄉信之矣；修諸國，一國信之矣；舉而措諸天下，天下信之矣，可以致用。何者？惟其真也。非是，即才若管晏，智若良平，辨若儀衍，藻若遷固，抑末耳。甚者，反以藉寇齎盗，爲世詬僇，將焉用之？」

公曰：「吾子之言，善乎其以樸張者也。請得受而籍之，以詔我多士，意且有省乎？相與退而反諸心，以求無失乎本來面目；進而取裁于聖人之道，以求詣其極而無狃于偏。藐兹不腆之邑，實重有賴焉，何憂乎不足？」予謝曰：「允若兹，夫子思有恆而有恆矣，思狂狷而狂狷矣，思中行而中行矣，惟吾道實重有賴焉，何憂乎？不明不行，謹志之以俟。」

劉公名復初，孫公名鉉，崇陽人。曾公名皐，廬陵人。王君名浩，臨邑人。同事者，郡佐童君世彦、李君德、王君愛、焦君思忠、王君致中。縣令李君仙品，與劉公同鄉，同議此舉。李君獻明、閻君溥縣丞，吴承宗主簿，艾有騋、楊善典史，馬、李章署、教諭，張一翰訓導，王三重督工，耆民申志臯、路仁等，皆竭力讚襄者。法得附書。

石沙王先生祠記

嗚呼！此吾錫石沙先生之祠也！曷爲祠之？閩志也。曷言乎閩志？先生嘗按閩，所爲功德閩者甚鉅，今五十餘年矣，閩中思之猶一日也。而會厥嗣懷石君官鴻臚，奉使入閩。時則太僕少卿王公維中、御史張公英、黄公泮、周公京、苑馬卿鄭公一龍、參政陳公柯、陳公全之、羅公一鸑、參議張公冕、蔡公一槐、副使田公楊、僉事康公憲、王公徽猷、太守鄭公銘、張公敷潛、李公春芳、李公長盛、朱公資、王公繼芳、長史陳公九經、解元鄭公啓謨，趨而逆諸境。既見，莫不泫然泣下，曰：「先生之子也！」聚族而謀祠先生以永所思，于是乎有祠。

祠曷不于閩而于石沙？其説曰：惟兹八郡一州五十一邑，何之而非先生之明德之所波及也，其誰得而顓諸？先生誠不忘閩，御風乘雲，時儼然式而臨之于此乎？于彼乎？不可知也。吾聞先生少嘗讀書石沙山中，既老復就而息焉。石沙，先生之始終也，神必栖矣。與其以先生徇〔二〕閩也，寧其以閩狥先生。衆以爲允，遂捐金而授懷石君。已，太常池公裕德、選部李公多見後先道錫，亟走拜先生壟上，相顧黯黯不能去，退而徵祠盟。于是，郡司理余公繼善檄邑尉袁君董其事。既成，懷石君肅而謁其邑人顧憲成曰：「甚矣！諸君子之不泯于先大夫也。㲄不敢忘先大夫，敢忘諸君子？君其記之。」憲成作而嘆曰：「嘻！是其上下之際深哉！」則又曰：「是不獨閩志也，于邑亦有之。憲成生而晚，不及事先生，而間從里中父老習先生之緒，以爲危言危行，魁然古之博亮君子也。其居鄉，絶不妄與人通，遇曲直，秉義而裁之不少假，即有利害大故，挺而白于有司不少避。先生之所施于鄉，遠矣！夫非吾儕之典刑耶？故曰：是不獨閩志也。

「余惟士方俛首閭巷間，諷先生之業，各粹然懷君子之意，及其倖博一第，稍試諸行事，顧往往乖剌不應，民無德焉，彼其遠有所蔽也。即投機遘會，微立名迹，託于赫赫之途哉，及其一旦罷歸，優游自娱而已。甚者，至恣睢以明得志，彼其近有所奪也。

〔二〕萬曆本作「狥」。

乃先生之所爲功德閭者既如彼，其所爲施于鄉者又如此，不已難乎！詩有之：『高山仰止，景行行止。』先生往矣，而今而後，過者望先生之祠而謁焉，驟而睹其像，戟髯虎目，英爽凜如，業中億其非恒人；徐而考其行事，流風餘韻，久而彌章，不爲衰歇，庶幾悚然而思，勃然而起，繼之以躍然而不能已也夫夫！然則世之不及事先生與其睹先生之近而遺其遠，睹先生之遠而遺其近者，皆于斯乎有賴也，其所係大矣！爲將次其説以俟焉。」

先生名瑛，字汝玉，號石沙山人，嘉靖壬辰進士。

常鎮道觀察使者虛臺蔡公生祠記

虛臺蔡公持節而莅我吴也，默而思曰：「吴之難治久矣，道將安出？」徐而諦觀土風，熟察利弊，憬然有悟也，曰：「吾知所以與之矣。」遂下令與民更始，豪横有禁，刁惡有禁，打行紮詐有禁，窩訪窩盗、投充税幹有禁。諸馭民之具，種種備已。而中復念曰：「善馭民者，不專求諸民也，當從馭吏始。」則申之曰：「貪墨必罪，苛酷必罪，非掌印官而受狀受呈者必罪，胥徒舞文必罪；所部守將及材官騎士之屬各依汛地，謹御非常，盗賊鹽徒，發而不覺，覺而不治，必罪。」諸馭吏之具，又種種備已。而中復念曰：「善馭吏者，不專求諸吏也，當從馭身始。」則儼然而親示之標，絶餽遺，杜請託，批申刑名，不假左右，何慎毖也！地方賢否，不别采訪，何光明也！驛遞夫船，不徇過客，何正大也！日用蔬米，不用舖行，何簡便也！而終之曰：「本道如有差錯，及道役有犯沈匿、需索、作奸等弊，幸即明白見示，以憑改正究治。此地方相成第一義也。」

噫嘻！至矣盡矣！公可謂有諸己而後求諸人，無諸己而後非諸人者矣。故令下十日而吴中相戒無犯，令下期年而諸弊俗悉更，吴以大治。稍暇，輒簡諸才俊，進而與之談説經旨，揚搉文義，勉導以古人之事。至于學校祠廟，先賢遺迹，有可興人文，裨世教者，率不難爲之主持修舉，又皆出自俸金贖鍰，不煩民也。比戊申、己酉間，歲大潦，饑莩載路，公焦神勞思，議蠲議賑，諸所爲撫摩拯救，不遺餘力，東南賴以安堵如故。

久之，主爵者廉公政行異等，數推轂公。諸父老聞之大驚，奔詣兩臺乞留。幸得請加銜復任歸，而婦子欣欣交語，「自是可長有公也」。不意公一旦偶有感，輒拂衣去，比覺，舟已及于梁溪之滸矣。乃皆闃然而起，不期而集者凡幾千萬人，相與號泣而追之，叩首呼天請留。公不顧。又追至吴門，又不顧。已，又追至檇李，卒又不顧。至武林，而公且飄然渡江去也。始皆彷徨無之，不得已而返。日夕怏怏不自聊，因謀建祠肖像其中，庶幾得時時奉事公，其猶長有公也。于是，合屬士民翕然以爲允，而商人朱程等且特捐貲首倡，聞者群而和之，熙熙子來，不踰時而祠成矣。乃介孝廉郁元禎屬予爲記。

予作而嘆曰：「甚矣！公之德之入人深也！」既而曰：「甚矣！諸父老之自爲計深也！」元禎曰：「何？」予曰：「是有三焉：一以寄去思，用自解慰；一以明我吴之人心，均此秉彝，是是非非，略無瞞昧，不應獨蒙難治聲；一以示來者，俾知取程于公，迹公之所以馭身者馭吏，而吏莫不恭其職矣，迹公之所以馭吏者馭民，而民莫不循其則矣。夫如是，然後真能長有公也。諸父老之自爲計，豈不深哉！豈不深哉！」元禎喜曰：「詩云『他人有心，予忖度之』，斯之謂矣。」肅起爲諸父老謝，退而録其語，勒之石。

蔡公名獻臣，同安人，己丑進士。祠在澄江之南關，重所莅也。

涇皋藏稿卷十二

明　顧憲成　著

斗瞻説贈陳稚颿

陳伯子斗原之少弟稚颿既冠，伯子爲問號于予。予號曰斗瞻。伯子曰：「請著其義以勗吾弟！」予曰：「聞之，瞻之爲言望也。夫士者，衆之望也，不可不慎所繇焉。是故言焉而莫不承聽，然後能爲人耳也；行焉而莫不承視，然後能爲人目也。能爲人耳，能爲人目，然後能爲人望也。能爲人望，然後能爲人上也。故在家而家齊，在國而國治，在天下而天下平。」

伯子曰：「若是乎瞻之義之大也！敢問何修可以臻此？」予曰：「昔者聞之，凡能爲人上者，必能爲人下者也。蓋孔子之門，弟子凡三千人，而獨推顔氏。由今觀之，顔子蕭然陋巷而已，一簞食，一瓢飲，匹夫匹婦之所得而侮也。其爲人也，以能問于不能，以多問于寡，有若無，實若虛而已。校智則不如子貢也，校勇則不如子路也，校藝則不如冉求也，校辨則不如宰我也，然而當時稱焉，千百世而下願爲之執鞭而不可得者，至以爲優于湯武，何也？其欲彌絀，其志彌伸；其氣彌斂，其德彌光。故夫能爲人下者，能爲人上者也。吾曹誠不解陶朱猗頓之策，善問家人生産，以方顔子，不啻過矣。握管而爲文，稱性命，述禮樂，傲然而無慚也。試反而徵之，有萬分一于此乎？以方顔子，不啻不及矣。乃或過者當之以不及而重求侈，不及者當之以過而輕爲驕，人其謂我何？稚飆耇祗遹顔德乎？」

伯子曰：「此非特可以勗吾弟也，予請得而偕事焉，以無替明訓！」予曰：「善哉！元方難兄，季方難弟，本是太丘先生家典刑！二君能俾予異日免失言之咎，予拜賜矣。」

三變説

往聶摶羽進士觀政吏部，越歲，選令玉峯，過予而問政。予曰：「士有三變，足下知之乎？」曰：「未也。」曰：「始而舉于庠，一變也；繼而舉于鄉，一變也；終而舉于南宮，一變也。」曰：「虎變則變，豹變則變，是足以爲變乎？」曰：「吾所謂變，非于庠于鄉于南宮之謂也。凡人情安常履故，習見習聞，率混混過日耳。惟所值之境界更换一番，而後吾之精神意慮亦爲撥動一番；惟吾之精神意慮撥動一番，而後所就之格局亦爲更换一番；故曰變也。其變之善不善，則存乎人焉。固有生平漫無短長，到此忽轉一念，傑然奮起，日向高明之路攀躋而行，便登上品，是謂善變。亦有生平儘鮮尤悔，到此忽轉一念，蕩然放棄，日向卑污之路沿洄〔一〕而行，便墮下流，是謂不善變。故變者，吉凶悔吝之幾，不可不慎察也。」

〔一〕 萬曆本作「泝洄」。

曰：「均之變也，變而之善常難，變而之不善常易，何也？」曰：「是有由矣。士方俛首鉛槧，所朝夕對者詩書耳，所出入周旋者父母兄弟二三親知耳。及舉于庠，乃稍與世涉矣。已而舉于鄉、舉于南宫，益又與世涉矣。靡文俗套既引而弄之傀儡之場，功名富貴又驅而納之罟阱之域，非夫定見定力卓然有以自拔于萬物之表，其孰能不波？予嘗默默追省，庚辰以後，涉入之心較諸丙子之時之心不無毫釐之差；丙子以後涉入之心較諸庚午之時之心，又不無毫釐之差；庚午以後涉入之心較諸垂髫之時之心，又不無毫釐之差。由毫釐而積之，倏而分，倏而寸，倏而尺，倏而尋，倏而丈，潛移密改，驀不知其所由來。倘不時時自提自喚，當下回頭，行見涓涓滔滔，眇不知其所底止矣。此予身親體驗事也。今曰『變而之善常難，變而之不善常易』，却是足下身親閱歷語也。足下第不忘此念，時于急流之中，返而一照，將見難者易，易者難矣。于政乎何有？」摶羽首肯者再。爲玉峯，果稱循吏云。

予頃偕同志修東林之盟，稍稍有攜時義就商者，遂因而結一文會焉。于是，學使者臨校，聯翩而列青衿，予爲之色喜。退而自惟，曾何能有助于諸友也，而諸友往往過念一日之雅，則又以愧！偶憶三變之説，輒述以告，用附于切偲之誼，且申之曰：「三變自青衿始。」我明開國二百餘年以來，道德勳庸炳于星日，問其人大都自青衿始。諸友將爲虎變乎？將爲豹變乎？即異時與諸先達齊驅並駕，作宇内第一流人物，亦孰不自今日始也！予請拭目以俟。

兩忘説贈赤岡王先生

王赤岡先生，楚材之傑也，海内無不傳先生名矣，孰知尚困青袍乎？乃先生固恬如也不爲意，惟日依依太夫人膝下，曰：「吾何必以是區區者易我一日！」今年秋，太夫人復命之赴南京兆試，赤崗婉辭以謝。太夫人不可，勉而南。偶遭舟子之阨，不樂，中復念太夫人不已，遂病怔忡，嘆曰：「吾身太夫人有也，奈何以是區區者易我七尺！」遂飄然而歸，且貽書别予，問：「何方之修，可以還故吾，告無恙？」予何所知，何以酬下問？竊嘗有味于程伯子定性書中「兩忘」二字，敢爲先生誦之。

何謂兩忘？内忘也，外忘也。憶予少時問養生于玄客，玄客授以二十字曰：「若要生此身，除非死此心。此心若不死，此身安得生？」爲之爽然一快！了此，便不墮言思窟，可以言内忘矣。前歲過虞山，在坐有問死而不亡，其指安在。予就中下一轉語，答之曰：「若要生此心，除非死此身。此身若不死，此心安得生？」問者爲之點頭。了此，便不墮軀殼塹，可以言外忘矣。兩忘則性于我定，性定則命于我立，俯仰逍遥，自由自在，其究也陰陽不能制，五行不能局，修短不能囿。藐兹病魔，方當懾息退伏，去而深山，去而深淵，惟恐影響之不幽，尚敢弄伎倆于青天白日之下哉？予不知醫，聊以此備藥籠中物。先生試服之，其效與否，願以報我！

庸説與邵貞菴論拙齋蕭先生軼事作

予釋褐民部郎，得事同署拙齋蕭先生。先生有道君子也，予雅重之。先生亦不予鄙，因得時時暱就，奉其提命，多所醒發。久之，先生出爲紹興守，予亦乍進乍退，與先生相違且二十餘年，而先生即世。又乆之，先生之子思似孝廉君，秉鐸婁江，亦時時過東林論學，恍然如見先生。

孝廉因攜所緝存先録，屬邵貞菴乞予爲先生傳。予讀之，謂曰：「志則漪園焦翰撰，碑則石簣陶宫諭，核矣備矣，無容贅也。况予夙有文字戒，可奈何？」貞菴曰：「然則請商先生軼事。」予曰：「試舉看。」貞菴曰：「楚黄二魯周公嘗欲舉先生與鍾礪山卓異，先生曰：『鍾騎驢衣布茹蔬，便有可舉，我輿蓋衣文繡而食膏粱，猶夫人也，有何可舉？』二魯笑而罷。子以爲何如？」予曰：「淵哉！此先生之髓也。不可不竟其説。夫道者，中而已矣；中者，庸而已矣；庸者，率性而已矣。爲衆人之所能爲而謂之庸，爲衆人之所不能爲而謂之卓異，是也。恐猶不免就迹上較量耳，孰若反而證之于性？誠反而證之于性，凡出自率性，無往而非庸也。且夫茅茨土堦，堯舜則能之，凡爲人主者能乎哉？胼手胝[二]足、三過門而不入，禹稷則能之，凡爲人臣者能乎哉？然而在群聖人無往而非庸也，何者？率性故也。康節之詩曰『唐虞揖讓三杯酒，湯武征誅一局棋』，如以其

〔二〕 萬曆本作「䟡」。

迹而已，三杯酒夫人而能之，唐虞揖讓不可能也；一局棋夫人而能之，湯武征誅不可能也。究其實則一耳，何者？率性故也。

「追惟先生，其衣文繡而食膏粱，夫人而能之。至其官民部，榷稅崇文門，視例簿不均，毅然更定，不便者因以爲謗，不顧；榷稅河西，用寬平，登額羨金二百餘緡，籍而儲之筦庫；其官越，開三江閘，築西陵塘，民以永賴；其官大梁，適無年，拯救有法，所全活不可勝筭，事寧，更以鍰三千緡市穀實所部；其官關中，鑛稅二使一切裁以法，中人奴劉有源箠士至斃，爲聲其罪于兩臺，論殺之，群小脅息。又，先生方未第時，家貧，授書養父，爲二弟婚，盡其力；及致其仕而歸，授産諸子，與弟子均；復捐田建蕭氏義莊以贍族，如范文正故事。少從緒山、龍溪二公游，聞文成良知之指，終身佩服，所至輒刻其書以行。晚而治一舟，若古人所謂浮家泛宅者，欲遍訪東南同志以印所學。嘗曰：『學不可有執。伯玉行履，婦人女子皆信之，行年五十而乃自知其非也。知非而後能化。』公之所造如此，不可能也。要之，亦自人見之有此分別相爾，在先生無往而非庸也。何者？率性故也。其爲衆人之所能爲而非徇也，其爲衆人之所不能爲而非矯也。徇則媚世，矯則驚世，凡皆庸之賊也，何足以窺先生？

「抑又有説焉。王山陰曰『三杯酒須用揖讓精神，一局棋須用征誅精神』，此指甚微！會得時，乃知唐虞之三杯與衆人之三杯應有辨，湯武之一局與衆人之一局應有辨，先生之文繡膏粱與衆人之文繡膏粱應有辨。苟其有辨也，即衆人之所能爲，而衆人之所不能爲自在，雖謂之卓異，宜也。先生可無謝，二魯可無罷矣！予欲質于先生而不得，願以質于孝廉，並寫一通質于二魯，庶幾有以發予之蒙也！」貞菴曰：「是不惟洞見先生之髓，可補兩太史所未及，亦且洞見中庸之髓，可與子思子相上下矣。」

朱子二大辨續説

季時輯行朱子二大辨，予業爲之引其端矣。既而思之，其于儒釋、王霸之辨，尚覺未竟，何則？聖學以性善爲宗，異學以無善無惡爲宗。當孟子與告子往復論難時，其説各不相謀，分而二也。今之言曰「無善無惡謂之至善」，然後其説各不相礙，合而一矣。分則孟子自孟子，告子自告子，孰是孰非，可得而辨也。合則孟子之説轉而爲告子之説；孟子是，告子不獨非；告子非，孟子不獨是；孰是孰非，不可得而辨也。乃論者率喜合而惡分，所以儒釋、王霸混爲一途，卒之儒不儒，釋不釋，王不王，霸不霸，而兩無歸着也。

夫儒釋、王霸非可區區形迹間較也。釋學遺情絶累，以清浄寂滅爲極則，得無善無惡之精者也，是予向所云「最玄處」也，究也，超其性于空矣。儒則實霸學挾智弄術，以縱横顛倒爲妙用，得無善無惡之機者也，是予向所云「最巧處」也，究也，戕其性于僞矣。王則誠。是故認性爲實，性在善中；認性爲空，性在善外。誠于爲善，善在性中；僞于爲善，善在性外。此不可不精察而慎擇也。是故性善之説與無善無惡之説分，即儒釋、王霸亦隨而分，從其分而辨之也易。性善之説與無善無惡之説合，即儒釋、王霸亦隨而合，從其合而辨之也難。端緒甚微，干涉甚巨！吾始以爲告子之偏執不如陽明之融通，而今而知陽明之融通又不如孟子之斬截，足以折異論，撤群疑，使人曉然于毫髮千里之别也。此不可不早計而預防也！

季時曰：「告子釋學乎？霸學乎？」曰：「語其悟也，『無善無惡』；語其修也，

『不得于言，勿求于心。不得于心，勿求于氣』；語其證也，『不動心』。以釋用之則釋也，以霸用之則霸也，存乎其人而已。是故釋氏曰『無生』，告子曰『生』，其見性同也；霸者假仁義，告子栝棬仁義，其禍性同也。」

季時曰：「同乎？」曰：「性杞柳也，初未始有栝棬也。性湍水也，初未始有東西也。是其所指以爲生者，正其所見以爲無生者也。性無内，仁内也，非性也；性無外，義外也，非性也。是其所指以爲栝棬者，正其所見以爲假者也。然則謂之無生者，無生而無不生，原不落滅境；謂之生者，生而未嘗生，原不落起境。兩下立論，若各持一説，總之互相發，非互相左也。假仁義者，計以仁義爲利，慕而即之；栝棬仁義者，計以仁義爲害，厭而離之。兩下發念，若各行一意，總之睹其似，未睹其真也，將無同？所不同者，釋學圓，告子僅知得頓；霸學蕩，告子較把得定耳。世之君子于孟子則尊事其名而背其實，于告子則尊用其實而避其名。其所自命則卓然以聖學爲期，其所標揭則公然與異學立赤幟，不識何也？」

季時曰：「參究到此，誠拔本塞源之論也，不可以不志！」因復次第其語授之。蓋以爲是天地間公共事，而思求正于有道君子，相與尋個是處云爾。

涇皋藏稿卷十三

明　顧憲成　著

題中流砥柱圖

有客攜中流砥柱圖贈寧方伍子。伍子疑其迹于諛也，出以問予。予曰：「非諛也，頌也。」伍子曰：「何也？」予曰：「吾始者嘗與君同客燕，每過邸中，輒聞崇議，憂盛危明之情，充溢眉頰。偶感時事，抗章闕下，至引三不足之説爲證。及出而督學兩浙，秉鑑持衡，竿牘盡絶，惟日孜孜表章潛懿，風厲人倫，一時士習翕然丕變。無何，遽拂衣歸矣。已而從田間起參粤藩，適當開采之役，百倍苦心調停，十倍苦口捍禦，地方倚爲長城。主爵者且數推轂，擬不次登用。無何，又拂衣歸矣。進而任事不避艱險，足以立懦；

退而就閒，不俟終日，足以廉頑。豈不屹然世道人心之砥柱哉！聞之：飾所無曰諛，揚所有曰頌。故曰：非諛也，頌也。」伍子謝曰：「此非予之所敢當也！」

予因前曰：「是頌也，亦規也。」伍子曰：「何也？」予曰：「進退二途也，行藏一道也。客之意，夫固曰：君之進也，業有所以行之者矣，今兹之退，將無所以藏之者乎？其必永矢初心，益敦晚節，修諸身，家人則而象焉；修諸家，鄉人就而式焉；傳及海内，無問識與不識，莫不想望風采，願爲執鞭。木石是居，鹿豕是狎，而世道人心，隱然繫命，安往而不砥柱哉！則斯圖之光也。倘謂吾宦已成矣，名已立矣，求田問舍而已矣；不然，則尋花問柳而已矣；又不然，則談空課玄而已矣。向之所慨然自許，頂天立地，作人間偉丈夫者，竟何在也？無乃隨波逐流，飄飄不根之萍乎哉！則斯圖之耻也。然則斯圖也，不亦可比于盤盂几杖之銘乎？故曰：是頌也，亦規也。」

伍子避席而謝曰：「甚哉！子之愛我以德也！請無以老自棄，朝夕祇肅，以對明貺于無斁！」

殫心録題辭

曙峯王君之爲吴關也，聲稱藉甚。方吴越千里内外，往來之旅，輾轉賸〔二〕説，莫不欣然願出于其途。予聞而異之。已而，有言君三仕令尹，並著循良聲。予益異之，以爲真潔己愛民君子也。

偶問醫姑蘇，道經吴關，君訪予舟中，一見如故。及予報謁，君遂出巵酒酌予，相對爲秉燭談，亹亹皆古人風軌，忽不覺沈疴之霍然去體也。已而示予殫心録，則君後先所擘畫敷施具在，予受而卒業，質諸所聞，一一不爽。因詢君命名之指，君曰：「天下之事，才者能爲，智者能謀，强有力者能任。予于斯自省無處也，惟此心不敢不盡焉。苟有利于民，則躍然以起，不爲之聚而歸之不已；苟有害于民，則惻然以興，不爲之除而去之不已。是故在沔池即身視沔池，在栢鄉即身視栢鄉，在密雲即身視密雲，今兹

〔二〕 萬曆本作「賸」。

抱關與東西南北之人交，即又身視東西南北，恩怨之不知，毁譽之不知，知盡吾心而已。」予曰：「善！然則君之爲是刻也，何居？」君曰：「人情勤始而怠終，吾將藉以自鏡焉，庶幾左于斯，右于斯，無忘昔日之爲邑也。自是而往，無忘今日之吴關也。凡求終始不愧吾心而已。」

予作而嘆曰：「淵哉！君之所存也！彼僅僅以才以智以强有力而已焉者，何足以窺之？當爲揭而告于世，俾在位者人人得是説而存之，其于天下可幾而理矣！」

題闇予諸友會規

東林有會矣，闇予諸友復爲是會，何也？一番合併則一番振作，固彼此之所以互相成也。然而共事者，僅僅數君子，何也？求益愈切，則擇交愈慎，又諸友之所以自爲計也。于是攜其會規視予，予讀而喜曰：「會不厭多，貴其真；友不厭少，貴其精。既精且真，吾黨其有興乎？」爲書其端以志勗。

一元巨覽題辭

朱廣文輯一元巨覽成，攜而視予。其指仿于邵子之皇極經世，自三才剖判以來，莫不次第而臚列焉。蓋造化人事無窮之變，大略具矣。予受而疾閱一過，頓覺心胷廓然，境界迥別，無内無外，無上無下，無遠無近，無古無今，打成一片，無是我者。退而徐徐玩繹，所當盛衰污隆善敗得失之際，時而爲之躍然以喜，時而爲之愀然以戚，時而爲之悚然以駭，時而爲之穆然以思，又無非我者。此中消息，在各人自知之耳。誠知之，即天地莫能囿，萬物莫能役，會應有無限受用；不知，即與草木禽獸並生並死于一元之内而已。此古之聖賢所以終其身兢兢業業，不敢須臾瞞昧過去也。

廣文曰：「作如是覽，乃真巨覽。不佞輯是編，嘗感光陰駒隙，一混一闢，亦僅僅轉眼間。竊謂吾儕不當以玩愒爲無傷，姑曰有待，而倏至于無可待也。今聞子之言，益廩廩矣！」

題丹陽丁氏追遠會簿

雲陽丁子行從予游有年矣，懇懇乎孝弟之爲亟也。一日，攜其追遠會籍視予。予閲之，喜曰：「非徒知之，亦允蹈之矣。」已，睨子行而言曰：「遠乎哉？遠乎哉？」子行豁然起曰：「非遠也，一體也。」予曰：「然聞之，能自愛者能愛親者也，能自敬者能敬親者也。是故百世而上，百世而下，極之于所不知何人，而呼吸喘息，無弗屬也，無弗通也，在我而已，夫何遠之有？抑又聞之，能愛親者未有不能愛人者也，能敬親者未有不能敬人者也。夫豈唯人，盡大地山河，種種色色，無不由此而分，孰得于其中爾汝之哉？故曰：『知其説者之于天下也，如視諸掌』。有味乎，孔子之言之也！子行之志，不徒欲善一身，而兼欲善一家。予則謂不當徒善一家，且當兼善天下，因推其説以進之。子行勉矣！」

題同生許明府册

吴下多假人命之訟，最是禍事。初狀行，差人謀牌，業有費。已，或委衙官挾仵作往相，上下請求，又有費。總視被告家貧富爲多寡耳，往往至于破家。久之，糾纏無已，亦自破其家，而訟者卒不悟也。

同生許明府來令吾邑，凡以人命告者，並不出牌。其在城，即挾原告躬至屍所視之；其在鄉，即令載屍至城。至時，呼原告面質，所以往往辭窮而退。或有他故，即諭之令别其狀，隨遣一役挾之葬埋訖而後聽理。以是，近者頃刻立决，遠者亦不過三五日。往往被告之人聞之驚惶疾走，至縣門問消息云何，而事已竟矣。明府爽朗洞豁，如除盗賊，禁賭博，創淫巫，寬門税諸善政，多津津口碑，而獨此一事尤爲造福無窮。世之仁人君子誠有取焉，相與仿而效之，其造福又當何如！他年有采循吏事入國史者，只將此一事大書特書，爲後賢告，其造福千萬世，又當何如也！予故表而出之以俟。

鄭母呂太夫人七十祝言

攻予鄭子嘗讀論語第一章，疑「學」字未有着落。已，讀第二章，悟曰：「我知之矣，所謂仁是也。」却又疑「仁」字未有着落，尋悟曰：「本章已明明道破了，所謂孝弟是也。」予聞而善之，復謂之曰：「有子首句提出『爲人』二字莫更好？」攻予躍然投契于是。

攻予之母呂太夫人七十，同社闇予〔二〕諸友乞予言爲壽，予曰：「世之爲人子者，所汲汲娱悦其親，只在精舉子業以博青紫已耳。乃攻予獨留心性命，時時求三益而切偲焉，即攻予之爲人可知矣。世之爲人父母者，所汲汲願望其子，亦只在精舉子業以博青紫已耳。乃呂太夫人見攻予之游于東林，輒欣欣色喜焉，即呂太夫人之爲人可知矣。知呂太夫人之爲人，則知呂太夫人之能自爲壽；知攻予之爲人，則知攻予之能爲呂太夫人壽。是母是

〔二〕萬曆本作「于」。前有文，題曰「題暗予諸友會規」，作「予」。當從「予」。

子萃于一堂，千秋之觴，庶幾其不虚薦乎？」暗予諸友起曰：「華封三祝，千古推爲美談，由今觀之，其猶屬第二義也已矣。」

待旦堂漫談題辭

予之知中丞懷魯周公，舊矣，蓋自初釋褐時，得之魏仲子崑溟，崑溟得之劉仲子紉華云。紉華，端人也，不輕許可，亟稱公慷慨有志略。予心識之，遂得交歡公。及其出爲令，入爲御史，所在著聲迹。歲乙巳，持節來撫我吴。予逆諸芙蓉湖上，進而接其言論風旨，退而按其行事，一一不爽，乃追服紉華爲知人，而何世之知之者之鮮也！予幸知之矣，無能剖心以明公。即海内長者如沈司馬繼山、趙考功儕鶴諸公，亦嘗與公共事，知之矣，率沈〔二〕伏清泉白石間，所相告語，惟是山農野叟、樵兒牧稚之倫，無由聞于輦上君子也。此公之遇也。

〔二〕萬曆本作「沉」。

一日，得公所記待旦漫談，讀之，蓋不勝太息！嗟乎！公之生平，表表如是，庸可襲取，庸可强飾，而能默然坐受多口，無不平之鳴乎？已而，解曰：「不疑之金，伏波之珠，自古而然，于今何怪！」已，又豁然忽有悟也，遂題尺一貽公曰：「『斯民也，三代之所以直道而行也』，彼求多于公者，曷嘗有成心哉？假令寓目是編，必且疑；疑而核之，一一有徵，必且信；既信矣，必且以爲知公晚也。公自是伸矣。此又公之遇也。」公笑曰：「吾且隱矣，焉知其他？吾求不負吾，吾求不負吾二三知舊，從清泉白石間分割半席，異日有所藉手，見吾紉華崑溟二仲，吾願畢矣！」

冰川詩式題辭

真定冰川梁先生雅嗜詩，精研博采，積三十餘年，著詩式十卷。上自古樂府，下及近代諸體，條分縷析，井井具矣。乃詩原特揭出一「悟」字，尤爲喫緊。試參之，悟果何物耶？凡涉于聲便有清濁，可以緣清濁而得之，而此非清非濁，即師曠不能聽也。凡涉于色便有濃淡，可以緣濃淡而得之，而此非濃非淡，即離婁不能矚也。凡涉于味便有甘苦，可以緣甘苦而得之，而此非甘非苦，即易牙不能嘗也。凡涉于象便有方圓，可以緣方圓而得之，而此非方非圓，即公輸不能辨也。故曰：「鴛鴦繡出從君看，不把金針度與人。」其旨精矣！畢竟金針猶可度也，當問把金針是誰？庶幾通得一指頭消息耳。吾欲面質先生而無從也，姑書其端以俟來者。

題姚玄升諸友會約

程伯子云：「舉業不患妨功，只患奪志。」今觀諸友會約，爲舉業設耳，乃能斤斤交砥，一言一動，一切稟諸繩墨，惟恐少有愆戾，以辱東林。此正曾子之所謂「以文會友，以友輔仁」也。志且因之立矣，奚其奪？抑吾每每見人之始而勤，徐而倦，久而卒至于廢棄也。是且不待富貴而淫，不待貧賤而移，不待威武而屈，即求所謂志，弗可得已，尚何論其奪不奪哉？吾知諸友必不爾也，聊爲道破，無令吾言不幸而中可焉。

題鄒貞女傳

何以稱女？未成乎婦之辭也。何以稱貞？未離乎女之辭也。之子未嫁而寡，衰絰謁墓，抱主而歸，朝夕依之，形影相吊，居然離乎女矣。拜其姑，又遍拜其尊屬，退而稱未亡人，居然成乎婦矣。必曰「貞女」，將無重違其雅意？所以起問者，見事情，使人欷歔三嘆而不能已于是乎？静一淫靡，崇茂德義，君子之教也。顧叔子曰：「子雲之賢也，而嫁于新；平仲之賢也，而嫁于元。説者往往爲之辭，予始且疑，而且信焉，以爲是或一道也。今觀鄒貞女事，乃爽然自失矣。」

題婁庠政略

予讀蕭伯穀婁庠政略，津津有契也，爲之言曰：

聖人之道高矣遠矣，非夫超卓之士，特立物表，廣覽千古，孰得而幾焉？惟是世之號爲超卓者，往往落拓自喜，土苴繩墨，甚而陽以託于不屑，而陰以濟其無忌憚之私。其藏身彌高而其處身彌下，爲害非細，此有識之所深懼也。伯穀雅習其尊甫拙齋先生庭訓，于良知之指早有悟入。往，予識之燕邸中，見其翩翩有鳳凰翔于千仞氣象，迥非塵界可局，私心偉之。乃今試政婁庠，顧能欽欽以禮自範，又推之以範士，即一言一動，一進一退，無所不致防焉。其謹凜爾爾，有以知伯穀向來之所從入，俱由實地上來，不僅僅玩弄光景而已。

予少負嘐嘐，意不可一世，至妄擬先師孔子不應泛取硜硜一項人，先贈公呵之乃止。一日，見曾點責子輿耘瓜事，輒爲悚然，始稍知收斂。時復四顧皇皇，寤寐同心之助，何幸乃得伯穀乎！易有之，「知崇禮卑」，竊以爲舍禮卑而覓知崇，便墮無忌憚行徑，如伯穀方可與言真超卓也。且予目擊邇時相率厭修而矜悟，其于程子識仁説業奉爲蓍龜，猶以誠敬爲礙，掃而去之，孤行不須防檢、窮索二語。僭不自量，欲挈其所去，收還程子，時有提掇，用遏狂瀾，遂或不無矯枉之過。頃，伯穀偕徐孝廉去聞，過問東林，商及此段公案，往復再四。諸所闡發，大意務在表章程子當年本旨，不令浮狂藉口，絶不以一毫己見抑揚其間，啟予實多。至日月星一箋，尤爲痛快！會得此，然後一言一動，一進一退，具有着落，其所自範與其所爲範士，不僅僅裝點格套而已。故予又以爲舍知崇而覓禮卑，便墮硜硜行徑，如伯穀方可與言真收斂也。

伯穀其志之，而今而往，尚其益加懋焉，以無忘庭訓！予豈惟爲先生賀有子，且應爲吾道賀有人矣！

重刻懷師録題辭

予讀楊夷思先生所輯懷師録，爲之出涕，作而嘆曰：異哉！梁永豐落落布衣也，其生也不能富人，不能貧人，不能貴人，不能賤人，樵兒牧稚可狎而睨焉；比其死也，人皆冤之，爲之徒者且相與捐身以赴之，至冒鼎鑊、蹈白刃而不恤。張江陵堂堂相君也，其生也，能以人貧，能以人富，能以人賤，能以人貴，公卿百執事侈口頌功德焉；比其死也，人皆快之，爲之黨者且相與戢身以避之，惟恐影響之不懸以蒙其累。是何兩人之處勢微顯判然，而得失之效更自相反！何也？此以心服，彼以力服也。

嗚呼！昔一時也，爲江陵獻媚者，殺永豐如殺雞豖，蓋若斯之藐也，布衣固無如宰相何也。今一時也，爲永豐雪憤者，疾江陵如疾豺狼，蓋若斯之凜也，相君亦無如布衣何也。然則是録也，一足以示屈于勢者不得爲屈，究必伸；一足以示伸于勢者不得爲伸，究必屈；一足以發明斯民之直道宛如三代，即欲百方磨滅之而不能也。其于世教，寧曰小補而已哉！夷思之欲重梓是録而新之也，有以夫！有以夫！

題周氏譜録

省梅周子一日攜其家所藏譜録視予，予受而讀之。凡諸名哲之論譔，洋洋具矣，言必稱元公。因謂之曰：「昔者竊聞之，有道譜，有族譜，道以斯文之似續爲譜，族以一姓之似續爲譜。由元公而上，爲孔孟，爲文武，爲禹湯，爲堯舜，爲羲軒；由元公而下爲二程，爲龜山，爲豫章，爲延平，爲紫陽，道譜也。由元公而上爲世幾何，由元公而下爲世幾何，族譜也。承族譜易，承道譜難。爲周之子孫者，庶幾合道譜于族譜，無徒以其易自安，而以其難讓人，可乎？」省梅子躍然起曰：「大哉！子之言也。予也其何敢私諸，請書而載之宗祏〔一〕，以詔我後之人！」

題石幢葉氏世德傳

葉參之廷尉將乞伯聲尤子作世德傳，客以問予曰：「伯聲孤高絶俗，翩翩鳳翔千仞之上，向奉徵書，得卭州别駕，夷然不屑也。年來入山益深，入林益密，幾不可踪迹已，還肯諾參之否？」予曰：「諾哉！」客曰：「何以知之？」予曰：「吾知之于其尊甫迴溪先生耳。」客曰：「願聞其説。」予曰：「始先生解南畿，文名大噪。已，舉南宫，嚴分宜贄而謁甚恭，先生怪之。分宜從容以家乘請，先生不可，固謝去。吾迹先生所不可在彼，

〔一〕 萬曆本作「祐」。

而有以知伯聲所可在此也。若塊然獨守，不問誰何，一切抹殺，漫無肝膽，何貴于伯聲？」已而伯聲果諾，聞予言以爲知己。

傳甫就，私以質于予。予讀之，灑然異焉。「是從龍門來耶？是何磊落而多幽思，沈著而有遠韻也！是故意在表章，則鼓舞而道之，張皇振厲，恣極形容，若有餘艷；意在寄諷，則感慨而道之，唏嘘太息，徘徊往來，若有餘悲。遂應與首陽汨羅諸撰，並馳域中，淋漓千古，何其烈也！噫嘻！讀樂善公以下諸傳，頑夫廉，懦夫立，薄夫寬，鄙夫敦矣。讀張碩人以下諸傳，鬚眉男子，滿面發赤，跼蹐無所容矣。其于激揚人心，扶植世教，又何如哉！夫寧獨葉氏一家之史也！」伯聲起曰：「其然乎？其然乎？吾不敢知，藉子之靈，庶乎有以復于參之矣。」

題邑侯林平華父母赴召贈言

語有之：「古之學者爲己，今之學者爲人。」程子借其言而反之曰：「古之仕者爲人，今之仕者爲己。」其指微矣！要而言之，二義實互相發也，只在辨得一「己」字耳。竊以爲古之所爲之己，公共之己；而今之所爲之己，軀殼之己也。所爲在公共之己，則于軀殼之己必有所不暇問，而此心廓乎其大矣，何者不聯屬于内？是己與人兩得之也。所爲在軀殼之己，則于公共之己必有所不暇問，而此心局乎其小矣，何者不隔絶于外？是己與人兩失之也。得失之間，其端毫釐，其極千里，不可不察也。

平華林侯，閩之世家也，而來令吾邑，寧静〔一〕澹泊，蕭然與書生不異，獨于四境之疴疾痛癢，最爲兢兢。是故苟有益于民，即恒情之所甚咈，怡然而安之勿吐也；苟有病于民，即恒情之所甚暱，毅然而剖之勿茹也。若是者爲己耶？爲人耶？究乃士誦于庠，農誦于野，商誦于市，旅誦于途，一以爲神君，一以爲慈母。赴召之日，黄童白叟，相與攀轅卧轍，擁傳而不得行。若是者，爲己之效耶？爲人之效耶？無乃捐軀殼之己以成公共之己者耶？自其捐軀殼之己，謂之精于爲人者莫如侯可也；自其成公共之己，謂之精于爲己者莫如侯可也。向所云己與人兩得之者，非耶？居今之俗，行古之道，侯其弗可及也。

〔一〕萬曆本二字作「清夷」。

于是，衿紳而下，及山澤能言之流，咸作爲聲詩，咏歌其事，洋洋纚纚，可謂甚盛！予恐讀者徒知侯之逸于觀寧，而不知侯之勞于求寧；徒知吾邑之所得于侯者，仰之如龍峯之高，俯之如梁水之深，而不知侯之所得于吾邑者，自惠泉一勺之外無有也。故特爲之推本而著其説于端。

程行録題辭

昔人有置黑白豆記念頭善惡者，湯子洗心仿其意，置程行録記功過以自考焉。可謂用心之密矣！且謂之念頭，則獨知獨覺藏于内而無形，猶或得而文之。今閲所開功過諸欵，則可見可聞，顯于外而有迹，即欲著〔一〕一毫揜著而不得也。子其勉之！吾將以此考子矣。

〔一〕萬曆本作「着」。

涇臯藏稿卷十四

明　顧憲成　著

華從玉歷試考卷題辭

吾邑華從玉氏故名家子，能讀篋中遺書，多長者游。予之識從玉則自歲庚午始。是歲南海鍾心瞿先生來視學，擢從玉諸生第二人，廩諸學宫，而予亦補諸生行，且國士予也。予見先生，先生輒爲予才從玉而曰：「此佳士子，無失之！」予退而求從玉，從玉亦不予薄也，相得甚歡，時時過從揚搉，輒覺有灑然處。予乃益思鍾先生言。

無何，予遂博一第去，而從玉猶然淹在諸生。夊之，更棄而游太學矣。予自省何敢望從玉，從玉之塵垢粃糠足以鑄予而不能自鑄，功名之際乃爾，殆不可得而知也！雖然，此猶自兩人言之也。當從玉之爲諸生，操管而前，見者靡不嗟賞，裒〔二〕然而寵異之。既晚而事司成先生，每奏一篇，未嘗不稱善，遇以殊等，獨其試于棘闈則報罷。一從玉之身而所遭乃爾，尤不可得而知也。

會從玉之門人徐子田文刻其歷試考卷，從玉愀然不樂。予謂從玉：「昔司馬子長欲藏其書于名山大川，而虞仲翔嘆恨無一人知者，至乃欲以青蠅爲知己，何其悲也！君之指，得無與二子類乎？」從玉曰：「否否！非是之謂也。吾父海月公之生露也晚，屬諸吾兄補菴子而撫之，勤劬有加焉。乃今竟憔悴不立以老，是吾父吾兄之耻也。吾母薛實副吾父海月公，其子露也備嘗諸辛，乃今不克有樹以慰，是吾母之耻也。若又從而昭之，人其謂我何？」顧子喟然曰：「深哉！始予見從玉之表也，今見從玉之裏矣。子長仲翔之寄憤也遠，所亟在名；從玉之設誠也近，所亟在實。是固無冀乎一人之知，縱令藏諸名山大川，亦未必百世之下之果有知之者也。雖然，從玉之于斯也，可謂盡心焉耳矣，遇不遇時也，從玉無咎，盍許徐子？」從玉唯唯。予不勝憐才之感，漫爲題數語以志，并以示其二

〔二〕萬曆本作「裒」。

子玄禧玄禔，庶幾且有省乎，繹其志而光大之。從玉之所以慰其父若母若兄者，旦暮遇之，無疑也！

馬君常制義題辭

予始從濂源莫子游，識其門人涵虚馬君，退而省其私：「君子哉！」予愛之重之，不獨以其文也。乃今又識涵虚之子君常。君常有妙才，自垂髫時，每下筆輒作驚人語，稍長就試，輒冠其曹，東南之士翕然推之。

兒渟、兒沐請奉几硯以從，君常許焉。兩兒因得朝夕君常。一日，兒渟告予曰：「兒益矣！兒病浮，君常韞采韜光，終日不浪吐片語，兒對之未嘗不悚然自失也。」一日，兒沐告予曰：「兒益矣！兒病曠，君常鍵關下帷，終日不浪費寸陰，兒對之未嘗不悚然自失也。」予于是益異君常，愛之重之，亦不獨以其文也。已，呼兩兒語之曰：「小子識之，是正君常之所以文也。」

會客謀行君常文，遂爲書而引其端：一以告讀者，俾就所以處求君常；一以告君常，俾益反求其所以，進而上之，應有無窮事業在也。予病且老矣，君常不予棄也，庶幾相與夾護桑榆，無致頹落，予實厚有賴焉！君常其務自愛自重哉！

錢受之四書義題辭〔二〕

惜昔己卯之歲，予客秦川景行錢伯子齋頭，相與揚搉今古，至歡也。伯子故負才，妙文辭，予拱遜不及，迄于今尚不獲一第，逡巡且暮，意殊怪之。甲午歸田，伯子攜其郎君受之過訪。已，出其文視予。予讀之，見其精思傑采，飛舞筆端，令人應接不暇，灑然異焉，笑謂伯子曰：「是當一日千里，爲乃翁先驅矣！」亦時時以語人。今年秋，果舉南闈春秋第一，聞者以予爲知言。

予因告受之曰：「夫士豈不誠貴遇哉？然而有司命焉，則天爲政；有司衡焉，則人

〔二〕四庫本削去，今據萬曆本補。

爲政，非吾所得而主也。足下業已如執券而取之矣，況其上不由天，下不由人，吾之所得而主者復誰讓乎？竊窺足下意用不凡，生平自期寧僅僅一第？而今而往，隆思太上，究竟丈夫事，作名世第一流人物，直襟帶間事耳。故曰：『有能一日用其力于仁矣乎，吾未見力不足者。』此吾受之風簷之次，心手自糸，灼灼而言之者也，愿無忘焉！又當一日千古矣！」受之起謝曰：「美哉言乎！敢不祗服！」

適書林乞得其四書義梓之，輒寫數語志其端，以爲是又受之一券也。異日者，予將執而取之矣。受之歸以告景行，景行悦，簡予曰：「吾聞君子愛人以德，子其有焉！」

題南游草

丙子之舉，先贈公呼予而語之曰：「孺子且自以爲能乎？」予悚然起對曰：「兒何知，大人之教也。」先贈公曰：「未也。惟我之先世以長者稱，越我顯祖友竹府君、顯考侍竹府君益篤不忘，至于孺子而發耳。東南故才藪，七篇文字，孺子烏乎短長，遂偃然而據其上哉？」予復悚然起對曰：「大人命之矣，何敢忘！何敢忘！」今秋，姪〔二〕浹亦舉于鄉，仲兄追憶先贈公之訓，相視泣下。

予退而呼渟兒曰：「汝弟浹何以獲雋？」渟對曰：「弟浹之于斯也，歲無玩月，月無玩日，日無玩刻，用志不分，庶幾有焉！」呼沐兒曰：「汝兄浹何以獲雋？」沐對曰：「兄浹之于斯也，鍊〔三〕意成字，鍊字成句，鍊句成篇，深造自得，庶幾有焉！」予嘆曰：「信哉！祖宗積累不可忘，亦不可恃。假令浹也悠悠而已爾，莽莽而已爾，先贈公之訓，不幾頓乎？又何以及今日！」

適浹裒得南游稿一帙，予爲書其端，俾益加懋焉，且以自惕云！

〔二〕萬曆本作「侄」。
〔三〕萬曆本作「練」。

題施羽王制義選

制義之變，于今極矣。三寸之管，縱横吞吐，何所不有？士生其時，幾無復立錐之地，可以另闢宇宙，爲人倫雄長。迺今施羽王又何卓也！其文骨格峻潔而氣韻安閒，研思締致，種種超出蹊徑，參諸王錢而下，楊許而上，居然別標一局！非夫枝葉盡刊，洗心有密，沈蓄而徐發之，宜不及是！反覆咀嚼，一段深至之味，隱隱自喉舌沁入肺肝，結而不散。微乎微乎！予竊有以想見其據梧運斤之際矣。

茂才沈道生讀而愛之，手摘玄珠，攜示兩兒子，共爲揚搉。予因語道生曰：「君知之乎？造物精英，日新不已，各人胸中，自有羽王也。」道生躍然而去！

惺復錢公四書制義題辭

舉子業，小技耳，而聖賢之精蘊寄焉。是故貴以理勝。然而理至圓也，深言之則深，淺言之則淺，精言之則精，粗言之則粗，亦顧人之所見何如耳。是故又貴以識勝。夫理者，文之心也。識者，文之眼也。心眼合一，乃爲文家第一諦，未可草草語也。

惺復錢公用進士高第來理吾郡，郡人士莫不想望風采。予方有煙霞癖，不敢以野服溷公庭，屬歲之季春，公幸芙蓉湖上。予聞而謁諸其舟中，相對論文甚歡。既別，緘所製時義一編視予。予發而讀之，一字一快，不覺齒牙喉舌之間生液，津津而滿。徐而按之，大都本自匠心，擬議成變，既是玲瓏透徹，迥然超出人意外，又是精切的當，穆然沁入人意中，故足珍也。

今亦何能縷述，聊掇其略。如克伐怨欲篇有曰：「就仁言不行，即以見靈湛之體；就不行言仁，衹以增把持之障。」淵路言志篇有曰：「宇宙不隔吾心，吾心自隔宇宙。」行己篇有曰：「平居能辨一已，即臨事能辨天下。」懷居篇有曰：「寒暑風雨之變迭乘，正以振英雄豪傑之氣；而顧盼牽制之私盡破，獨以見道德性命之真。」噫嘻微矣！此予向所云以識勝者也。以識勝者，乃其真能以理勝者也，夫豈區區淺臆薄詣可得而及哉？

予聞公少負奇慧，垂髫時便褎然爲子衿領袖。已而，每試輒最，後先所爲督學使者蘇李蕭饒諸名公，無不國士公也，公不爲色滿。及屢蹶塲屋，亦不爲色沮。歸而益務暠暠自濯，不造極登峯不止。繇是觀之，公之所得于動忍增益者，淵乎深矣，又何可概以舉子業視之也。公下車未幾，遂攝郡篆，廉明仁恕，甚得民譽。以方序其文，不及。且公而實其言，將來盛德大業，有非一郡之所能限者。予姑標而出之，爲異日券，庶幾作芙蓉湖上一佳話。公無忘哉！公無忘哉！

題吴允執梅花樓藏稿

往，安節先生緘會課數十卷寄予。予閲之，多所嘉賞，而其中一卷尤稱奇絶。因貽書先生曰：「此卷不徒文之工，其深識遠致，迥非章句書生可及，他日必成大器。」已，得報，乃其孫允執也。先生遂攜之謁予于東林，予察其氣貌，益偉之。今年秋，果獲雋南畿。允執復來謁，予曰：「不佞聞君之捷也，一則以喜，一則以懼。夫何以喜？爲安節先生喜有孫，爲徹如君喜有子也。夫何以懼？安節先生道履慥慥，海内共推長者，而君爲之孫；徹如君風烈皎皎，足以砥柱頹俗，而君爲之子。俯仰後先，此擔正未易負荷，所以懼也。」允執悚然起謝曰：「命之矣！」少間，手文一帙視予。予覽之，又超昔年會課而上矣。因稍爲評次，而志此語于端，以當授記云。

題孫恭甫行卷

虞山三川孫先生澄空皎月，出岫閒雲，生平喜爲聲詩，不屑舉子業，以是終其身不遇。長君子喬，次君子桑，能工舉子業矣，猶然未遇也。惟子桑晚而始領鄉薦耳，亦不免落人後。若子喬則更有待焉。其難如是！乃子喬之子恭甫纔茂年，一舉而遂魁南畿，又若甚易然。何耶？吾聞之，盈虛消息謂之天道，積功累仁謂之人道。故曰：不蓄不光，不暗不章。然則昔日之淹，正所以基今日之頓也。吾讀恭甫文，靈襟濯濯，不染一塵，大有三川先生之致；至其步驟雍容，行乎勿忘勿助之間，又得之子喬爲多。然則今日之發，又所以顯昔日之藏也。恭甫方赴功名之會，吾懼其睹己之易而忘祖父之難也，特爲陳今昔之故以告之。恭甫其謂然否？

涇皋藏稿卷十五

明　顧憲成　著

二僊留勝圖題辭

郴州蓋有蘇成二僊，其事頗異。吾儒擯不語，非直不語，亦不解也，曰：「是固幻耳。」然予聞蘇僊事母，致養勤甚，人莫之及，又能爲德于其里。成僊始嘗爲縣小吏，及署文學主簿，竝以舉其職聞。凡此皆人倫日用之常，非有震于物也。至于吾儒自稍通章句以上，靡不稱堯舜，述周孔，斯已卓矣！夷考其行，率謬不然。甚者投棄規矩，恣睢以逞，仰慚日月，俯慚人群，不亦大可怪乎？顧恬然安之，曾莫以動于意。予誠不知孰爲常而孰爲異也。

予又聞蘇僊道既成，有群鶴來集其庭，形色聲音皆人也，姿貌秀整如十七八少年，雲冠霞衣，服飾壯麗。與語，欵密如故，因隨之迤邐升天而去。成僊既卒，有友人遇諸武昌岡〔二〕，謂曰：「吾來時匆匆，遺一舄于雞栖上，遺一劍于户側，爲令家人收之。」友人至其家語之，信！衆大驚，因發棺視之，不復見屍，但一青竹杖，長七尺，並一舄而已。

然則蘇氏之所以僊，惟其真能有也。成氏之所以僊，惟其真能無也。迄于今，猶可按而考焉。即有艷慕欣道，竭蹷而趍之者，苟其明效顯驗，不臻于是，終莫得而假也。至如吾儒不然，其説曰：「吾心即僊也。吾心之變化云爲，上際下蟠，先萬物而非有，後萬物而非無。即所以爲僊也，豈不大哉？」已而察其心，固與庸俗等耳。徒以其善匿而難窺也，往往託而文焉，以内欺乙，而外欺人。予又不知孰爲真而孰爲幻也。

予過郴，郴侯盧堯卿示予二僊圖。予惕然有感，因綴數語志其端。非故薄吾儒而有羡于彼也，庶幾覽者于是乎諦思熟繹，反而求其所繇，以晰于常異真幻之辨，而不敢徒以區區之空名爲足恃也！即二僊之于吾儒，厥亦有隱功哉，其又何擯焉！

〔二〕 萬曆本作「崗」。

法喜志題辭

澄江夏孝廉茂卿輯法喜志成，有客過予，語及之，而曰：「茂卿津津禪悦，迹所采擷，率從忠孝節義中薦取，跳不得儒家門户，何也？」予曰：「茂卿以儒用禪者也，非以儒爲禪用者也。以儒爲禪用，即儒亦化而禪；以儒用禪，即禪亦化而儒矣。此茂卿陶鑄手也。」曰：「然則儒家擯禪，何也？」曰：「此以正學脉也，而茂卿以廣取善也。一主嚴，一主寛，兩者竝行而不悖也。」曰：「伯升之穢焉而録，休文之阿焉而録，處道之悖焉而録，天覺之黨焉而録，奚取也？」曰：「孔不廢祝鮀，孟不廢陽虎，參苓、烏附竝貯大醫王藥籠中，其何疑于茂卿？」客曰：「善！」

已，又語客曰：「請爲子竟其説。禪教之興，本之乘儒教之衰而入，顧其所以得乆行而不廢，則又賴儒教之立也。有如土苴人倫，粃糠事物，胥而入于虚無寂滅之教，竊恐世道人心且蕩然靡所主持，彼禪者流即欲雲卧霞飡，雍容麈拂以課其所謂向上第一諦，將焉能之？昔王仲祖劉真常共訪何驃騎，驃騎看文書不顧。王謂何曰：『卿何不擺撥常務，應對玄言，那低頭看此邪？』何曰：『我不看此，卿等何以得存？』聞者共賞以爲佳。由此言之，茂卿之爲是編，特于忠孝節義三致意也。其深乎！其深乎！」客以告茂卿，茂卿曰：「善！」遂掇幅箋受之而標其端。

題華羽士卷

異哉！華孝子業已尊父命，終身不娶矣。乃錫之爲華者必祖焉，是無後而有後也。異哉！華生啟原業已作黄冠道人矣，却惓惓以孝子爲念，願得終身灑掃祠下，虔奉瓣香，是出家而在家也。此等處，一一從赤子之心流出來，世法出世法都束縛他不得，吾是以有取焉。啟原試歸而綮之，無日用而不知也！

題魁星圖

天地，太極之餘也；日月，天地之餘也；先生，日月之餘也；丘索墳典，先生之餘也。一變而記傳，再變而詞賦，三變而時義，丘索墳典之餘也。朝而士，夕而公卿大夫，一變再變三變之餘也。嗚呼！先生將彼之餘，成此之餘；來者不拒，去者不追；取者不德，舍者不疑。方且翩翩乎相與尸而祝之，俎而豆之。吾不知先生其以爲何如也？于是乎題而問諸先生。

簡明醫要題辭

澄江雲竹顧翁以醫聞于人，久矣。蓋近奉庭訓而遠宗劉張朱李諸先達，虛研實究，會而通之，以故所投輒效，一方賴焉。于是翁年且七十有三，乃手録生平已試之方，都爲五卷，授剞劂氏，命曰簡明醫要。其言曰：「是編所載，平平耳，無新奇可喜之説也，聊以遺子孫，備檢閲耳。」

予聞而賢之，翁之不爲新奇，乃其能爲新奇者乎？語有之，「醫者意也」。誠然誠然！顧其説可以生人，亦可以殺人，生殺反掌耳，不可不察也。何也？意難調而易偏也，是故欲其平。平者以病治病，不以我治病也。病而曰治，曷嘗無意？治而曰以病不以我，曷嘗有意？有意無意之間，能神能聖能工能巧，劉張朱李之精蘊，翁一言蔽之矣。信哉！翁之不爲新奇，乃其能爲新奇者乎？是故概而論之，是編僅五卷耳，蓋綜其博而歸諸約者也，翁之所見以爲要也。徐而繹之，千言萬語，總不出「平」之一字，蓋至約而實至博者也，予之所見以爲要也。讀者宜何求焉？

翁子言嘗從予游，乞予題其端。予爲走筆書之如此，且告之曰：「子業服巖邑，令名邦，有種種惠政及民矣。而今而往，其務益加懋焉，以竟厥施！即翁滿案活人術，不滋暢乎？即翁滿腔活人心，不滋快乎？異日者，吾又將就子覓醫國之譜也。」言再拜而起，曰：「先生之所以敉拭言父子腆矣，敢不奉以周旋！」

題鄒忠餘收骨行

試看這個是恁麽？若不識得，便未免當面混過；若識得，又未免將來做件事。當面混過，即淪于無；將來做件事，即着于有。一念湛然，兩頭不墮，其竅妙在恁處？忠餘其自參之，吾不能代下語也。

涇皋藏稿卷十六

明 顧憲成 著

明故學諭損齋張先生墓誌銘

憶昔歲己巳，先贈公爲不肖憲及弟允擇師，語人曰：「必得文行兼備之士而後可！」東里雲浦陳公爲言先生，先贈公喜，遂率不肖等北面師事之。先生一見，語不肖等曰：「吾觀子兄弟氣貌，非區區舉子業可了，須努力尋向上一着！」先贈公聞之，益喜。時仲兄坐善病，不復理鉛槧矣，亦令執經以侍，曰：「吾固不專爲舉子業也。」庚午，先生應雲浦公之辟，不肖等負笈以從。比數年，竝相繼取一第，而獨先生僅僅作一學博以老且死矣。

于是，子楷等卜以乙巳之十二月廿四日葬于歷村之新阡，持其兄濟川學博所爲先生狀，屬予誌其墓。予不勝黯慘，相向哭俱失聲。嗚呼！一第，先生之糟粕，而向上一着，則先生之精髓也。得精髓而遺糟粕，先生其亦何憾！惟是不肖輩，玩愒因循，浪擲日月，俯仰幾四十年，止了得舉子業耳，曾未有努力處也。得糟粕而遺精髓，負愧實多，尚何足以任千秋之役！雖然，先生之千秋自在，非予言之謂也，其何庸辭？謹按狀，条以耳目之所逮而誌之。誌曰：

先生諱淇，字子期，號原洛，晚號損齋居士。初以字行，已而更今名。張之先世居澄江琉璜里，有養浩公諱瓚者，始自琉璜贅高莊鄧氏，遂占籍無錫，爲高莊張氏云。瓚生愷，以成化甲辰進士，官都轉鹽運使司運使，世所稱東洛先生也，詳具邑志中。是生洛川公琳，爲邑庠生。琳生履菴公鉞，配華孺人，生子五人，女三人，而先生其長也。

先生自少英穎不凡，嘗逮侍東洛公，東洛公奇愛之。稍長，力學工文。年十八，補邑弟子員。二十而廩，即爲人授經。履菴公不善治家人産，産日挫，悉館穀進之，有以一帛贈者，必躬致履菴公，曰：「兩親百結，吾何以有此！」華孺人性端毅，先生年踰四十，間涉詿誤，猶加箠楚，輒嬰啼受之。每從館歸日，則依依膝下，夜則侍寢于側，至于婚弟嫁妹，拮据備具，絶不以經兩親之念也。雲浦公高其行，邀秦玄峯昆弟聚百金，置租四十餘石以佐所需。鄉人多弗償，竟不問，嘆曰：「安得廣廈千萬間，坐令寒士俱歡顔！」履菴公聞而壯之。時先生每試輒最其曹，名日起，三吴方千里間争聘爲師，顧其試于棘闈，輒報罷。久之，始以歲薦分教吴庠。

適不肖從銓曹請病還，往見先生，挾一蒼頭徒步而前。先生煮茗煨栗，相對終日，極歡。酒半微，問曰：「得無爲郡邑君子所迹？」不肖謝不敢。先生喜曰：「方是吾弟子，不是天官郎也。」始先生待選都下，申相國迎致邸塾，甚嚴重之，以是乞鐸其邑庠。及先生憂歸，再補休庠，遷諭英庠，竝不藉相國氣力，一希薦剡，亦不向達官貴人前一齒不肖兄弟姓名。會休令石林祝公考績至吴下，或告之，大加嗟異，時時以語人。不肖聞之，恍然自失也。向者相忘于無懷葛天之間，不覺耳，却被石林道破矣。此景此意，今亡矣夫！今亡矣夫！

先生所至以身爲教，諸生賢而材者優禮之，貧者恤之，有負不平者直之，諸生翕然信愛。地方利病亦時時爲主者陳説，不計恩怨。以故吴令謙川馮公、英令混成龎公傾心敬事，一如石林公焉。即直指使者牛公亦枉駕就訪，不以常格遇也。

乃先生每以養不逮親，怏怏不自得。又見饑饉相仍，國家多故，丘壟之思，倍爲懇至。書其齋壁曰：「静中自念常憂國，夢裏思親輒過家。」遂拂衣東歸，歸則田不足具饘粥，廬不足蔽風雨，蕭然斗室，日與兩孫講解不倦。適次公冰壺亦解官歸，時分秫佐酒，故先生有「年來藉得同胞養，分取簞瓢聊自怡」之句。兄弟嬉嬉，共陶暮年，意甚樂也。書其卧室曰：「在家出家，世事盡從流水逝；得了便了，丹心原對白雲閒。」高襟逸度，居然不讓浴沂風詠三三兩兩間矣。

先生素健無恙，年且七十，以濕疾艱于步履。甲辰夏四月，忽倦卧，不語不飲者六日。垂絶之晨，索筆大書曰：「只知人事是太古，不信我身非伏羲。」又索酒大飲曰：「令我薰然陶然，栩栩然而逝，可也！」長子楷請遺言，怒曰：「吾言之熟矣，若遽忘耶？做人須收拾身心。要知此身心非幻身肉心，乃我自家原來清净法身，原來先天靈覺真心，天下有何物可以尚之？何物可以易之？須是自知自養，自煉自取。吾儒致中致和，實不外此。薛文清公讀書録，吾家祖業也，宜付兩孫。」至酉，遂瞑。嗚呼！死生亦大矣，何其了了也！

先生廣額豐頤，美鬚髯，胸次夷曠，不留一滓，而負氣倜儻，耻與俗浮沉，每語及古豪賢長者及忠臣孝子，輒爲佇想沉思，徬徨太息。喜豪飲，往往藉以寄意。或時而終日陶然，身世兩忘；或時而高談叱咤，睥睨六合；或時而感慨激烈，涕淚交流，而繼之以怒髮冲冠，恒歌曰：「出師未捷身先死，常使英雄淚滿襟。」先生不自知，人亦無能知先生也。

先生髫年師事陽湖邵公，聞陽明致良知之説。及壯，游方山薛夫子之門，學益進。已，乃亟稱考亭曰：「畢竟盤不過此老！」庚子之秋，過視涇上，朝夕劇論，意氣如故。因言，邇來異説横行，始而侮朱，終而侮孔，其害真酷于夷狄禽獸。遽掀髯而起曰：「恨予不作魯司寇，磔此奴于兩觀之下！」須臾飲盡一斗，仰天而呼，噫嘻不已！左右笑曰：「先生狂矣！」先生曰：「狂乎？非吾之狂而誰狂？」今先生往矣，回首當年，猶覺生氣凜凜如在！此豈生斯善斯，闇然媚世，無所短長之人所可同日而語哉？

先生生于嘉靖癸巳十月一日，卒于萬歷三十二年四月廿五日，享年七十有二。配夏孺人，有内德，生子三：長即楷，娶吴氏；次樸，娶李氏；次楨，娶馮氏，後于守菴君。女二：長適邑庠生厲燧卿，次適何起潛。孫男七：長孫燁，娶陸氏；仲孫美，聘華氏；餘尚幼。孫女四：長適趙瑞徵，次字葉起龍，餘幼。樸與美後先出爲冰壺嗣。

狀又述先生嘗欲傳履菴公固窮樂善之操，俾子孫無忘，并自叙其生平，其言曰：「昔陶淵明預爲祭文，杜牧自撰墓誌，蓋知生者不諱死，存者不諱亡。愚者之鄙忌，智者不蹈也。余犬馬齒，雖幸老而傳矣。自念以中人之資，幼讀聖賢書，長承祖父訓，而忠信孝弟出自天性，生平辛苦，僅爲祖宗持立門户，一無恢拓。雖八試棘闈，而竟違進取之志，即晚膺儒綬，聊借爲代耕之資，謹守繩墨，不敢妄爲。自謂所得于吾儒義理性分爲多，故于貧富貴賤，一不介意。然直諒狷狹，不能媚于人，不肯求于人，惟嫉惡好善，引咎服義之心，裕如也。」每擬筆之以自見，竟以矍鑠〔二〕，自信未艾，不果，而今已矣！雖然，味斯言也，亦足以概先生矣。請韻爲銘，銘曰：

〔二〕「矍鑠」二字萬曆本作「躩躒」。

卓彼賢聖，人極自出。烺烺遺經，中天揭日。惟祖惟父，世篤清佳。庭訓在兹，夙夜與偕。善親曰孝，善長曰弟。孩提赤心，終身罔替。發己自盡，循物無違。厥孚盈缶，忠信是依。惡衣菲食，諸艱備歷。青氊無恙，一椽靡益。挾瑟擯齊，獻璞刖楚。抱關擊柝，苜蓿亦可。從吾所好，莫之或攖。貧賤富貴，總付浮雲。還揆生平，斤斤儒矩。動静語默，淵臨冰履。直腸直口，無詭無佞。同異愛憎，不與物競。見善如珍，見惡如疾，徙義如奔，聞過如獲。心口自供，形影自證。百年之事，于今已定。像此爲像，不須寫真。譜此爲譜，不須買文。樂而忘年，來日可待。一朝委化，徒然琴在。曰予小子，恭勒貞珉。後有考者，英爽常新。

明故翰林院庶吉士完初唐叔子暨配蔣孺人合葬墓誌銘

天地間至尊者自，至貴者自得也。自得云何？是必慊乎心之所真是，舉天下非之不顧也；非必慊乎心之所真非，舉天下是之不顧也。夫豈惟天下？即一家之内，情最親也。目之所視，耳之所聽，口之所談，手足之所持循，少而習焉，長而安焉，日漸月染，不知其然而然，轉移最便也。亦惟是率其本來面目，隨分成詣，隨詣成局，無假借，無倚靠，無沿襲，無遷就，無牽合，甚而一彼一此，判然相反，了不存異同之嫌，何者？誠有以自得也。

毘陵完初唐叔子，奉常凝菴先生之子也。始荆川先生以峻行高天下，天下望而嚴之。凝菴先生繼之，軒豁磊落，不務瑣瑣，重意氣，與人交，瀝盡底裏，遇緩急，傾身赴之，即生死弗避，翩翩有古豪賢風。至叔子，乃又孤立行一意，其于自奉，衣不曳采，食不兼味，泊然不知聲色貨利爲何物；其于公庭，視之若浼，不以一字干；其御諸蒼頭，檢束惟謹，間出而受侮，亦以法飭之，不少姑息。其廪廪如此！則是父子相反也。

叔子有兄二人：伯曰孟孫，早卒；仲曰仿元。仲在懷抱中，能解文義，口授以古歌詩，時觸事則援以證。叔子三四歲不能走，五六歲不能言。識者目之曰：「行遲語遲，是必遠到。」既而就塾師，師授以書，仲數過成誦，叔子必倍之。久之，則仲頗遺忘，叔子猶初耳。凝菴先生上公車，仲時慰藉其母萬恭人，後先周旋以襄其勞而娱其意。叔子惟挾策，他無所問也。仲爲文咄嗟而就，叔子每懸思竟日，凡經人道語，誓不襲一字。仲雖少，人或就之謀必忠，或就之假貸必應。叔子絶不樂與人事，間有不得已，勉爲居間，必使兩皆心服而後退，退則盡匿形迹，若初未嘗與者。則是兄弟相反也。

叔子元配曰蔣孺人。叔子侍凝菴先生，品隲今古，剖析疑義，論事可否成敗，娓娓如也。而孺人侍太恭人，斤斤不輕吐一語。叔子與人交，無衆寡，無大小，無賢不肖，怡怡如也。而孺人端容肅視，人雖巧詼不能博其一笑。叔子性簡易，遇所知，脱略禮數不爲容，落落如也。而孺人于妯娌相見，必理新衣，將迎甚虔。則是夫婦相反也。

且萬恭人敏而則，閫以内、閫以外事無巨細，莫不兼而綜之。而孺人約處一室，趾不踰閾，雖至親罕見其面。萬恭人温良樂易，大小臧獲凡幾百指，莫不人燠而人沫之，即有犯，多所寬假不問。而孺人堅持禮法，尺寸無軼，左右侍者雖既退，猶若儼有臨乎其上。然則是婦姑相反也。

然而，廣大者不見其爲蕩，謹密者不見其爲狹，高明者不見其爲亢，篤實者不見其爲拘，真率者不見其爲疏，恭恪者不見其爲矯，寬裕者不見其爲徇，嚴毅者不見其爲苛，何也？誠各有以自得也。是故父子得焉而親，兄弟得焉而友，夫婦得焉而諧，婦姑得焉而協。天性之樂，人倫之勝，世濟之美，偃然不出庭闥而坐收之矣。則是相反者，原未嘗不相成也。

抑又有異焉。予竊見叔子恂恂退讓，如不勝衣，而志邁千古；言視規，行視矩，凜不越跬步，而神超六合；仁義之宫，禮樂之府，詩書之囿，閒搜恣取，無所不快于意；而目蒿生民，爲名茂才，爲名孝廉，爲名太史，餘光末耀，足以照暎人群，而胸含丘壑。則是叔子一身之間，亦相反也。

予竊聞孺人居閒，一布一葛，雖極敝不去，而推衣履于親故，必裁純練，傾囊而出，不爲惜。其自奉，一腐一蔬，日費不踰數錢，而作一餐以餉客，非腆潔弗快。人偶有乞貸生利者，必厲辭却之，而戚里中或以匱乏告，務委曲周恤，不令有怏怏心。生平于米鹽猥屑，澹不經心，而獨所奉于凝菴先生及萬恭人，即一果一茗，必手滌而後進。且死，指一篋謂子獻可曰：「吾終年積愁積病，未嘗積資。此中存有七十金，可以了我，無以累大父母。」則是孺人一身之間，亦相反也。

噫嘻！異矣！及徐而按之，卷舒有會，操縱有適，張弛有體，繁簡有宜，即欲從而窺其間，無繇矣。乃知相反者，果未嘗不相成也。是故信于心，則不復有畛域之可分，而爾我之障撤矣；信于理，則不復有方所之可泥，而中和之體備矣。此予向所謂自得者也。

叔子名儆純，字敬止，壬午應天鄉試五十六名，己丑會試七十八名，廷試二甲七名，選翰林院庶吉士。生于嘉靖戊午十月十五日，卒于萬歷己丑十月二十四日，得年三十有二。孺人同邑州知州蔣公如京女，生于嘉靖己未五月二十日，卒于萬歷丙午四月二十六日，得年四十有八。墓在宜興鳳凰山。子一，即獻可，太學生，娶丹陽江西按察使賀公邦泰女。女二：長適同邑太學生董公應朝子，太學生遇泰；次適予次子，府庠生與沐，先孺人卒。孫男三：長宇昭，聘金壇郡學生于君玉全女，禮部郎中于公孔兼孫女；次宇量，次宇枀，俱未聘。孫女三：長字溧陽南京大理寺評事陶君人群子元祐，次字同邑翰林院編修吴君宗達子任思，次未字。

先是歲丙午秋八月，獻可持狀詣予，屬文其墓中之石。予愴然傷懷，不果爲。至今歲己酉夏六月，困暑，時時卧北窗下，一日追念叔子不已，因檢其狀讀之，則凝菴先生之爲也。起而喟然嘆曰：「卓哉！知子莫如父矣。」已，檢孺人狀讀之，則獻可之爲也。起而喟然嘆曰：「懿哉！知母莫如子矣。」表章揚厲，責在後死，予何容終無言？况乎日居月諸，倏更四載，即予亦且鬖鬖作老態，復何待也！因稍爲次第而志之，並繫之銘，銘曰：

「立天之道，曰陰與陽。立地之道，曰柔與剛。立人之道，曰仁與義。」惟其相反，所以相濟。吾何以知叔子與孺人哉？以此！

明故孝廉静餘許君墓誌銘

隆慶庚午，予與静餘許君同游邑庠，一見如故歡。予樂君之光明簡易，洞無城府，君亦樂予之不爲機也。嘗赴郡試，先贈公遇之逆旅，私謂不肖曰：「是夫非塵滓中人，兒其識之。」時君未冠。及授室，先贈公命不肖饋酒一石，糈二石，君辭。不肖進曰：「家大人重君，欲知君，聊以爲好耳！」君驚起，請于父一菴翁，受酒而却糈，曰：「小子不敢拂翁之意，翁當不忍拂小子之意也！」自是交好有加，密以道義相切磨。及予倖博一第，乍出乍歸，與君迹若落落，而此衷相映，宛如一日。甲午歸田，偕同志修東林之社，君時時貺臨之。予自惟衰劣，正賴君左提右挈，補過桑榆，而君且棄予去矣。撫今追昔，淚淫淫不自禁。

會君之子其仁卜以歲之十二月十五日癸酉，葬于崋峒新阡，手次君之行，乞高存之爲狀，屬予文其墓中之石。予故有文戒，方在徘徊，而友人薛以身且謂予曰：「此静餘意也。死者復生，生者不愧，子必勉之！」予亦忽念是先贈公之所記也，遂諾。受狀而讀之既，作曰：「備矣核矣，可以志矣！」何則？人各有真，所爲貴狀者，貴其真也。皮肉骨髓，稍有不似，不可語真。

今狀始言君家故貧，先世遺田二十畝，君既有聲諸生，下帷教授，稍拓至百畝。已鄉舉，婚嫁遝集，食指漸繁，又不復授經，生計益匱。亦惟力自節嗇，粒米束薪，出入程量，卒未嘗營子母什一。故視其室，甕牖繩樞，猶夫初也；視其服，敝冠緼袍，猶夫初也；視其食，烹藜茹藿，猶夫初也；視其一二使令，蓬首跣足，猶夫初也。比五上春官不第，庚子冬，行至桃源，河冰堅，遽返謝去，計偕傳金，自號蚤白老人，杜門益堅。于此可以得君之皮矣，而未也。

又言，君受知郡侯龍岡施公、邑侯念庭周公，時召君相與茗椀酒榼宴游，如家人子弟。君介然自守，不干以私。丙戌，從公車還，爲幽居十戒，書之壁。安貧戒五：曰詭收田糧，曰干謁官府，曰借女聯姻，曰多納童僕，曰向人乞覓。省事戒五：曰無故拜客，曰輕赴酒席，曰妄薦館賓，曰替人稱貸，曰濫與義會。出入恒指而自問曰：「若得無食言否？」或以私嘗之，輒指其壁謂之曰：「此吾之息壤也，可奈何！」偶有戚黨麗法，乞君居間，持之甚急，君適賣婢爲輸罰鍰，終不爲緩頰。聞者大相信服。嗣後即有緩急，見君輒愧而罷，不復發口。守令下車，一謁後不得再睹其面。宜諸歐陽公守常，雅重君，延修常志。君曰：「公賢者，爲欣然一出。」每中丞直指學使者入境，必爲表其閭，君泊如也。既病，謂其仁曰：「吾有某逋未償，某施未報，某家人賫未給，某故人子典田所入已當其直，亟取券還之。」于此，可以得君之肉矣，而未也。

又言君天性孝謹。大父效靜翁，古君子也，爲諸生，出入攜君以從，動息有教。君一意步趨，無尺寸軼。父一菴翁未及中壽而卒，痛之終身。事母吴孺人嘻嘻啞啞，依然嬰孺也。又言，君襟度灑落，喜飲酒，每春秋佳日，同心宴談，輒諧笑傾倒，移日落月。喜散步，飯飽後獨行城堞間，眺望雲物，以爲至適。所善澄泉茹公及萬中丞輩，相與聯同庚社，一觴一咏，彷彿香山洛水之風。嘗視君疾，君曰：「吾胸中蕩然無事，樂意津津。」凡不食者浹兩月，談笑如常，不一介于色。于此，可以得君之骨矣，而未也。最後，言君一日自東林歸，勑其子曰：「人何可不學？但口不説欺心語，身不做欺心事，出無慚朋友，入無慚妻子，睡無慚夢寐，乃爲學矣。」予不覺喟然嘆曰：「微乎微乎！君之髓其在兹乎！且夫士當居恒高談濶論，意象淩豁，若舉天下皆無足以動之者，是何壯也！及乎臨境輒爾波靡，遇貧賤則戚然不能以終日安，遇富貴則奴顔婢膝以求之不少顧惜，又何懦也！本之内多欲而外附仁義，遂成兩截人耳。乃君以不欺爲主，以無慚爲案，其生平之所自刻勵，豈不凜凜可想哉！宜乎始終一節，名實俱粹，靡不稱爲真孝廉也。先贈公于是乎知人！」

君姓盛氏，曾大父信齋翁諱玉，幼失怙恃，依親許翁，因其姓。信齋翁，通二經，以行誼稱。大父效静翁，諱應璧。君初號太玄，後更静餘，以此。父一菴翁諱盛德，爲諸生，生子二，君其長也。君諱世卿，字伯勳，配趙孺人。生子三：其仁，娶澄江隱漁王公女；其忠，郡庠生，娶太學振龍厲公女；其清，未聘。女三：側室出一，適陸士裕；一字澄江王日華；一未字。孫男二：原盛，其仁出；本盛，其忠出。孫女一，其忠出。俱未聘字。

君生嘉靖壬子十月十六日，卒萬歷丁未四月初八日，得年五十六。所著有中解編太玄言露穎編諸集。而特好爲詩，一切欣惋悲愉之感，悉于詩乎發之。詩成，抱膝長哦，輒復歡然，自謂調燮之妙。是又君之皮肉骨髓所寄也。後之尚論者，其並求之。銘曰：

凜乎其操，嚴霜凍雪。坦乎其懷，光風霽月。朗乎其衷，青天白日。靡固靡縱，靡著靡匿，屋漏康衢，可券而質。是爲人倫之式。

吴母毛太宜人墓誌銘

吾郡吴嚴所侍御，朝拜官而夕抗疏，首剪巨奸，一日直聲動天下，言路大闢。比予有感于李漕撫之被多口也，上書閣銓二老一白之，舉國爲譁。侍御又慨然采而聞之當寧，于是異同之論紛紛而起。時侍御業竣宣大事，報滿請代，代者不至，方蚤夜念其母毛太宜人，遂飄然拂衣歸。

太宜人見之，甚喜！侍御從容言歸狀，則益喜，曰：「漕撫冒千鋒萬鏑而爲國家，光禄爲漕撫而冒千鋒萬鏑，兒此歸，俯仰君臣朋友之間，皆可以無愧矣！不見若父乎？一出幾死杖下，再出幾死讒口，終其身在千鋒萬鏑中，曾不少悔，吾亦不代爲悔也！兒此歸，俯仰父子、子母之間，皆可以無憾矣！」已，聞銓司糾擅去者，擬奪侍御三級，不得旨，復用考功法奪一級。侍御跽而謝曰：「兒不敏，重累母，奈何！」太宜人怫然曰：「吾以得職爲兒喜，兒以失官爲吾累，不亦遠乎？兒休矣，吾與爾隱！」予聞而異之，何其洞昭曠之原，越拘攣之見如此也！居一年，忽得太宜人訃，不勝驚悼！無何，侍御儼然衰絰而過予，手太宜人狀，介錢啟新侍御屬予誌其墓中之石。予讀狀，益異之。

太宜人幼聰潁，通孝經小學少儀内則諸篇，及列女傳四子書無不淹浹，是學古公誠女。大父古菴公憲，禮科右給事，以忠直立朝，以理學名世，以禮讓教家者也。故其子姓彬彬，非獨外德茂，蓋亦有壼則焉。予曰：「善哉！始基之矣！」爲之賦關雎之首章，而未也。

太宜人之歸學士復菴先生也，年十九耳。而翁尚寶丞寓菴公質直端方，御家嚴。姑段安人積纖起嗃嗃，不少寬假。顧能周折咸中，得兩大人歡也。比學士丁尚寶公喪，太宜人相之，必誠必信。已，學士宦于京，首疏糾張江陵奪情事，受杖闕下，血肉狼籍。忽聞段安人訃，太宜人從學士冒冰雪奔而歸廬于墓，哀毀視喪尚寶公尤過之。予曰：「善哉！生事之以禮，死葬之以禮矣。」爲之賦下武之三章，而未也。

伯翁太史後菴公長于學士十三歲，學士莊之如父，太宜人亦莊之如翁。兄二樂公長于太宜人九歲，各垂白首，相見必載拜，歲時必肅禮衣而謁之。二思公爲里胥所構，幾陷大辟，太宜人日夕泣求，所以白見冤狀。弟樸菴公家漸落，時以擔石相賙。女兄弟四人，獨周氏姊貧而寡，特儆舍居食之。其卒也，爲具棺斂，哭盡哀。予曰：「善哉！尊尊親親，德之至也，可以風矣。」爲之賦蓼蕭之三章，而未也。

太宜人初年待諸子婦甚肅，中歲而响响〔二〕卵翼，若恐傷之，老而彌篤。諸子各授室析

〔二〕萬曆本作「嘔」。

居，相去數百武，定省以時，辰而畢集，太宜人必預戒饍〔一〕饎以待。其待壻莊于賓而慈于子，壻亦怙之如母，忘乎其爲半子也。從子婦有不宜子者，爲旦夕虔禱，曰：「其得雄以嗣適乎！」幾幾望之如其婦。諸從婦亦親之如姑，忘乎其爲猶子也。予曰：「善哉！其有敦睦之遺乎？」爲之賦桃夭，而未也。

太宜人生于殷盛，歸于顯融，兩膺封誥，貴重矣。作苦執勞，輒身先力指，夏理絲枲，冬理木棉，機杼聲軋軋不休。每孫女鳌嫁，必出篋中布若干實其奩。居恒衣大練，不曳帛，遇賓祭吉祥間，一御綺縠，不終日隨扃而鐍之。食不重肉，飯脱粟粥，必雜麥糜，與婢子共粗糲而餐。出御小輿，至弊不任肩，從者一二蒼頭，不知其爲貴人也。予曰：「善哉！勤儉，家之本也。守而弗失，世世其昌乎？」爲之賦葛覃，而未也。

太宜人性好施，見孤寡老弱，倍爲惻惻，每輟餐損饔餬其口。戊子，歲大祲，學士設糜粥饑者而廩空莫繼，太宜人忻然解服脱簪佐之，所起溝瘠無筭。晚年好佛，益好行善事，每晨起誦金剛諸經，宣説男女某某婦某某氏，歷歷不遺，曰：「氏老矣，福田利益無

〔一〕萬曆本作「饍」。

所覬，願爲兒女輩懺悔除無始以來障業。」里戚有多藏誨盜者，縱横逮捕，纍纍伏于非辜，輒合掌曰：「物去幸復來，乃以人殉，如墮落何？」聞有箠輿儓至斃者，輒頻顣曰：「奈何一朝之忿而以人命戲〔二〕也！」他如杠有圮，曰：「必吾葺！」途有湫，曰：「必吾甓！」即空乏中，務黽勉以應。予曰：「善哉！宜乎口碑載道，人人祝萬福，祝千秋耳！」爲之賦假樂之首章，而未也。

始學士以弱冠舉，有隽聲，稍稍侈聲酒。太宜人諷曰：「君誠壯，無事急一第，不念尚寶公目未瞑乎？」學士爲錯愕廢聲酒，大肆力于文章，竟魁多士。學士直道而行，不能面藏人過，太宜人以婉劑之曰：「毋好盡以攖人，人情固不啻山川險也。」學士喜，如得益友。太宜人連舉八丈夫子，一皆無害，所爲恩勤閔鬻，含飴必均，衣敝履穿，親爲葺補，獨不以寸絲尺縠掛其體，曰：「吾爲稚子惜福也。」比其長也，聯翩而翔天衢，則又戒諭之曰：「國恩難負，天道忌盈。兒輩宜知止足，無務好進！」予曰：「善哉！順而正，愛而則，履滿而能謙，吉凶悔吝之故，盈虚消息之機，析之精矣，豈不卓然偉男子之

〔二〕萬曆本作「戲」。

概哉！是故能以學士公永譽也，爲之賦鷄鳴；又能以侍御諸君蚤譽也，爲之賦小宛之三章。」

已，閱太宜人之年，其生以嘉靖庚子十一月二十三日，其卒以萬歷辛亥六月二十七日，得七十二歲。其葬以壬子正月初七日。子八人：曰雍，太學生，娶陳氏；曰亮，辛丑進士，任湖廣道御史，娶蔣氏，贈孺人，繼蔣氏，封孺人；曰奕，庚戌進士，選浙江縉雲知縣，娶馬氏，繼徐氏；曰玄，戊戌進士，任山東東昌知府，娶張氏，封安人；曰京，太學生，娶劉氏；曰兗，庚子舉人，娶白氏；曰襄，癸卯舉人，娶曹氏；曰褒，太學生，娶白氏。女一人，適太學生曹師讓。孫男三十人。雍出者二：儼思，郡諸生，娶毛氏；孝思，娶金氏。亮出者八：寬思，娶蔣氏；柔思，娶董氏；恭思，邑諸生，聘錢氏；敬思，聘曹氏；毅思，聘荆氏；直思，聘鄭氏；簡思，聘陳氏；剛思，聘姜氏。玄出者九：爾思，邑諸生，娶毛氏；我思，邑諸生，娶毛氏；衆思，娶賀氏；少思有思未聘；無思，聘周氏；是思匪思百思未聘。京出者四：讚思，聘董氏；賢思，聘任氏；貴思贇思未聘。兗出者一，禹思，未聘。襄出者一，顯思，聘賀氏。褒出者五：肅思，聘白氏；乂思哲思謀思聖思，俱未聘。孫女二十四人。亮出者四：一字陳于泰，一字蔣胤淳，一字龔九鼎，一未字。奕出者五：一適張東星，一字姜紹書，一字史元孫，餘未字。玄出者八：一適姜志寅，一適曹茂清，一適張典文，一字陸騰驤，一字何熙祚，一字惲詡，一字薛尊生，餘未字。京出者二：一適孫艅，一未字。襄出者一，字范能迪。褒出者四：一字董祖綦，餘未字。曾孫男三人：爾思出者守揆，我思出者守覲，寬思出者守大，俱未聘。曾孫女七人：儼思爾思出者各二，我思衆思寬思出者各一，俱未字。嗚呼盛矣！天之祚太宜人何如也！因爲之賦麟趾終焉，而繫之銘。銘曰：

萃有衆懿之謂德，萃有衆祉之謂福。其真以茂厥躬，其餘以施于嗣服。甑山之原，玄暉穆穆，億萬斯年，于何不淑。

浦母華太孺人墓誌銘

悲哉！浦子之爲志也，其不忍泯泯于母也。其稱曰：「始不肖先大夫佐泰安，既還貳夔州，誼不肯以一介自緇，家植廛廛耳。已而吾父蒙難，所減更十之六。已而吾父不禄，所減更十之三。逋大起，吾母孑然俯仰其間，日夜皇皇，拮据不暇。夂之，次第而已于逋。里人即莫不材吾母，咨嗟而道説之。而今已矣！」因大哭。少間，又進曰：「始不肖等幼，無所禀學，吾母呼而謂曰：『汝叔祖味芹，故明師，且其人端然長者，汝盍往事之？夫豈惟詩書之好是憑，庶幾其以家庇焉！』不肖等敬諾。徐而驗之信，何其智也！而今已矣！」又大哭。少間，又進曰：「吾母生而慧發不群，稍長通孝經内則女儀大指。吴俗好佞佛，吾母獨不佞佛。有前爲施舍之説者，輒謝去，而曰：『實其言，將富者擅祥，貧者擅殃乎？殆必不然。』居恒聞一善言，見一善行，輒以誨不肖等。時時還而思之，依然著于耳也。而今已矣！」又大哭。

予聞而傷之，且曰：「止，其無復言！予知所以解子者矣。」遂爲誌而銘焉，誌曰：

孺人姓華氏，西樓君女也。西樓君有弟曰東源君，實生孺人。西樓君壯，弗子，因女子。年十七，歸太學生鳳竹浦君，歸之二十一年而稱未亡人。稱未亡人之二十一年而亡，時萬歷甲申正月十七日也。距其生嘉靖丙戌七月二十五日，得年五十有九。子二：長邦達，邑庠生，娶華懷竹女；次邦獻，娶郡學生華少峯女。女三：長適俞士弘，次適郁念曾，次適錢光霽。孫男四：元益，娶太學生王稚石女，邦達出；元選，聘邑庠生鄒存誠女，邦獻出；餘幼，未聘。孫女六：一字華迪殷，一字邵某，俱邦達出；餘幼未字。邦達等卜以三月二十五日，奉孺人合葬于石室山祖塋鳳竹君之兆，禮也。

顧憲成曰：「予聞鳳竹君且死，孺人之不欲生者數矣，徒不忍其二子耳。顧其心豈嘗須臾忘君耶？一旦得從君地下，快孰甚焉！而二子者方唏嘘嗚咽，煢然不自禁。蓋婦之于夫，子之于母，其相爲娓娓如此，豈不深哉！非至性篤發，孰能幾之者乎？夫是以知浦氏之必有興也。」予師少弦張先生嘗爲二子乞言于予，及得余言，亦以爲然云。銘曰：

何以剥之？衷之旗也。材之鎡也。何以復之？德之著也。服而夫君，鎮而子孫，秩秩振振〔二〕。

〔二〕萬曆本「何以姤之」以下數句，語序本異，其作：「服而夫君，鎮而子孫，秩秩振振。何以姤之？德之著也。」

高室朱孺人墓誌銘

孺人年十九而歸靜逸高公也。既久而弗子，喟然嘆曰：「吾之業在樛木之三章矣！」爲捐囊中裝置媵，而又竟弗子也。久之，乃子從孫攀龍，所以撫字百方。稍長，就塾師受句讀。每還，輒置懷間，程日課，手果餌慰勞。每夜讀，洴澼絖而佐，不寢不休。蓋孺人歿而攀龍痛可知也。曰：「攀龍之鞠于母二十有三矣，攀龍不能以一日娛也。惟是夙夜矻矻一編中，庶幾有躋于榮顯耳。是以實徇〔一〕虛也。今者幸而舉于鄉，而吾母已矣。是以虛負實也。可奈何！」言悲咽不自勝。予聞而傷之，以爲是其母子之間至矣。因是而求孺人，乃益悉孺人。

孺人生一歲而失其母也，而固甚慧不倫，厥父慎齋公愛異之。既長，遂令讚家政，即內外一切井井就理。比歸靜逸公，而其姑浦輒委政焉，曰：「以是觀新婦能。」即又無不

〔一〕 萬曆本作「殉」。

井井就理也。孺人性好施，㨨功黨里有所需，無不得意去。而其自奉甚菲，食不二簋，衣不文錦，垢污手自浣滌，既老猶績不倦。攀龍以爲勤，乘間諷止之，孺人愀然手所握示曰：「是物也，吾女而佐吾父于朱者若而年，吾婦而佐若父于高者若而年，驟而棄之不祥。孺子休矣！」

攀龍又言：「吾母病且二歲，未嘗廢衣冠，日惟焚香誦諸佛經。始予外王母夢異人霞衣燦爛，手一果啖之，味甚殊，覺而遂娠吾母。吾母之生，口若時時持佛號者。及卒，體瑩瑩有光，擬得道」云。顧憲成曰：「是非予所知也。予所知者，孺人耳。孺人女而女，婦而婦，母而母，其于生死之際，何所不廓如也。自頃來，海上曇陽之事起，説者多好言怪，予是以略而弗論，而特論其可知者如此。」

孺人生于正德丁丑七月念七日，卒于萬歷甲申十月初一日，享年六十有八。子一，即攀龍，娶王氏。女一，嫁楊子。有孫女一，許字浦胤麟。静逸公將以是年十二月十有二日葬孺人于慧山黄家灣祖塋之次，而命攀龍乞銘于予。夫銘所以昭德也，不昭不如其已也。若孺人也者，予烏得而已諸？銘曰：

欲知其女視其父，暢然有家臻厥度。欲知其婦視其姑，洵兹蘋藻閒[二]且都。欲知其母視其子，翩翩風雲發于趾。式言繄之畀大荒，九龍爲護允偕臧[三]。

處士晴沙談翁墓誌銘

談之先得姓由郯子，至南宋而始籍梁溪。入皇朝有壽齋公者起，而其族遂大。五傳而爲贈御史紹，六傳而爲封刑部郎復。復生緯，官承事郎。緯生鵬，官七品，配成氏，生丈夫子三人，而翁爲季。翁諱籌，字守謨，號晴沙，生于弘治癸亥正月二十五日，卒于萬歷己卯正月十一日，所著有鳴蛙集五經音釋考四書釋義。娶李氏，先翁十二年卒。子男二：長曰承俸，禮部冠帶儒士，娶王氏，繼娶吴氏；次曰僘，娶沈氏。女三：一適李應時，一適邑諸生張應貞，一適劉聞譽。孫男二：正，議聘江陰縣諸生顧言女；立，未聘；俱

[二] 萬曆本作「閑」。
[三] 萬曆本作「藏」。

承俸出。孫女九：承俸出者五，一適陸可立，一適俞顯祖；一適邑諸生陳爾耕，蓋手狀翁者也；一字陸汝賢，一未字。儆出者四，俱未字。

翁生，弱不嬉，長不遷也。與十山翁愷兄弟最歡，共業博士家業。翩翩美文辭，見以爲一第猶掇芥〔一〕耳，而竟弗第也。無何，而十山翁成進士，大喜曰：「吾鴈行中有人哉！休矣，無所事吾矣！」而邑中縉紳先生雅知翁，咸目攝翁曰：「是夫也，何可令山林得之！」輒起迎翁，令子弟北面受經。當是時，補菴華公最負時譽，鮮與可，顧獨心善翁，蓋賓翁二十三年如一日也。翁年二十而館，六十而老，三四易帷而已。帷下諸生虛而來，實而往，往〔二〕多顯者云。

翁孝友淳至，年十二，翁父秋航公役而役〔三〕，有司持之急，翁慨然以身代。縣令尹侯公見而異之，乃召翁師授經圄圄中。秋航公竟以翁免。秋航公家居，以嚴見憚。翁事之謹，動厭其意。處兄弟油油于于，内則森如也。翁之于人道，煥乎備矣。翁故博學而尤好

〔一〕萬曆本作「之」。
〔二〕萬曆本上「往」字下空一格，無下「往」字。
〔三〕萬曆本「而」字下空一格，無下「役」字。

開元大歷語，時閉門獨坐，吟咏自適，而以其間肆于山水之間，曰：「九龍二泉，吾西道主人也。」翁生平操履純白，皭然不淄。縣大夫修鄉飲禮，輒延翁爲重賓。翁謝曰：「夫飲所以昭德也，不昭不如其已也。吾何德以堪之！」辭勿應，强而後可。其爲長者如此。

顧憲成曰：「陳伯子之狀翁云爾，余不習翁而習陳伯子，又因陳伯子而習翁之伯子勉菴君。勉菴君，恂恂者也。陳伯子有口德，污不至阿其所好。而其嘗從翁游者，復稱説翁不衰。翁之文獻具矣，不佞于是乎徵。」乃爲次第其事而銘之，銘曰：

其賓于塾也，萬以爲日而千奇。其賓于鄉也，千以爲日而百奇。孜孜屈乎不足，綿綿伸乎有餘。其賓于國也，胤以爲日而誰爲奇？嗚呼！百在兹，千在兹，萬在兹，有翁在兹！

涇皋藏稿卷十七

明　顧憲成　著

明故承德郎山東濟南府别駕蓮巖黄先生暨配許孺人合葬墓誌銘

萬曆二十有四年丙申春二月戊午，前通判濟南府事蓮巖黄先生卒于泉州南安里第。越閏八月既生明，孤拱化命其弟拱振，跣衰絰走水陸千里來訃于顧憲成氏。憲成見之駭然而哭也，哭相向皆失聲。既息，拱振致遺命，屬憲成銘其墓。憲成又哭曰：「知余者，其先生也，夫何忍爲先生銘！」則又哭曰：「知先生者，其余也，夫何忍不爲先生銘！」遂頓首受命。拱振則又泣而請曰：「惟是先府君實拜子之賜，其黄之子孫世載明德，竊不揆，敢徼先府君之餘，再以先母氏累！」憲成悚然起曰：「憲也不敢死先生，其敢死孺人？」

又頓首受命，乃視狀。

先生之狀曰：先生諱一桂，字馨甫，別號蓮巖。始祖曰忠勇公，忠勇公蓋令南安而長子孫其土世世焉。忠勇公生五府君，五府君生三致政公，又五世爲無懷公，無〔二〕懷公生篤齋公，是先生父也。娶于王而生先生，甫三歲而孤。王節母泣曰：「天乎？孰使吾翁無子而有子，吾子無父而有父乎？」攻苦蠶績，朝夕弗惰，以爲無懷公養，而其餘以資先生學。

先生少本朗悟絶人，益曷曷自洗濯，從里中師受博士家言，率歲所而師稱弗能師也。年十六，遂晉邑諸生，曹憚焉。嘉靖乙卯，試學臺最，晉廩食。厥秋舉于鄉，年二十有三耳。無懷公聞之，爲釂〔三〕三觴，而王節母喜可知也。顧其上春官，輒報罷。無何，無懷公及王節母相繼没。先生哀痛踰節，意鬱鬱不自禁，嘆曰：「吾尚可逐諸少年鬭筆舌之奇乎？且休矣！」

〔二〕四庫本自此以上皆闕，據明萬曆本補。

〔三〕萬曆本作「嚼」。

隆慶辛未，遂謁選天曹，得浙之雲和令。雲和瘠而貧，人皆難之，先生不顧，矢心冰櫱，約己裕民，問所欲苦而替興之，削借差，汰馬役，孜孜不遑。先時邑中水道夊湮，汲者遠或數里，近猶二三里，暑雨祁寒，怨咨盈城。先生捐俸入佐，以調額募工，疏水所源而導焉，民乃舒，至今賴之。近郊故多虎患，漸及于邑，或食豕官舍。先生牒禱城隍神，請先去苛政而後大戒攻虎。旬日，有田夫遇虎于塗，手搏而斃之。厥後遂息，邑人異焉。獨以清介孤立，任怨任謗，不爲監使所容，竟左遷寧波學博。先生不色愠也。第亟往，進諸生，日與校藝所短長，上下今古，奨其勤而作其怠，士用翕然。若今太史周公應賓、王公萱、吏部傅公光前、南昌王公佐，皆先生所賞鑒也。

乙亥，攝慈谿篆，治如雲和。時邑有漁課三百金，吏白當如例受。先生曰：「公也而登諸私，何例乎？」丙子秋，用南京兆聘，分校士于都，舉憲成等十四人。明年丁丑，擢濟南府通判，主岱宗香稅。稅〔一〕多羡，毫無私焉。或勸稍爲子孫計，先生謝曰：「吾于一官何有？惟父母寵命未沾之爲慼慼，是以三年淹。奈何以子孫故，爲父母羞乎！」會中

〔一〕上二「稅」字，萬曆本作「税」。

蜚語，掛冠去之不終日。比至家，四壁蕭然。時時從里父老游，茗酒相樂而已。有司高其行，賓鄉飲者再三，先生夷然不屑也。其爲長者如此。

孺人之狀曰：孺人姓許氏，諱端勤，生而淑惠。既嬪于黄，上則佐王節母奉無懷公，婉而有則，無懷公大歡；下則奉王節母佐先生讀，每夕挑燈刺繡，達旦不寐。已而無懷公及王節母終，先生皆旅在京，孺人後先竭力，斂事必誠必信，無或憾。王節母有姪女，孤貧莫養，孺人收而字之，既長而厚資嫁焉。先生曰：「微吾妻，吾幾不得稱人孫稱人子矣！」先生幼孤，鮮兄弟，事同産二姊甚恭以愛，孺人亦以伯姊禮禮之終其身。先生曰：「微吾妻，吾幾不得稱人兄弟矣！」先生之雲和，孺人扶病而從。既至病加劇且卒，手檢一縑謂先生曰：「以此斂我足矣。君庭如水，妾安敢以死溷君！」先生泣而諾之曰：「吾所以志也！」孺人可謂知大體矣。

顧憲成曰：「信哉！丙子之秋，余見先生于金陵邸，以爲古貌古心，篤行君子也。甲申，余請告里居，先生杖策而過余，朝夕侍者三月。戊子冬，余徙官括蒼，遇諸嚴陵道中，遂奉之至官舍，朝夕侍者又二月，因得益詳。先生内無城府，外無邊幅，一言一話，一步一趍，端慤不苟。先生亦不以余爲陋，自家居至于歷官，無所不語，其于孺人之賢，蓋縷縷不置也。大要狀所具，略同不誣矣。

「獨念余菰蘆中孱書生耳，無所短長，先生儼然國士遇之，所爲期且最耿耿流俗之外，厥誼甚高！乃余莽莽風塵，乍進乍退，進則多忤多尤，率不免意氣用事，無能樹尺寸以章先生之明；退則優游玩愒，頽然自廢。年來益復善病，倏忽向呻吟中浪擲日月，獨行顧影，獨寢顧衾，不勝慚負，何以無墜先生命哉！惟是先生之所以修諸身，刑諸家，施諸郡邑者，烺烺可紀，而孺人同心同德，相以無違，則其不朽者固自在也，余小子何爲？撫今追昔，感愴百端，聊以發余愧云爾。」

先生生于嘉靖癸巳，享年六十有四。孺人生于嘉靖辛卯，先二十四年卒，享年四十有二。孺人卒，娶林氏曾氏，皆先卒。子男五：拱化，娶劉；拱治，邑庠生，娶傅，卒；拱振，邑庠生，娶曾；欽極，邑庠生，娶莊，卒；拱寧，郡庠生，娶周。化治振極，皆孺人出；寧，林出。女三：一許字王，林出；一未許，曾出；一未許，蔡出。孫男六：命袞，聘楊，化出。命紳，娶彭；命鞶，聘朱，嗣欽極；命繡，未聘；治出。命黻命綖，俱未聘，振出；命纓，寧出。孫女八：一適許，餘未許字。拱化拱振拱寧等擇以是年十二月初十日，奉先生與孺人合葬于王塘山之原，而林氏曾氏附焉，禮也。銘曰：

紛而不可質者，遇也；固而不可格者，年也；積而不可佚者，德也；餘而不可竭者，福也；久而不可忒者，理也；貞而不可革者，石也。

明故處士景南倪公墓誌銘

昔司馬子長著貨殖傳，談文者以爲千古絶調。予特嘉其取善之周，不擇巨細，乃世人卒諱言富。即爲子若孫者，闡揚先懿，亦惟恐以富揜也，相習而爲諱。夫此何足諱也！富而好禮，可與提躬；富而好行其德，可與澤物，顧人之用之何如耳！吾錫故有東湖鄒公望、桂坡安公國，其人皆翩翩豪舉，其名與貲俱傾一時，本之各有所長，非苟而已也。予以爲國家得若人而用之，必有裨于會計。即不然，而一鄉有若人，可備一鄉緩急；一方有若人，可備一方緩急。作史者仿子長遺指，采而列之貨殖，附于陶白諸人之後，豈爲過哉？

屬景南倪公卒，孤鎬等持晴宇華比部所爲狀乞誌銘于予，予忽忽心動。迹公勉拮据，其産非能與鄒安兩公相伯仲，要其布衣起家，遵用繩墨，尺寸不苟，有足多者。竊謂兩公倜儻而近狂，公敦慤而近狷，未可概以蓬蓽之操擯之也。因按狀而誌之曰：

公諱珵，字良玉，漢御史大夫寬之裔也。唐宋間，代有顯人。至吴縣監丞子雲始家吾邑梅李之祗陀，五傳爲元鎮公瓚，世稱雲林先生。其兄元珮公珏嗜古好修，五傳爲迪功郎竹溪公宗實，始居坊前。是生守溪公澤，澤生南樓公柏，配張孺人，舉三子，而景南公爲長。

公生有異徵，稍長，課經生言，神奕奕旺。會南樓公家政旁午，兼以豪右齮齕之者衆，公憤然頓足而起曰：「彼以我爲非夫也耶？且男兒何必朱輪赤紱乃稱豪哉？」遂請于南樓公，願代理家政，南樓公壯而許之。無何，家隆隆起，里中見之皆驚服，相戒無犯。公復念南樓公春秋高，爲之栽花累石，徵其生平往來故知，相與煑茗烹醪，徜徉名勝以娛其老。南樓公大喜曰：「吾今而知爲人父之樂也。」已而南樓公病，籲天請代。比卒，柴毀骨立，幾以身殉。族屬莫不嗟異曰：「是所謂五十而慕非耶？」

先是南樓公欲析箸，公愀然不自得，南樓公曰：「此莫非吾事，汝獨賢勞也！」强之，公乃盡摘其甲産讓兩弟。未幾，兩弟俱早世，所以鎮撫其遺孤甚于己子。每日必先過兩家擘畫畢，然後退而爲家計。兩家事稍有不當于意，必召諸孤面誨之，丁寧〔一〕諄切，涕淚交下。諸孤感激競奮，卓有成立。而重役至，則公又獨肩之。至今，邑人知有景南公，不知有兩家，以皆在公卵翼中也。

公治生無他奇，惟勤儉是務。每旦雞鳴而興，出内梱〔二〕，聞曉織聲則喜；過書齋，見就明而讀則喜；出田間，見披霧而畊則又喜。大小臧獲，量材授役，朝有課，夕有程，無敢以鹵莽報。生平不爲侏儒俳優之樂，不爲六〔三〕博圍碁之娛，宴客有節，不爲流連長夜之飲，曰：「是誤己且誤人，不可以訓。」其自奉也，蔬水適于膏粱，韋布適于紈

〔一〕萬曆本作「叮嚀」。
〔二〕萬曆本作「闖」。
〔三〕萬曆本作「陆」。

綺，徒步適于車騎，卒然遇者，不知其爲公也。與人交，推心置腹，不設城府。有負公者，亦夷然任之，終身未嘗先訟一人。即里有不平事，就公質，務百方曉譬以解，甚而陰割己貲從中調護，期于兩釋而後快。縣官編役知公長者，輒問公云何，公具以對，多所縱舍。及役不滿數，又不難以身任。環公居數十里間，饑者待食，寒者待衣，有叩必應，或不能償，置不問。歲戊子，道殣相望，公惻然憫之，損粟千石應募，退復私爲粥以活老稚者無筭。其能爲人分憂恤患，類若此。

而尤篤于水木本源之思，修尊賢祠，謂是雲林公所俎豆也；刻雲林遺集，謂是倪氏文獻所徵也；輯家乘，謂是祖宗脉絡所係也。晚而猶子鐕罹不測，坐圜扉，公日抱鬱鬱，竟以成疾。至屬纊，猶泣謂諸子曰：「向者，爾大父與仲叔、季叔受誣，我老人力争得白，乃今何以下見爾大父及兩叔也！」嗟乎！此可以觀公矣！

公生于嘉靖庚寅十月初九日，卒于萬歷甲辰十二月初二日，享年七十有五。以卒之明年乙巳二月十六日，葬于蘇團橋祖塋之昭。配張孺人，先公三十三年卒，繼配吴孺人。子五：長鎬，娶貢士陸鳳洲女，繼娶華如愚女，繼娶施右溪女；次鋼，娶邑庠彦浦少陵女；次錦，邑庠生，娶邑庠彦薛檢吾女；次鎰，娶武庠彦華和陽女；次銓，聘太學華完素女。女六：一適華仁彦；一適刑部主事華士標，即爲公狀者也；一適顧問達；一適江陰邑庠生薛同祖；一適許世芳；一字周如璞。孫男八：德源，聘鴻臚署丞吴六如女；德濟，聘孝廉張弦所女；德洽，未聘；鎬出。德清，娶太學王一所女；德淳，娶邑庠彦王心劬女；德涵，聘邑庠彦馬涵虚女；德滋，未聘；鋼出。德泳，聘邑庠彦華汝正女，錦出。孫女九：一適王繩之，一字華袞寵，一字華琨，一未字，鎬出；一字潘澍，一字鄭步曾，一諾張祺徵，鋼出；一未字，錦出；一未字，鎰出。曾孫男一，未聘，德清出。曾孫女一，未字，德淳出。

予惟鄒安兩公之于貨殖也以略，公之于貨殖也以纖。以略者聚之易，散之亦易，宜乎一擲千金，了無恡色；以纖者聚之難，散之亦難，于是殘縷必拾，遺糁必噉。夫何能遽忘積累之自乎哉！乃公所重在祖功宗烈，則見此之爲輕；所先在父子兄弟，則見此之爲後；所急在姻戚井里，則見此之爲緩。自少而壯而老，秉執一意，始終不遷，可謂識其大矣！是爲銘。銘曰：

以義詘利，以利詘義，離而相傾，抗爲兩敵。以義主利，以利佐義，合而相成，通爲一咏。人睹其離，翁睹其合。此上士之所不能訾，而下士之所不能測也。曾何愧乎名卿碩人之烈？

明故禮部儀制司主事欽降南陽府鄧州判官文石張君墓誌銘

予自壬辰冬，因家季涇凡識君于燕邸，一見輒心重之。徐而相與語，見君論理必窮到頭，論事必窮到底，不作皮膚觀，則益心重之，謂家季曰：「是真可與共歲寒者！」乃家季不幸于丁未之夏即世，君爲文哭之甚哀。越二歲，而君且繼之矣。天乎，何奪吾黨之亟！即隨往哭君，淚涇涇不能自休。無何，君之伯子元鼎〔一〕且具狀乞予志其墓，屬病甚，乃令其弟元英來。予作而嘆曰：「天乎，君未可以死也！」已而又曰：「君可以未死也！」則又曰：「君不死矣！」

〔一〕萬曆本此作「鼒」，后文又作「鼎」。

君生而敏，六歲，就塾師，授書數過即成誦。八歲，通書義。父素行翁教以櫽括破題法，值卧懷中，對窗前月，令作破，隨應曰：「漏清光于暗室，掛玉兔于當天。」翁大奇之。九歲，能攻長短句。十四，太府龍岡施公拔五邑才子弟，校藝其中，應試與選。十六，龍谿王公講學荆溪，往聽之，因悟良知宗指，信聖人必可師，不欲局守章句。十八，素行翁捐館，居喪哀毀如禮。服闋，補邑庠生，益自結束，負笈從名師，締納良友，相與考德問業，學日進。戊子，舉應天鄉試第六人。己丑，舉會試第十七人，廷試二甲進士，予告歸，省太夫人于家。

辛卯，赴京謁選，分校順天鄉試，榜首沈何山從春秋房落卷中搜拔之，時以爲知人。壬辰，授刑部山東司主事，尋調禮部。癸巳春正月，敕諭禮部竝封三皇子爲王。君偕石帆岳公暨家季謂册立重事，宜屬大廷公議，今諭札出元輔王婁江一人手，且一旦創出國朝二百年來未有之禮，遂合疏争之。復倡議與同曹郎詣各曹卿懇疏，百司和之。上意動移，札元輔，元輔亦悔禍。出三愧三悞疏，請勿王三皇子，而啟皇長子出閣讀書。是舉也，時以爲還内降，定國本，有回天力焉，而人人爲君危。適南星趙公主計事，一時壬人以考功令盡罷黜，執政大不悦。時省中有以庶僚掛拾遺章者，部覆皆留，遂調旨切責考功，罷其官。衆正譁然不平，君復抗疏論捄。上固怒争册立事，又犯之，有旨謫捄考功者，而同事六人皆逐矣。

君得鄧州判，尋念太夫人，以假歸。于是朝夕承歡，竭力子職，杜門深研易理，或爲詩歌及古文詞，間則旁及書法畫法，然不甚喜作，意到則爲之，不則索之不應也。而特孜孜以學問爲事，與海内諸名賢聲應氣求。東溟管公倡道東南，標三教合一之宗，君相與質難數百言，管公心屈。予兄弟從邑中同志修龜山先生東林之社，君時時造而臨之，諸所闡發，精懇的切，聽者莫不傾動。蓋君素稱敏悟，至其論學每以端本源，敦行誼爲主，大要衣鉢伊川晦菴兩夫子，而一切虚談眇論厭弗屑也。又偕史際明吴之矩倡立麗澤大會，每歲與毘陵潤州輪舉，切劘訂証，務以羽翼聖真，聯屬道脉。迹君少年而掇高第，騰英掞藻，人知其爲文章之士而已；及乎立朝危言危行，敝蹝〔一〕一官，人知其氣節之士而已；乃其用心喫緊如是，天假之年，所進寧可量哉！故曰：未可以死也。

〔一〕萬曆本作「蓰」。

乃君林居十九年，海内薦剡相屬，不爲色喜；銓曹推轂數十上，不報，不爲色愠。治家祇守遺業，稍有贏〔一〕入，輒以施貧周乏。居恒，不輕謁有司，至事關郡縣公是非、大利害，他人囁嚅不欲前者，輒毅然先之，任怨任謗，無少避忌。歲乙巳，郡守歐陽公延請入郡，分修府志。是年，修宜興一邑志成，再修名宦志，微顯闡幽，悉符輿論。先是，宜邑故行五年糧役，大姓坐廢箸者十九。姚江丁公來令宜，改行甲運法，民便之。迨後，漸因圖分有肥磽，户額有多寡，解役有煩簡，當邑侯秦公審編而五年之役議復紛紛起矣。君爲移書陳條編之便七，而極言糧役之害，議得寢。又條上荆溪政要曰：「清賦入，均徭役，謹使令，議倉役，議總税，平解役，平訟獄，禁窩訪，慎交與，重學校。」釐奸剔蠹，鑿鑿見之施行。歲戊申，江南大潦，撫臺周公疏請于朝，得頒蠲賑，下諸有司。君請蠲均及于通邑，賑獨施之水鄉。邑侯喻公大然之，人服以爲公。

君天性慈和，督課諸子，必柔聲氣而理諭之，不聞有疾言。御臧獲以恩，即有犯，終不譴訶。人有衡氣暴怒當前，微言道之，靡不立解。初君釋褐比部，適當典獄有黠盜越獄

〔一〕萬曆本作「嬴」。

逸，實在君代事前一日，例得分咎。君請之大堂孫公曰：「失事在主事，宜獨聽糸，幸勿他及。」孫公壯之，從輕議，而更因是賢君，延譽不已。是則君之所施于人常厚，而其所求于人常薄，即膺多福而薦遐齡，豈不宜哉！故曰：可以未死也。

及觀君于去來之際，竊有異焉。初，君生三日席煨〔一〕，彌月復完，父素行翁閟之，以爲異徵。甫四齡，伯祖置諸懷，書「門」字示之，對曰：「門。」曰：「誰教爾？」曰：「形似，無教者。」于是以米、火等字言其義，輒隨聲應弗訛，夙慧如此。

君宿有痰喘疾，因得内養法，静坐夂却。至己酉春三月，偶患瘍，復發，至八月轉劇。適史奉常玉池、湯直指質齋、執友萬在菴萬顧菴狄匯〔二〕川王道修潘公完萬奕甫陳茂實相繼至，時時邀至榻前叙論，惟惓惓以國事及兩郡大會爲念，不一及身後事。廿六日晨刻，漸彌留，索筆書「知死知生，何所畏懼」八字，命付元鼎。時元鼎病不在側也。少頃，執母徐太孺人手曰：「娘老矣！」復邀諸友環向坐。諸友因曰：「兄平生學問到此，正得力

〔一〕萬曆本作「煋」。
〔二〕萬曆本作「滙」。

處，須定性。」君點頭，以手書「至定」，尋云「得正而斃」，徐斂手于胸，作肅恭狀。迄廿七日丑時，逝矣。

先是癸卯秋，君偕元鼎應試句曲。試之夕，假寐以待旦，忽夢前身八歲時入梵宫，與群名僧説法。一僧指君曰：「此闍禪師轉身也，亦現作龐居士。」指掌紋驗之，衆咸謂然。夢中記闍禪師者，爲面壁公前代祖。忽轉頭，見素行翁撾君，責以不作宦。君亟曰：「爹勿予撲！此生壽不永，當爲僧，來生復爲父子，可永年而宦。」素行翁曰：「無墮落否？」曰：「不退位中矣。」因覺，君嘗筆之以紀夢。由此言之，君豈生而存，死而亡者哉？故曰：死而不死也。

嗟乎！未可以死而死，吾惜其局于人；可以未死而死，吾惜其局于天。至于死而不死，則形骸不能域，氣數不能囿，超然游于天人之表矣。此予之所以爲君異也。

君名納陛，字以登，别號文石。南唐時，門下侍郎居詠公生六子，季曰逵，避亂居義興之張溪，是爲義興初祖。傳十六世而致遠公邇，生在元明間。其季子曰新，字伯常。伯常生楫，楫生樵雲翁輯，輯生斗山翁楨。楨生子五，中曰素行翁希時，娶徐太孺人，生君于嘉靖四十年辛酉二月壬子之亥，距其卒得年四十有九。元配陳孺人，故邑庠生少中公女。生男三：長即元鼎，邑庠生，娶吴氏，故同邑孝廉存勖公子邑庠生正誼君女；次即元英，郡庠生，聘武進故原任主事莫菴趙公冢孫、上舍君錫君女，出嗣伯亦山公鉅，俱陳出；次元翼，聘同邑原任江西建昌府知府中復蔣公子孝廉如奇君女，出嗣伯羹堯公明德，側室盛氏出。女五：孟張適郡庠生萬惟垣，仲張字吴允初，俱陳出；叔張，字儲某，盛出；幼張字吴某，側室黄氏出；少張未字，盛出。墓在某地，葬以某年某月某日，銘曰：

生而死，存乎命；死而生，存乎性；性命各適，是曰得正。我爲君糸，君爲我證。點頭歛手，居然究竟。而惜乎！不知者猶屑屑焉修短之競！

薛母劉太孺人墓誌銘

予少受業于方山先師之門，退而得謁其子景尼先生，已而與其孫以心兄弟游，切切偲偲，怡怡如也。因得習聞以心之母劉孺人之賢，三十餘年于兹矣。歲癸卯九月十九日，孺人卒，越乙巳春，以心等衰絰而過予，屬予文其墓中之石，相對黯黯，兩不勝情。予自惟淺劣，方山先師之所教詔，景尼先生之所引掖，以心兄弟之所切磨，愧不能至，中心未嘗不知向往也。乃今得益悉孺人而悚然有會焉。

孺人以嘉靖壬辰四月之日生于武進之驛橋。大父廷璽，蘇州衛指揮僉事，配蔣碩人，年百歲。會莊皇帝戊辰詔選天下貢士，碩人冢孫昌祚以武進庠生舉巡撫，林公潤言于朝，表其門曰「貞壽」。父大中，户部書筭，配唐令人，永州守有懷翁女，中丞荆川先生姊也。唐令人夙閑壼儀，孺人則之，不少軼于尺寸。

年十九，歸景尼先生。景尼爲先師冢子，自丱角游郡庠，受知學使者，試輒高等。無何，里中構侮，當事者乘機傾害，禍且不測。孺人獨曰：「是必無虞，曾參殺人，誰其信之？」已而，果免。久之，景尼應辟。其年，先師捐館。逾年，景尼亦卒。中外之觀釁者如蝟毛而起，人情洶洶。孺人曰：「是不惟無虞，且固有益！稚子之失所天也早，庶幾其知警乎？可以立矣。」又久之，以身成進士，上書罷歸。已，起鳳翔教授，轉國子助教。復上書，出爲光州教授。于是，以心亦舉于鄉，季子以缺亦舉于庠矣。而生事日落，門可設羅，諸婢子嘖嘖有後言。孺人曰：「人苦不知足，吾老人，至此更復何望？所願政兒、教兒無忘做秀才時，敬兒無忘韋布時，家人輩無忘洶洶時，足矣！」

予故聞孺人事親孝，少爲父母所鍾愛。比歸，問遺無虚日。問歸寧，與唐令人同卧起，依依不舍。事姑謹，不命之退不敢退。理家勤，督諸婢織紝刺繡無閒晷。自奉約，布衣蔬食，終身不厭。與人慈，下至販〔一〕婦村嫗，待之欣然。有以緩急告者，傾篋笥不靳。御下簡，晚年至不聞譙呵聲。持身恪，兀坐一榻，終日莫測其喜怒。見謂寧静柔婉，閫德淳備，乃其高識遠度，又如此，不亦卓然有丈夫之概哉！嗟乎！學者莫不服習詩書，誦説仁義，當其平居，偃仰自如，稍涉事變，輒爾手足失措，不勝其非意之惑；幸而乘時履會，得逞所欲，又不勝其非意之望。欣戚悲愉，惟物之役，莫能自主，此所謂鬚眉而冠者耳，詎可令孺人聞也！以身兄弟竝負志操，海内之士相與共推讓之。説者謂，以方山先師爲之祖，以景尼先

〔一〕萬曆本作「敗」，當誤。

生爲之父，宜其有是。自今言之，正以孺人爲之母耳。其所從來微矣。

孺人子三人：長敷政，即以心，娶無錫庠生吴公應祈女；次敷教，娶吉州守蔣公如京女；次敷敬，娶貢士董公汝孝女。三婦俱早卒。敷政子五人：憲臯，娶丹陽勑封推官姜公士康女；憲益，娶太學吴公世寧女；憲龍，娶太學惲公應雨女；憲韓憲歐未聘。敷教子四人：憲稷，娶泉州推官劉公純仁女；憲垂，娶孫公明德女；憲岳，聘無錫華公某[一]女；憲牧，聘無錫庠生唐公道乎女。女三人：一適戸部主事褚公國賢子玄生，一適無錫太學張公大任子鳳徵，一未字。敷敬子一人憲周，聘無錫郡庠生陳公爾馭女。女四人：一字邑庠生黄公建中子某，一字江西叅政吴公之龍子某，餘未字。憲臯子二人：某聘邑庠生劉公明祚女，某未聘。女二人：一字金壇庠生于公玉理子某，一未字。憲益子一人某，聘無錫庠生秦公二宜女。憲稷子一人某，聘無錫庠生邊公彦昌女。憲龍女一人，未字。憲益憲稷憲龍憲垂俱入學。稷與垂之娘先後夭，玄生亦卒。于是，以身等卜以歲之某月某日，葬孺人于陽湖之祖塋，啟景尼先生之兆合焉，禮

〔一〕萬曆本「某」字處爲兩空格，下「某」字皆如此。

也。乃爲之銘，銘曰：

有孚在中，其儀不忒。危而知安，安而知節。施于有政，爲人倫式。子兮孫兮，永服無斁！

明故貞節錢母卞太孺人墓誌銘

憶昔癸卯，予客琴川景行錢伯子齋頭，相與講德論道，切磨文義，因得聞其母卞太孺人之賢甚悉。今讀景行所爲卞太孺人狀，字字實録也。

當嘉靖己未，行所先生甫成進士，庚申遂捐館。卞太孺人年三十耳，慨然欲身從地下游也。已而，念曰：「上有高堂，吾則婦而子矣；下有藐孤，吾則母而父矣。何以死哉？又何以生哉？」于是，行所先生未了之事，咸起而肩之。其事舅姑虛菴公及趙宜人也則以婦聞，生事葬祭，盡禮盡誠，宛乎行所先生之爲子也；其教伯子世揚也則以母聞，尊師重友，必虔必慎，宛乎行所先生之爲父也；其畜冢孫謙益也則以王母聞，貽謀燕翼，無怠無替，宛乎行所先生之爲王父也。且屈己以伸其父九峯公之冤，又女而男；捐産以周其兄缺〔一〕君之子，又姑而父；延宗人以教子姓暨舍人子，則由親逮疏也；具資裝以歸楚中之嫠婦，則聯疏爲親也。至嫁娶一事，更饒典刑。爲世揚娶，則臬副顧一江公女，蓋鄉先生歿可祭于社者；爲謙益娶，則文學陳唐父君女，唐父，世揚之素交也；爲長孫女嫁，則中翰嚴道隆君少子，以行所先生春秋兩試皆文靖公之所收云。行所先生其不死哉！景行高材篤行，人倫欽矚，謙益舉丙午南畿麟經第一人，父子之間，侃然以古道交勗。于是，太孺人未了之事，又有人起而肩之矣。

故生于嘉靖之辛卯，卒于萬歷之甲辰，合之得七十有四者，太孺人之小年也，可以數計也。禮宗女表，聲施無窮，歷千百年如一日者，太孺人之大年也，不可以數計也。太孺人其不死矣！太孺人率循儒矩而故好佛，至老彌篤。臨卒，命沙彌誦十六觀，移榻向西方，口稱阿彌陀佛。已，起沐浴敷坐，復以右脇着席，吉祥而逝。予因爲之銘，銘曰：

〔一〕明萬曆本既缺二字，作空格。

儒者之言曰生生，釋者之言曰往生。余不知母之往生，而知母之生生。何以爲母之生生？完行所公之志則生，永行所公之祚則生，昌行所公之後則生。是爲母之生生，乃所以爲母之往生。

涇皋藏稿卷十八

明 顧憲成 著

育菴盧公暨配趙太孺人合葬墓表

盧子文勲泣而告于其友顧憲成曰：「嗚呼傷哉！甚矣，吾父子之際也！」則又曰：「甚矣，吾母子之際也！吾父之卒五年而不肖始成進士，是不覯也；不肖之成進士三年而吾母奄棄，是不享也。不肖其大不數于人子矣！惟是吾父吾母之芳徽淳懿，可按而數也。不肖幸辱于吾子，吾子重綏兄弟之好，假而張之一言，吾子之高義，其遂魁然儕九龍而十之，不肖將載之宗祊，永弗敢墜。願吾子之無讓也！」

顧憲成曰：「斯志也，南陔白華之遺也，吾不敢不聽。雖然，子既得之矣，無所俟于吾。」盧子聞之茫然。有間，復請曰：「何哉？願吾子之無固讓也。」憲成曰：「吾非敢謾也。始者，子爲諸生，負矯矯聲，每試輒傾其諸生，衆以爲允，曰：『是夫也，大言爛爛，小言燦燦，不可幾也。』已而掇高第，釋褐祁州，深衷邃畫，惟元元是勤。會其時，當事者迫修積穀之令，即不滿品，次第有譴，輒稱貸而續之，曰：『吾不忍以吾民博吾官。』監司聞而異之。左右治有不辦者，數移而屬諸子，子益暠暠自洗濯，不色驕，顧其大指，歸于便民而已。以故，浹期而大辟得釋者三十六人，諸逓減者無筭。政大行，説者方諸渤海潁川焉。子之所以張厥育菴公而不泯于太孺人也，不既多乎？何所俟于吾！」

盧子曰：「果若子言，不肖之懼滋甚！不肖竊見吾父事親孝，事兄弟交友惟信，與隣閈雍雍無間，拯急如鶩，讓利如遺。邑有大家中落者，吾父購得其居，因往視焉，其家孀婦也。忽有童子附耳語曰：『吾家有貂裘，若欲之乎？可入視且不若争直也。』吾父駭曰：『有是哉？』遂正色拒之，并棄所餘木石而還。有歙商黄海山者賈于邑，其家忽以事趣歸，乃悉委其貲于吾父。無何而倭難作，吾父謀徙城中，輒先輸其所委以入，而已産從之。倭退，其人至，亟趣見吾父，不暇吐一語，惟涕泗横流而已。吾父徐出其貲示之，笑曰：『封識無改乎？』其人大喜，剖橐金以謝，吾父固却不受。其中心嗜義如此。而居恒乃數口吾母賢曰：『是吾益友也，其識正不減偉丈夫！』不肖竊得而識之。當不肖得祁州，意不能無怏怏，吾母特曰：『何官不可爲？且夫官以人重乎？人以官重乎？』及抵祁，每日莅事，入必叩其狀云何，不肖具以對。即有所寬假，喜動顔色；即不類，必曰：『孺子更念之，無令我愧雋氏之母！』愀如也！由斯以觀吾父吾母之芳徽淳懿，不可爲既也。不肖孱書生耳，非有振也，豈其敢厚自棄于鹵莽，而以詩禮迷？顧退而考其行事，若得若失，概于吾父吾母，未及什一而千百也，若之何而張之？」

已而曰：「不寧惟是，不肖其尤有深痛于志！法曰：觀政進士踰年以上，俱得内選。非甚久也！不肖幾二年餘矣，而卒領州。法曰：凡選人，先内而後外。其數訖于五，訖于十，以爲常，庶幾巧者不得有所趨避云爾。不肖名第三十有二，而卒領州。無何，皇上以聖嗣誕生，加恩海内，山川草木，靡不燁然與其光華，而不肖竟無由爲吾父吾母徼一命之寵。時時仰而思，俯而思，未嘗不呼天而痛也，不肖其大不數于人子矣！吾子一言而吾父吾母張，不肖之志白。願吾子之無終讓也！」

于是，憲成喟然嘆曰：「嗟嗟！育菴公之爲卓也，其樹德固也而弗克耀也。太孺人之爲淑也，其衛物周也而弗克永也。廬子之爲慟也，其創缺深也而弗克慰也。爲之次而揭諸墓，俾百世而下，知祁大夫之有令父令母，而育菴公趙孺人之有令子也。其亦可無憾焉！」

育菴公名果，字時行，郡諸生，享年五十有五。太孺人享年六十有一。嗚呼！予言而徵，其所享，寧有涯哉？

龍洲顧公暨室徐孺人合葬墓表

嗚呼！是予叔父龍洲公及余叔母徐孺人之墓，而表之者不佞姪〔一〕余憲成也。蓋余先世故居上舍里，自余先府君始遷涇。余居恒好問故里事，即從故里來者，輒就而詢焉，乃靡不稱數公也。

〔一〕萬曆本作「侄」。

或曰：「甚矣！公之能任也。始東夷中吾邑，邑令謀城之，命邑人分敦城事嚴。伯氏業繫獄矣，公聞而大駭，請于令，願得以身受繫而寬伯氏。令偉而許之。城成乃免。」或曰：「公甚晰于義利。公嘗貿米溧陽，市有同舍商，遺百金櫝而去。公檢櫝得之，故濡數日以待。而商且至矣，公委櫝示之，商驚嘆，欲剖其半爲謝，公固不可。」或曰：「公故負氣自喜。始，公父心樓翁居市中，左右多博徒酒俠，恣行閭里，莫敢問。心樓公嫉之，間以語公。公乃召而觴之，既酣，好諷之，衆憚公，莫敢不聽。夕退，詰朝迹之，帖然矣。邑嘗下令覈田，公爲尸其事，一切匿漏盡出，奸豪拱手，無能私上下者，里中大懽。」

則又曰：「厥亦有若孺人。孺人生十九而歸公，而公喜可知也。諸内外家務畢躬佐之，秩如矣。其緒餘，乃以及于筐筥錡釜之屬。」或曰：「孺人善勤，晨興程其臧獲，夕而徵之，終其身以爲常，無佚。既罷篝燈，而自爲程子，夜里舍猶聞機杼聲也。如是，而又將之以儉。」或曰：「孺人非漫爲儉者也，又能施。即有求，脱簪珥而濟之不靳，以是宗姓媚黨欣然無間言。故曰：孺人非漫爲儉者也。」

憲成聞之，喟然起而嘆曰：「美哉！洋洋乎何其悉也！」書不云乎？「表厥宅里」，「樹之風聲」。余宗殷殷茂矣，以樹其外，度無踰公；以樹其内，度無踰孺人。是故于法宜表也。

公諱聚，字大成，别號龍洲，余叔祖心樓翁之仲子。孺人，尤塘徐海槎之女。子五人曰：原成，廩學宫，有聲；曰原道，克其家；曰原性，曰原良，曰原教，俱幼而慧。于是，憲成申之曰：「是翩翩者，異時竝能躬致顯揚，表公及孺人者也。若夫不腆之辭，聊以爲之兆而已矣。」

明故贈文林郎錢塘知縣少源聶公墓表

予游虎林，徜徉湖山間，日與其村兒野老嬉，竊見其莫不歌且舞錢塘牧之政。予灑然異之。方求識所謂錢塘牧而不得，而聶君儼然臨予。予睹其容温而莊，聽其言簡而則，乃豁然悟其得民之有自也。居亡何，奏予一編曰少源壙記，請曰：「先考事行也。塋木拱矣，心傷無似，不能顯揚而光大之。今幸藉天子寵命，得改藏山陰高原，塋頷且拓，屬弟心武礲五尺砆以徼不朽，敢乞靈于吾子！」予嘉其善用孝，更念古之人，挹醴尋原、采芝求根之義，遂不辭而寄題之曰「新淦君子聶公之墓」，而序其行于下方。

按記，聶之先潭丘人也。高皇帝時，有國才者，始徙南源里，世修隱德，幾傳而至統紹公。統紹公生而魁奇足智，善提衡其家，家驟起。偶譚媪，舉四子，公其第三子也。諱啟厚，號少源，自幼岐嶷，長而行安節和，于書無所不窺，而尤湛深于程朱温公諸籍，非徒事誦習已也，務以先聖賢爲軌法，身履而力行之，時時舉其詞，説其義以訓家人。事二大人夔夔如也，處兄弟間怡怡如也。以父命代兄監總家事，無巨細皆斷于公而不自有，即業析炊，貲財恣所取不問。居鄉飲人以和，遘歲饑，輒推囷以膏窶子釜，間以餘鏹賦子户，有力弗能償者，往往折其券。夜警獲偷兒，引炬視之，故將作役子也，輒佯爲不識也者而遣之，曰：「若真醉耶？」將作役子大慚去而改行。人比公王彦方云。公之爲德于鄉類如此，宜其有錢塘牧。故説者咸謂由錢塘牧之爲子，可以知贈公。予獨謂由贈公之爲父，可以知錢塘牧耳。

記又言，公配黄孺人，冲惠勤朴，克相公，有古彤管之遺。由此觀之，不特可以知子于父，且可以知子于母。一門之内，是統是承，憲憲令德，宜其家人，施于有政，久而彌新。天之祚聶氏，曷可量哉！敬因表公而及之，復爲賦南山之五章以志。

涇臯藏稿卷十九

明　顧憲成　著

雲浦陳先生傳

雲浦陳先生者，無錫之宅仁里人也，名忠言，更名以忠，字貞甫。先生生而恢奇多智，弱冠補邑諸生。居數年，去爲太學生。太學生之四年，舉明經。又四年，釋褐知寧鄉縣。已，稍遷知寧州。無何，用事貶知寶鷄縣。居一年，復徙知光州。所在有聲迹，天下知其非庸人也。

先生好讀書，能古文辭，又好孫吴家言，遍通其指。少暇輒習騎射，以爲即一日得備當世緩急，不虛耳。先生有大度于天下，無所不可，簡而近人，其好善天性也。其有當于意，即王公大人，津津誦説之，終不以爲嫌；即在下輩，惟恐其不得亟聞于人。即其人故所習，恨知之晚；即不習，欣然遇之也。當余結髮而習句讀，最微鮮耳，先生顧數見賞異之。已，數謂余弟，若當不減而兄也。先生亦數對客稱其子耕似己，或曰：「殆其勝之！」客笑謂：「固有父譽子者乎？」先生亦笑也，而曰：「自我有之，何不可者？我乃父子自爲知己也。」

松陵王山人承甫，著聲詩，隱于酒，往來燕趙間，欲以陰求天下長者。而是時先生適游太學，遇諸婁江王太史座上，心異之。徐引與語，大悦，曰：「吾相天下士多矣，無如足下者！」因從之游不去。其大司成亦内希先生，爲寛諸約束，益得自愉快。時時相對説劍，爲豪飲，酒酣，仰天嗚嗚，意氣淋漓〔二〕，慊無聊賴〔三〕，間衣敝衣行市中，數問市人荆卿高漸離安在。市人不省何語，以爲怪，呵之，先生愈喜。同舍生齊人王明經榮中誣，于法應得戍。衆冤之，莫敢發言。先生遽入白諸大司成，壯而許之，王得落爲諸生，未幾復舉于其鄉矣。

〔二〕萬曆本「淋漓」下有「慷慨」二字并書，據一格。
〔三〕「慊無聊賴」四字，萬曆本惟有「無賴」二字。

先生以是益藉藉公卿間，而顧愠謂王山人：「乘人之急而食其名，吾不忍爲也。」亞相慈谿袁公生貴甚，意薄小一世，而會從其客張户侯所見先生文才之特，欲知先生，則以私于大司成。人謂此貴人，必無往。先生曰：「固也。雖然，不可以貴人而賤我等耳！」遽往。袁公一見遽命酒，如生平歡。坐語移日，先生侃侃益發舒，絶不以儒生故有所貶損，而袁公之下之益甚。左右皆驚，竊竊言：「渠何爲者？妄人耳！乃敢與我主人翁鈞！」聞者賢袁公而重先生。

久之，客益日進。先生曰：「是徒爲名高者，非能解我也。」意頗厭之，遂與山人次第歸。歸而爲園于居之偏，築室數椽，旁樹竹萬竿，日夜讀書其中，謂山人，而今而後庶幾成一家之言，藏諸名山老矣。山人張目不答。先生知其指，稍試爲吏，遂又裦然稱名吏也。而第其爲人廓落，人視之表裏立見，亦立盡，不能陰陽與俱。又其才雄，形不爲人下，易傾也。又終其身不能博一第，既晚而後仕。少年耳目狹，尋常畜之。以故，無繇越州縣以顯，而世亦無繇盡先生之用。

余嘗從客言其意，先生默然良久，曰：「子知其一，不知其二。始，余爲寧鄉，以湖北暴胥故，惡于分巡，度旦夕廢耳。顧余投劾乞歸者三，不得也。直指且過寧勞予，余請曰：『明公必不去，某者其盡縛諸暴胥以謝寧士民！』直指許之。其後竟以最遷。及其爲寧州〔二〕，最苦盧源賊，莫能誰何。余先後計下其渠魁數人，俘五十人，破散其黨數十百人，州賴以完。中丞擬特疏薦余矣。俄而流賊二十四人道寧且竄去，御史者不知何聞賊中寧也，上疏論余而屏其功不録，竟以罪貶。功名之際，聖哲不能定，而何以爲言乎？子休矣！」

先生又善邑人胡御史、通州顧少粲、湖州范太史，其人皆倜儻〔三〕自喜，瑕瑜不掩，非闒然媚世，求免非刺者也。其善武進謝令，嘗忤一御史，坐論。賓客故人相引而息傲，先生獨迎而舍之，爲供具甚設，又爲資募辨客，百方居間，事得已。其居田，善余先府君。日者，善京山李大粲及高邑趙計部。始，計部爲汝南司理，先生其屬吏也，而獨偉視先生。即往謁司理，輒止飲，飲輒醉。有時誤爲爾汝，先生覺之，前爲謝，司理笑曰：「其

〔二〕萬曆本「州」下復有一「州」字，後「州」字與下「最」字并書，據一格。

〔三〕萬曆本「儻」作「攩」。

固以余爲非夫乎？」後遂不謝。及先生没，計部過余，爲涕泣而言先生也，退而相與撰次其行事。

余往聞里中父老言先生故嘉定人，其先有道真者，與僧道衍善，嘗遺詩諷之，隱不報，乃稍稍自匿。一日，挈其妻子而來，因家焉。子孫皆貴以修約爲名，惟先生之父石村翁亦然，至于先生又如此。

顧憲成曰：予故與先生同里，里于邑爲東偏。其人木强少智略，于是乎有先生見謂易豪耳。及余長而從三吴長者游，其慕説先生甚于其里。已，客燕，從四方長者游，其慕説先生又甚于其邑也。乃今慕説先生者又甚于其在時矣。予于是而知先生之不易盡也。方以其淹于州縣之間，以死爲恨。嗟乎！誠以其淹于州縣之間以死爲恨，夫何足以窺先生哉！

鄒龍橋先生傳

先生鄒姓名懋昭，字汝德，别號龍橋，汀洲貳守右湖公進子，處士履坦公鉦孫，而宋右正言浩之裔也。先生少秀潁，十歲能文章，十六遂補長洲縣諸生，每試輒高等。吳中雖彬彬多賢乎，皆已憚先生矣，而先生意益恭，常有以自下者。會荆川唐太史講學毘陵，先生從之游。太史始進而與之談藝，豁如也；已，進而與之談心性之學，椎如也；已，又進而與之商天下之故，陳家國之理，往復質問不自休，纚纚如也。太史怪問：「鄒子務外而遺内乎？」先生起謝曰：「非敢然也。理學失，而求之古，聖賢之格言具在；時務失，而求之今，舍先生莫適耳！」太史心奇之。

歲丙午，遂舉于鄉矣。顧其上春官輒不收，先生不樂，俄而奮曰：「吾乃藉一第爲重輕乎哉？其非夫也！」遽謁選，得楚之應城。應城故號巖邑，屬其時復當接饑，先生愀然憫之，已責勸分，衣惡茹苦，爲吏民先，所以勸渠百狀，三月而邑改觀矣。未幾，乃調盈陵。又未幾，竟罷。聞者大駭。客故難先生：「即爾將所稱説時務，非耶？其何以謝太史？」先生笑曰：「是吾之所以不愧太史也！曩令吾枉道而事人，徒以獵取顯榮而畢耳，然則太史其吐之矣。」客迫而究其所繇，先生不答。及應城義河李公來守吾郡，故知先生爲令時事，數數稱説之，且曰：「當景藩與楚藩有疆事之爭，既得氣矣，先生一言而中其巨璫，遂盡得諸奸民所獻籍，計乃沮。景藩索金于中丞徐公，先生復一言而挫其説。最後，巨璫督邑租耗倍五六，先生復一言而奪之，邑恃以完。不亦烈乎！乃徒以賈禍，何如哉？」于是，每干旄過先生之廬，輒徘徊不能去也。

先生雅好修恬穆之操，既家居，益習爲簡。郡邑長吏自始至迄于遷去，一見而已，絶無所造請。暇則時時周行田野，樵兒牧稚懽然以狎進，無間也，以此終其身。先生娶華孺人，嘗比諸德耀。性好讀書，既老不倦，所著有蒲騷政略一卷、也足軒稿四卷、諧史二卷，集高士列仙傳各二卷，卒年六十有二。二子：長曰龍光，次曰鳳光，其人皆廩廩有章，君子以爲是先生之覆露子。

顧憲成曰：余獲游于龍光鳳光間，以習先生，迹其表裏始終備矣。然而一仕遽已，不復振，何也？即先生亦以爲固然而不悔。或謂先生恂恂者耳，涉世非其質也。事固不可知，世之才人辨士不少矣，顧亦往往坐困，此又何以焉？蓋先生既病，屬其二子曰：「吾即死，必裕春袁公銘吾墓。夫袁公者，其必有以知之矣！」

鄭大夫平泉公傳

予髫年聞海鹽有淡泉鄭端簡公，迨長悉端簡公狀，剛正侃侃自天植，終其身不一降心權貴，世稱淡泉先生。嗟乎！海内士無論知不知，皆稱端簡公，迺不知端簡公又有仲子大夫也。當世皇帝之庚申，端簡公以執法詔還。風烈，舟幾覆，大夫淩波赴救，立反風，幸無恙。是大夫之以孝生端簡公也。已而，丙寅，端簡公捐館，大夫匍匐請于朝曰：「嗟乎！安有臣如父而歿，無半通之綸者？」書上，穆皇帝軫念，遣官賜祭葬、贈謚，恩甚渥，且録斬島夷功，廕一子入監讀書，榮問有加。是大夫之以孝不死端簡公也。于是，海内士又無論知不知，稱端簡公有子云。嗟乎！大夫不朽矣！作鄭大夫傳：

鄭大夫諱履準，字叔平，平泉其别號。始爲博士弟子，尋以廕游太學。己巳，得南京都察院照磨。已而，丁顧宜人憂。壬申，復除原官。癸酉，遷詹事府主簿。甲戌、丙子、丁丑歷轉左右衆軍，既進宗人府經歷。戊寅，奏最，授奉政大夫，母顧贈宜人，配沈封宜人。壬午，遷順天府治中。癸未，遷南京刑部郎中。甲申，病作。丁亥，卒，享年五十。

大夫生而娟秀，神貌奕奕，七齡授讀如夙記。端簡公奇愛之，嘗摩其頂，嘆曰：「此吾家驥兒也！」每試輒高等，邑負雋望者，氣爲奪，而竟以隨侍端簡公南北敭歷，賓興不一逢。嘗喟然曰：「世固有不鳴不躍如鄭生者乎？」奮而起者再。既而曰：「丈夫安能與隙駒鬬日，穴鼠鬬名？」乃去謁選，得初官，非其好也。亡何，聞顧宜人訃，呼天大號，徒跣至門，哭極哀，哀盡血繼之，幾成滅生之痛。服闋，累遷留都別駕，聲日鵲起。巨卿元老有事輒問鄭公云何，具以對，無不稱善。壬午秋，當比士大夫，慎按棘外内惟謹。郎比部，平允公恕，有定國之風焉。

予嘗按其功狀，累累不勝書，其大者如照謝山之奸，勘黄原之罪，解張珂之網，脱芮禄之冤。他人之所歷寒燠、遞出入而不獲披雲霧者，大夫不難一言平之。又廉介不可干以私，如指揮盧事發坐上刑，陰託貴人囑之，不可。飛謗書懼之，不可。無已，密走賂誘。大夫厲聲曰：「去！而無污我清白吏子也！」大司寇陳公聞而器重之。戚畹任樞府邊帥，介客前來奉千金爲壽，囑美遷，大夫絶如前，介聲益振，隱隱流動于兩都云。大夫又最重然諾，酷知人痛癢，有吉凶緩急者，皆樂趍告，饑與粟，疾與醫，婚與室，喪與櫕，以至廣學宫之湫隘，雪翁人之重辟，覆塾師祖氏之子若孫，葬賀氏之五喪而得吉壤也。宜其生而令譽，没而垂芳，稱端簡公子，有以也！所著有比部集，所選有唐詩彙韻明詩彙韻，藏于家。子忠材恕材，翩翩世其家聲。讚曰：

予歷大夫事而異之。當端簡公艱于嗣也，禱而夢，夢神冠而髯者，彷佛爲漢壽亭侯，攜二子授端簡公，且曰：「畀而一子忠，一子孝。」覺而果孕。未幾，舉仲，爲大夫。伯以上書杖闕下，爲直臣。仲磊磊多幹蠱，爲孝子。所稱天付，是耶？非耶？倘仲竟厥施，致大用，其所衣被寧有既乎？雖然，嗇而身必豐而後人，予于二子卜之矣。

陳贈公暨杜太恭人合傳

甚哉，遇之足以移人也！是故處憂患則氣易歉，往往頽焉以自弛而不振；處安樂則氣易盈，往往侈焉以自放而不戢。何者？彼皆役于物而中無主也。予讀陳志行先生所爲其贈公暨太恭人狀，瞿然而起。

贈公之先無可考，惟是倉浜之沙盆潭有一坯在，所傳陳充墳者，其始祖也。數傳而爲近橋公鑑，鑑生子六，中子曰思樸公泰，是生贈公。當陳盛時，兄弟聚而賈于倉橋之四維，槖良厚。無何，廢箸。伯兄奎偶不當于一李官，斃杖下。泰父子訟之臺，卒白冤狀，而李官罷不叙。無何，泰亦歿，贈公依其叔𧇊于北郭，已，徙南塘。會孫福以奴叛，再徙東膠。風景蕭颯，行路之人皆得過而揶揄之，而贈公顧皜皜自濯，不肯落人後。

又見志行英穎不凡，喜，輒令從名師稟業。每晚歸，篝燈口授句讀，不精熟不已。隣翁厭子夜伊吾聲，旦起誚讓，太恭人亦謂贈公何苦稚子如是，贈公笑曰：「爾他日享用此子，吾不逮也！」九歲，經書成誦，操筆爲舉子文，翩翩多奇。十三試有司，見取。十七補邑諸生，稍稍舒眉目矣。已，復浮沉子衿中，數年無知者。而贈公意氣彌鋭，更督其二幼子不少寬假也。嘗手書堂聯曰：「欲高門第須爲善，要好兒孫在讀書。」又書卧榻聯曰：「守身如執玉，教子勝遺金。」居恒喜趙松雪書，時仿之，興到臨池，真草盈幅，僉謂逼真。暇則涉獵經史，犂然心解，至忠臣孝子義烈事，未嘗不反覆長太息也。此其志，豈不恢乎大哉？惜不幸早世！

比癸酉，志行舉于鄉。己丑，成進士，令確山，調中牟，入郎比部，出守吴興，聲華赫然盛矣。而太恭人又若不知其子爲官人也者，朝夕拮据，以十指爲生計，猶夫昔也；衣不重綺，食不兼味，猶夫昔也；有犯者，夷然笑而置之不校，猶夫昔也。志行間以俸錢奉，諸子間以粟菽奉，不欲取；即取，留以周急，不妄耗。每戒志行宜守官，又戒諸子宜守家，無得一溷官舍。已，又謂志行，族人多窶，汝父所憫也。志行遂仿文正義莊例，衣食之，太恭人爲之解頤。至于求田問舍，爲子孫封殖計，未嘗一沾齒牙也。且曰：「回思向來懸磬空囊時，今不啻足矣，奈何猶不知厭？」由此觀之，恒情之所沮抑摧喪處，正贈公之所激昂奮發處也；恒情之所張皇炫燿處，正太恭人之所檢束收斂處也。非其中確然有主，役物而不爲物役，夫孰得而幾之？

顧憲成曰：予與志行先生同里，知先生頗悉。先生自幼孤立行一意，不苟隨俗。及舉南宫，裘且屢敝矣。讀其文，遒勁迅發，光芒射人，不減少年之銳，可謂翕而能張。至施于有政，見謂用搏擊豪强起聲，乃其拊循鰥寡，乳哺煢獨，煦煦而下之特甚。慮囚北畿，釋矜疑三百餘人，絶不挾聰明以逞也。退而居鄉，杜門掃軌，酬應稀簡，家徒四壁，蕭然與書生不殊，可謂高而能降。予實中心信服之，欣爲執鞭。先生言，吾少得礪峯莫師、霞村許師、中齋何師、苢洲丁師之力。嘗論及湖州之政，又言，得鄉紳李𢇛藩章銓部丁中秘朱太史諸君子之力。今迹贈公與太恭人之粹履卓識，歷歷如是，乃知得之家庭者固不少矣。因特采而傳之，以告世之爲人父爲人母者。

贈公名萃，字集之，號近竹，年五十有四。太恭人，父杜母施，年九十有七。嗚呼！是父是母是子，即以軌範千秋可也。

涇皋藏稿卷二十

明 顧憲成 著

哭莫純卿文

嗚呼！傷哉純卿！傷哉純卿！憶己卯之冬十一月二十六日，予與家季將北徵，就子而別。當是時，寒雲盈空，凍雪積野，徘徊四顧，意態蕭颯。子進予而觴之曰：「丈夫有事四方，兹其始矣！」予感其意，飲立盡，而以其觴觴子，子復以其觴觴予。意甚壯也！既別，予心甚喜。

今年四月，予弟騰書言純卿疾病，時擁重裘猶冷冷稱寒，予大驚。無何，而予弟言純卿就藥吳門，予益驚。又無何，有客從錫中來者，謂七月二十日過莫氏之里，見里人聚而咨嗟，入其里者狂若奔，出其里者悵然若有失也。予聞客言，心又益驚。就而窮其所以，客嚅嚅不肯答。無何而蒼頭來訃，純卿七月之十四日卒矣。予聞之，如醉如夢，目不知所視，耳不知所聽，心不知所之，忽不自知其涕泗之横流也。稍定，乃爲位而哭之。又一月，始勉爲文，俾予弟告之純卿。

嗚呼純卿！天道之無知也，自昔而已然矣，何待至于子始信也！子佞不如甘，敢冀早達？子嗇不如頓，敢冀有家？子暴不如跖，敢冀有年？子戕不如湯〔一〕，敢冀有後？予所痛者，予與子交數年矣。憶予始居涇里之上，數日不見子輒思，思輒題尺素以通。比發，而子之問亦至，猶以爲次于見也。自是，而予歸涇水如昨，子不可得而思矣。始，予由涇里入邑中，輒過子，過輒爲盃酒歡，微言縱論，無所不傾倒。自是而予歸，入子之門，登子之堂，榱題棟桷如昨，子不可得而見矣。始予過子，時時與楊生士初、陳生稚登、鄒生彦文偕，即過三子，必時時與子偕。自是而予歸，三子如昨，子不可得而偕矣。予與子頗負嘐嘐，其所相契，蓋不在形骸；其所相磨，蓋不在榮顯；其所相要，蓋不在

〔一〕此湯非湯武之湯，漢酷吏張湯也。

一旦一暮以爲似，異乎人之友也！是故，有予可而子否，有予否而子可，將以是庶幾于輔仁而互期其成，乃今求子之一可一否而不可得矣。

予客燕中二年之間，子前後惠貽德音，不啻千百言。予性簡，頗不樂于風塵，而子惟恐其失之枯也；予性狹，不能漫與人同可否，而子惟恐其失之矯也，切切而規之。予誦其言，未嘗不發深省，以爲子固非誨予阿世也。乃今求子之一鍼一砭而不可得矣。嗚呼純卿！奈何使予不痛子也！且予非特痛子也，而又爲子痛！雙親在堂，自是左右而承懽者誰？其可痛一也。煢煢嫂氏，自是終身而仰望者誰？其可痛二也。僅息二女，自是春秋而俎豆者誰？其可痛三也。嗚呼！若是乎，天道之無知至于子而極也！子如知此，何爲乎好爲仁而不好爲佞乎？胡爲乎好爲義而不好爲營乎？胡爲乎好爲遜而不好爲暴乎？胡爲乎好爲德而不好爲戕乎？

嗚呼！子不克早達，前子而不克早達者若馬氏之援，非一人也，予不敢怨也。然而，援也有家也，子之家何如矣？子不克有家，前子而不克有家者若原氏之思，非一人也，予不敢怨也。然而，思也有年也，子之年何如矣？子不克有年，前子而不克有年者，若賈氏之誼，非一人也，予不敢怨也。然而，誼也有後也，子之後何如矣？維天蒼蒼，何所不覆；維地茫茫，何所不載；維萬物芸芸，何所不遂，而獨使子至此也！予其奈之何哉！

嗚呼！予羈迹天涯，病不能視子，死不能送子，而子已矣！予呼子而子不應，則呼其蒼蒼者、茫茫者、芸芸者以問子，而又不應。但仰而見夫日月之黯然，俯而見夫山川之寂然，中而隱隱若見夫子之若父若母，若嫂氏，若二女，若宗姓，若姻黨，若二三友生，莫不改容而變色，與日月山川相應而淒然。而子亦彷彿往來乎上下之間，追而呼之，而子卒不予應也。嗚呼！予言有盡而意無盡，有盡者書而告子，其無盡者，俟予異日歸而謁子之墓，呼而告之也。當是時，子能憐予而應之耶？嗚呼！予顧生憲成也，告子者予家季允成也。嗚呼純卿！嗚呼純卿！尚享。

祭陳雲浦先生文

嗚呼傷哉！已矣乎，先生其遂不可得而起乎！嗚呼！先生之不可得而起也，天下莫不悲而況于鄉乎？環先生之居，東西南北可數十里，莫不聚而嗟，泫然而繼之以涕泣，而況于不肖憲乎？

嗚呼！憶先府君徙涇里家也，里人有狎其新而齮齕之者，有嫉其伉直而傾之者，又有外爲暱而内爲構者，其態前後非等，而獨先生善先府君四十年一日也。先府君既以貧故，令予兩兄次第任家，不克究于學，後稍令不肖憲究之，又令弟允究之。里人有逆其無成而嗤之者，有逆其成而妒之者，又有陽爲助而陰以觀其何若者，其態亦前後非等，而獨先生左提右挈，惟恐其不即底于成，二十年一日也。嗚呼！何其德于予父子也！

先生嘗令寧鄉矣，能爲德于寧鄉；嘗守寧州矣，能爲德于寧州；又嘗令寶鷄矣，能爲德于寶鷄；嘗守光州矣，能爲德于光州。當其居田能爲德于宗，用其材者，恤其窶者，教其少者，何則？既已受天子之命，乘堅策肥，儼然而居人上，固人理之所宜爾也。木有本，水有源，人有始，故范文正公曰：「自祖宗積德累世而有今日，吾奈何專享之！」此人情之所宜爾也。其德于予父子何哉？且固未也。始，先府君不禄，適先生棄官而歸，未抵家遽入拜先府君于帷，爲之出涕。又先府君方疾病時，聞先生歸也，喜見于色，曰：

「是固當自是，諸郎君得一意而修詩書之業矣。」及先生再出，予舉以告先生，曰：「是真愛我者！」復爲之出涕。已，從乞先府君傳，良久報曰：「噫！吾不忍也！每一下筆，便須心折，姑徐之。」是先生之于先府君死生一日也。

當先生由光州扶病而歸，至亟矣，其道涇輒問予兄弟無恙。及兩兄趨而視之，輒問憲客游無恙也。已，目予兩兄謂曰：「吾幸與子訣，而不得與子之弟訣！」又目予弟曰：「吾幸與子訣，而不得與子之兄訣！爲我語之，努力自愛！」已，又緘一幣寄焉。是先生之于予兄弟死生一日也。是安得而無痛乎？嗚呼！人之痛先生也以公，屬于公者其情可得而言，其言亦可得而盡也。予兄弟之痛先生也以私，屬于私者其情不可得而言，即可得而言矣，其言不可得而盡也。

先生識之卓，足以淩千古之上下；材之雄，足以備國家之緩急；文之奇，足以頡頏作述之材；氣之豪，足以傾動一世，咸樂與之共肝膽。憲等寧不知哀之惜之，而獨先生之所以德于予父子者，愈思而愈傷，愈久而愈不能解，何則？衆之所共在彼，而予之所專在此也。嗚呼！泰華誠高，仰之可陟；江海誠深，俯之可測。悠悠我懷，無方無極。

呼彼昊天，不可致詰。人也可贖，百身奚恤？第不知先生之晤先府君也，有如先府君問曰「孺子何以報先生矣」，則先生將何以爲答也耶？嗚呼尚享！

哭劉國徵文

萬歷十有二年四月初七日，劉國徵先生卒于家。越一月，其友顧憲成得其訃于其兄司農君。既爲位而哭之矣，又一月，移書告之曰：

嗟乎國徵，何以死哉若是其亟也！其命也夫！其命也夫！始吾來燕中，有意乎天下之士也。見魏子懋權，與之語，大悦，恨相知晚。懋權曰：「若欲知閩中劉國徵乎？」因又知國徵也。國徵恂恂耳，就而叩其衷，憫俗之仁，居貞之儉，邁往之勇，藻物之哲，無所不具。于是，喟然嘆國徵之不可測也。當是時，天下滔滔，上下一切以耳目從事，士習陵遲，禮義廉耻頓然欲盡。吾三人每過語及之，輒相對太息，或泣下。客謂國徵若奈何與狂生通，國徵笑不答，相得益歡。蓋國徵之所存遠矣，吾何能忘也？嗚呼！死生一也，無有二也。國徵何選焉，而置取舍于其間？

惟是今之天下，什一可喜，什九可憂，方諸疇昔，相去不能以寸，度國徵不免于懷也，國徵其悉之乎？南皋鄒氏之烈焉而徙，定宇趙氏之懇焉而違，復菴吴氏之亮焉而誹，勺原丁氏之切焉而詰，芸熊董氏之犯焉而挫，對兹黄氏之感焉而投，健齋曾氏之剴焉而播，蓮洙孟氏之挺焉而擯，希宇郭氏之勤焉而摇，鴻泉范氏之詳焉而削。此時事之有形者也，猶可知也。若乃内權漸隆，外權漸替，君子小人如水如火，强而平之，幸須臾無恙耳，何以能日？此時事之無形者也，不可知也。國徵其悉之乎？庸得宴然而已哉！嗚呼！死生一也，無有二也。

吾迹國徵之生而知其死也，未嘗不以天下爲念；又迹國徵之死，而嘆世之食肉者，殊爲徒生而可愧也。不寧惟是，今夫國徵之所自許，何如也？業已第進士，未嘗一日在職，居恒撫膺扼腕，欲有所爲，輒不果。其修諸身者，又見其進，未見其止也。繇此觀之，國徵之誼其猶自以爲徒生而可愧也。雖然，國徵往矣，而予及懋權所與國徵左右切磨相期于聲氣之間者，固耿耿在也。而今而往，即國徵之所未究而懋權究焉，猶之自國徵也；又或懋權之所不究而予究焉，亦猶之自國徵也。夫何愧之與有？獨念材如國徵，立志如國徵，猶僅僅若是，而况予之不敏，將何以謝國徵也？其惟懋權乎？異日者，予當就懋權而裁焉。國徵有知，又將何以牖我二人也？嗚呼！死生一也，無有二也，惟國徵實深圖之。憲成再頓首白。

哭魏懋權文

萬曆十有三年七月初一日，吴人顧憲成頓首致書于魏懋權先生曰：嗟乎懋權足下，何意足下乃遂與我長别哉！悠悠我心，誰復與語？即足下亦誰復與語？吾見世之知足下者不乏耳，要其至，與不知等。何則？其知之者末也，計獨吾知之耳。足下上必欲堯舜其君，下必欲堯舜其民，故常憂；信心而言，信心而行，一切榮辱毁譽不以滑其胸中，故常樂。常憂常樂，是吾之所以知懋權也，天下孰從而窺之？

嗟乎！世衰道微，人心離喪，浮破愨，枉蔑貞，淫掩良，争蔽讓；智者相與借詩書以文其奸，愚者謬以爲固然，步亦步，趨亦趨而已。當吾爲諸生，業惻然傷之，時時思有以矯其弊，莫能振也。既博一第，從縉紳先生游，時時私求其人鮮遇者，乃獨足下之指與吾不異耳。徐而察之，非直不異而已，殆有甚焉，中心自以爲不及也。已而，從足下得閩中劉國徵耳。居平相謂，吾三人者，或先之，或後之，或衷之，其有濟哉！即不濟，卷而藏之，何恨？求善價而沽，枉尺直尋，非吾質也。顧造物者，昨年奪吾國徵，今年又奪吾懋權，吾其可如何哉！

嗟乎！天下之務，國家之故，懋權念之熟矣，而未及究也。間嘗歸而治其文，辭不求工，意獨好爲聲詩耳；又非其急也，直土苴蓄之耳。吾欲就君家伯氏、叔氏問訊遺笥，楊〔二〕推而表章之，不足以昭懋權，是吾之所痛也！吾欲省覽生平之言，勉砥素心，償其未究，又能薄不足以稱懋權，是吾之所懼也！懋權何以圖之？

嗟乎！懋權足下，吾生長蘆菰中，習氣深重，惟足下是賴。足下誠弗我替，一降一陟，在帝左右，吾尚有望也。吾昔者稍修詩書之緒，每遇古之高賢偉士，輒掩卷太息，仰摹俯擬，庶幾想見其爲人。久之，恍然若有遇也，思若有啓也，行若有掖也，何況懋權

〔二〕楊推，即揚推。四庫本從萬歷本，俱寫作「楊」。

乎？蓋嘗聯軫而游，接袂而語，握手促膝，委輸肝膽，揭日月而薄山河者哉，其忘之也？爰奉尺素，薦諸几筵，足下其聽之，且爲我語國徵焉！

再哭魏懋權文

維萬歷十有三年，魏懋權先生卒。其友顧憲成既從其兄光禄君薦之尺一矣，越一年，憲成戒裝而北，顧瞻燕趙之間，黯黯欲墮，遂迂道而趨南樂，上懋權巵酒，灑淚而告之曰：

憶昔予之謝病而南也，騰書邀足下會于清源之上，至荆門而始成别。當是時，晝則聯席，夜則聯衾，促膝把臂，靡所不竭，何其懽也！今者予再來，而足下已矣。天乎？天乎？何其痛也！當是時，足下謂予曰：「吾儕嘐嘐自負，所睹天下之事不當于心，一正人退，一佞人進，意氣勃發，輒欲攘臂而起，請尚方之劍而後愉快，是不廣也。于是，乃遂入山求深，入林求密，獨寐獨寤，寂然不復問人間馬牛，又無奈其嘐嘐者何！子以爲奚而可？」予笑不答。已，訪孟司馬我彊，論學兩日夜，津津不休。余謂足下曰：「得此入手，何所不可？何取何舍？」足下亦笑不答。蓋其際微矣。不虞足下之遽然以逝也。

嗚呼已矣！今者予且登足下之堂，憑足下之几，吊足下之靈；進而謁于太公，穆穆落落，嗟足下之所以爲子；坐對伯氏，侃侃之氣隱見眉睫，嗟足下之所以爲弟；問訊季氏，方奉三尺活人河洛間，嗟足下之所以爲兄；次第見二子，戚而莊，敦固而多奇，嗟足下之所以爲父；周行環堵，秋草一庭，嗟足下之所以爲家；出門長吽，傍徨四顧，白雲亂流，落日將半，退而檢其囊，得故上申相國書及論救周別駕遺草，嗟足下之所以爲國；又得贈予一詩，中有曰：「要憐天下顧叔子，不爲人間吏部郎。」倚梧而思之，寸心欲碎，萬象俱失，不復能自持，嗟足下之所以爲友！

嗚呼！足下已矣！予亦哭足下而去矣！荆門在此，清源在彼，爾我之言，實共聞之。昔何以南？今何以北？日月不停，往來如昨，其誰能堪？即予敢替懋權，有如茲水！嗚呼！尙享！

祭王澤山太親翁及陳太親姆文

嗚呼哀哉！不肖從令子伯氏、仲氏游，猶兄弟也，其視吾翁猶父也，其視太姆猶母也。不肖往于歲丙子哭吾父矣，昨者歲己丑又哭吾母矣，今又哭翁哭太姆耶？嗚呼！不肖嘗侍翁，竊見朴乎其容也，坦乎其言也，廓乎其衷也，有古長者之遺焉，蓋與吾父絶類。比小女歸翁家爲翁冢孫婦，還而稱述太姆之懿，又種種不減吾母也。而今俱已矣！令子顧影自憐且以憐不肖，不肖顧影自憐且以憐令子。茫茫天壤，俯仰俱失，其忍哭翁哭太姆耶？

雖然，不肖更有傷焉。不肖之失吾父也，幾何時矣？前乎翁十五載于斯矣。不肖之失吾母也，幾何時矣？前乎太姆一載于斯矣。均覆均載，何厚何薄？均怙均恃，何延何促？此不肖之所以更有傷也。傷吾父之不得爲翁，吾母之不得爲太姆也。乃令子猶然以淹在青衿爲恨，何也？

嗚呼！始不肖從事鉛槧，吾父日惟求師求友爲汲汲，羔鴈玄纁不惜稱貸以奉。吾母主中饋，朝夕供具惟謹，最勞瘁也。已，幸而舉于鄉，而吾父已矣。已，成一第，碌碌風塵，又無能左右承吾母歡，中間僅僅請告三載，又大半奪于酬酢。尋奉譴而還，半載耳，而吾母已矣。乃令子少成若性，不教而閑，翁與太姆雍雍而坐觀其進，今即偃蹇諸生間乎，却得時時膝下宛轉周旋，究舞斑之樂。天性内也，功名外也，古人不以三公易一日，此耳。此不肖之所以益有傷也，傷不肖之不得爲令子也。其忍哭翁哭太姆耶？涇泉可烹，涇蘋可摘。顧瞻几筵，萬感紛結。有懷欲摧，有言欲咽。神其鑒兹，庶幾我即！尚享！

祭中丞魏見泉先生

嗚呼！先生古之遺直也。嗚呼！先生古之遺潔也。如其道也，如其義也，斧鉞在前弗避也，鼎鑊在後弗駭也；非其道也，非其義也，千駟萬鍾弗視也，一介弗取也。是故爲司理則真司理，非若夫人之司理而已也者；爲直指則真直指，非若夫人之直指而已也者；爲中丞則真中丞，非若夫人之中丞而已也者。可謂巍巍堂堂，磊磊落落，宇宙間偉丈夫矣！

惟我皇上之遇先生也，亦若異然。始而被謫，于時格未敢望旦夕遷也，無何而遂不次擢用，使先生得進而畢其忠；繼而出鎮三晉，念太公老，乞歸，于時格未敢望旦夕允也，無何而遂有俞命，使先生得退而畢其孝。嗚呼！此天也，非人之所能爲也！語云：「無欲之至，可動鬼神；至誠之極，可格天地。」先生當之矣！

是故，先生之生也，海内士無論識與不識，莫不仰而望焉，非若夫人之徒然生而已也者；先生之死也，海内士無問識與不識，莫不相顧吁嗟而流涕焉，非若夫人之徒然死而已也者。信可謂巍巍堂堂，磊磊落落，宇宙間偉丈夫矣！先生復何憾哉！獨計先生一腔憂國憂民之心，耿耿未有已時。兹行晤崑溟、雲門兩先生，不知何以相慰？憲等辱公家金玉道義之好，違兩先生且二十餘年，用之無補于行，舍之無補于藏。倘兩先生問及，又不知何以爲憲等解也。

相望千里，欲即無從，聊寄一巵，薦我素衷。先生有靈，上之所以周旋帝側，下之所以擁衛蒼黎，中之所以夾持我二三友生者，豈其忘之哉？豈其忘之哉？嗚呼！尚享！

祭龍岡施老師

嗚呼傷哉！天何奪吾師之亟也！雖然，天之奪吾師，不惟見于今而已見于昔，其奪之也，不惟在于天而又在于人，固有從而予之者矣。得其細而不察其大，睹其顯而不核其微，是亦與于奪者也。

當吾師之守毗陵也，無以異于黄氏之潁川、龔氏之渤海也。其心思無所不暨，而其惻怛愷悌無所不入。訟者至，折以片言，輒歡然解散，庭中嘗虚。已，乃築室而造士焉，士莫不洗濯志慮，求麗于昭明，曰：「是真能成我者也！」爲之民者莫不曰：「真能生我者也！」于是，擢東粤兵憲以行，又莫不相與咨嗟嘆息曰：「是奈何其驟去我也！」無何而難作矣。故曰：天之奪吾師也，不惟見于今而已見于昔。

且方其難作，始不過獲戾于一人而已，莫不能知其誣也。士訟于庠，農訟于野，商訟于市，旅訟于途，莫不能言其誣也，而當路者業有成心，逆捍不聽。或曰：「夫有所受之矣，可奈何！」相與掇拾浮僞，剥亂本實，而難成矣。故曰：其奪之也不惟在于天而又在于人。

今夫世之知吾師者，其指可睹也，曰：「是何才而敏也！」又曰：「其好士也，不遜吐哺握髮矣，何其大也！」愚以爲此其昭然者耳。

吾師褆身廉潔，一介不苟，而特不好爲皎皎，嘗語所知者曰：「人言毘陵故沃郡，乃不能令吾囊之不枵然者何？」又吾師洵好士，要以其暇及之耳。其所最注意無如民，其所最功德至于今隆積而不墜者，亦無如民也。若夫顒顒焉而語才則遺操，顒顒焉而語士則遺民，固已昧矣。而况于今之時，其瑣而無能者，類飾爲小廉曲謹以干大利，其健而有力者往往競于奇，見能于刀筆之間，而弁髦詩書，以爲吾不欲借興賢育材博名高也。時趣如彼，其知吾師者如此，適足以相戾耳！故曰：得其細而不察其大，睹其顯而未核其微，是亦與于奪者也。

嗚呼！吾師其遂齎志以没矣乎？雖然，毘陵即東南一彈丸之壤，而其中林林總總不知幾何，率家尸戸祝，飯食必禱。吾師即中道齟齬，不克究其施設，而嗣賢翩翩有文，一日奮而翱翔，所以光大吾師之緒未艾也，亦足快矣！獨憲等辱在吾師，誼兼生成。乃吾師之存也，既不能明目張膽，白見寃狀，揭之日月之下；及其一旦而溘然也，又不能走千里，酌卮酒以薦几筵，伸無涯之感。進而有慚于欒生，退而有慚于孺子，其何以謝吾師也？吾師誠不我忘，庶幾乘翔風，軼飛雲，時上下于六龍之墟，使憲等憑而見之乎？不惟憲等，其亦使林林總總者得憑而見之乎？嗚呼！尚享！

涇皋藏稿卷二十一

明　顧憲成　著

先贈公南野府君行狀

嗚呼傷哉！我家大人之逝也！不肖孤等自惟積戾重〔二〕深，及于大故，日煢煢在疚，無所懟語。罔極之謂何，而曾不得伸一朝之養？竭力之謂何，而曾不得如五尺之裳、方尺之履，猶然相從以殉？若復湮墜懿美，薄諸草莱，無能徼寵靈于賢豪長者之側，以照臨其泉壤，是不肖不復得數于人子也！于是不肖孤奉伯兄、仲兄之命，抆淚而狀曰：

〔二〕萬曆本作「弘」。

嗚呼！家大人姓顧諱學，字文博，南野其别號也。顧之先爲㚟〔一〕道之石紐鄉人，至宋而將仕郎百七者，遷邑之上舍里。十餘傳而爲處士公夔，娶于朱，寔生家大人。

家大人生而倜儻負氣，不耐博士家言，獨游于諸稗家，喜羅氏水滸傳，曰：「即不典，慷慨多偉男子風，可寄憤濁世！」又喜南華莊子，曰：「即不經，瀟灑自在，不受人間世諸約束。孔孟之後，固應有此！」居閑，與客論天下事，往往抗手掀髯，長太息。里人壯之，推爲亭長。屬其耆老子弟約曰：「舊日之事衆爲政，新日之事，我爲政。不然，我無愛乎一亭長，其舍我！」衆曰：「可哉！」稍稍來白事，一切據理曲直之，亭中稱平。有攜豖酒爲壽，則謝曰：「是區區者，而以爲余伐，魯仲連直應尸而祝之矣！」去之。人益附。會里人爲邑長吏輸税，遂偕里人北游天子都，見宫闕之美，官司之富，欣然曰：「可以廛矣。」已而曰：「吾不可使壟上之木北向而懷我也。」乃歸。

日黯然不樂，不問家人生産，逋累累集，其附家大人者曲周之。家大人以爲醜，即日告諸墓，傾其産輸之所匄貸家，徙涇水之上居焉。居甚陋，風雨至，輒犯于寢帷。日一

〔一〕萬曆本作「㚟」。

糜，夜一蓐，行道之人相呼爾汝。兄弟無知者已試爲酒人、豆人、飴人、染人，漸能自衣食。環而居者，睥睨之，齮齕百端，莫可難也。宵而謀諸室，聲發于甍，瓦躍，家大人寤驚，獲免。違而至于石村，三年産落無所存，家大人不勝憤，猛然欲有以自震于世，曰：「由此廢，必由此興，奈之何其避人也！」再徙涇。僦廛而市，平物價，一權度，廓然不較贏〔二〕詘，出片言，婦人孺子皆信之，市道翳行。

是時也，方數十里間，其有財者公知家大人無一廛之産，輒懷金踵門而貸之，惟恐其不諾。其貧者公知家大人無一錢可以貸人，至緩急有無，不求諸富人而求諸家大人。家大人亦自知無一錢可以貸人，至人有求，輒挺身任之，不以無爲解。嘗曰：「多財而後能幹，究竟騃孺子耳！」其貸于人也，即其人倉卒亡，妻子有所不知，未嘗不息之而歸其妻子；而貸人也，即其人負我，旁觀者皆有所不厭，而求之未嘗不應。以故義聲流動，家大人遂隱然望于鄉云。

里傭有壯而無室者，所得力錢純費于酒食。家大人甚恨，責其人令輸力錢，歲爲息而

〔二〕萬曆本作「羸」。

與之，室里中幾無曠傭。有逸金于肆之西偏，標而搆逸者之名氏，得姑蘇跛人，召而歸之。他日，來市投三十金，退而發金，羨者半，亦召而歸之。洪人羅，既按價而輸之粟矣，越五日粟價頓衰，家大人愀然爲貶其價，徵洪人于塗而返金焉。張氏兒有積逋于我，積不償一二，怨家弱視而强食之不能御，大鬻其産，密懷直而屬諸家大人，事解而徵屬，如徵而與。蓋張氏兒至今德家大人，每遇人數其事，輒欷歔而欲涕也。或售其土田，未幾，售者欲謀而據之，詭辭以訟，弗克。家大人還而謂之曰：「爾何計之不精，爲此屑屑也！爾素號壯士，必欲得此者，其以賸與我。」售者跪而請，遽返之，不復言直。

不肖等就學，歲延經師而教之，所事之禮最虔，即富貴人以爲不及。歲庚午，不肖補邑諸生。癸酉，弟允成補郡諸生。家大人戒曰：「孺子故少戆，脱令汝一旦儼然富且貴哉，驕大之色當不能侵汝。吾何所患之？患汝從市井學象恭歸耳。夫象恭之壞人心也，比之驕甚矣！孺子無然！」福清施公龍岡守吾常，辟龍城書院，選五邑士而課之。不肖與弟並游其中。臨川周公念庭令吾錫，數進不肖。時弟方垂髫，試之，奇其才。有客從涇西來，裝百金造家大人所，而行囑焉。怒曰：「若賈我，又賈我孺子哉？我誠不慚于壟斷，何至向有司爲市，而以孔孟貨三尺法也！」他日，有武陵客主于蒼頭奴家，欲因之以干家大人，蒼頭奴爲誦説前事，客愕然曰：「人言果矣！」逡巡而退。兩公聞其事，並賢之。

周公又廉知其素欲爲登名于義籍而置禮焉，吏胥陰以告。家大人呼不肖謂曰：「我賈人，何短長于世，刑賞之所不得及也。今以孺子故，俾我姓名馳入于有司之庭，固已陋矣！將又竊孺子之余艶以驚耀里閈，其何顔見吴越之士？必不可！」立遣不肖辭諸公，公愈賢之。已而，公知家大人故貧，時有賜于不肖。家大人曰：「異哉！公恩澤滿四境而勺泉不入于釜，獨奈何我以孺子故，侵賢父母乎？」又遣不肖辭諸公。公知不可，愈大賢之。

歲丙子，不肖與弟偕試留都，不肖有名，家大人間有憂色。始不肖之兩試而兩廢也，有喜色。不肖問曰：「大人何昔之喜而今之憂也？」曰：「吾聞士可以貧賤激也，激則恥，恥則憂，憂則動心忍性，長其不能。孺子挾策而試，有司以爲不才而廢之，孺子憂矣，老人安得不喜？今以一書生驟然爲東南最，閭閻之人盛容色而矜道之，所謂晝錦也。

孺子喜矣，老人安得不憂？」不肖竦然起對曰：「兒也謹受命矣！」

居無何，疾病，不肖等亟問醫家。家大人曰：「年之短長，譬如鳧鶴之脛然，不可改也。夫扁鵲倉公至今存乎？吾無所醫矣。」不肖等泣而請，家大人不禁，及醫來以藥進，不服也。里人聞其病也，人卜而人禱，競來視于寢，有泣失聲。家大人笑遣之。已而，病大漸，乃語不肖曰：「孺子其知之乎？予流徙之民也，長汝四男子，蒸嘗無殄，其庸多矣。願孺子孝弟力田，多行仁義！」且曰：「予家世屢空，人之無禮于予者衆。孺子苟得志，無修怨也。」言訖，坐而起，命不肖等櫛手自洮，頮理襟帶，談笑自若，明明不亂，可一二時而逝。

嗚呼傷哉！家大人廣額豐眉，巨目隆准，美須髯，吐聲如鐘。生平守甚介，而意甚闊，與人交，肝膈肺腑一視立見，意有所蓄，如噎物必吐之而後已。或私焉，戒曰「勿泄也」，竟泄。人以爲尤，家大人不悔。久之，知其無他腸，更厚遇之。對人眉目灑然，終日不能造出一佞辭。遇有不善，必變色而戒焉，凜凜不少假。行里中，狼籍少年皆走匿。

疾爲老氏釋氏之言者，曰：「二氏與孔氏抗而爲三，必人傑也，固令其徒倚爲餬口計哉！」晚年讀閩人龍江林氏三教會編，大悅，自是排擯二氏，必援以爲証。尤疾巫祝人。有癘人爲淫鬼所憑，能言人灾祥，趨而叩者趾交錯于道。家大人曰：「有是乎？我其試哉。」往詢之，自晨迄于昏，噤不答。明日而癘人復人語。里人病多媚于神，家大人過必訶之曰：「夫神也而向人間索賂哉？可賂當無踰萬乘之王、千乘之侯，何賴于汝矣！」里媪多事佛，最者持胎戒，春秋之祀不以犧牲。家大人曰：「何也？」曰：「懼傷物也。」曰：「若不穀食耶？夫禽獸草木無之而非物也，血食則傷禽獸之生，穀食則傷草木之生。若懼傷之，二者何擇矣？」人服其論。

嘗自謂曰：「吾有二癖，惡酒而喜事。」其說曰：「吾聞，天地人名爲三才。才者，勇往力行之謂也。有如飽食而無爲，其亦不才也已矣。吾聞，禹無間然之聖也，洪水之興，宇宙爲壑，禹不畏而獨畏酒。赫赫夏商，没入于酒池之中，莫之援也，矧于匹夫，其敢犯之？吾寧見嗤于竹林豪矣。」故家大人徙涇三十餘年，門無酗客。有觴之者，謝不赴，未嘗爲客于樽俎之前。間强起之，當之奇遇。其在三十餘年中，髪不暇握，食不暇哺，汲汲有所事，則益健有力，爲之加飯。稍暇即言疲，事至則又爽然起，神躍于毛骨之間。

性孝弟，當先王父之困于貧也，叔父斅裁六歲，即寄食于邑朱家。頃之，邑朱家覆，叔父莫可倚，家大人又適游燕不聞也。歸而失叔父所，大駭，奔覓之累日，遇于邑之南郭，相持哭，遂攜歸，衣以其衣，食以其食。叔父感勵自奮，克有樹立。家大人病，叔父與其四子宵衣而侍家大人。復人給之田，顧謂曰：「惜爾伯涼薄，無以厚汝也。」嗚呼！亦足以觀矣。

家大人生于正德丙子正月初九日，卒于萬歷丙子十月十二日，年六十有一。竊念家大人者，倘可謂之能自震者矣，非有一關一柝之寄而能代人之憂，非有升斗之儲于家而能急人之急，非有移風易俗之任而能折人之邪，非有尋章摘句、多聞多見之學而擬是非、策成敗，動中乎詩書，非有沾沾煦煦之術可以悦人要譽于井里鄉黨，而及其逝也，皆爲搤腕而歎，閔然有不平之色。問諸古人，當必有似者焉。特其生于粗僻之鄉，長于賈，老于布衣。其知之者，不過饑寒困窮之人，即有口舌碑，何足以當天下後世之輕重？而諸孤又多涼德，救過不遑，何足以恢張我大人之懿美，播之子孫？是用戰慄危懼，日夜悼心。

伏惟先生挾四海九州之望，掌萬物之是非，蓄仁人之德惠，幸收其什一而旌之，俾我家大人憑藉休明，世世有辭焉，則豈惟孤等實受嘉貺，其將仕公而下與有榮施矣！謹狀！

母氏錢太安人六十徵言

蓋母氏生十有九歲而歸我先君，業不得逮先大父矣，而其事先大母微婉有則。先大母性甚莊，又欲試母氏才，往往故以意求多焉。母氏有方，曲事之，自唯諾而上，靡不如先大母之指者。家故貧，悉具篋中裝以爲供具。嘗一日大匱，先大母日昃不克飯，母氏損帷而易粟，從鄰婦摘蔬數莖，自吸其乳而劑之以進。先大母甘之，竟不知其所自也。居恒，謂先君，是不獨有婦才，進于德矣。先君念不得恢于詩書，以爲男子有志四方，奈何浮沈井里間自頽廢！母氏知之，從容謂曰：「我在，君奚他虞？始吾請供爲婦也，今也請供爲子也。惟君所之耳！」先君遂慨然請行。凡再歷寒暑，先大母若不知先君之不在側也。

而屬先大母病，則先君心動，疾馳歸。久之，先大母即世，母氏摧毁不勝，遂得心疾，迄今不有瘳。里人難之。

已，先君益貧，遷涇里之上，隱市賣漿。家所居，蔭一壁，煬一灶，人不堪其憂，母氏安焉，而時時目憲輩：「孺子識之！」性警敏，閑于大義，御憲輩甚慈，而又甚肅，有不忍加而譙讓也，第終日默不與言。比其改也，而後復曰：「是而大母之教也，吾不敢墜！」迨憲與弟允後先舉于鄉，益加肅，曰：「庶幾其免于墮乎？」素不習書，顧嗜書，聞憲輩誦聲，輒端坐以聽，移時乃已。間則令立左右，擇其有關于閫德者遞誦一章。先伯兄性、仲兄自，又次憲與弟允。誦訖，復令解説所以，以是爲歡。里媪有事佛者，時時前爲佛家言，母氏歎曰：「固也。雖然，與夫子之言不類。」亦曰：「與吾孺子之言不類。」卒謝去。其識如此。

今年六十矣。而憲幸舉南宫，隸官司農氏，欲請歸薦一觴爲壽，母氏亟賜命曰：「而忘而父之志乎？吾事而父且四十年，見而父每值其生之日，輒于邑不食，曰：『天乎！生我鞠我，今何在矣？』及其年六十也，猶是志也。吾又聞君臣之大也，孺子始委質而驟言私，不可。且而父常有慕乎燕，一再游其間矣，成而父者孺子！」雖然，憲欲越三千里而自致于堂下者，終不可以已。惟是先君之志昭昭也，又不可以蔽。端意以思，不獲其處，庶幾先生長者儼然有賜言焉，其施大矣！

母姓錢，外祖曰愛月公，有隱操。

奉祝伯兄伯嫂雙壽六十序

萬歷庚子，予伯兄居然六十太平矣，而伯嫂陸孺人偕焉。里中父老翩翩相率攜巵酒而過之，美伯兄之仁讓暨伯嫂之懿和甚具。仲兄謂弟憲成曰：「外德備矣，其于內德猶有待也。弟盍言乎？」憲成對曰：「是弟之責也。」

憶昔吾父吾母自上舍遷涇里，拮据生理，至艱辛矣！乃伯兄故敏慧，甫就塾，輒日進數行。稍長，從故茂才嚴橫塘先生受業課之文，斐然有章。先生異之。吾父吾母喜見于色。一日，伯兄忽跽而請曰：「兒也儒，誠善！惟是大人勞矣，兒優游章句乎？請代大人息肩！」吾父壯而許之。已而伯嫂來歸，則中饋之事吾母亦一切倚辦焉。伯嫂承顔順志，怡然無忤，是幹蠱之勤也。

仲兄與予及季弟，次第授書。吾父曰：「孺子庶幾其有尺寸樹乎？」值仲兄善病，所以督予及季弟兩人倍切，隆師惇友，不惜假貸以赴之。二三親交相謂曰：「羔鴈玄纁累費在耳目之前，龍虎風雲功名在歲月之後，奈何强其不堪而希其不必也？」伯兄伯嫂咸笑而却之，坦焉居己于瘁而予輩則享其安，澹焉居己于菲而予輩則茹其厚，用得專心致志，無他撓惑。是友于之愛也。當是時，伯兄伯嫂實柄家政，出入盈縮，悉其綜之。恒情于此，其孰能不波？乃伯兄自一錢而上，悉登諸公焉，無以有己。伯嫂自一絲而上，悉稟諸公焉，無以有己。是一體之公也。仲兄遇事能斷，伯兄有所疑，輒就而謀焉，其可其否往往舍己而從之不吝。予與季弟後先成進士，伯兄若固有之，毫不以加于人。又矜䘏恤困，天性也。每遇夏秋二收，即有年，數糶而稱佃人之艱，不求盈；有所推移，不求遂；甚者并其本而負之，亦不問。年來食指漸繁，入不副出，往往假貸以充，行之自若，不爲悔。伯嫂益以博大佐之，閨闥堂廡，門楣閭巷，盎然慈覆。予之得以進而安于朝，退而安于野，伊誰之錫？是及物之恕也。語曰「仁者壽」，夫勤以幹蠱，仁之則也；愛以友于，仁之施也；公以一體，仁之度也；恕以及物，仁之徵也。有此四美，壽不亦宜乎？

仲兄曰：「善！請誦弟之言以爲伯兄伯嫂觴。」季弟曰：「善！請誦兄之言以爲伯兄伯嫂觴。」伯兄聞之，愀然顧伯嫂而言曰：「夫吾兩人何以得有今日哉？則吾父吾母之賜也。吾父汲汲皇皇，終其身不得一日之暇。吾母幸而望七，又未嘗一日去藥石左右也。吾父吾母安在哉？而吾兩人晏然有此也？」言未訖，淚承睫而下。仲兄與予及季弟相對黯然，意不能自禁。稍間，予復進而言曰：「凡父母之愛其子也，甚于子之愛父母。吾父母昭昭在上，見吾兄吾嫂之履茲辰也，有不欣然樂乎曰『猶吾在也』？人有恒言，長兄如父，長嫂如母。予兄弟之得事吾兄吾嫂也，其亦依然吾父吾母之猶在也。」伯兄默不荅，良久曰：「是則然，竟亦何以舒吾情？」于是，偕伯嫂肅衣冠拜吾父吾母祠下，手觴而顧者三，而後還而次第受仲兄與予憲及季弟之觴。

鄉飲介大兄涇田先生行狀

嗚呼傷哉！吾兄乎！吾兄乎！已矣，不可復作矣！日居月諸，倏忽四更歷矣！諸孤卜得歲之十一月十九日扶葬涇西阡，于吾父吾母乎依。將圖不朽于當世立言大君子，偕過予屬予爲狀，相對流涕覆面，不能出一語，各罷去。嗚呼！吾何忍狀吾兄哉？已而曰：「非吾，其誰悉吾兄者？宜狀。」則又曰：「吾兄仁心爲質，胞與爲公，家庭之所習見依然在目也，里巷之所流傳昭然在耳也，若之何其委諸草莽？又宜狀。」謹次第而列之篇。

吾顧之先于吳爲著姓，遭元末之亂，逸其譜，莫能詳。相傳，自宋將仕郎百七府君實始家錫之上舍里。世業耕讀，以高貲雄里中，好行其德，三傳有諱廷秀者益增修而光大之。鄉人至今相與誦說不衰。越我高大父如月府君諱麟，以孝友稱。曾大父友竹府君諱緯，邑諸生，生平無他嗜，獨嗜書，家坐是廢，蕭然四壁，不爲意也。大父侍竹府君諱夔，淳謹自好，不幸早世，得年僅四十五。娶大母朱孺人，是生吾父贈承德郎户部主事南野府君諱學，字文博，再遷涇里家焉。忠信直亮，環數里内外，兒童婦女皆能道之。卒之日，里爲罷市。娶吾母錢太安人，能以恭儉佐吾父，白首相莊，稱合德云。生四子，兄其長也，諱性成，字伯時，號涇田。

兄生而通敏，六歲就塾師受句讀，朗朗數行下。稍長，善屬對。已而，從里中嚴茂才横塘先生習舉子文，落筆斐然，甚見賞異。時吾父方轉徙石村，意不樂，復還涇里，家徒四壁，寄身屠沽。兄一日構事父母能竭其力題，苦思不就，喟然歎曰：「吾不能行之，安能言之？」歸而請于吾父曰：「大人勞矣，兒優游筆舌乎？請得代事。」吾父憐其意，許之。于是，遂慨然任家督之責，一切拮据，精心果任，不少怠也。而會吾仲兄善病，兄憂之，數言于吾父，延名醫調治，藥籠之需隨叩隨給，不少惜也。又言于吾父延名師課予及季弟讀，供事惟虔，至稱貸以充羔雉，不少憚也。或謂，功名事安可知？而强爲此矻矻！兄笑而謝之。或又謂，今日之家，子爲政，他日之家衆爲政，盍早自計乎？又笑而謝之。

蓋兄自受家秉以來，一出一入，悉禀諸公，銖寸無私焉。非特無私而已，且于衣服恒居其敝者，曰「吾所便也」；于飲食恒居其菲者，曰「吾所安也」；而獨于予三人則加腆，曰「是實羸弱，不可以我爲程也」。吾父見而喜，以語吾母，交相慶也。及予與季弟後先成進士，人情于此，孰不冀有發舒以明得意？而兄謹約如故無改，惟是念吾父之壽僅踰六而遽見背也，念吾母之壽僅望七而復見背也，誠痛之深，悲之切，方在苫次，朝夕皇皇不少解也！迨既襄事，每上冢，俯伏哭泣盡哀，至于老不少衰也。路人聞之，莫不感動，以爲有終身之慕焉。

又念吾父居恒喜稱范文正之爲人，語及義田一事，尤津津不啻口出，如將步之趨之然者，竟限于力，不果。及吾父卒，吾母擬以所遺田三百餘畝，分受予兄弟四人，遂偕予仲兄請曰：「兒輩俱已長大，得自生活。願以此爲贍族之資，何如？」吾母大喜曰：「此爾父之志也！」于是，每歲以春秋二時，差其等而分給之，其不能婚、不能葬者，亦各量有助焉。惟是所入常不足以充所出，所施常不足以滿所願，則又時時欿然不自得也。

其于人也，老者尊之，少者撫之，賢于我者下之，不如我者矜之，强弗友者容之。有以緩急告，必委曲爲濟，無或拒也。其人能償聽之，不能亦聽之，即不能而又以請，又應之如初，無或厭也。坐是，産日削，逋且累累起矣，無或悔也。有以田産售，直必從優，如係親昵越數收，便令取贖，即力不能，預歸其産，令以漸而償，無或恡也。至其一念惻怛，與民同患，尤有異焉。見饑者則爲之憂無食，見凍者則爲之憂無衣。當東作時，雨稍慳則爲之憂旱，稍溢則爲之憂潦。幸而免矣，及西成時，又爲之憂曰：「終歲勤動，得一飽乎？公私之逋，得相抵乎？」其于佃人，數丁寧〔一〕主者曰：「無求足，無求精，毋拘拘常額。耕者不食，食者不耕，可念也！」嘗有佃積逋不償，蒼頭以告，且曰：「歲行盡矣，無可待矣。」兄不答。至除夕，遽遣人貽之粟二斗，錢百文。蒼頭訝而問之，兄又不答。復曰：「是且誨逋，將人人相率而效尤，明冬庭可羅雀矣。」兄卒不答。

予猶記歲在戊子、己丑間，連值大祲。兄檢篋中得券數紙，一一手自裂之，曰：「當此朝不饔，夕不飧，無令渠輩胸中猶有這些子在也。」又記，一日，遇公差繫一人于舟，時嚴寒深雪，視其色郎當甚，而且甚饑，詢之則以官逋二金故。兄惻然曰：「是不凍死，必饑死，不然，亦必中傷寒死矣。奈何以些須喪人一命！」因出酒勞公差，令釋之，且啖

〔一〕萬曆本作「叮嚀」。

之以糜，入而括二金代完厥逋，竟不問其姓名也。久之，其人率妻子攜一榼來謝，仰天數十叩首而去。一日，家被火，召匠者修治，時值農冗，無不欲竟此而後朝食。適市有許姓者，于藥肆中鋸木，忽倒其廊，彷徨無奈，兄聞之動色，遽停工，令與許修治。各役感兄之義，踴躍争赴，不日而工竣矣。其急于爲人，類如此。

里有争率就質于兄，兄爲悉心排解，或不從，徐徐爲設酒食勸諭之。間有事屬兩難，或已聞諸官，輒陰損貲調停于中，卒歡然請罷。往往既罷，而兩家猶不知其所自。乃或有客緩頰言，某所某人丁某事，某當路若叔氏所善也，某有司若季氏所善也，幸借一言居間，請得以不腆佐觴爲公壽。則驚起曰：「此言何爲至于我？」輒掩耳走。又或左右倉卒言某所某豪欺我、摧辱我，則又笑曰：「此物奚宜至哉？我不能爲汝馬牛也，若無誑我！」輒叱去。

而特其性稍卞，遇所不當意，輒徵色發聲，人或有不能堪。少徐之，未嘗不覺也。既覺，未嘗不悔也。既悔，未嘗不自訟也，引罪負咎，刻切迫至，若踧踖無所容。非特于儕輩然，即于子弟亦忘乎己之爲尊行也。非特于子弟然，即于臧獲亦忘乎己之爲主翁也。温顔欵辭，就而相慰，無藏匿，無彌縫，無繫〔一〕吝，無矯飾，曠然如日月之食而更也。

仲兄臨事果決，是非可否，無所依阿。兄有疑必就而商焉，往往舍己而從之，不以爲屈，曰：「吾不如仲之斷也。」予與季弟莽莽生計，兄代爲經理，不辭勤劬。數年來，見兄精神稍不逮壯，不復敢以煩。亦既各有分主矣，偶有見聞必就而語焉，曰：「某事當何如，某事當如何。」即與主裁，不以爲嫌，曰：「兩弟不如我之悉也。」

始予官户曹，兄貽書來言曰：「是錢穀之地也，最易膩人，盍慎諸！」予爲之悚然。既而移銓曹，兄又貽書來言曰：「是鏡衡之地也，知人實難，盍勉諸！」予又爲之悚然。及予奉譴而南，謝曰：「弟無狀負兄，奈何？」兄怒曰：「吾父吾母所望于吾兄弟者何如，而出此言耶？弟負貴人，不負兄也。」及予再還銓曹，復被放。時，季弟亦被謫歸矣。兄率之迎，謂予曰：「叔不負季，季不負叔，幸兩兄亦不負叔季！吾聞居官者不知有家，方能盡分；居家者不知有官，方能安分。何意于今見之！且吾兄弟少相嬉，長相習，壯而相抛也，每夜未嘗不入夢思。兹得聚首一堂，怡怡以老，尚何求乎？」

〔一〕萬曆本作「係」。

先是，少宰栢潭孫先生官宗伯時，數向予詢兄起居，予具告之，先生嗟賞不去口。比予歸，先生緘一札寄兄曰：「聊借此以表緇衣之好！」予歸，具冠服而致之兄，兄謝曰：「先生之意美矣，吾不堪也！」請辭。已而，邑侯柴父母廉知吾兄，爲旌其門曰「一鄉首善」，則又辭。今邑侯林父母舉鄉飲，則又辭。辭不得，卒不赴也。予詢其故，兄曰：「二弟視世艷若浼，兄視世艷若飴，不亦愧乎？」予聞之，更不覺恍然自失也。

大率吾兄生平于「勢利」二字甚輕，于「天理人情」四字甚重。視其中，滿腔子一副慈悲；按其外，日用間一味方便，而又渾如純如，穆如廓如，纖毫無所爲也。是故爲子則不忍咈親之心，爲父則不忍咈子之心，爲兄則不忍咈弟之心，處一家則不忍咈一家之心，處宗族則不忍咈宗族之心，處鄉黨則不忍咈鄉黨之心。至于强者或見以爲懦，智者或見以爲愚，巧者或見以爲拙，達者或見以爲拘，而兄自若也。至于懦我者或嘗之以梗，愚我者或嘗之以詐，拙我者或嘗之以滑，拘我者或嘗之以偷，而兄自若也。陶彭澤云：「無懷氏之民歟？葛天氏之民歟？」予不敢知，竊以爲列于古之所稱長者，庶幾其無愧也已矣。

兄生于嘉靖辛丑年七月十一日，卒于萬曆乙巳年正月十三日，得年六十五歲。娶陸氏，處士雲泉公女。子六人。曰與淑，邑庠生，娶黄氏，承隱公女；曰與滌，國子生，娶李氏，邑庠生養冲公女，繼娶邵氏，國子生寓寰公女；曰與渥，邑庠生，初育于仲兄，既而歸，娶陳氏，敬淳公女，繼娶朱氏，瑶琴公女；曰與浚，邑庠生，娶華氏，原隆公女；曰與溉，國子生，則吾弟季時所育而子之者也。俱陸孺人出。曰與滋，娶夏氏，金吾恒所公女，側室康氏出。女三人：一議郡庠生混塵秦公子坊；一育于與滌，議慕劬倪公子德沾；一育于與淑，議邑庠生澹衷黄公子某，殤。俱側室康氏出。孫男六人。與淑出者四：曰椹，娶黄氏，邑庠生覲斗公女；曰棣，聘朱氏，九臺公女；曰檻，聘黄氏，逸所公女；曰楷，聘胡氏，我維公女。與渥出者一，曰榴，未聘。與浚出者一，曰橙，聘錢氏，三洲公女，殤。孫女七人。與滌出者一，未議。與渥出者一，今爲與滌所女，議新吾周公子士及。與浚出者三：一議邑庠生廷俞唐公子道履，二未議。與滋出者二：一爲與淑所女，議國子生三川陸公子立中，一未議。

嗚呼！吾父生我，吾母鞠我，吾兄成我。自惟薄劣，莫能報百一焉。庶幾大人先生憐而賜之一言，吾兄死且不朽，惟憲亦死且不朽！敢九頓以請！

奉壽仲兄涇白先生六十序

萬歷丙午，仲兄適週一甲子，榜于客座曰：「六十而壽，人道之常也。然而在他人則宜，在吾則不宜：一以先伯兄之戚，不忍言壽；一以涼薄之德，不敢言壽；一以懶病之軀，不克承尊親歡而爲壽。敢辭！」予見之，謂弟季時曰：「仲兄爲尊親言耳，此家慶也，吾二人不得以是例。且仲兄之壽道多矣，亦不得概以是辭也。憶昔吾父主家政，伯兄實佐之，備殫心力。迨吾二人治舉子業，師事原洛張先生，時仲兄善病，與藥石爲鄰，一日言于吾父曰：『兒不能佐吾兄，猶能佐吾弟，請得再理佔畢〔一〕，以朝夕切偲其間，可乎？』吾父大喜，原洛先生試之文，立就，多奇警。試于郡邑，俱裒然前録。及予成諸生，遂罷去，不復事。客訝之，對曰：『始吾非真有功名想也，爲兩親耳，以爲不得之弟，將得之我。今弟幾得之矣，何必我哉？』至于朝夕切偲，則始終不

〔一〕萬曆本作「佔僤」。

替焉。吾父益喜，以語吾母，吾母亦喜，曰：『兄弟怡怡，吾老人復何憂！』其宜于吾父吾母，有如此者。

「比吾父違養，伯兄亦倦于勤矣。仲兄曰：『吾始者佐吾弟，今請佐吾兄。』一切拮据，靡不毅然身任。上者虔祖廟，惇宗盟，下者營堂構，籌出入，井井繩繩，各有條紀。伯兄曰：『微吾弟，吾何以慰吾父也！』吾母多病，仲兄憂焦萬狀，檢方製藥，躬爲劑量，不以委左右。吾母間有不快，宛轉膝下，曲爲寬解，俟其釋而後即安。伯兄曰：『微吾弟，吾何以娛吾母也！』已而吾母見背，後先兩大事並屬仲兄，仲兄盡瘁以將，必誠必信，勿之有悔。伯兄曰：『微吾弟，吾何以妥吾父吾母也！』以至有所疑，必就而商焉；有所行，必分而任焉；有所緩急，必協而濟焉。伯兄曰：『微吾弟，吾何以治吾家也！』其宜于兄有如此者。

「吾二人相繼得第，二十餘年于斯矣，而仲兄不知有官，未嘗隻字溷公庭也。居無何，相繼獲譴，一紀于斯矣，而仲兄不知無官，未嘗纖毫介于色也。非徒然也，且知吾二人之不諳治生也，而爲之擘畫；知吾二人之羸羸乎其弱也，而爲之調護。邇年從同邑諸君子修復龜山楊先生東林書院，又知吾二人之亟于求友也，而爲之經理。其相體也以情，其相扶也以義，不出戶庭而獲多助之益，抑何遭逄[二]之幸也！其宜于弟有如此者。

「仲兄生平不二色，不華服，不侈味，間嘗集童子數人習梨園之戲，聊寄意耳，不時御也。少喜豪飲，叔父東野公面呵之，自是遂有節。訓督子侄，必軌于正，無敢以惰，見有不恪，惟恐聞之。待臧獲外嚴而內恕，有過輒原之，曰『彼非故也，伎倆有限耳』，不求備也。其宜于家有如此者。

「性開爽，不設機械，即有機械之者，冥不應。與人交，脱略形骸，不修苛縟[三]，驟而遇之，見謂簡傲，久而知其無他也，更歡然信愛。論事，是曰是，非曰非，不肯含糊。遇貴不諂，遇富不忮，遇窮乏矜憫周恤無吝也。有叩，量力而應之無却也，又往往負不償，無責也。遇横逆，能忍無校也。性又喜客，客至無問識與不識，迎而舍之，即終歲無厭也。其宜于人有如此者。由此言之，仲兄之壽道多矣。」

〔二〕萬曆本作「逢」。
〔三〕萬曆本作「褥」。

季時曰：「善！」

過仲兄爲仲兄誦之，相與捧觴以獻。仲兄曰：「吾不堪也！」已，忽泫然淚下曰：「父兮生我，母兮鞠我，今安在也？」乃詣先祠再拜，三薦觴焉。又曰：「孔懷兄弟，同氣連枝，今何以爲情也？」乃詣伯兄之几再拜，三薦觴焉，而後退自觴也，亦以觴予二人曰：「願共砥礪，以保暮齡，以答吾父吾母暨吾兄之靈無怠！」予二人跽而謝曰：「敢不奉教！」于是，諸子侄輩若浹等，次第上觴，仲兄次第受之，而亦次第還授之，曰：「願共砥礪，以赴壯齡，以答爾祖爾父爾伯爾叔之勤無怠！」諸子侄咸拜而謝曰：「敢不奉教！」

予視季時語曰：「仲兄非特壽道多也，所以居壽亦有道矣。吾始以爲是家慶也，今觀仲兄之所以居壽，實家範也。安而能思，樂而能儆，天之祚我仲兄，曷可量哉？曷可量哉？」

涇皋藏稿卷二十二

明 顧憲成 著

先弟季時述

嗟嗟！吾弟棄我而去，忽驚周歲矣！音容宛如，眇不可即。索居無賴，追念生平，時拈片紙書之，彌增人琴之感，不能詳也，聊存影響，無失本來面目云爾。搜揚表揭，寫此全真，尚有望于同好。

吾顧之先，于吴爲著姓，遭元末之亂，失其譜，莫能詳。相傳自宋將仕郎百七府君實始家錫之上舍里，世業耕讀，以高貲雄里中，好行其德。三傳有諱廷秀者，義聲益著，鄉人誦説之，至今不衰。越我高大父如月府君諱麟，有長者風；曾大父友竹府君諱緯，邑諸生，以文行爲時所重。大父侍竹府君諱夔，淳謹不苟，不幸早逝，得年僅四十有五。娶大母朱孺人，是生吾父贈承德郎戶部主事南野府君，諱學，字文博，再遷涇里家焉。忠信直亮，環數里内外兒童婦女皆能道之，卒之日，里爲罷市。娶吾母錢太安人，能以恭儉佐吾父，白首相莊，稱合德云。生五子，長爲予大兄伯時性成，次爲予二兄仲時自成，又次予憲成，又次殤，吾弟則最少子也。

吾弟少敏慧而頗好弄，年十四，從少弦張師習舉子業，師弗善也。以語吾父，吾父曰：「是兒恐非落人下者。」張師曰：「吾亦知之，不激不奮耳。」吾父曰：「善！」遂令更他師。居半歲，忽謂予曰：「弟知過矣！弟知過矣！請歸而稟繩墨。」予大喜，言于張師而復之。衆未肯信，張師曰：「身請任之，無煩諸君慮也。」久之，果如所言，即耆艾宿儒雅以端方見推者，皆謝不及。予因問弟何感而遽如是，弟曰：「恐傷兩大人心耳！」予曰：「此是做人根子，當與吾弟共勗之。」

弟爲舉子家言，不甚經思而簡拔遒勁，自不可及。同里雲浦陳先生一見而奇之。弱冠游郡庠，每試輒冠其曹，如臨川念庭周公、福清龍岡施公、姚江梅墩邵公，俱待以國士，又不獨賞其文也。

原洛張師嘗游毘陵荆川、方山兩先生之間，雅有聞，吾父令予與弟禀業焉。每語輒契，張師曰：「舉子業未足以竟子！」復帥之見方山薛師。薛師喜，亟呼其兩孫締兄弟之交，而授以考亭淵源録，曰：「洙泗以下，姚江以上，萃于是矣。異日其無忘老夫也！」兩孫蓋海内所稱大薛純臺、小薛玄臺云。

弟性介，辭受取予，纖毫不苟。癸未，自南宫還，讓里有蔡二懷者，篤行君子也，雅慕重吾弟，屬少弦張師爲介紹，率諸子北面禀業，且欲延致家塾。弟欣然從之，已而致束金，謝曰：「吾庶幾藉是避俗遠囂，收拾身心，不爲不受惠矣。況此君非有力者，其以諸郎見屬，實欲相與切磨于道義，非顓顓爲攻舉子業，取青紫計也。吾奈何獨以利言乎？」壬辰，謫光州别駕，當路不欲煩以事，假差歸。曾景默中丞檄所司致俸薪，辭弗受。及沈太素中丞繼撫中州，復貽予書曰：「此不可以少佐三徑松菊乎？爲寄聲季君，勿拘拘也。」弟曰：「即爾，何以謝曾中丞？」屬予力却之。于是歷十四年余矣，計前後所積可千金。比吾弟歿，州守璩公復齎二百四十金爲賻，屬邑侯平華林公來言：「此沈中丞意也，願無煩往返。」兩孤乃以告于几筵而辭焉。

吾弟于身家事盡悠悠，惟是世道人心所係，則寤寐不忘。歲丙戌，赴大廷對策，指切時事不少諱，其略曰：「臣聞之，宋臣蘇軾曰：『天下無事則公卿之言輕于鴻毛，天下有事則匹夫之言重于太山，非智有所不能，而明有所不及，緩急之勢異也。方其無事也，雖齊桓之深信其臣，管仲之深得其君，以握手丁寧之間、將死垂絶之言，而不能去其區區之二豎。至其有事且急也，雖以唐代宗之昏庸，程元振之用事，柳伉之賤且疏，而一言以入之，不崇朝而去其腹心之疾。何則？言之于無事之世者，易以改爲，而常患于不及見信；言之于有事之世者，易以見信，而常患于不及改爲。此忠臣志士之所以深悲，天下之所以亂亡相尋，而世主所以不悟也。』臣誦其言，未嘗不反覆嘆息也。

「恭惟陛下虛懷若渴，采及葑菲，進臣等于廷，賜之策問，不知陛下于臣之言，將重之如太山乎？抑輕之如鴻毛乎？抑臣有言而君不庸，非臣之罪也。君有求而臣不言，實臣之罪也。況臣感時發憤，有慨于中久矣。今明問及之，乃忍緘默以欺陛下耶？

「凡陛下所以策臣者，無慮數十百言，究其指歸，賞罰二科而已。夫賞者，勸天下之法。然有不倚于賞者，所以勸天下之意也。罰者，懲天下之法。然有不倚于罰者，所以懲天下之意也。法常有爲，意常無爲。有爲者以運天下，無爲者以宰天下。今陛下式古訓，遵成憲，賞罰之道甚具而有法，然而德澤不究，法令不行，此無異故，則聖制言之矣，所以風厲之者非其本，督率之者非其實也。本也，實也，即臣愚所謂意也。

「臣愚竊觀當今之勢，而根極其體要，所以累皇上之意者，大幾有二：皇上明以好示天下，而此二者恒陰移其所好；皇上明以惡示天下，而此二者恒陰移其所惡。二者何也？曰内寵之將盛也，曰群小之將逞也。夫人主席崇高，藉富有，無一不足以厭其欲，昏其志，而惟色爲甚。色之中人也微，而其溺人也最沈錮而不可解，聖王之所亟遠也。

「昨者皇上以鄭妃奉侍勤勞，特册封爲皇貴妃。大小臣工不勝其私憂過計，因而請册立皇太子，因而請加封王恭妃。皇上不温旨報罷，則峻旨譴逐矣。夫皇太子，國之本也；忠言嘉謨，國之輔也。兩者，天下之公也。鄭貴妃即奉侍勤勞，以視天下，猶爲皇上一己之私也。今也以私而掩公，以一己而掩天下，亦已偏矣。偏則皇貴妃或得以愛憎弄威福于内，其戚屬或得以愛憎弄威福于外。不獨此也，閹人侍妾又將乘其偏也，或得以愛憎弄威福于内外之間。若然，則賞罰云者，將不爲皇上之好惡用而爲内寵之好惡用，欲其信且必，未可也。

「夫人主之耳目惟一，而天下之耳目人主者且萬萬，雖甚神聖其聰明，宜未足以遍也，將必有以寄之。寄之得其人則安，不得其人則危，非細故也。邇年以來，皇上明習政務，聽覽若神，蓋辨及左高，察及淵魚，幾于遍矣。竊聞之，道路往往二三群小伺察而得之，此可謂寄得其人耶？不得其人耶？私計皇上非不知不得其人而姑寄之者，其亦有不得已也。蓋曰：『朕向以天下事付張居正，而居正罔上行私，一時公卿臺省從風而靡，外廷之不足信，明甚。故寄耳目于此輩，示天下莫能欺也。』臣以爲不然。

「夫善爲治者，以全而收其偏，不聞以偏而益其偏。皇上懲居正之專，散而公之于九卿可也。若聚而寄之于此輩，則居正之專尚與皇上爲二，此輩之專且與皇上爲一。與皇上爲二，則救之也尚易；與皇上爲一，則救之也倍難，奈之何其弗思也。且此輩之始用事，適皇上鋭精求治之初，彼方見小信以自結，其所稱述指陳，類多依于公義，猶若未害；

久之，則陽公而陰私矣；又久之，則純出于私矣。若然，則賞罰云者，將不爲皇上之好惡用而爲群小之好惡用，欲其信且必，未可也。德澤之壅，法令之尼，有由也。

「臣愚以爲，欲效忠于皇上，當自今日始；欲效忠于今日，當自兩者始。皇上視無事若有事，以臣言爲重于太山，則皇上之明也。皇上視有事若無事，以臣言爲輕于鴻毛，則臣之愚也。」

時讀卷官大理寺卿心泉何公見之，誃于衆曰：「此生之言何爲？便堪鎖榜矣！」大學士婁江王公取閲之，易置二百二十三名。吾弟退而輒自傷，以爲恨不得達于皇上也。誠得達于皇上，即復擯斥，幸莫如之，何論其他！

適南京右都御史剛峯海公屢爲房御史所詆，發憤曰：「臣下皆自處于私，奈何望皇上無私也？」于是，與彭公旦陽、諸公景陽合疏言之，歷數其欺妄之罪，且曰：「人固有食穢自肥而幸人之不我攻者矣，未有執己之貪而不畏人之攻，反欲攻人之廉，且昌言于君父之前而無忌者。夫欲天下人爲寰甚易，爲瑞甚難。寰身享貪饕之利而反得笑瑞之迂拙，臣等之所痛心也。昔司馬光言小人傾君子，其禦之之術有三：曰好名，曰好勝，曰彰君過而已。今觀寰之詆瑞，千有餘言，大概不出此術之外。曰『大奸極詐，欺世盜名』，非所謂禦之以好名者乎？曰『侮慢自賢，舉世皆濁己獨清』，非所謂禦之以好勝者乎？曰『貶奪主威，損辱國體』，非所謂禦之以彰君過者乎？以寰之詆瑞，吹毛求瘢，宜無不至，而所據者不過如此。臣以爲適足以明瑞之無他瑕玷，而寰之陰險窺覘，亦無所用其狡也。

「夫寰誠巧而合俗，瑞誠拙而忤世，然天理常存，人心不死，堂堂天朝，君子滿廷，明有禮樂，幽有鬼神，聖賢有名教，史册有公論，不意青天白日之下，有魑魅魍魎如寰者出于其間也！陛下方重瑞惜瑞，借其人以風天下，而寰乃欲逆銷天下之氣節，抑慷慨之士如瑞者，令無容足之地。是陛下之所褒，寰之所必斥也。士君子之所師，寰之所必擯也。以如此妒賢仇正、潑惡無耻之人，而晏然居師表之位，驅天下之士風而入于欺罔謟詐之俗。臣等有裂冠冕而去耳，不與之並立于朝也。

「臣等新進小生，發天下之清議，雖寰有奸如山，不可動揺。然公論既明，人心自快。寰雖頑鈍無耻，亦何面目一日立于東南諸士之上乎？臣等何仇于寰？何私于瑞？但恐是非之公鬱〔二〕而不宣，一海瑞尚不足惜，正人如瑞者相繼而指爲邪，則君子之道日消矣；一房寰尚不足畏，小人如寰者相繼而傾賢能，則小人之道日長矣。剥復否泰之機，于是乎在，不可不爲之深慮也。」疏奏，得削籍歸。

癸巳，官儀部，有詔並封三王，衆議洶洶。于是又與岳公石帆、張公文石合疏言之，其略曰：

「本月二十五日，皇上出禁中密札，付元輔王錫爵私邸。臣等不知札中所云是何天語，第料得君如元輔，眷元輔如皇上，信無有遲緩册立以負祖宗在天之靈。至次早，禮部出聖諭，則元子暨皇三子、皇五子一併封王，而錫爵亦且入閣辦事，臣等始遂不能無疑。及聞人言嘖嘖，封王之諭乃錫爵以寸晷立就，即次輔趙志皋、張位並不得與聞，而禮臣羅萬化、科臣張貞觀、部臣于孔兼等，俱至錫爵私寓，乃不得其一面，始知今日之詔，皇上以一人議之。臣等不至病狂喪心，寧敢無言以負皇上！

「昔人有言，天下事非一家私事，蓋言公也，況以宗廟社稷之行而可付之一人之手

〔二〕萬曆本作「欝」。

乎？皇上試清心而籌，今日册立一事，其關係何如？前而祖宗九廟之靈，後而子孫億萬年無疆之業；近而四海臣民之注望，遠而九夷八蠻之觀聽；君子小人之所顧盼〔二〕而咨嗟，宫闈近習之所望風而承旨，社稷安危在此一舉，皇上奈何易視之？而閣臣奈何嘗試之？

「臣且不敢危言以激皇上，兼忤閣臣調停之意，亦不敢漫述漢宋故典及祖宗朝遠事，以滋煩瀆，敬體皇上法祖一念，直據世宗肅皇帝、穆宗莊皇帝近事，請皇上法之。世宗肅皇帝于嘉靖十八年册立東宫，該禮臣具題故實見在，並未有三王並封之事，而皇上創見之，臣故知皇上之必有不安于心也。且聖諭大旨惓惓以皇后生子爲言，則皇上不記昔年正位東宫之日乎？維時仁聖皇太后亦在盛年，而穆宗莊皇帝曾不設爲未必然之事以少遲大計！法祖自近，此言皇上可思也。臣嘗讀聖祖寶訓，一字一句，無非維持宗社，極慮後來。聖子神孫，師得其意，則國本固而社稷賴之。不然，而虚借文辭，掩飾過舉，至良法美意，徒以藉奸臣而資固寵，忠臣義士所飲血椎心，寧死不忍見此舉動，以負祖宗二百年養士之恩于地下。」

〔二〕萬曆本作「盻」。

已而，考功郎趙公儕鶴司内計，盡公不撓，盡黜當路私人，當路銜〔二〕而計去之。于是，又與于公景素、陳公員嶠、賈公太石、薛公玄臺、張公文石各抗疏言之。先是，己丑，薛玄臺因南都耿總憲定向以不送揭帖，叅御史王公藩臣疏，劾其阻塞言路，當路大恚之。座師内閣潁陽許公輒疏論玄臺，吏科都給事陳海寧復望風排擊。弟聞之，仰天浩嘆，上書許公極言之。其略曰：

「閣下憤發于進士薛敷教之觸事陳言，至以貢舉非人自劾，且欲皇上勅下九卿科道，各陳紀綱何爲而正，風俗何爲而淳。允以爲無庸謀之九卿科道也。朱子謂，『紀綱之所以振，以宰執秉持而不敢失，臺諫補察而無所私，人主又以大公至正之心恭己于上而照臨之。是以賢者必上，不肖者必下，有功者必賞，有罪者必刑。天下之人自將各自矜奮，更相勸勉以去惡而從善，而禮義之風、廉耻之俗已丕變矣。惟至公之道不行于上，是以宰執、臺諫有不得人，黜陟刑賞多出私意，而天下之俗，遂至于靡然不知名節行檢之可貴，而唯阿諛軟熟、奔競交結之爲務。一有端言正色于其間，則群譏衆排，必使無所容于斯世

〔二〕萬曆本作「啣」。

而後已。此其形勢如將傾之屋，輪奂丹雘雖未覺其有變于外，而材木之心已皆蠹朽腐爛而不可復支持矣。』由此觀之，紀綱之正，風俗之淳，不在于以勢相脅，在于以道相成；不在于使人不敢言，在于使人無可言耳。

「方今朝廷之上，果何如耶？允不能詳，請舉其略。近見吏科給事中陳某言路一疏，大可異焉。彼悍然以言路自任，而謂出于臺省爲蕩蕩平平，不出于臺省爲傍蹊曲徑。不知言路者，天下之公，非臺省之私也。出于公，即蕩蕩平平；出于私，即傍蹊曲徑。陳三謨、曾士楚輩，曷嘗不臺不省，不言，竟以爲何如也？其以今日爲臺諫者，上自乘輿，下及宰執，内從旃厦，外從閭閻，近由警蹕，遠至邊徼，何事不得言？言路不可謂塞。雖一學究得上書，一市井傭奴得擊鼓而訟，言路不可謂塞。即一二蹈尾披鱗，誤攖聖怒，相率營救，舉得畢其忌諱之言，言路不可謂塞。其説美矣，然言者如李君懋檜、劉君志選、高君桂、饒君伸等，何不聞其相率營救也？豈惟不救，或攘臂而助之攻矣！允嘗怪而思其故，始知李、劉、高、饒之屬，皆攖宰執之怒，犯臺諫之忌諱者也。其有攻無救，豈曰無謂？間有一二上攖聖怒，相率營救，亦誠有之，是乃杜欽、谷永附外戚而專攻上身之故智。其上書擊鼓之云，又無能爲宰執、臺諫之重輕者耳。以此而遂謂言路不塞，雖張居正時，此路固未嘗塞也。何謂壬午以前爲諱言，壬午以後爲輕言也？其以近時行險僥倖之徒託身言路，功名富貴操左券而收，故躁妄者争趨，頑鈍者争附。

「以允釋褐後所睹記，如前所稱李劉高薛饒五人外，其建言者又不過黄君道瞻、盧君洪春、王君德新及允兄憲成耳。以庶官之夥，三四年之遥，僅僅幾人而止，何名争趨？何名争附？何名舉世輕言也？其以建言爲釣名，爲掩過，爲躐位，爲取捷徑。夫斯民也，三代之所以直道而行，是非有真名，亦何易釣？過亦何易掩也？即如彼附曾王，又反罵曾王，天下終不信其非權門之客；昏夜受遺，白日請禁，天下終不信其非壟斷之夫。至于躐位捷徑之説，則往時建言諸公，信有一二如其所譏者，要亦晚節不終，務爲容悦，抑一節自喜，袖手旁觀者耳。設守其故吾，矯矯不變，則進退維谷，坎坷萬狀，吾未見其位之躐，徑之捷也。信若彼言，必使天下盡效彼無違夫子，以順爲正，京堂美職，操右契而收，乃爲不躐位，不捷徑耶？

「且近時建言者，每每有觸而云，非無上事而喟然嘆也。倘臨江父老罪無可矜，則道瞻不言；倘皇上不廢郊祀，則洪春不言；倘何尙書起鳴不搆陷辛左都自修，則德新等不言；倘邵給事庶不請申出位之禁，則懋檜等不言；倘戊子順天科場毫無弊竇，則桂等不言；倘耿右都定向不逢迎當事，而以先發後聞叅王御史藩臣，則敷教不言。何得詬建言者，不啟蟄而雷鳴，不向晨而雞號也？其以今日時異勢殊，既無嚴嵩張居正之威福，又無鄢趙曾王諸人之阿比，何得有楊繼盛艾穆鄒元標之慷慨？夫以堯舜之世，克艱不輟誨，慢游不輟規，讚襄不輟勸，損益不輟警，其亦何嘗不慷慨也？豈如彼狃于陳三謨曾士楚之從容，便以慷慨爲奇，而謂堯舜之世無得有是乎？且彼乞播丐子反復趨附以苟饜足，自其常態，宰執大臣富貴已極，豈有未饜？何苦爲彼曹所弄，徒以益人之富貴而損己之名實哉？

「蓋孔子告顏淵以爲邦深嚴佞人之戒。彼以方今第一佞人首置天垣，九卿科道咸若彼曹，賢否何辨？功罪何核？善人何慕？不善者何懲？朝廷之所爲紀綱風俗已掃地盡矣，更何以令天下？閣下欲爲根本之圖，講挽回之術，所願亟遠佞人，務近莊士，一切曠然與天下更始，則主德可回，相業可廣，人心可收，紀綱風俗庶幾有瘳。否則，未知所稅駕也。昔孔子，大聖人也，見南子，則子路不悦；欲往公山佛肸，則子路不悦。而孔子且時復自喜曰：『自吾得子路，惡言不入于耳。』聖賢師友之相與如此，允不肖，何敢望子路？而不敢不以孔子事閣下，懼以貢舉非人累閣下也。」

又見童儒試于有司，奔競成風，致孤寒往往遺落不得進。其在郡試一關，尤爲喫緊，而取數甚窄，深爲扼腕。于是，致書邊南亭郡伯言之。語云「在廟廊則憂其君，在江湖則憂其民」，弟庶幾焉。

李見羅先生坐雲南報功事被逮，竟罹大辟，輿論冤之。廣東布衣翟從先欲詣闕申救，不遠三千里，特過涇上商諸弟，弟極口從臾之。布衣又欲進澄海唐曙臺所輯禮經于朝，並爲代具疏草。海忠介被論，吴門李晉陽時爲庶吉士，憤然不平，具疏論救。會有尼者，不果。弟聞之，偕同年諸景陽、彭旦陽訪晉陽邸中，因從容詢之。晉陽欣然出原草視弟，弟擊節稱善，遂采其十之六爲疏以上。至今語及，猶德晉陽不置。其赴義若渴，不分人我，類如此。

吾弟天性孝友，雅爲吾父吾母所鍾愛，雖曰憐其少，亦其一段誠意，懇惻深至，有以當吾父吾母之心也。不肖舉丙子，吾父遂棄養。每語及，輒相對欷歔，且曰：「吾父居恒好稱范文正公之爲人，津津不去口，此是萬物一體胚胎。念庭周師分俸佐讀，命無受，此是鳳凰翔于千仞風格。吾兄弟當無失此意。」癸未，舉南宫，遂移病歸，則以吾母善病也。癸未，成進士，坐言事罷。會南太僕繼山沈公、南臺警亭陳公、按院厚齋荆公先後奏薦，奉旨起江西南康府教授。特懇于按院雍野李公代疏請致仕，又以吾母年且望七，愈善病也。

予兄行中居三，僅長弟四年，而弟事予甚恭，不減于事兩兄。當歲乙未，予病甚，且瀕于危屢矣。弟憂之，寢食爲廢。予一夕夢弟手捧書一卷，視之則金縢篇也。覺而異之。頃之，復夢吾弟誦聲朗朗，伏而聽之，即金縢篇語，益異之。詰朝以告吾弟，弟默不答，而察其色甚喜，因再三詰之，乃曰：「弟頃者連夕私禱于上帝，願以身代兄；不可，願減筭益兄筭。即内人不知也。今既屢見兄夢，上帝其必矜而許之矣，所以喜也。惟是天機忌泄，願兄含之。」予曰：「有是哉！」已而，予果無恙，至于今且一紀而餘矣。每默自循省，何以承此于弟哉？乃弟一日奄逝，適符減筭之請，而予竟不能爲弟代也，又安敢并弟一腔心事埋没？故特表而出之，且以示子孫無忘焉。

吾弟端毅清栗，不以私徇〔一〕人，人亦不敢以私溷之。對客不作套語，與朋友交，表裏洞徹，邇不狎，遠不忘，往來竿牘，不作寒暄語。高存之曰：「吾篋中藏有季時手裁數十幅，即寂寥數字，必有關係。他如上許相國及與羅布衣等書，一段正氣凛凛逼人，足令頑夫廉，懦夫立，至今讀之，猶有生色。」又曰：「季時真降魔手，今何處更得此人？」記得二十年前，魏懋權嘗謂予曰：「君家季公涇凡大是不凡。自其來都，數相通訊，雖復聊且游戲，率有趣味可諷。觀人必于其微，吾以此得季公矣。」

萬歷十六年，邑大祲，餓莩盈道，時弟廩中僅有粟百石，輒捐其半以賑，一時士民翕然從風。是歲也，饑而不害，邑侯李元冲救荒録具載其事。

業師重所尤公歿，子甚幼；少弦張公歿，無子，並爲經紀其喪。門人孫申卿以遺孤見託，悉力維護，不恤恩怨。爲弟子則不負師，爲師則不負弟子，故曰：「一死一生，乃見交情。」

弟一日喟然發嘆，予曰：「何嘆也？」弟曰：「吾嘆夫今人講學，只是講學耳。」予

〔一〕萬曆本作「狥」。

曰：「何也？」曰：「任是天崩地陷，他也不管！」予曰：「然則所講何事？」曰：「在縉紳只是『明哲保身』一句，在布衣只是『傳食諸侯』一句。」予爲俛其首。

又一日，讀朱子集有曰：「海内學術之弊，只有兩端：江西頓悟，永康事功。若不竭力明辨，此道無由得明。」謂予曰：「此弊于今亦然。且昔也分而爲二，今也合而爲一，則其害更有甚焉！即令象山龍川兩先生見之，當爲扼腕。」因取集中無極辨、王伯辨，與凡論及兩端者，輯爲一編，名曰朱子二大辨。予爲序而行之。已，又摘其論及治道者，輯爲惟此四字編，而自爲之序，擬欲上之朝，不果。

弟居恒呐呐如不能出諸口，及遇是非可否、紛紜膠轕處，一刀兩段，略無粘帶。與同志商搉義理，品隲古今，衆論蜂起，徐出片言剖之，莫不豁然以解。其大指一依于正，不喜爲通融和會之説。嘗謂吾輩一發念、一出言、一舉事，須要太極上有分，若只跟陰陽五行走，便不濟。有疑其拘者，語之曰：「若大本大原見得透，把得住，自然四通八達，誰能拘之？若于此糊塗，便要通融和會，幾何不墮坑落塹，喪失性命也？吾輩慎勿草草開此一路，誤天下蒼生！」聞者咸悚。

吾弟善知人，有世之所翕然共推而獨抉其隱，有世之所哄然交詆而獨闡其幽，往往于一言一動、一嚬一笑之間，斷人生平，毫髪不爽。又善論事，有衆之所共喜以爲必成，而獨籌其敗；有衆之所共讁以爲必敗，而獨策其成。初時聞者且信且疑，甚而且駭，徐而按之，如合符節。錢起莘嘗言「吾党殊不乏有心人，至推有眼者，須首季時」，以此也。

吾弟好以静，每日兀坐一室，不問户外事。好以整，案頭惟攤書一卷，既卒業，而後再以一卷易之。諸一切文具及觽礪之屬，位置有常，予默記之，終歲如一日也。好以樸，衣不求華，食不求精，取給而已。左右使令惟蒼頭一二人，間行里巷中，角巾布鞋，遇者不知其爲誰。自謂木石可居，鹿豕可游也。

弟讀書不局章句，惟時時將本文吟諷，仿佛意象氤氳而止。間拈一二語，迥絶蹊徑，如九方皋相馬，超然得之牝牡驪黄之外。有勸其著述者，應曰：「吴康齋先生嘗病宋末箋注之繁，非徒無益而反有害。章楓山先生亦曰：『儒先之言至矣，删其繁蕪可也。』予竊深韙之，何敢復攘臂于其間？」比歿，檢其篋，及遍訪諸知交間，僅得策一道，疏四道，書七十三紙，札記八十一則，講義三章，像讚一通，哀辭四篇，詩六十九首，因爲次第成編，而命之曰小辨齋偶存。小辨齋，弟所讀書處也。楊龜山先生寓吾錫，建有東林書院，歲久圮壞。高存之一日檢邑乘，見之，謂弟曰：「叔時嘗欲搆一讀書處，群二三友生切磨其中，此殆造化留以待叔時也。」弟喜而告予。時予方卧病，聞之蹶然而起，遂偕安劉諸君子請于當道，而修復之。每歲一大會，每月一小會，弟進而講于堂，持論侃侃，遠必稱孔孟，近必稱周程，有爲新奇險怪之説者，輒愀然改容，辭而却之，不少假借。退而與同志聚處，虚而能含，恭而能下，坦而有則，敦慤而無華，始見恂恂然，繼見穆穆然，久之，真誠溢出，不言而使人之意消。予丁衰年，方賴弟左右夾持，所欲求助于四方英豪，又賴弟密爲聯屬其間。乃今名失一愛弟，實并失一畏友，手足心膂，其將安託？正不知何以收之桑榆，送此餘生耳！

弟生而弱，夙不理于脾，家每有疾，輒不食。歲丙申九月病大劇，不食者歷四十日，有以醫請者，默不荅，有以祈禱請者，叱去之。舉家憂惶，莫知計所出。予以間問曰：「弟中何如？」弟曰：「亦只如常。」曰：「有痛否？」曰：「無之。」曰：「有所欲言乎？」曰：「何言？此時弟只有凝神定氣，循循默默以待天機。若攙入他念，便是自暴自棄。且欲爲此身計，此身非我有；欲爲子孫計，一人各有一乾坤，吾無與也。」予服其達識。久之，竟愈。嗣後亦時發，或一月愈，或半月愈，或旬日愈。予竊喜以爲精神漸固，血氣漸堅，晚景當益佳，無虞矣。乃去歲夏五月，偶感微疾，至六月二十一日竟不起，謂之何哉？抑弟在丙申業已超然死生之際，視世之依依戀戀，握手丁寧〔二〕，不能自割者，天淵矣。況去之十二年，其于斯日有進焉者乎？又何足以區區俗情爲弟慟也！獨予與弟自少而長而壯，且鬖鬖白首，追念五十餘年間，或予倡而弟和，或弟倡而予和，或予所見以爲可而弟以爲否，或予所見以爲否而弟以爲可，相勸相規，忘爾忘汝。其怡怡也，既爲道義中天親；其切切偲偲也，又爲天親中道義。一旦永別，生趣頓盡，不復能自持耳。

先是十九日之夕，有大星爍爍從空而下，墜于小辨齋之後圃。時河旁居人相攜乘涼，咸見而異之。二十一日之早，弟謂其室華孺人曰：「大菩薩來訪，且及門矣。」俗稱睢陽張公巡爲大菩薩云。華孺人怪不敢問，弟遂不復語，夷然而逝。家人聞和鸞之聲，隱隱從

〔二〕萬曆本作「叮嚀」。

空而上，踰時乃已。噫嘻！信奇矣！乃知弟之去來，應不偶然也。

有問于予曰：「昔明道象山兩先生皆得年五十四歲，季時亦與之同壽，其到處可得言乎？」予默然久之，乃曰：「弟庶幾能見大意矣。」記得壬辰二月間，與弟燕坐。予問曰：「日來做何功夫？」弟曰：「上不從玄妙門討入路，下不從方便門討出路，畢竟如何是恰好處？」予曰：「吃緊只在認取自家。」

弟曰：「弟默默自忖，半近狂，半近狷。如之何？」予曰：「試舉看。」弟曰：「居恒妄意欲作天下第一等人，不近狂乎？反而按其實，尚未能跳出硜硜窠巢也，不近狷乎？竊恐兩頭不著〔二〕也。」予曰：「如此，雖欲不爲中行不可得矣。」弟曰：「此甚難言。凡今世所謂中行，大率孔子所謂鄉愿也。弟何敢效焉？且弟檢點病痛，是一個粗字，去中行彌遠。」予曰：「此却是好消息。惟粗，定不走入鄉愿路矣，乃所以與中行近也。粗是真色，錬〔三〕粗入細，細亦真矣。狂狷原是粗中行，中行只是細狂狷，總不出一個真。若

〔二〕萬曆本作「着」。
〔三〕萬曆本作「練」。

不論真與否，只論粗細，鄉愿且有細于中行處，非特狂狷不如也。」弟曰：「粗之爲害，亦正不小，猶幸自覺得耳。今但去密密磨洗，更無他說。」

予曰：「尚有說在。」弟曰：「何？」予曰：「已曾說過了，吃緊只在認取自家。果能分明認取，一切病痛都是村魔野祟，見日自消矣。譬諸身處春秋，只認著孔子作主，五霸如何上前得？身處戰國，只認著孟子作主，七雄如何上前得？」弟曰：「此兄性善之指也，弟實死心塌地信以爲决然。及反入身來，尋常無事，盡滔滔自在去，一遇塵紛，向來種種病痛依舊又發。熟處難忘，如之奈何？」予曰：「這是你的事，與我說無用。」弟曰：「兄于此一一打得過否？」予曰：「我的事，與你說亦無用。」弟擬再問，予莞爾而笑。弟懷疑而去。

越日侵晨，遽過予齋頭。予猶在寢，即披衣出見。弟迎謂曰：「原來這事只是如此，別無奇特。昨却多了一疑，攪得一夜不睡至天明。且如人欲適京，水則具舟楫，陸則具車騎，徑向前去，無不到者。其間偶遇艱阻，只須從從容容，耐心料理。若因此便爾著忙，妄生懊惱，甚者且以爲舟楫車騎之罪，這個喚做騎驢怪驢，又喚做騎驢覓驢。輾轉不已，直教你東馳西騖，二二三三，被那些葛藤〔一〕纏弄到老，並無下落，却只剩得一雙空手而歸，豈不大悮！」予欣然首肯曰：「是是是！」

弟遂出孔壇四景圖視予：一曰暮春風詠，一曰當暑絺綌，一曰江漢秋陽，一曰歲寒松柏。因請曰：「這是個鴛鴦譜，乞兄拈示金針。」予曰：「弟明明滿盤託出，何更問人？設令有人還問汝，譜鴛鴦的是誰，其何以對？我且櫛沐，弟且去，待此番再攬得一夜不睡，那時再作商議未晚。」弟大豁然曰：「是是是！原來這事端的只是如此，端的別無奇特，端的無可疑也，何用白日説夢！」自是精神凝一，心境漸平，動静云爲，日覺穩帖，日覺安閒，日覺輕省，日覺簡易，乃至死生之際，都無纖毫粘帶。天假之年，尚安能測其所至哉？

吾弟名允成，字季時，別號涇凡。萬歷癸酉，補郡諸生。己卯，舉鄉試九十五名。癸未，舉會試三十八名。丙戌，廷試三甲二百二十三名。是歲，奉旨回籍。戊子，起南康府教授，不赴。尋丁吾母憂。壬辰，再起保定府教授，升國子監博士。癸巳，升禮部儀制司

〔一〕萬曆本作「藤」。

主事。是歲三月，謫光州判官。生于嘉靖甲寅十月二十九日未時，卒于萬歷丁未六月二十一日未時，得年五十四歲。以己酉十一月十五日申時，葬陽郗圩新阡。

娶華氏，處士承軒公女。始無子，抱吾伯兄子而育之，名與溉，國子生，娶華氏，國子生繡嶺公女，贈刑部主事慎菴公孫女。已而得一子，名與演，娶吴氏，邑庠生揚華公女，禮科給事中震華公孫女。女三人：一適行人司司副霽陽公吴公子郡庠生欽錫，慎齋公孫；一議光州學正玄臺薛公子邑庠生憲垂，選貢生少尼公孫，浙江提學副使方山公曾孫，殤；一議商丘知縣本素華公子肇殷，贈商丘知縣次菴公孫。孫三：曰杋〔一〕，曰樣，曰杭，俱與溉出。樣聘萬氏，邑庠生卓如公女，國子生同菴公孫女；余未聘。孫女二：與溉出者一，許字國子生心澤吴公子明，光禄寺監事渼湖公孫，右春坊右諭德兼翰林院侍讀澤峯公曾孫；與演出者一，未字。

〔一〕 萬曆本作「枧」。

中外哲學典籍大全·中國哲學典籍卷

已出版書目

《讀禮疑圖》,〔明〕季本著,胡雨章點校。

《王制通論》《王制義按》,程大璋著,吕明烜點校。

《闕氏易傳》《易數鈎隱圖》《删定易圖》,劉严點校。

《易説》,〔清〕惠士奇著,陳峴點校。

《易漢學新校注(附易例)》,〔清〕惠棟著,谷繼明校注。

《春秋尊王發微》,〔宋〕孫復著,趙金剛整理。

《春秋師説》,〔元〕黄澤著,〔元〕趙汸編,張立恩點校。

《宋元孝經學五種》,曾海軍點校。

《孝經集傳》,〔明〕黄道周撰,許卉、蔡傑、翟奎鳳點校。

《孝經鄭注疏》《孝經講義》,常達點校。

《孝經鄭氏注箋釋》,曹元弼著,宫志翀點校。

《孝經學》,曹元弼著,宫志翀點校。

《四書辨疑》,〔元〕陳天祥著,光潔點校。

《小心齋劄記》,〔明〕顧憲成著,李可心點校。

《太史公書義法》,孫德謙著,吴天宇點校。

《肇論新疏》,〔元〕文才著,夏德美點校。

《張九成集》,〔宋〕張九成著,李春穎點校。

《周易口義》,〔宋〕胡瑗著,白輝洪、于文博、［韓］徐尚賢點校。

《周易外傳校注》，〔清〕王夫之著，谷繼明校注。

《周易内傳校注》，〔清〕王夫之著，谷繼明校注。

《春秋集注》，〔宋〕張洽著，蔣軍志點校。

《春秋集傳》，〔宋〕張洽著，陳峴點校。

《錢時著作三種》，〔宋〕錢時著，張高博點校。

《涇皋藏稿》，〔明〕顧憲成著，李可心點校。

《周易玩辭》，〔宋〕項安世著，杜兵點校。

更多典籍敬請期待……